*As palavras
do amor*

LISA SEE

As palavras do amor

Tradução de
Léa Viveiros de Castro

Título original
PEONY IN LOVE

Esta é uma obra de ficção histórica. Com exceção de algumas pessoas reais, acontecimentos e localidades que figuram na narrativa, todos os nomes, personagens, lugares e incidentes são produtos da imaginação da autora ou foram usados de forma fictícia.

Copyright © 2007 *by* Lisa See
Todos os direitos reservados

Primeira publicação nos EUA pela Random House, um selo da The Random House Publishing Group, uma divisão da Random House Inc., Nova York

Edição brasileira publicada mediante acordo com
Sandra Dijkstra Literary Agency e Sandra Bruna Agencia Literaria, SL.
Todos os direitos reservados.

Indiana University Press: Excertos de *The Peony Pavilion (Mudan ting)* de Tang Xianzu, traduzido para o inglês por Cyril Birch (Bloomington: Indiana University Press, 1980), *copyright* © 1980 *by* Cyril Birch.
Reproduzido com autorização da Indiana University Press.
Stanford University: Excertos de *Teachers of the Inner Chambers: Women and Culture in Seventeenth-Century China* de Dorothy Ko, *copyright* © 1994 *by* the Board of Trustees of the Leland Stanford Jr. University. Todos os direitos reservados. Reproduzido com autorização da Stanford University Press, www.sup.org.

Direitos para a língua portuguesa reservados
com exclusividade para o Brasil à
EDITORA ROCCO LTDA.
Av. Presidente Wilson, 231 – 8º andar
20030-021 – Rio de Janeiro, RJ
Tel.: (21) 3525-2000 – Fax: (21) 3525-2001
rocco@rocco.com.br
www.rocco.com.br

Printed in Brazil/Impresso no Brasil

preparação de originais
KARINA PINO

CIP-Brasil. Catalogação-na-fonte.
Sindicato Nacional dos Editores de Livros, RJ.

S454p	See, Lisa
	As palavras do amor/Lisa See; tradução de Léa Viveiros de Castro. – Rio de Janeiro: Rocco, 2009.
	Tradução de: Peony in love
	ISBN 978-85-325-2403-4
	1. Mulheres jovens – China – Ficção. 2. Vida eterna – Ficção. 3. China – Usos e costumes – Século XVII – Ficção. 4. Ficção norte-americana. I. Castro, Léa Viveiros de. II. Título.
09-0131	CDD – 813
	CDU – 821.111(73)-3

Bob Loomis,
Em homenagem aos seus cinqüenta anos
na Random House

EM 1644, QUANDO A DINASTIA MING CAIU, A DINASTIA QING, liderada pelos manchus, começou. Durante cerca de trinta anos, o país sofreu grande turbulência. Algumas mulheres foram forçadas a deixar suas casas, outras saíram por escolha própria. Milhares de mulheres, literalmente, tornaram-se poetas e escritoras publicadas. As donzelas doentes de amor fizeram parte deste fenômeno. As obras de mais de vinte delas sobrevivem até hoje. Segui o estilo tradicional chinês para estabelecer as datas. O Imperador Kangxi reinou de 1662 a 1722. A ópera de Tang Xianzu, *O pavilhão de Peônia*, primeiro foi produzida e, depois, publicada em 1598. Chen Tong (Peônia neste romance) nasceu por volta de 1649, Tan Ze por volta de 1656, e Qian Yi por volta de 1671. Em 1694, *O comentário das três esposas* tornou-se o primeiro livro do seu gênero a ser escrito e publicado por mulheres, em todo o mundo.

O amor tem origem desconhecida, mas vai se tornando cada vez mais profundo. Os vivos podem morrer dele; pela sua força, os mortos renascem. Amor não é amor de verdade se alguém não estiver disposto a morrer por ele, ou se ele não for capaz de restaurar a vida de alguém que morreu. E o amor que vem em sonhos tem, necessariamente, que ser irreal? Pois não faltam sonhadores do amor neste mundo. Apenas para aqueles cujo amor precisa ser concretizado no travesseiro, e para aqueles cuja afeição só se torna mais profunda depois da aposentadoria de suas funções, ele é uma questão inteiramente corpórea.

Prefácio de O pavilhão de Peônia
TANG XIANZU, 1598

PARTE I

No jardim

Cavalgando o vento

DOIS DIAS ANTES DO MEU DÉCIMO SEXTO ANIVERsário, acordei tão cedo que minha criada ainda estava adormecida no chão, aos pés da minha cama. Eu deveria ter ralhado com Salgueiro, mas não o fiz porque queria alguns momentos de solidão para saborear minha excitação. A começar por esta noite, quando eu iria assistir a uma produção de *O pavilhão de Peônia*, encenada em nosso jardim. Eu amava esta ópera e tinha juntado onze das treze versões impressas disponíveis. Eu gostava de me deitar na cama e ler sobre a donzela Liniang e seu amado, suas aventuras e seu triunfo final. Mas, durante três noites, culminando no Duplo Sete – o sétimo dia do sétimo mês, o dia do festival dos amantes, e meu aniversário –, eu realmente *assistiria* à ópera, o que normalmente era proibido a todas as mulheres e moças. Meu pai tinha convidado outras famílias para a festa. Nós teríamos competições e banquetes. Seria maravilhoso.

Salgueiro sentou-se e esfregou os olhos. Quando me viu olhando para ela, ficou em pé depressa e me desejou felicidades. Eu senti outro arrepio de expectativa, e fui bem detalhista quando Salgueiro me lavou, ajudou-me a vestir um vestido de seda lilás e escovou meus cabelos. Eu queria ficar perfeita; queria agir com perfeição.

Uma menina prestes a completar dezesseis anos sabe o quanto é bonita, e, ao olhar no espelho, eu me regozijei com minha beleza. Meu cabelo era preto e sedoso. Quando Salgueiro o escovou, senti as escovadelas do alto da cabeça até o meio das costas. Meus olhos tinham a forma de folhas de bambu; minhas sobrancelhas eram como delicadas pinceladas feitas por um calígrafo. Minhas faces tinham o tom rosado de uma pétala de peônia. Meu pai e minha mãe gostavam de comentar o quanto isto era apropriado, já que meu nome é Peônia. Eu tentava corresponder, como só uma jovem consegue, à delicadeza do meu nome. Meus lábios eram cheios e macios. Minha cintura era fina e meus seios estavam prontos para o toque de um marido. Eu não diria que era vaidosa. Eu era apenas uma típica garota de quinze anos. Estava segura da minha beleza, mas tinha sabedoria suficiente para saber que ela era passageira.

Meus pais me adoravam e queriam que eu fosse educada – muito bem-educada. Eu vivia uma existência calma e protegida, em que fazia arranjos de flores, me embelezava e cantava para entreter meus pais. Eu era tão privilegiada que até a minha criada tinha pés atados. Quando eu era pequena, achava que todas as reuniões que dávamos e todas as guloseimas que comíamos durante o Duplo Sete eram em minha homenagem. Ninguém corrigia o meu erro porque eu era amada e muito, muito mimada. Eu respirei fundo e soltei o ar bem devagar – *feliz*. Este seria o último aniversário que eu passaria em casa, antes de me casar, e eu iria aproveitar cada minuto.

Saí do meu quarto no Corredor das Moças Solteiras e me dirigi ao salão ancestral para fazer oferendas à minha avó. Eu tinha levado tanto tempo me preparando que fiz uma rápida reverência. Eu não queria me atrasar para o café. Meus pés não podiam me levar com a rapidez que eu desejava, mas, quando vi meus pais sentados juntos num pavilhão que dava para o jardim, caminhei mais devagar. Se mamãe estava atrasada, eu também podia me atrasar.

– Moças solteiras não devem ser vistas em público – ouvi minha mãe dizer. – Estou preocupada até com minhas cunhadas. Você sabe que eu não incentivo excursões particulares. Agora, trazer gente de fora para este espetáculo...

Ela não completou a frase. Eu deveria ter me afastado, mas a ópera significava tanto para mim que fiquei escondida atrás dos troncos retorcidos das glicínias.

— Não há *público* aqui — baba disse. — Isto não vai ser um espetáculo aberto em que as mulheres se expõem sentando-se no meio dos homens. Vocês ficarão ocultas atrás de biombos.

— Mas homens de fora estarão no interior de nossos muros. Eles poderão ver nossas meias e sapatos por trás do biombo. Poderão sentir o cheiro de nossos cabelos e pó-de-arroz. E, de todas as óperas, você escolheu uma sobre um caso de amor que nenhuma moça solteira deveria ouvir!

Minha mãe era antiquada em suas crenças e em seu comportamento. Na desordem social que se seguiu ao Cataclismo, quando a dinastia Ming caiu e os invasores manchus tomaram o poder, muitas mulheres da elite gostavam de sair de seus palacetes para viajar em barcos de passeio, escrever sobre o que viam e publicar suas observações. Mamãe era totalmente contra isso. Ela era uma legalista — ainda dedicada ao destronado imperador Ming —, mas excessivamente tradicional em outros aspectos. Quando muitas mulheres do delta do Yangzi estavam reinterpretando as Quatro Virtudes — virtude, comportamento, discurso e ação —, minha mãe me aconselhava constantemente a recordar seu significado e intenção originais.

— Controle sua língua em todas as ocasiões — ela gostava de dizer. — Mas, se tiver que falar, espere pelo momento apropriado. Não ofenda ninguém.

Minha mãe era muito sensível a essas coisas porque era governada por *qing*: sentimento, paixão e amor. Estas forças unem o universo e brotam do coração, do centro da consciência. Meu pai, por outro lado, era governado por *li* — razão fria e emoções controladas — e fez pouco da preocupação dela com a presença de estranhos.

— Você não reclama quando os membros do meu clube de poesia vêm aqui.

— Mas minha filha e minhas sobrinhas não estão no jardim quando eles vêm aqui! Não há oportunidade para impropriedades. E quanto às outras famílias que você convidou?

— Você sabe por que eu as convidei — ele disse asperamente, perdendo a paciência. — O Comissário Tan é importante para mim neste momento. Não quero mais discutir este assunto!

Eu não podia ver o rosto deles, mas imaginei mamãe empalidecendo com a súbita severidade de meu pai – ela não respondeu. Mamãe cuidava do espaço interno e sempre mantinha cadeados de metal em forma de peixe escondidos nas dobras da saia, caso precisasse trancar uma porta para punir uma concubina, guardar peças de seda que haviam chegado de uma de nossas fábricas para uso na casa, ou proteger a despensa, as oficinas de tecelagem ou a sala reservada para nossos empregados empenharem seus pertences quando precisavam de dinheiro extra. O fato de ela nunca ter usado um cadeado injustamente a fez merecedora de respeito e gratidão por parte daquelas que moravam nos aposentos das mulheres, mas, quando ela ficava agitada, como estava neste momento, ela mexia nervosamente nos cadeados.

O rompante de raiva de baba foi substituído por um tom conciliatório, que ele costumava usar com minha mãe.

– Ninguém vai ver nossa filha e nossas sobrinhas. Todo o decoro será mantido. Esta é uma ocasião especial. Eu preciso ser agradável nos meus relacionamentos. Se abrirmos nossas portas desta vez, outras portas poderão ser abertas em breve.

– Você deve fazer o que achar melhor para a família – disse mamãe.

Aproveitei este momento para passar rapidamente pelo pavilhão. Eu não havia entendido tudo o que eles tinham dito, mas não liguei para isso. O que importava era que a ópera seria encenada em nosso jardim e que minhas primas e eu seríamos as primeiras moças em todo Hangzhou a vê-la. É claro que não ficaríamos no meio dos homens. Nós nos sentaríamos atrás de biombos, para que ninguém pudesse ver-nos, como disse meu pai.

Quando mamãe entrou no Pavilhão Primavera para tomar café, já havia recuperado sua compostura normal.

– Moças educadas não devem comer depressa demais – ela avisou a mim e a minhas primas ao passar pela nossa mesa. – Suas sogras não vão querer ver vocês comendo como carpas famintas num lago, abrindo vorazmente a boca, quando se mudarem para

as casas de seus maridos. – Dito isso, nós precisávamos estar prontas quando nossos convidados chegassem.
Então comemos o mais depressa possível, sem perder os modos. Assim que os criados tiraram a mesa, eu me aproximei de mamãe.
– Posso ir para o portão da frente?– perguntei, na esperança de receber os convidados.
– Sim, no dia do seu casamento – ela respondeu, sorrindo carinhosamente, como sempre fazia quando eu fazia alguma pergunta estúpida.
Esperei pacientemente, sabendo que liteiras estavam sendo trazidas do portão principal até o Salão de Espera, onde nossos convidados iriam saltar e tomar chá antes de entrar na parte principal da propriedade. Dali, os homens iriam para o Salão de Elegância Abundante, onde meu pai os receberia. As mulheres viriam para a nossa ala, que ficava nos fundos da propriedade, protegida dos olhos dos homens.
Algum tempo depois, ouvi as vozes alegres das mulheres se aproximando. Quando as duas irmãs de minha mãe e suas filhas chegaram, lembrei a mim mesma que devia ser recatada em aparência, comportamento e gestos. Duas irmãs das minhas tias chegaram logo depois, seguidas de diversas esposas de amigos do meu pai. A mais importante delas era Madame Tan, a esposa do homem que meu pai havia mencionado durante sua discussão com minha mãe. Recentemente, os manchus tinham dado ao marido dela o alto cargo de Comissário de Ritos Imperiais. Ela era alta e muito magra. Sua filha, Tan Ze, olhou em volta avidamente. Senti uma onda de inveja. Eu nunca tinha saído do Palacete da Família Chen. Será que o Comissário Tan deixava a filha sair com freqüência?
Beijos. Abraços. Troca de presentes: figos frescos, jarros de vinho de arroz Shaoxing e chá de flores de jasmim. Levar as mulheres e suas filhas para seus aposentos. Desarrumar malas. Trocar os trajes de viagens por vestidos limpos. Mais beijos. Mais

abraços. Poucas lágrimas e muitos risos. Então fomos para o Salão Flor de Lótus, o salão principal das mulheres, onde o teto era alto, tinha a forma de um rabo de peixe e era sustentado por colunas redondas, pintadas de preto. As janelas e portas davam para um jardim particular de um lado e para um lago cheio de lótus do outro. Sobre um altar no centro do salão, havia um pequeno biombo e um vaso. Quando ditas em conjunto, as palavras *biombo* e *vaso* soavam como *seguro*, e nós, mulheres e moças, nos sentíamos seguras aqui no salão.

Depois que nos sentamos, olhei em volta, meus pés atados mal tocavam a superfície do chão de pedra. Fiquei contente por ter tomado tanto cuidado com a minha aparência, porque as outras mulheres e moças estavam vestidas com suas melhores sedas, bordadas de flores da estação. Quando me comparei com as outras, tive que admitir que minha prima Lótus estava excepcionalmente bonita, mas ela sempre estava. Na realidade, nós todas estávamos esperando ansiosamente pelas festividades que iriam acontecer em nossa casa. Até minha prima gorducha, Giesta, estava com uma aparência mais agradável do que de costume.

As criadas serviram pequenos pratos de doces, e então minha mãe anunciou o concurso de bordado, a primeira de diversas atividades que ela havia planejado para estes três dias. Nós pusemos nossos trabalhos sobre uma mesa e minha mãe examinou-os, procurando os desenhos mais complicados e os pontos mais caprichados. Quando chegou à peça que eu tinha feito, ela falou com a honestidade da sua posição.

– O bordado da minha filha melhorou. Estão vendo como ela tentou bordar crisântemos? – Ela fez uma pausa. – São crisântemos, não são? – Eu assenti e ela disse: – Você fez um bom trabalho. – Ela me beijou de leve na testa, mas qualquer um podia ver que eu não iria vencer o concurso de bordado, nem naquele dia nem nunca.

No final da tarde, entre o chá, os concursos e a nossa ansiedade por aquela noite, estávamos todas agitadas. Mamãe passou os olhos pela sala, observando as risadinhas das meninas, os olhares de advertência de suas mães, Quarta Tia sacudindo o pé e a gorducha Giesta puxando a gola apertada. Juntei as mãos no colo e fiquei sentada o mais imóvel possível quando os olhos de mamãe me acharam, mas por dentro eu queria pular, sacudir os braços e gritar de alegria.

Mamãe pigarreou. Algumas mulheres olharam para ela, mas a agitação continuou. Ela tornou a pigarrear, bateu com a unha na mesa e começou a falar com uma voz melodiosa.

– Um dia, as sete filhas do Deus da Cozinha estavam tomando banho num lago quando um vaqueiro e seu búfalo se aproximaram.

Ao reconhecer as primeiras linhas da história favorita de toda mulher e menina, a sala ficou em silêncio. Acenei para minha mãe, reconhecendo o quanto ela era inteligente em usar esta história para nos acalmar, e a ouvimos contar como o ousado Vaqueiro roubou as roupas da filha mais bonita, a Tecelã, deixando-a nua no lago.

– Quando o frio da noite cobriu a floresta – mamãe explicou –, ela não teve escolha a não ser ir até a casa do Vaqueiro, nua e envergonhada, para buscar suas roupas. A Tecelã sabia que só havia um modo de salvar sua reputação. Ela resolveu se casar com o Vaqueiro. O que vocês acham que aconteceu em seguida?

– Eles se apaixonaram – disse Tan Ze, a filha de Madame Tan, numa voz esganiçada.

Esta era a parte surpreendente da história, já que ninguém esperava que uma imortal amasse um homem comum, quando até aqui, no mundo mortal, maridos e esposas em casamentos arranjados normalmente não encontravam amor.

– Eles tiveram muitos filhos – Tan Ze continuou. – Todo mundo ficou feliz.

– Até? – minha mãe perguntou, dessa vez querendo que outra menina respondesse.

– Até que os deuses e as deusas se cansaram. – Ze tornou a responder, ignorando o desejo óbvio de minha mãe. – Eles estavam sentindo falta da garota que tecia a seda de suas roupas e a queriam de volta.

Minha mãe franziu a testa. Esta Tan Ze havia perdido o senso! Calculei que ela tivesse uns nove anos. Olhei para os pés dela, lembrando-me de que, mais cedo, ela entrara sem ajuda. Seus dois anos de contenção de pés estavam encerrados. Talvez seu entusiasmo tivesse a ver com o fato de conseguir andar de novo. Mas seus modos!

– Continue – Ze disse. – Conte mais!

Mamãe continuou como se não tivesse havido outra violação das Quatro Virtudes.

– A Rainha do Céu levou a Tecelã e o Vaqueiro de volta para os céus, então pegou um grampo e desenhou a Via Láctea para separá-los. Assim, a Tecelã não seria desviada do seu trabalho, e a Rainha do Céu voltaria a ter belas roupas. No Duplo Sete, a deusa permite que todas as gralhas da terra formem uma ponte celestial com suas asas para que os dois amantes possam se encontrar. Daqui a três noites, se vocês, meninas, ainda estiverem acordadas entre a meia-noite e o amanhecer, e se estiverem sentadas debaixo de uma parreira sob o luar, irão ouvir os amantes chorando ao se despedirem.

Era uma idéia romântica, que nos aqueceu o coração, mas nenhuma de nós estaria sozinha debaixo de uma parreira àquela hora da noite, mesmo dentro do ambiente seguro do palacete. E, pelo menos para mim, aquilo não diminuiu minha excitação com relação a *O pavilhão de Peônia*. Quanto tempo mais eu teria que esperar?

Quando chegou a hora do jantar no Pavilhão Primavera, as mulheres se reuniram em pequenos grupos – irmãs com irmãs, primas com primas –, mas Madame Tan e sua filha eram estranhas aqui. Ze sentou-se ao meu lado na mesa das moças solteiras, como se fosse uma moça prestes a se casar e não uma garotinha. Eu sabia que deixaria mamãe feliz se desse atenção à nossa convidada, mas me arrependi de fazê-lo.

– Meu pai pode comprar tudo o que eu quero – Ze anunciou, dizendo para mim e para todo mundo que pudesse ouvir que a família dela era mais rica do que o clã Chen.

NÓS MAL TÍNHAMOS ACABADO de comer quando veio lá de fora o som de um tambor e címbalos, chamando-nos para o jardim. Eu queria demonstrar meu refinamento e sair da sala devagar, mas fui a primeira a passar pela porta. Lanternas piscavam quando atravessei o corredor que saía do Pavilhão Primavera, caminhei pela beirada do lago central, até o nosso Pavilhão Sempre Agradável. Atravessei os arcos, que davam uma visão dos estrados de bambu, dos vasos de orquídeas e dos arbustos artisticamente aparados do outro lado. À medida que a música ficou mais alta, eu me obriguei a andar mais devagar. Eu precisava avançar com cautela, pois sabia que havia homens que não pertenciam à nossa família dentro de nossos muros esta noite. Se um deles por acaso me visse, eu levaria a culpa e ficaria com uma mancha em meu caráter. Mas tomar cuidado e não me apressar precisou de mais autocontrole do que eu imaginava. A ópera iria começar em breve, e eu queria vivenciar cada segundo dela.

Cheguei ao espaço que tinha sido reservado para as mulheres e me sentei numa almofada perto de um dos lados do biombo para poder espiar pela fresta. Eu não iria conseguir ver muito da ópera, mas era mais do que eu tinha esperado. As outras mulheres e moças entraram atrás de mim e se sentaram nas outras almofadas. Eu estava tão excitada que nem me importei quando Tan Ze sentou-se ao meu lado.

Durante várias semanas, o meu pai, como diretor do espetáculo, tinha ficado alojado numa sala lateral junto com o elenco. Ele havia contratado uma trupe teatral masculina de oito membros, o que deixara minha mãe extremamente aborrecida, porque eram pessoas do mais baixo nível social. Ele também tinha obrigado alguns criados, inclusive Salgueiro e diversos outros, a assumir diversos papéis.

— Sua ópera tem cinqüenta e cinco cenas e quatrocentas e três árias! — Salgueiro me dissera, maravilhada, um dia, como se eu já não soubesse disso. A ópera inteira levaria mais de vinte horas para ser encenada, mas, por mais que eu perguntasse, ela não me dizia quais as cenas que baba tinha cortado. – Seu pai quer que seja surpresa – Salgueiro dizia, adorando a chance de me desobedecer. Conforme os ensaios foram ficando mais exigentes, a consternação tomou conta dos moradores da casa; um tio pedia um cachimbo e não havia ninguém para enchê-lo ou uma tia pedia água quente para o banho e não tinha ninguém para trazê-la. Até eu sofri as conseqüências, já que Salgueiro estava ocupada, tendo recebido o importante papel de Perfume Primaveril, a criada da personagem principal.

A música começou. O narrador apareceu e forneceu uma breve sinopse da peça, enfatizando que o desejo tinha durado três encarnações, até que Liu Mengmei e Du Liniang consumassem o seu amor. Então nós conhecemos o jovem herói, um estudante pobre que teve que abandonar a casa ancestral para fazer os exames imperiais. O nome de sua família era Liu, que significa *salgueiro*. Ele contou que tinha sonhado com uma bela donzela que estava parada sob uma ameixeira. Quando acordou, ele adotou o nome de Mengmei, Sonho de Ameixa. A ameixeira, com sua abundante folhagem e frutos maduros, lembrava as forças da natureza, então este nome era sugestivo, até para mim, da natureza apaixonada de Mengmei. Eu ouvia atentamente, mas meu coração sempre estivera com Liniang, e eu mal podia esperar a hora de vê-la.

Ela entrou no palco para a cena chamada Ralhando com a Filha. Usava um vestido de seda dourada, com bordados em vermelho. De sua tiara, subiam bolas de seda, borboletas bordadas de pedrarias e flores que balançavam quando ela se movia.

"*Nossa filha é tão preciosa para nós quanto uma pérola*", Madame Du cantou para o marido, mas ralhou com a filha. "*Você não quer ficar ignorante, quer?*"

E o Prefeito Du, pai de Liniang, acrescentou: "*Nenhuma moça solteira e virtuosa pode ficar sem educação. Passe menos tempo bordando e leia os livros da estante.*"

Mas só advertências não foram capazes de modificar o comportamento de Liniang. Então, logo, ela e Perfume Primaveril foram brindadas com uma professora bem severa. As aulas eram

tediosas, cheias de regras para decorar, que eu conhecia muito bem.
— *É de bom tom para uma filha, ao primeiro cantar do galo, lavar as mãos, enxaguar a boca, pentear o cabelo, prendê-lo e apresentar seus respeitos à mãe e ao pai.*

Eu ouvia coisas assim todos os dias, junto com Não mostre os dentes quando sorrir, Caminhe com passos firmes e lentos, Tenha uma aparência pura e bonita, Seja respeitosa com suas tias e Use tesouras para cortar linhas soltas ou esgarçadas dos seus vestidos.

A pobre Perfume Primaveril não suportava as aulas e implorou para sair para urinar. Os homens do outro lado do biombo deram gargalhadas quando Salgueiro dobrou o corpo, contorceu-se e conteve o xixi com as duas mãos. Fiquei envergonhada ao vê-la comportando-se assim, mas ela só estava fazendo o que o meu pai tinha mandado (o que me chocou, porque como ele poderia saber essas coisas?).

Embaraçada, desviei os olhos do palco e vi os homens. A maioria estava de costas para mim, mas alguns estavam posicionados de forma que eu podia ver seus perfis. Eu era uma donzela, mas *olhei*. Foi uma ousadia, mas eu tinha vivido quinze anos sem ter cometido um único ato que alguém da minha família pudesse chamar de inconveniente.

Meus olhos avistaram um homem quando ele virou a cabeça para olhar para o cavalheiro sentado na cadeira ao lado. Ele tinha maçãs do rosto salientes, olhos grandes e bondosos e cabelos negros. Usava uma bata comprida de corte simples. Sua testa estava raspada em deferência ao imperador manchu, e seu longo rabicho caía languidamente sobre um dos ombros. Ele levou a mão à boca para fazer um comentário, e eu imaginei muita coisa naquele gesto simples: delicadeza, refinamento e amor à poesia. Ele sorriu, revelando dentes brancos e perfeitos e olhos que brilhavam de alegria. Sua elegância e languidez me lembravam um gato: comprido, esbelto, bem-tratado, culto e muito contido. Ele era muito bonito. Quando tornou a olhar para o palco para assistir à ópera, percebi que estava prendendo a respiração. Soltei o ar devagar e tentei me concentrar quando Perfume Primaveril voltou — aliviada — com notícias de um jardim que havia descoberto.

Quando li esse trecho da história, senti uma grande compaixão por Liniang, que vivia tão fechada que nem sabia que sua família possuía um jardim. Ela passara a vida inteira dentro de casa. Perfume Primaveril incitou sua patroa a sair para ver as flores, os salgueiros e pavilhões. Liniang ficou curiosa, mas ocultou ardilosamente da criada o seu interesse.

A calma e a sutileza foram quebradas por uma grande fanfarra anunciando a cena de Acelerar o Cultivo. O Prefeito Du chegou ao campo para recomendar que os fazendeiros, vaqueiros, catadoras de amoras e colhedores de chá trabalhassem com afinco na próxima estação. Acrobatas davam cambalhotas, palhaços bebiam vinho em pequenos frascos, homens usando fantasias coloridas saltitavam pelo jardim em pernas de pau, e nossas criadas e outros empregados executavam cantos e danças típicos da colheita. Era uma cena muito *li*, cheia do que eu imaginava ser o mundo dos homens: gestos selvagens, expressões faciais exageradas e a dissonância de gongos, pratos e tambores. Fechei os olhos a essa cacofonia e tentei recolher-me para dentro de mim mesma e recuperar minha calma interior. Meu coração se aquietou. Quando abri os olhos, tornei a ver, pela fresta do biombo, o homem que tinha visto antes. Ele estava com os olhos fechados. Será que estava sentindo o mesmo que eu?

Alguém puxou a minha manga. Olhei para a direita e vi o rostinho crispado de Tan Ze olhando atentamente para mim.

— Você está olhando para aquele rapaz? — ela cochichou.

Pisquei os olhos algumas vezes e tentei recuperar a compostura respirando com calma.

— Eu também estava olhando para ele — ela confessou, mostrando-se atrevida demais para a sua idade. — Você já deve estar comprometida. Mas meu pai — ela olhou para mim com olhos astutos — ainda não negociou o *meu* casamento. Ele diz que, com tanta turbulência no país, ninguém deve tratar dessas coisas cedo demais. Não se sabe que família vai subir e que família vai descer. Meu pai diz que é terrível dar em casamento uma filha a um homem medíocre.

Será que havia um jeito de fazer aquela garota calar a boca? Pensei, sem nenhuma simpatia.

Ze tornou a virar-se para o biombo e olhou pela fresta.

– Vou pedir ao meu pai para indagar sobre a família daquele rapaz.

Como se ela tivesse alguma escolha no seu casamento! Não sei como pôde acontecer tão depressa, mas fiquei zangada e com ciúme, pensando que ela iria tentar roubá-lo para si. É claro que não havia esperança alguma para mim e o rapaz. Como Ze disse, eu já estava comprometida. Mas, durante as três noites da ópera, eu queria ter sonhos românticos e imaginar que a minha vida também poderia ter um romântico final feliz, como a de Liniang.

Bloqueei Ze da minha mente e me deixei transportar de volta à ópera para O Sonho Interrompido. Finalmente, Liniang aventurou-se a ir até o seu – nosso – jardim. É um momento tão lindo quando ela o vê pela primeira vez. Liniang lamentava que a beleza das flores estivesse escondida em um lugar que ninguém visitava, mas ela também via o jardim como uma versão de si mesma: aberta em flor, mas menosprezada. Eu entendia como ela se sentia. As emoções que ela sentia eram despertadas em mim toda vez que eu lia aquelas linhas.

Liniang voltou ao seu quarto, vestiu uma túnica bordada de flores de peônia e se sentou diante do espelho, refletindo sobre a natureza passageira da sua beleza, assim como eu tinha feito naquela manhã. *"Apiedem-se daquela cuja beleza é como uma flor, quando a vida não dura mais do que uma folha numa árvore"*, ela cantou, expressando o quanto o esplendor da primavera pode ser perturbador, e o quanto ele é fugaz. *"Eu finalmente compreendo o que os poetas escreveram. Na primavera, levado pela paixão; no outono, só arrependimentos. Ah, algum dia eu verei um homem? Como o amor irá encontrar-me? Onde posso revelar meus verdadeiros desejos?"*

Vencida pelo cansaço, ela adormeceu. Em sonhos, ela viajou até o Pavilhão de Peônia, onde o espírito de Liu Mengmei apareceu, usando uma túnica com uma estampa de salgueiro e carregando um galho de salgueiro. Ele tocou delicadamente em Liniang com as folhas. Eles trocaram palavras doces, e ele pediu para ela compor um poema sobre o salgueiro. Então, eles dançaram juntos. Liniang era tão delicada e comovente em seus movimentos que era como assistir à morte de um bicho-da-seda – frágil e sutil.

Mengmei levou-a para a gruta de pedras do nosso jardim. Com os dois fora do alcance da minha visão, eu só ouvia a voz sedutora de Mengmei. "*Abra o colchete do seu pescoço, desamarre a faixa da sua cintura, e cubra os olhos com a manga. Você talvez tenha que morder o tecido...*"

Sozinha na minha cama, eu tentara em vão imaginar o que poderia estar acontecendo sob as rochas do Pavilhão de Peônia. Eu ainda não conseguia ver o que estava acontecendo e tive que confiar no Espírito da Flor, que apareceu para explicar os atos deles. "*Ah, como a força masculina explode e salta...*" Mas isso também não me ajudou. Sendo uma moça solteira, eu fora instruída sobre nuvens e chuva, mas ninguém tinha me explicado ainda o que era realmente aquilo.

Quando houve a consumação, uma chuva de pétalas de peônias caiu sobre a caverna. Liniang cantou sobre a felicidade que ela e seu amado tinham encontrado.

Quando Liniang despertou do sonho, percebeu que havia encontrado o verdadeiro amor. Perfume Primaveril, atendendo às ordens de Madame Du, mandou que Liniang comesse. Mas como ela podia comer? Três refeições por dia não continham nenhuma promessa, nenhum amor. Liniang fugiu da criada e voltou ao jardim em busca do seu sonho. Ela viu o chão coberto de pétalas de flores. Espinhos prenderam sua saia, puxando-a, mantendo-a no jardim. Lembranças do sonho surgiram em sua mente: "*Ele deitou o meu corpo desfalecido sobre as pedras.*" Ela recordou como ele a tinha deitado e como ela estendera as dobras de sua saia, para "*cobrir a terra, com medo dos olhos do Céu*" até se derreter de prazer.

Ela ficou parada sob uma ameixeira carregada de frutas. Mas não era uma ameixeira comum. Ela representava o misterioso amante sonhado de Liniang, vigoroso e procriador. "*Eu ficarei muito feliz em ser enterrada aqui quando morrer*", Liniang cantou.

Minha mãe tinha me treinado para nunca demonstrar meus sentimentos, mas, quando eu lia *O pavilhão de Peônia*, sentia certas coisas: amor, tristeza, alegria. Agora, vendo a história encenada diante dos meus olhos, imaginando o que acontecia na nossa gruta entre o homem e Liniang, e vendo pela primeira vez um rapaz que não pertencia à nossa família, senti tantas emoções que tive que sair por alguns momentos: a inquietação de Liniang era igual à minha.

Eu me levantei devagar e passei por entre as almofadas. Percorri um de nossos jardins com as palavras de Liniang enchendo o meu coração de desejo. Tentei acalmar a mente contemplando a vegetação. Não havia flores no nosso jardim principal. Tudo era verde para criar um clima de tranqüilidade, como uma xícara de chá – o gosto leve mas duradouro. Atravessei a ponte em ziguezague sobre um de nossos menores lagos de lírios e entrei no Pavilhão Cavalgando o Vento, que havia sido planejado de modo que uma brisa suave refrescasse um rosto afogueado ou um coração ardente numa abafada noite de verão. Eu me sentei e tentei me acalmar, conforme era a intenção do pavilhão. Eu tinha querido muito vivenciar cada segundo da ópera, mas não me preparara para sentir tantas emoções.

Árias e música chegavam até mim, carregando com elas a preocupação de Madame Du com o desinteresse da filha. Madame Du ainda não tinha percebido, mas a filha estava doente de amor. Eu fechei os olhos, respirei fundo e deixei que este conhecimento me penetrasse.

Então ouvi um eco inquietante da minha respiração, perto de mim. Abri os olhos e vi, parado diante de mim, o jovem que tinha visto pela fresta do biombo.

Uma exclamação de surpresa escapou dos meus lábios antes que eu conseguisse me recompor. Eu estava sozinha com um homem que não era meu parente. Pior: ele era um completo estranho.

– Desculpe. – Ele juntou as mãos e se inclinou diversas vezes, desculpando-se.
Meu coração disparou – de medo, excitação, pela própria singularidade da situação. Este homem deveria ser um dos amigos do meu pai. Eu precisava ser educada, sem deixar de manter o decoro.
– Eu não deveria ter deixado o espetáculo – eu disse, hesitante. – A culpa é minha.
– Eu também não devia ter saído de lá. – Ele deu um passo para frente, e eu afastei o corpo automaticamente. – Mas o amor daqueles dois... – Ele sacudiu a cabeça. – Imagine encontrar o verdadeiro amor.
– Já imaginei isso várias vezes.
Assim que as palavras saíram da minha boca, eu me arrependi delas. Não se falava assim com um homem, fosse um estranho ou um marido. Eu sabia disso e, no entanto, as palavras tinham voado da minha língua. Encostei três dedos nos lábios, para evitar que mais pensamentos escapassem por eles.
– Eu também – ele disse. Ele deu mais um passo para frente.
– Mas Liniang e Mengmei encontram um ao outro no sonho e então se apaixonam.
– Talvez você não conheça a ópera – eu disse. – Eles se encontram, é verdade, mas Liniang só vai atrás de Mengmei depois que se torna um fantasma.
– Eu conheço a história, mas discordo. O estudante precisa vencer o medo do fantasma dela.
– Um medo que só aparece depois que *ela o* seduz.
Como esta frase pode ter saído da minha boca?
– Perdoe-me – eu disse. – Eu sou apenas uma moça ignorante, e preciso voltar para o espetáculo.
– Não, espere. Por favor, não vá embora.
Olhei através da escuridão, na direção do palco. Tinha esperado por essa ópera a vida inteira. Podia ouvir Liniang cantando *"Em minha fina camisola meu corpo treme, protegido do frio da manhã apenas pelo remorso de ver lágrimas vermelhas de pétalas de flor caindo dos galhos."* Doente de amor, ela se tornará tão magra e

frágil – descarnada, na verdade – que resolveu pintar seu autorretrato em seda. Se ela deixasse o mundo, seria lembrada como era em seu sonho, cheia de beleza e desejo insatisfeito. Este ato por si só, mesmo para uma moça viva, era um sintoma tangível do mal de amor de Liniang, uma vez que ele reconhecia e antecipava a sua morte. Com pinceladas finas, ela pintou um galho de ameixeira na mão da figura para recordar o amante sonhado, na esperança de que, se um dia ele visse o retrato, pudesse reconhecê-la. Finalmente, ela acrescentou um poema, expressando seu desejo de se casar com alguém chamado Liu.

Como fui tão facilmente tentada a me afastar da ópera? E por um homem? Se eu estivesse raciocinando direito, teria percebido imediatamente por que algumas pessoas acreditam que *O pavilhão de Peônia* leva as jovens a se comportar de forma inadequada.

Ele deve ter percebido minha indecisão – como não perceberia? –, pois disse:

– Não vou contar a ninguém, fique, por favor. Eu nunca tive a chance de ouvir o que uma mulher acha da ópera.

Uma mulher? A situação estava piorando. Eu passei por ele, certificando-me de que nenhum pedaço da minha roupa encostasse nele. Então ele tornou a falar.

– O autor teve a intenção de despertar os sentimentos femininos de *qing* – de amor e emoção – em nós. Eu *sinto* esta história, mas não sei se o que sinto é verdadeiro.

Nós estávamos a poucos centímetros um do outro. Eu me virei e olhei para ele. Suas feições eram ainda mais refinadas do que eu pensara. Na luz fraca da lua crescente, vi suas maçãs salientes, a doçura dos seus olhos e a boca bem desenhada.

– Eu... – Minha voz emudeceu quando ele olhou para mim. Pigarreei e recomecei: – Como poderia uma moça, protegida, de uma família de elite...

– Uma moça como você.

– Escolher o próprio marido? Isto não é possível para mim e teria sido impossível para ela também.

– Você acha que entende Liniang melhor do que o seu criador?

– Eu sou uma moça. Tenho a mesma idade que ela. Acredito no dever filial e vou cumprir o que meu pai determinou para mim, mas todas as moças têm sonhos, mesmo quando os nossos destinos já estão traçados.
– Então você tem os mesmos sonhos de Liniang? – ele perguntou.
– Eu não sou uma moça frívola num dos barcos pintados sobre o lago, se é isso que você está perguntando!
De repente, fiquei vermelha de vergonha. Eu tinha falado demais. Olhei para o chão. Meus sapatinhos pareciam pequenos e delicados ao lado de seus chinelos bordados. Senti os olhos dele sobre mim e tive vontade de erguer a cabeça, mas não consegui. Eu não ia olhar para ele. Fiz um rápido cumprimento de cabeça e, sem mais palavras, saí do pavilhão.
Ele perguntou baixinho:
– Podemos nos encontrar amanhã? – Uma pergunta, acompanhada, em seguida, de uma afirmação mais categórica. – Venha se encontrar comigo amanhã. Aqui mesmo.
Não respondi. Não olhei para trás. Caminhei reto na direção do jardim principal e, mais uma vez, passei no meio das mulheres sentadas até a almofada posicionada na frente da quina do biombo. Olhei em volta, na esperança de que ninguém tivesse notado a minha ausência. Sentei-me e olhei pela fresta para assistir ao espetáculo, mas tive dificuldade em prestar atenção. Quando vi o rapaz voltar ao seu lugar, fechei os olhos. Não me permiti olhar para ele. Ali sentada, de olhos bem fechados, deixei-me embalar pela música e pelas palavras.
Liniang estava morrendo de mal de amor. Um adivinho foi chamado para prescrever encantamentos, sem resultado. Quando chegou o Festival da Lua de Outono, Liniang estava muito fraca e debilitada. Seus ossos temiam o frio do outono. Uma chuva gelada batia nas janelas e gansos melancólicos cruzavam o céu. Quando a mãe foi vê-la, Liniang desculpou-se por não poder servir os pais até a morte deles. Ela tentou fazer uma reverência respeitosa e desmaiou. Sabendo que iria morrer, ela implorou à família para

enterrá-la no jardim, debaixo da ameixeira. Secretamente, ela pediu a Perfume Primaveril para esconder seu retrato na gruta do jardim, onde ela e seu amante sonhado haviam consumado seu amor.

Pensei no rapaz que tinha conhecido. Ele não me tocara, mas, ali sentada do lado do biombo onde estavam as mulheres, eu pude admitir que desejara que o tivesse feito. No palco, Liniang morria. Carpideiras cantavam seus lamentos e os pais dela choravam de tristeza. Então, numa súbita reviravolta, um mensageiro chegava com uma carta do imperador. Eu não gostava muito dessa parte da história. O Prefeito Du era promovido. Começava uma grande celebração, que agora, ao vê-la, era um grande espetáculo e uma maneira maravilhosa de terminar a noite. Mas como os Dus conseguiram esquecer tão facilmente a sua dor se amavam a filha tanto quanto diziam que amavam? O pai chegou até a esquecer de marcar sua placa ancestral, o que iria causar-lhe muitos problemas no outro mundo.

Mais tarde, deitada em minha cama, senti um anseio tão profundo que mal podia respirar.

Gaiola de laca e bambu

NA MANHÃ SEGUINTE, PENSEI MUITO NA MINHA avó. Sentia-me dividida entre o desejo de me encontrar de novo com o estranho naquela noite e os ensinamentos que havia recebido desde a infância sobre como me comportar. Eu me vesti e saí para ir ao salão ancestral. Era uma longa caminhada, mas eu fui observando tudo, como se já não tivesse visto aquela paisagem dez mil vezes antes. O Palacete da Família Chen tinha enormes salões, amplos pátios e belos pavilhões que se estendiam até a margem do Lago Ocidental. A rugosidade selvagem das nossas pedras me fez lembrar do que era duradouro e forte na vida. Vi a extensão dos lagos e dos rios sinuosos nos nossos lagos e riachos artificiais. Imaginei florestas nos nossos estrados de bambu, cuidadosamente plantados. Passei pelo Pavilhão da Beleza Acumulada, um mirante no andar de cima que permitia que as moças solteiras da nossa casa observassem as visitas no jardim, sem serem vistas. Dali, eu tinha ouvido sons do mundo exterior, o trinado de uma flauta flutuando sobre o lago, sendo *empurrado* por sobre a água, e entrando insidiosamente na nossa propriedade. Eu tinha até ouvido vozes do lado de fora: um vendedor de utensílios de cozinha, uma discussão entre barqueiros, o riso das mulheres num barco de passeio. Mas eu não os tinha visto.

Entrei no salão onde guardávamos as placas ancestrais da minha família. As placas – pedaços de madeira com os nomes dos meus ancestrais gravados em caracteres dourados – estavam penduradas nas paredes. Aqui estavam meus avós, tios-avós e tias-avós, e inúmeros primos que tinham nascido, vivido e morrido no Palacete da Família Chen. Na morte, suas almas tinham se dividido em três partes e ido para novas casas: o outro mundo, o túmulo e as placas ancestrais. Olhando para as placas, eu podia não só acompanhar mais de nove gerações da minha família, como também convencer o pedacinho de alma que residia em cada uma a me ajudar.

Acendi um incenso, ajoelhei-me numa almofada e contemplei dois grandes pergaminhos pendurados na parede sobre o altar. À esquerda, estava o meu avô, um intelectual do império que trouxera grande dignidade, segurança e riqueza para a nossa família. Na pintura, ele estava sentado, vestindo uma túnica, as pernas afastadas, um leque aberto na mão. Seu rosto era severo e a pele em volta dos olhos, enrugada de sabedoria e preocupação. Ele morreu quando eu tinha quatro anos e a lembrança que eu tinha dele era de um homem que preferia o silêncio a mim, e muito pouco tolerante em relação à minha mãe e às outras mulheres de nossa casa.

À direita do altar, em outro longo pergaminho, estava a mãe do meu pai. Ela também tinha uma expressão severa. Ocupava uma posição de grande honra, na nossa família e no país, por ser uma mártir que morrera no Cataclismo. Nos anos anteriores ao seu sacrifício, meu avô tinha servido como Ministro de Obras em Yangzhou. Minha avó deixou o Palacete da Família Chen aqui em Hangzhou e viajou dois dias de barco e de palanquim para morar com ele em Yangzhou. Sem perceber que a desgraça estava chegando, meus pais foram a Yangzhou para uma visita. Logo depois que eles chegaram, os saqueadores manchus invadiram o lugar.

Sempre que eu tentava conversar com mamãe sobre aquele período, ela dizia: "Você não precisa saber sobre isso." Uma vez, aos cinco anos, eu tive a ousadia de perguntar se ela vira vovó Chen morrer. Mamãe me bateu com tanta força que eu caí no chão. "Nunca mais fale comigo sobre esse dia." Ela nunca mais me bateu, nem mesmo durante a bandagem dos meus pés, e eu nunca mais perguntei a ela sobre minha avó.

Outros, no entanto, invocavam-na quase diariamente. O objetivo mais alto que uma mulher podia alcançar na vida era ser uma viúva casta, que não aceitava um segundo casamento, mesmo que isto significasse tirar a própria vida. Mas minha avó tinha feito algo ainda mais extraordinário. Ela preferiu se matar a se entregar aos soldados manchus. Ela era um exemplo tão perfeito da castidade confuciana que, depois que os manchus estabeleceram a corte Qing, eles a escolheram para ser venerada em histórias e livros que seriam lidos por mulheres que buscavam alcançar a perfeição como esposas e mães, e para promover os ideais universais de lealdade e compaixão filial. Os manchus ainda eram nossos inimigos, mas eles usavam a minha avó e as outras mulheres que se haviam sacrificado durante a catástrofe para obter respeito e restaurar a ordem nos aposentos das mulheres.

Coloquei oferendas de pêssegos imaculadamente brancos no seu altar.

— Vou me encontrar com ele ou não? — Sussurrei, esperando que ela pudesse me guiar. — Ajude-me, vovó, ajude-me.

Encostei a testa no chão em sinal de obediência, contemplei o seu retrato para que ela visse a minha sinceridade e tornei a baixar a cabeça. Levantei-me, alisei a saia e saí da sala, meus desejos flutuando na direção da minha avó junto com a fumaça do incenso. Mas não estava mais segura do que devia fazer do que quando entrara.

Salgueiro estava esperando por mim na porta.

— Sua mãe disse que você está atrasada para tomar café no Pavilhão Primavera. Dê-me o seu braço, senhorita, que eu vou levá-la até lá.

Ela era minha criada, mas fui eu que obedeci.

Os corredores já estavam bem movimentados. O Palacete da Família Chen abrigava 940 dedos: 210 dedos pertenciam aos meus parentes diretos, 330 dedos às concubinas e seus filhos — todas meninas — e os outros 400 dedos a nossos cozinheiros, jardineiros, amas-de-leite, babás e assemelhados. Agora, com o festival do Duplo Sete, tínhamos muitos outros dedos hospedados lá. Com tanta gente na casa, nossa propriedade era planejada de forma a manter cada um desses dedos no seu devido lugar. Então, esta manhã, como todas as manhãs, as dez concubinas da casa – e suas vinte e três filhas – comeram na sua própria sala. Três primas, que estavam no ponto crucial de bandagem dos pés, estavam confinadas em seus quartos. Fora essas, as mulheres no Pavilhão Primavera instalavam-se de acordo com sua posição. Minha mãe, como esposa do irmão mais velho, ocupava o lugar de honra na sala. Ela e suas quatro cunhadas sentavam-se a uma mesa, cinco priminhas sentavam-se a outra mesa com suas babás, enquanto as três primas da minha idade e eu tínhamos uma mesa só para nós. Nossas hóspedes também estavam agrupadas por idade e grau de importância. Num canto, as babás e as amas-de-leite cuidavam dos bebês e das meninas de menos de cinco anos.

Deslizei com um passo perfeito de lírio, movendo-me delicadamente, tomando cuidado com cada passo, meu corpo oscilando de um lado para outro como uma flor sob a brisa. Quando me sentei, minhas primas me ignoraram de propósito. Normalmente, isso não me aborrecia muito. Eu já estava prestes a me casar, eu dizia a mim mesma, e só iria passar mais cinco meses na companhia delas. Mas, depois do meu encontro no Pavilhão Cavalgando o Vento na noite anterior, questionei o que me aguardava.

Meu pai e o pai do meu futuro marido eram amigos de infância. Quando seus casamentos foram arranjados, eles juraram que um dia as duas famílias seriam unidas através de seus filhos. A família Wu teve logo dois filhos, eu demorei mais a chegar, e, logo, os meus Oito Traços de Personalidade foram combinados com os do filho mais moço. Meus pais ficaram felizes, mas, para mim, era difícil ficar animada com isso, principalmente agora. Eu nunca tinha visto Wu Ren. Não sabia se ele era dois ou dez anos mais velho do que eu. Ele podia ser coberto de marcas de varíola, baixo, cruel e gordo, mas eu jamais seria alertada quanto a isso por minha mãe ou meu pai. Casar-me com um estranho era o meu destino, e não necessariamente um destino feliz.

— Hoje a donzela de jade está usando a cor de jade — Giesta, a filha do segundo irmão do meu pai falou, olhando para mim. Ela tinha nome de flor, como nós todas, mas ninguém o usava. Teve a infelicidade de nascer num dia azarado em que o Cometa estava bem visível, o que significava que a família na qual ela entrasse pelo casamento teria a sorte varrida de sua casa. A Segunda Tia tinha coração mole, e por isso Giesta já era gorda como uma mulher que havia passado da idade de ter filhos. As outras tias, inclusive minha mãe, faziam campanha para ela não comer demais, na esperança de que, quando ela se casasse, o azar fosse retirado do nosso palacete.

— Não sei se essa cor é boa para a sua pele — Lótus, a filha mais velha da Terceira Tia, acrescentou docemente. — Sei que é triste para a nossa donzela de jade ouvir isso.

Mantive um sorriso nos lábios, mas suas palavras doeram. Meu pai sempre dizia que eu era uma donzela de jade e que o meu futuro marido era um rapaz de ouro, o que significava que as duas famílias tinham a mesma riqueza e status. Eu não deveria ter feito isso, mas me vi imaginando se meu pai acharia satisfatório o rapaz que eu tinha conhecido na noite anterior.

— Mas, por outro lado — Lótus continuou, com compaixão na voz —, ouvi dizer que o rapaz de ouro é um tanto encardido. Não é mesmo, Peônia?

Sempre que ela dizia coisas assim, eu respondia, e tinha que responder agora para não parecer fraca. Eu tirei o estranho da cabeça.

— Se meu marido tivesse nascido em outra época, ele teria se tornado um intelectual do império como o pai, mas este não é um caminho aconselhável hoje em dia. Mas baba diz que Ren foi um menino precoce — eu me gabei, tentando parecer convincente. — Ele será um marido maravilhoso.

— Nossa prima devia querer um marido forte — Giesta disse a Lótus. — O sogro dela morreu e o rapaz Wu é apenas um segundo filho, então a sogra terá grande poder sobre ela.

Isso foi muito cruel.

– O pai do meu marido morreu no Cataclismo – retruquei.
– Minha sogra é uma viúva honrada.
Aguardei o que as meninas diriam em seguida, já que pareciam tão bem informadas. Será que com a morte do patriarca Wu a família estava em dificuldades? Meu pai tinha estipulado um dote muito generoso para mim, que incluía terras, fábricas de seda, gado e muito dinheiro, sedas e alimentos, mas um casamento em que a esposa tinha dinheiro demais nunca era feliz. Geralmente o marido se tornava dependente e era alvo de muito deboche, enquanto as esposas eram conhecidas por sua crueldade, língua ferina e ciúme implacável. Será que era esse o futuro que o meu pai queria para mim? Por que eu não podia me apaixonar como Liniang?

– Apenas não fique agradecendo aos céus pelo seu casamento perfeito – Giesta concluiu com um arzinho de satisfação – porque todo mundo aqui sabe que não é bem assim.

Suspirei.

– Por favor, coma mais um bolinho – eu disse, empurrando o prato na direção dela.

Giesta lançou um olhar rápido na direção da mesa das mães e então, com seus pauzinhos, tirou um bolinho e o enfiou inteiro na boca. Minhas duas outras primas me olharam com olhos cheios de maldade, mas não havia muito que eu pudesse fazer a respeito. Elas bordavam juntas, almoçavam juntas e falavam de mim pelas costas. Mas eu tinha algumas maneiras de me vingar, mesmo elas sendo bonitas. Eu fazia certas maldades, como exibir minhas belas roupas, prendedores de cabelo e jóias. Eu era imatura, mas só fazia isso para proteger meus sentimentos. Eu não entendia que minhas primas e eu estávamos presas como grilos da sorte em gaiolas de laca e bambu.

Passei o resto da refeição em silêncio, com as outras me ignorando com aquela convicção de que só moças solteiras conseguem mostrar, enquanto eu acreditava ser imune a seus pensamentos maldosos. Mas é claro que eu não era, e de repente me dei conta dos meus defeitos. De certa forma, eu era mais decepcionante do que Giesta. Nasci no sétimo mês, quatro anos depois do Cataclismo, quando todas as quatro semanas são reservadas para o Festival dos Fantasmas Famintos – uma época nada propícia. Eu era uma menina, uma calamidade para qualquer família, mas particularmente para uma família como a nossa, que sofrera grandes perdas durante o Cataclismo. Por ser o irmão mais velho, todos esperavam que meu pai tivesse um filho que, um dia, pudesse tornar-se o chefe da família, executar rituais no salão ancestral e fazer oferendas aos nossos parentes mortos para eles continuarem a nos trazer sorte e fortuna; em vez disso, ele suportava a carga de uma única, inútil, filha. Talvez minhas primas estivessem certas e ele tivesse arranjado o meu casamento com alguém insignificante, à guisa de castigo.

Olhei para o outro lado da mesa e vi Giesta cochichar no ouvido de Lótus. Elas olharam para mim e depois cobriram as bocas para disfarçar seus sorrisos irônicos. Na mesma hora, as minhas dúvidas se evaporaram, e, por dentro, agradeci às minhas primas. Eu tinha um segredo tão grande que elas se rasgariam de inveja se soubessem.

Depois do café, fomos para o Salão Flor de Lótus, onde minha mãe anunciou um concurso de cítara para as moças solteiras. Quando chegou a minha vez, eu me sentei no tablado em frente ao grupo, como as outras tinham feito, mas eu tocava cítara muito mal e errei as notas várias vezes enquanto pensava no rapaz que havia conhecido na noite anterior. Assim que terminei, minha mãe me dispensou, sugerindo que eu fosse dar uma volta no jardim.

Liberada dos aposentos das mulheres! Atravessei rapidamente o corredor até a biblioteca do meu pai. Baba fazia parte da nona geração de intelectuais imperiais da família Chen, do nível *jinshi*, o mais alto que havia. Ele tinha sido Vice-Comissário da Seda durante a época Ming, mas com o caos – e desencantado com a idéia de servir o novo imperador – tinha retornado para casa. Voltara-se para atividades apropriadas a um cavalheiro: escrever poesia, jogar xadrez, tomar chá, queimar incenso e, agora, produzir e dirigir óperas. Sob muitos aspectos, ele – como muitos homens atualmente – tinha adotado a filosofia de nossas mulheres de se voltar para dentro. Nada o deixava mais feliz do que desenrolar um pergaminho enquanto era envolvido por uma nuvem de incenso ou tomar chá enquanto jogava uma partida de xadrez com sua concubina favorita.

Baba ainda era leal à dinastia Ming, mas estava preso às regras de humanidade; ele se recusava a trabalhar para o novo governo, mas ainda tinha que raspar a cabeça e usar um rabicho para demonstrar sua subserviência ao imperador Qing. Ele explicava sua capitulação da seguinte maneira: "Os homens não são iguais às mulheres. Nós entramos no mundo exterior, onde somos vistos. Eu tinha que obedecer às ordens dos manchus ou me arriscar a ser decapitado. Se eu tivesse morrido, como a nossa família, a nossa casa, a nossa terra e todas as pessoas que trabalham para nós teriam sobrevivido? Nós já sofremos muito."

Entrei na biblioteca do meu pai. Havia um criado na porta, pronto para atender às necessidades de baba. Nas paredes à minha esquerda e direita, havia "quadros" de mármore – placas de mármore que mostravam paisagens de montanhas cobertas de nuvens contra um céu turvo. A sala, mesmo com as janelas abertas, cheirava às quatro jóias do escritório de um intelectual: papel, tinta, pincéis e a pedra usada para fazer tinta. Nove gerações de intelectuais tinham construído esta biblioteca, e havia livros por toda parte – na mesa, no chão, nas estantes. Meu pai tinha acrescentado sua marca à coleção, reunindo centenas de livros escritos por mulheres durante a dinastia Ming e mais de mil livros escritos por mulheres desde o Cataclismo. Ele dizia que atualmente os homens precisavam buscar talento em lugares inusitados.

Esta manhã, baba não estava na sua escrivaninha. Estava deitado num sofá-cama de madeira com fundo de junco, vendo a névoa erguer-se do lago. Debaixo do sofá-cama, avistei duas bandejas, cada uma com grandes blocos de gelo. Ele era muito sensível ao calor e fazia os criados tirarem gelo do subsolo para esfriar seu sofá-cama. Na parede, acima dele, estava pendurado um verso que dizia:

Não ligue para a fama. Seja modesto.
Assim os outros irão achá-lo especial.

– Peônia – ele disse, e fez sinal para eu me aproximar. – Sente-se aqui.

Atravessei a sala, caminhando perto das janelas para poder olhar por sobre o lago para a Ilha Solitária e mais além. Eu não devia ver nada que ficasse do lado de fora dos nossos muros, mas hoje meu pai me permitiu esse prazer. Eu me sentei numa das cadeiras que tinham sido colocadas na frente da sua escrivaninha para aqueles que vinham pedir favores.

– Você tornou a fugir da sua professora hoje? – ele perguntou.

Ao longo dos anos, minha família tinha me proporcionado excelentes professoras – todas mulheres –, mas, desde que eu tinha quatro anos, meu pai permitia que eu me sentasse no colo dele, e foi ele quem me ensinou a ler, a compreender e a criticar. Ele me ensinou que a vida imita a arte. Por meio da leitura, ele me disse, eu poderia conhecer mundos diferentes do meu. Ao usar o pincel para escrever, eu poderia exercitar meu intelecto e minha imaginação. Eu o considerava o meu melhor professor.

– Eu não tenho aulas hoje – disse a ele, timidamente.

Ele tinha esquecido que o meu aniversário era amanhã? Normalmente, aniversários não eram celebrados antes que a pessoa atingisse a idade de cinqüenta anos, mas ele não tinha encenado a ópera para mim porque me amava e eu era preciosa para ele?

Ele sorriu com indulgência.

– É claro, é claro. – Então tornou a ficar sério. – Muita fofoca nos aposentos das mulheres?

Sacudi a cabeça negativamente.

– Então você veio me dizer que venceu um daqueles concursos que sua mãe organizou?

– Ah, Ba. – Suspirei, resignada. Ele sabia que eu não me destacava nessas coisas.

– Você está tão velha agora que eu não posso mais implicar com você. – Ele deu um tapa na coxa e riu. – Dezesseis anos amanhã. Você se esqueceu desse dia especial?
Sorri para ele.
– Você me deu o melhor dos presentes.
Ele fez um ar interrogativo. Devia estar brincando comigo de novo, e eu entrei na brincadeira.
– Suponho que você tenha encenado a ópera para outra pessoa – eu disse.
Baba tinha encorajado a minha impertinência ao longo dos anos, mas hoje ele não deu uma resposta rápida e sagaz. Simplesmente disse:
– Sim, sim, *sim*. – Como se, a cada palavra, ele estivesse refletindo sobre a resposta. – É claro. Foi isso mesmo.
Ele ergueu o corpo e jogou as pernas por sobre a lateral da cama. Depois que ficou em pé, demorou um pouco ajeitando a roupa, confeccionada de acordo com os trajes de montaria dos manchus: calças e uma túnica abotoada no pescoço.
– Mas tenho outro presente para você. Uma coisa que eu acho que vai gostar ainda mais.
Ele foi até um baú de madeira de canforeira, abriu-o e tirou lá de dentro algo embrulhado em seda roxa, estampada de salgueiros. Quando ele me entregou o embrulho, eu vi que era um livro. Torci para ser o volume de *O pavilhão de Peônia* que o grande autor Tang Xianzu havia publicado. Desamarrei e abri lentamente a seda. Era uma edição de *O pavilhão de Peônia* que eu ainda não tinha, mas não o que eu estava querendo. Mesmo assim, apertei-o contra o peito, apreciando o quanto ele era especial. Sem a ajuda do meu pai, eu não teria podido ir atrás da minha paixão, por mais desembaraçada que eu fosse.
– Ba, você é bom demais para mim.
– Abra – ele disse.
Eu adorava livros. Adorava sentir o peso deles em minhas mãos. Adorava o cheiro de tinta e a textura do papel-de-arroz.
– Não dobre os cantos para marcar a página que você estiver lendo – meu pai disse. – Não passe as unhas nos caracteres escritos.

Não molhe o dedo com a língua antes de virar as páginas. E nunca use um livro como travesseiro.

Quantas vezes ele já tinha me dito isso?

– Pode deixar, baba – prometi.

Li as primeiras frases ditas pelo narrador. Na noite anterior, eu tinha ouvido o ator que fazia o papel dele falar nas três encarnações que haviam conduzido Liniang e Mengmei ao Pavilhão de Peônia.

Mostrei o livro ao meu pai, apontei para o trecho e perguntei:

– Baba, de onde vem isto? Foi algo que Tang Xianzu inventou ou é uma das coisas que ele tirou de outro poema ou história?

Meu pai sorriu, contente como sempre com a minha curiosidade.

– Procure na terceira estante daquela parede. Pegue o livro mais velho que você encontrar e terá a sua resposta.

Pus meu novo exemplar de *O pavilhão de Peônia* em cima do sofá-cama e fiz o que meu pai tinha sugerido. Levei o livro de volta até o sofá e folheei-o até encontrar a fonte original das três encarnações. Durante a dinastia Tang, uma moça se apaixonou por um monge. Foram necessárias três vidas para que eles conseguissem as circunstâncias perfeitas para um amor perfeito. Refleti sobre isso. Será que o amor poderia ser forte o bastante para se estender além da morte, não uma vez, mas três vezes?

Tornei a pegar *O pavilhão de Peônia* e virei lentamente as páginas. Eu queria achar Mengmei e reviver o encontro com o estranho na noite anterior. Cheguei à entrada em cena de Mengmei:

"Eu herdei o perfume dos livros clássicos. Furando a parede para ter luz, o cabelo amarrado a uma viga, com medo de cochilar, eu extraio da natureza a excelência em letras..."

– O que você está lendo agora? – baba perguntou.

Fui apanhada! Meu rosto ficou vermelho.

– Eu... eu...

– Há coisas na história que uma moça como você talvez não entenda. Você deveria discuti-las com sua mãe.

Fiquei mais vermelha ainda.

– Não é nada desse tipo – gaguejei, e então li o trecho para ele, que, por si só, parecia perfeitamente inocente.

– Ah, então você também quer saber qual é a fonte disso. – Concordei com um movimento de cabeça e ele se levantou, foi até uma das estantes, tirou um livro e o trouxe até o sofá. – Este livro registra as proezas de famosos intelectuais. Quer que eu ajude?

– Não precisa, baba.

– Eu sei que não – ele disse e me entregou o livro.

Consciente do olhar vigilante do meu pai, folheei o livro até encontrar uma referência a Kuang Heng, um estudante tão pobre que não tinha dinheiro para comprar óleo para o seu lampião. Ele furou um buraco na parede para aproveitar a luz do vizinho.

– Um pouco mais para frente – baba me disse –, você vai achar a referência a Sun Jing, que amarrava o cabelo a uma viga, com medo de adormecer sobre os livros.

Balancei a cabeça com um ar grave, imaginando se o rapaz que eu tinha conhecido era tão esforçado quanto aqueles homens de antigamente.

– Se você fosse um filho homem – baba continuou –, teria dado um excelente intelectual imperial, talvez o melhor que a nossa família já teve.

Ele disse isso como um cumprimento e foi assim que eu interpretei, mas havia certo pesar em sua voz. Eu não era um filho e nunca poderia ser.

– Se você vai ficar aqui – ele disse apressadamente, talvez consciente do seu lapso –, então é melhor me ajudar.

Voltamos para a escrivaninha e nos sentamos. Ele ajeitou cuidadosamente a roupa ao redor do corpo, depois arrumou o rabicho para que caísse bem reto sobre as costas. Passou os dedos pela testa raspada – um hábito, como o de usar roupas no estilo manchu, que o fazia lembrar-se de sua escolha de proteger a família e então abriu uma gaveta e tirou lá de dentro diversas fileiras de moedas de prata.

Ele empurrou uma fileira na minha direção e disse:

– Eu tenho que mandar dinheiro para o campo. Ajude-me a contá-lo.

Possuíamos milhares de *mou* plantados com amoreiras. Na região de Gudang, não muito longe daqui, aldeias inteiras dependiam da nossa família para sobreviver. Baba cuidava das pessoas que plantavam as árvores, arrancavam as folhas, alimentavam e criavam os bichos-da-seda, extraíam a fibra dos casulos, fiavam e produziam a seda. Ele me disse o que era necessário para cada operação e eu comecei a separar as somas.

– Você não parece muito bem, hoje – meu pai disse. – O que a está preocupando?

Eu não podia contar a ele sobre o rapaz que tinha conhecido, nem que estava sem saber se deveria ou não me encontrar de novo com ele no Pavilhão Cavalgando o Vento, mas, se baba pudesse me ajudar a entender minha avó e as escolhas que ela fizera, talvez eu soubesse o que fazer esta noite.

– Eu estava pensando em vovó Chen. Ela era muito corajosa? Ela teve momentos de insegurança?

– Nós já estudamos esta história.

– A história, sim, mas não sobre vovó. Como ela era?

Meu pai me conhecia muito bem, e, ao contrário da maioria das filhas, eu também o conhecia muito bem. Ao longo dos anos, eu tinha aprendido a reconhecer certas expressões: a forma como ele erguia as sobrancelhas de surpresa quando eu perguntava sobre uma ou outra poetisa, a careta que ele fazia quando me perguntava sobre história e eu respondia errado, o modo pensativo como esfregava o queixo quando eu fazia alguma pergunta sobre *O pavilhão de Peônia* que ele não sabia responder. Agora ele olhou para mim como se estivesse avaliando o meu merecimento.

– Os manchus tinham visto cair uma cidade após outra – ele disse finalmente –, mas sabiam que, quando chegassem ao delta do Yangzi, encontrariam uma forte resistência por parte dos legalistas. Eles poderiam ter escolhido Hangzhou, onde nós morávamos, mas resolveram fazer de Yangzhou, onde meu pai servia como ministro, um exemplo para as outras cidades da região.

Eu já tinha ouvido isso muitas vezes, e fiquei imaginando se ele iria me contar algo que eu ainda não soubesse.

– Os generais, que até então tinham mantido os soldados sob estrito controle, deram ordem a seus homens para saciar seus desejos e se apoderar do que quisessem, mulheres, prata, seda, antiguidades e animais, como recompensa por seus serviços. – Meu pai parou e olhou para mim daquele mesmo jeito avaliador. – Você entende o que eu estou dizendo... sobre as mulheres?

Para falar a verdade, eu não entendia, mas assenti.

– Durante cinco dias, a cidade ficou inundada de sangue – ele continuou. – Incêndios destruíram casas, prédios, templos. Milhares e milhares de pessoas morreram.

– Você não ficou com medo?

– Todo mundo ficou com medo, mas minha mãe nos ensinou a ser corajosos. E nós tivemos que ser corajosos de diversas maneiras. – Mais uma vez ele me observou como se estivesse pensando se devia ou não continuar. Ele deve ter achado que eu não merecia ouvir, porque pegou uma fileira de moedas e voltou a contar. Sem tirar os olhos das moedas de prata, ele concluiu: – Agora você sabe por que eu prefiro contemplar apenas a beleza: ler poesia, fazer minha caligrafia, ler e assistir as óperas.

Mas ele não tinha me contado nada sobre vovó! E não dissera nada que pudesse me ajudar a decidir o que fazer à noite ou a entender o que eu estava sentindo.

– Baba... – eu disse, timidamente.

– Sim – ele respondeu, sem levantar os olhos.

– Eu estive pensando na ópera e no mal de amor de Liniang – eu disse, atropelando as palavras. – Você acha que isso poderia acontecer na vida real?

– É claro que sim. Você já ouviu falar em Xiaoqing, não ouviu?

É claro que eu tinha ouvido. Ela fora a donzela mais apaixonada que um dia existiu.

– Ela morreu muito jovem – eu disse. – Isso aconteceu porque ela era linda?

– Em muitos aspectos, ela era parecida com você – baba respondeu. – Ela era graciosa e elegante por natureza. Mas seus pais, membros da nobreza, perderam a fortuna. Sua mãe tornou-se professora, então Xiaoqing foi bem educada. Talvez até demais.
– Mas como é que alguém pode ser bem-educada demais? – perguntei, pensando no quanto eu tinha deixado o meu pai feliz ao demonstrar interesse pelos livros dele.
– Quando Xiaoqing era pequena, ela visitou uma monja – baba respondeu. – Em uma única sessão, Xiaoqing aprendeu a recitar o *Sutra do coração* sem esquecer um único caracter. Mas, enquanto ela estava fazendo isso, a monja viu que Xiaoqing não tinha boa sorte. Se a menina evitasse ler, viveria até os trinta. Caso contrário...
– Mas como ela pôde morrer de mal de amor?
– Quando ela completou dezesseis anos, um homem em Hangzhou comprou-a como concubina e a escondeu lá – ele apontou para a janela – na Ilha Solitária para mantê-la a salvo de sua esposa ciumenta. Xiaoqing ficou sozinha e sentiu muita solidão. Seu único consolo era ler *O pavilhão de Peônia*. Como você, ela lia a ópera constantemente. Ela se tornou obcecada, começou a padecer do mal de amor e definhou. À medida que ia ficando mais fraca, escrevia poemas em que se comparava a Liniang. – A voz dele tornou-se mais suave e seu rosto ficou vermelho. – Ela só tinha dezessete anos quando morreu.

Minhas primas e eu às vezes falávamos sobre Xiaoqing. Inventávamos explicações para o que achávamos que a frase "ser posta na Terra para os prazeres dos homens" queria dizer. Mas, quando baba falou, eu vi que, de certa forma, a fragilidade e a consumpção de Xiaoqing o excitavam e fascinavam. Ele não era o único homem que tinha sido cativado por sua vida e sua morte. Muitos homens haviam escrito poemas para ela, e mais de vinte tinham escrito peças sobre ela. Compreendi que havia alguma coisa em Xiaoqing e no modo como ela morreu que era profundamente atraente e cativante para os homens. Será que o meu estranho sentiria a mesma coisa?

– Penso muito em como Xiaoqing chegou ao fim dos seus dias – baba continuou, com um tom sonhador. – Ela só bebia um pequeno copo de suco de pêra por dia. Você pode imaginar?

Eu estava começando a me sentir desconfortável. Ele era meu pai e eu não gostava de pensar que ele pudesse ter sentimentos e sensações semelhantes aos que eu vinha tendo desde a noite anterior, quando eu sempre dissera a mim mesma que ele e minha mãe eram distantes um com o outro e que ele não era realmente feliz com as suas concubinas.

– Assim como Liniang, Xiaoqing queria deixar um retrato de si mesma – baba continuou, sem perceber meu desconforto. – O artista fez três tentativas antes de acertar. Xiaoqing ia ficando mais patética a cada dia, mas nunca esqueceu sua obrigação de ser linda. Toda manhã ela penteava o cabelo e se vestia com as mais finas sedas. Ela morreu sentada, com uma aparência tão perfeita que aqueles que foram vê-la acreditaram que ela ainda estivesse viva. Então a terrível esposa do seu dono queimou os poemas de Xiaoqing e todos os seus retratos, exceto um.

Baba olhou pela janela, na direção da Ilha Solitária, com os olhos vidrados e cheios de... compaixão? Desejo? Saudade?

No silêncio pesado, eu disse:

– Nem tudo se perdeu, baba. Antes de Xiaoqing morrer, ela embrulhou algumas jóias em papel e entregou à filha da criada. Quando a menina abriu o embrulho, encontrou onze poemas escritos naqueles papéis.

– Recite um deles para mim. Você consegue, Peônia?

Meu pai não tinha me ajudado a entender o que eu estava sentindo, mas me fez vislumbrar os pensamentos românticos que meu estrangeiro talvez estivesse tendo enquanto aguardava que eu fosse ao seu encontro. Respirei fundo e comecei a recitar.

"O som da chuva fria batendo na janela miserável não é suportável..."

– Faça o favor de calar a boca! – mamãe ordenou. Ela nunca vinha aqui, e seu aparecimento foi surpreendente e inquietante. Há quanto tempo ela estava escutando? Para o meu pai, ela disse:

– Você fala sobre Xiaoqing com nossa filha, mas sabe muito bem que ela não foi a única a morrer depois de ler *O pavilhão de Peônia*.

– As histórias nos dizem como devemos viver – meu pai respondeu calmamente, disfarçando a surpresa que a presença de minha mãe e seu tom acusatório devem ter causado.

– A história de Xiaoqing tem alguma lição para nossa filha? – mamãe perguntou. – Peônia nasceu numa das melhores famílias de Hangzhou. Essa outra moça era um cavalo magro, comprada e vendida como propriedade. Uma moça é pura. A outra era uma...

– Estou ciente da profissão de Xiaoqing – meu pai disse, interrompendo-a. – Você não precisa me lembrar. Mas, quando falo com nossa filha sobre Xiaoqing, estou pensando mais nas lições que podem ser tiradas da ópera que a inspirou. Você, com certeza, não vê mal algum nisso.

– Nenhum mal? Você está sugerindo que o destino da nossa filha será igual ao de Du Liniang?

Lancei um olhar rápido para o criado que estava parado na porta. Quanto tempo ele levaria para contar isto – com muita satisfação, provavelmente – a outro criado e para o caso se espalhar pela propriedade?

– Peônia poderia aprender com ela, sim – baba respondeu no mesmo tom. – Liniang é justa, seu coração é puro e bondoso, sua visão, ampla, e sua vontade, firme e leal.

– *Waaa!* – mamãe respondeu. – Aquela garota era teimosa no amor! Quantas garotas precisam morrer por causa dessa história até você perceber seus perigos?

Minhas primas e eu cochichávamos a respeito dessas infelizes, tarde da noite, quando achávamos que ninguém estava ouvindo. Nós falávamos de Yu Niang, que se enamorou da ópera aos treze anos e morreu aos dezessete, com o texto ao seu lado. O grande Tang Xianzu, entristecido com a notícia, escreveu poemas em homenagem a ela. Mas logo vieram muitas outras moças que leram a história, ficaram doentes de amor como Liniang, definharam e morreram, na esperança de que o amor verdadeiro as encontrasse e as trouxesse de volta à vida.

– Nossa filha é uma fênix – baba disse. – Eu vou cuidar para que ela se case com um dragão, e não com um corvo.

Esta resposta não satisfez minha mãe. Quando ela estava contente, podia transformar cristais de gelo em flores. Quando estava triste ou zangada, como agora, era capaz de transformar nuvens escuras em enxames de insetos agressivos.

– Uma filha culta demais é uma filha morta – minha mãe anunciou. – Talento não é um dom que deveríamos desejar para Peônia. Todos esses livros, onde você acha que isso vai dar? Em felicidade conjugal ou em decepção, consumpção e morte?

– Eu já disse isso antes para você: Peônia não vai morrer por causa de palavras.

Mamãe e baba pareciam ter esquecido que eu estava na sala, e eu não me mexia com medo de que eles me notassem. Ontem mesmo eu os tinha ouvido discutir este assunto. Eu raramente via os meus pais juntos. Quando via, era em festivais ou rituais religiosos no salão ancestral, onde cada palavra e cada ação eram planejadas com antecedência. Agora eu me perguntava se eles seriam assim o tempo todo.

– Como ela vai aprender a ser uma boa esposa e mãe se continuar vindo aqui? – mamãe perguntou.

– E por que não? – baba perguntou, sem preocupação na voz. Para minha grande surpresa e desgosto de mamãe, ele citou livremente o trecho em que o Prefeito Du falava sobre a filha. – Uma jovem precisa conhecer as letras, assim, quando se casar, não terá dificuldade em conversar com o marido. E o papel de Peônia é ser guardiã da moral, não é? Você deveria ficar contente por ela não ligar para vestidos bonitos e prendedores de cabelo, nem para pintar o rosto. Embora ela seja bonita, precisamos lembrar que não é seu rosto que a distingue. Sua beleza é um reflexo da virtude e do talento que guarda dentro de si. Um dia, ela irá oferecer conforto e alívio para o marido, lendo para ele, mas nosso objetivo último é treinar nossa filha para ser uma boa mãe, nem mais nem menos. Seu papel é ensinar as filhas a escrever poesia e aperfeiçoar seus dotes femininos. Acima de tudo, ela irá ajudar nosso neto com seus estudos, até que ele tenha idade suficiente para sair dos aposentos femininos. Quando ele completar os estudos, ela terá seu dia de glória e honra. Só então ela irá brilhar. Só então será reconhecida.

Minha mãe não podia discordar disso; ela concordou.

– Desde que a leitura não a faça ultrapassar nenhum limite. Você não vai querer que ela se torne incontrolável. E se você tem que contar histórias à nossa filha, por que não conta a ela sobre os deuses e deusas?

Como meu pai não concordou, mamãe olhou para mim. Ela disse a meu pai:

– Quanto tempo mais você vai ficar com ela?

– Só mais um pouco.

Tão silenciosamente quanto tinha chegado, minha mãe desapareceu. Meu pai vencera a discussão, eu acho. Pelo menos, ele não parecia particularmente agitado quando fez uma anotação no livro-caixa e depois largou o pincel, levantou-se e caminhou até a janela para olhar a Ilha Solitária.

Um criado entrou, inclinou-se diante do meu pai e entregou-lhe uma carta selada com um selo oficial vermelho. Meu pai segurou-a pensativamente, como se já soubesse o que estava escrito lá dentro. Como ele não parecia querer abri-la na minha frente, eu me levantei, agradeci a ele mais uma vez por me ter dado aquela edição de *O pavilhão de Peônia*, e saí da biblioteca.

Desejo

OUTRA NOITE QUENTE E EXUBERANTE. NOS APOSENtos das mulheres, saboreamos um banquete que incluía vagens secas ao sol da primavera e depois cozidas no vapor com casca seca de tangerina, e caranguejos vermelhos do sétimo mês, que eram do tamanho de ovos de galinha e que só apareciam em águas locais nesta época do ano. Ingredientes especiais eram adicionados aos pratos das mulheres casadas para ajudá-las a engravidar, enquanto que outros eram deixados de fora para aquelas que estavam ou que poderiam estar grávidas: carne de coelho, porque todo mundo sabe que ela provoca lábio leporino, e de cordeiro, porque pode fazer o bebê nascer doente. Mas eu não estava com fome. Minha cabeça já estava no Pavilhão Cavalgando o Vento.

Quando os címbalos e tambores nos chamaram para o jardim, fiquei para trás, esforçando-me para ser simpática e conversar com minhas tias, as concubinas e as esposas dos convidados do meu pai. Juntei-me ao último grupo a deixar nossos aposentos. Só tinham sobrado as almofadas da última fileira da área reservada às mulheres. Escolhi uma e olhei em volta para ver se tinha tomado a decisão certa. Sim, minha mãe, como anfitriã, estava sentada no meio do grupo. Esta noite, todas as moças solteiras, menos eu, estavam sentadas juntas. Tan Ze, não sei se por vontade própria ou por insistência de minha mãe, fora relegada à área de meninas da idade dela.

Mais uma vez, meu pai tinha escolhido alguns destaques para a apresentação da noite, que começou três anos depois da morte de Du Liniang, com Liu Mengmei adoecendo durante a longa viagem para prestar os exames imperiais. O velho tutor de Liniang oferece abrigo a Mengmei no santuário dela, perto da ameixeira. Assim que a nova peça musical começou, percebi que tínhamos ido para o outro mundo junto com Liniang, para o Julgamento Infernal. Como esta noite eu não podia ver os atores, tive que imaginar o juiz, de aspecto assustador, falando sobre reencarnação e sobre o modo como as almas se espalham como centelhas de fogos de artifício. Elas são enviadas a qualquer um dos 48 mil destinos nas esferas do desejo, da forma e dos sem-forma, ou para um dos 242 níveis do Inferno. Liniang defendeu-se dizendo que um erro terrível havia sido cometido, pois ela era jovem demais para estar ali, nunca tinha se casado nem tomado vinho, mas fora acometida de nostalgia e perdera a vida.

E quando foi que alguém morreu por causa de um sonho? A voz do juiz ressoou na minha cabeça quando ele exigiu uma explicação do Espírito de Flor, que tinha causado o mal de amor e a morte de Liniang. Então, depois de verificar o Registro de Casamentos, ele determinou que, realmente, Liniang havia sido destinada a ficar com Mengmei, e – como sua placa ancestral não tinha sido marcada – deu-lhe permissão para vagar pelo mundo como fantasma, em busca do marido que lhe fora destinado. Depois disso, ele ordenou ao Espírito de Flor que evitasse a deterioração do corpo físico de Liniang. Como fantasma, Liniang voltou ao reino terrestre para viver perto do seu túmulo, sob a ameixeira. Quando Irmã Pedra, a velha monja encarregada de cuidar do túmulo, fazia oferendas sobre uma mesa debaixo da árvore, Liniang ficava tão agradecida que espalhava flores nas quais infundia seus pensamentos amorosos.

Enquanto Mengmei se recuperava no santuário, ele ficou agitado e foi caminhar pelos jardins. Por acaso – mas já devia ser o destino interferindo –, ele encontrou a caixa com o pergaminho do auto-retrato de Liniang. Ele achou que tinha achado uma pintura da deusa Guanyin. Levou o pergaminho de volta para o seu quarto e queimou incenso diante dele. Ele admirou o cabelo macio de Guanyin, sua boca pequenina em forma de botão de rosa, e a nostalgia estampada em seu rosto, mas, quanto mais olhava, mais convencido ficava de que a mulher estampada na seda não podia ser a deusa. Guanyin deveria estar flutuando, mas viu pezinhos de lírio saindo das saias da mulher. Então ele viu o poema que tinha sido escrito na seda e compreendeu que aquele era um auto-retrato pintado por uma jovem mortal.

Ao ler os versos, ele identificou a si mesmo como Liu, o salgueiro; a moça do retrato também tinha na mão um galho de ameixeira, como se estivesse abraçando Mengmei – Sonho de Ameixeira. Ele escreveu um poema em resposta e então implorou que ela saísse do retrato e se juntasse a ele.

Uma expectativa silenciosa tomou conta das mulheres do nosso lado do biombo quando o fantasma de Liniang saiu do seu túmulo no jardim para tentar cortejar e seduzir seu estudante.

Esperei até ela começar a bater na janela de Mengmei e ele perguntar quem ela era, então me levantei e saí rapidamente. Meus sentimentos refletiam os de Liniang, que deslizava ao redor do seu amado, chamando por ele, provocando-o com suas palavras: "*Eu sou uma flor que você fez desabrochar na escuridão da noite*", ouvi Liniang cantar. "*Este corpo, mil peças de ouro, eu ofereço a você sem hesitação.*" Eu era uma moça solteira, mas entendi o desejo dela. Mengmei aceitou seu oferecimento. Perguntou muitas vezes o nome de Liniang, mas ela se recusou a dizer. Era mais fácil para ela dar seu corpo do que revelar sua identidade.

Caminhei mais devagar ao me aproximar da ponte em ziguezague que ia dar no Pavilhão Cavalgando o Vento. Imaginei meus pés de lírio – ocultos sob minha saia ampla – florescendo a cada passo. Alisei a seda, passei os dedos pelo cabelo para me certificar de que todos os meus grampos estavam no lugar, e então encostei as palmas das mãos no coração, tentando acalmar suas batidas nervosas. Eu tinha que lembrar quem e o que eu era. Eu era a única filha de uma família que tinha produzido intelectuais imperiais do mais alto escalão durante nove gerações. Eu era comprometida. Eu tinha pés atados. Se algo de desagradável acontecesse, eu não poderia fugir correndo como uma moça de pés grandes, nem poderia sair flutuando numa nuvem fantasmagórica como Liniang teria feito. Se eu fosse apanhada, meu noivado seria desfeito. A pior coisa que uma moça podia fazer era trazer vergonha e desgraça para a família com este comportamento, mas eu era tola e burra, e minha mente estava entorpecida de desejo.

Apertei meus dedos com força contra os olhos e pensei na minha mãe. Se me restasse um pingo de sensatez, eu teria visto a decepção dela. Se eu tivesse um pingo de sensatez, teria sabido o quanto ela ficaria zangada. Em vez disso, tentei pensar em sua dignidade, sua beleza, sua estatura. Esta era a minha casa, o meu jardim, o meu pavilhão, a minha noite, a minha lua, a minha vida.

Desci da ponte e entrei no Pavilhão Cavalgando o Vento, onde ele esperava por mim. A princípio, não trocamos palavras. Talvez ele estivesse surpreso por eu ter vindo; isto não era muito abonador, afinal de contas. Talvez ele estivesse com medo de que fôssemos apanhados. Ou talvez ele estivesse respirando a minha presença do mesmo modo que eu estava deixando que ele entrasse nos meus pulmões, nos meus olhos, no meu coração.

Ele falou primeiro.

– O retrato não representa Liniang apenas – ele disse, usando a formalidade para evitar que nós dois cometêssemos um erro terrível. – Ele tem a chave do destino de Mengmei: a flor de ameixeira na mão dela, as palavras dirigidas a alguém chamado Salgueiro em seu poema. Ele vê a futura esposa naquele frágil pedaço de seda.

Essas não eram as palavras românticas que eu desejava, mas eu era mulher e segui a direção indicada por ele.

– Eu amo as flores de ameixeira – respondi. – Elas estão sempre aparecendo. Você ficou para ver a cena em que Liniang espalha as pétalas sobre o altar debaixo da ameixeira? – Ele assentiu e eu prossegui. – As pétalas espalhadas pelo fantasma de Liniang pareceriam diferentes das que foram levadas pelo vento?

Ele não respondeu à minha pergunta. Em vez disso, disse com uma voz rouca:

— Vamos contemplar a lua juntos.

Deixei que a coragem de Liniang entrasse no meu coração e então atravessei o pavilhão com pequenos passos até ficar ao lado dele. No dia seguinte seria quarto crescente, então havia pouco mais que uma lasca brilhando baixo no céu. Uma brisa súbita veio do lago, esfriando meu rosto ardente. Fiapos de cabelo se soltaram, acariciando a minha pele e me deixando arrepiada.

— Você está com frio? — ele perguntou, atrás de mim, pondo as mãos nos meus ombros.

Quis me virar e olhar para ele, dentro dos seus olhos, e...? Liniang tinha seduzido seu estudante, mas eu não sabia o que fazer.

Atrás de mim, ele retirou as mãos. Eu me senti um tanto à deriva. A única coisa que me impedia de fugir ou desmaiar era o calor que emanava do corpo dele, de tão perto que ele estava. E eu não me mexi.

De longe, vinha o som da ópera. Mengmei e Liniang continuavam a se encontrar. Ele sempre perguntava o nome dela; ela sempre se recusava a dizer. Ele sempre perguntava: *"Como os seus passos podem ser tão silenciosos?"* E sempre Liniang admitia que era verdade que ela não deixava pegadas na poeira. Finalmente, uma noite, a pobre moça fantasma chegou, amedrontada e trêmula, porque finalmente iria contar a ele quem e o que era.

No Pavilhão Cavalgando o Vento, duas pessoas estavam paralisadas, assustadas demais para se mover, assustadas demais para falar, assustadas demais para fugir. Senti a respiração do rapaz no meu pescoço.

Do jardim, veio a pergunta cantada de Mengmei: *"Você está noiva?"*

Antes mesmo que eu pudesse ouvir a resposta de Liniang, uma voz sussurrou no meu ouvido:

— Você está noiva?

— Eu estou noiva desde criança. — Eu mal reconheci minha voz, porque só conseguia ouvir o sangue pulsando nos meus ouvidos.

Ele suspirou atrás de mim.

— Uma esposa também foi escolhida para mim.
— Então não deveríamos nos encontrar.
— Eu poderia dizer boa-noite — ele disse. — É isso que você quer?

Do palco, ouvi Liniang confiar ao estudante a sua preocupação de que agora, que eles já tinham feito nuvens e chuva juntos, ele só a desejasse como concubina e não como esposa. Ao ouvir isso, fiquei indignada. Eu não era a única que estava fazendo uma coisa errada ali. Eu me virei para olhar para ele.

— É isso que a sua esposa pode esperar do casamento, que você se encontre com mulheres desconhecidas?

Ele sorriu inocentemente, mas eu pensei em como ele tinha se esgueirado pelo nosso jardim quando deveria estar assistindo à ópera com meu pai, meus tios, o Comissário Tan e os outros convidados.

— *"Embora homens e mulheres sejam diferentes, no amor e no desejo eles são iguais"* — ele recitou o ditado popular. Então acrescentou: — Desejo não só uma companheira na casa, mas no quarto também.

— Então você está procurando concubinas antes mesmo de se casar — respondi sarcasticamente.

Como os casamentos eram arranjados, não tendo, nem a noiva nem o noivo, muito a dizer a respeito, concubinas eram o temor de toda esposa. Maridos apaixonavam-se por concubinas. Eles se juntavam por escolha, não tinham responsabilidade alguma, e podiam deleitar-se na companhia um do outro, enquanto casamento era uma questão de dever e uma forma de gerar filhos homens que, com o tempo, iriam executar rituais no salão ancestral.

— Se você fosse minha esposa — ele disse —, eu nunca iria precisar de uma concubina.

Baixei os olhos, estranhamente feliz.

Alguns podem dizer que tudo isto é ridículo. Alguns podem dizer que isto nunca poderia ter acontecido assim. Alguns ainda podem dizer que foi tudo imaginação minha — uma imaginação febril que no fim me levaria a escrever obsessivamente e a um fim nada feliz. Alguns podem até dizer que, se tudo aconteceu do jeito que estou contando, eu mereci meu fim nada feliz e mereci o destino *pior* que a morte, o que, na realidade, foi o que consegui. Mas naquele momento eu estava feliz.

– Acho que estávamos destinados a nos conhecer – ele disse. – Eu não sabia que você estaria aqui na noite passada, mas você estava. Não podemos lutar contra o destino. Temos que aceitar que o destino nos deu uma oportunidade especial.

Fiquei vermelha e desviei os olhos.

O tempo todo, a ópera tocava em nosso jardim. Eu a conhecia tão bem que, embora estivesse distraída pelo que estava acontecendo com o meu estranho, uma parte minha estava deixando a história penetrar no meu consciente. Finalmente, ouvi Liniang admitir o que era: um espectro preso entre a vida e o outro mundo. Os gritos de terror de Mengmei ecoaram no Pavilhão Cavalgando o Vento. Tornei a estremecer.

Meu jovem pigarreou.

– Acho que você conhece esta ópera muito bem.

– Sou apenas uma moça e meus pensamentos não são importantes – respondi, tentando ser modesta, o que era uma bobagem, considerando as circunstâncias.

Ele me olhou de forma curiosa.

– Você é linda, o que me agrada, mas é o que está aqui dentro – sem tocar em mim, ele estendeu o braço e apontou o dedo para um lugar logo acima do meu coração – que eu gostaria de conhecer.

O lugar no meu peito que o dedo dele quase tocou ficou ardendo. Nós dois éramos ousados e destemidos, mas, enquanto as palavras sedutoras de Liniang e as ações igualmente sugestivas do seu estudante tinham levado à consumação, eu era uma moça de carne e osso, que jamais poderia entregar-se a um homem, com tanta facilidade, sem pagar um preço alto demais por isso.

No jardim, Mengmei venceu o medo do fantasma, declarou o seu amor e concordou em se casar com Liniang. Ele pintou o pontinho na placa ancestral de Liniang, algo que seu pai tinha deixado de fazer, preocupado com sua promoção. Mengmei abriu o túmulo e retirou a pedra de jade que fora colocada na boca de Liniang. Com isso, o corpo dela mais uma vez respirou o ar dos vivos.

— Tenho que ir — eu disse.
— Você vem se encontrar comigo de novo amanhã?
— Não posso — eu disse. — Vão notar a minha falta.

Eu considerei um milagre ninguém ter vindo atrás de mim na outra noite e nesta. Como eu poderia correr o risco de novo?

— Amanhã, mas não aqui — ele continuou, como se eu não tivesse acabado de negar. — Existe algum outro lugar? Talvez mais afastado do jardim?

— Nosso Pavilhão de Ver a Lua fica perto da praia. — Eu sabia onde ele ficava, mas nunca tinha ido lá. Eu não tinha permissão de ir lá nem com meu pai. — É o local mais afastado dos salões e do jardim.

— Então vou esperar por você lá.

Eu queria que ele me tocasse, mas estava com medo.

— Você irá ao meu encontro — ele disse.

Precisei de muita força de vontade para voltar para a ópera. Senti os olhos dele me acompanhando enquanto atravessava a ponte em ziguezague.

Nenhuma moça, nem mesmo a mimada Tan Ze, poderia encontrar-se com o futuro marido desse jeito, muito menos com um estranho, por vontade própria, sem ninguém vigiando, sem que fosse condenada por isso. Eu tinha ficado empolgada com a história de Liniang, mas ela não era um moça de carne e osso que iria sofrer as conseqüências dos seus atos.

Mal de primavera no verão

TODAS AS MOÇAS IMAGINAM SEUS CASAMENTOS. NÓS tememos que nossos maridos sejam frios, maus, indiferentes ou negligentes, mas, de forma geral, imaginamos algo maravilhoso e feliz. Como não criar uma fantasia em nossa mente quando a realidade é tão dura? Então, durante a escuridão, enquanto os rouxinóis cantavam, imaginei meu casamento, meu marido esperando por mim em sua casa, e tudo levando ao momento em que nos uniríamos. Só que, em vez de um homem sem rosto, eu imaginei o meu belo desconhecido.

Sonhei com os presentes chegando. Imaginei o brilho e o peso dos pregadores de cabelo, dos brincos, anéis, pulseiras e jóias variadas. Pensei nas sedas de Suzhou que iriam competir até com as que meu pai produzia em suas fábricas. Sonhei com o último porco que faria parte do rebanho que meu pai receberia em troca de mim. Imaginei como o meu pai mataria o porco e eu embrulharia a cabeça e o rabo para mandar de volta para a família Wu em sinal de respeito. Pensei nos presentes que meu pai enviaria junto com as partes do porco: galhos de artemísia para expulsar más influências antes da minha chegada, romãs para simbolizar minha fertilidade, jujubas porque a palavra *faz lembrar filhos,* e os sete grãos, porque o caractere de semente era idêntico em grafia e som a *prole.*

Sonhei como seria o palanquim quando viesse me buscar. Pensei no primeiro encontro com minha sogra e como ela me entregaria o livro de casamento confidencial que me ensinaria o que fazer quando chegasse a hora de nuvens e chuva. Imaginei minha primeira noite sozinha na cama com o meu desconhecido.

Pedi que os nossos anos futuros, juntos, não fossem prejudicados por problemas de dinheiro ou empregados. Nós apreciaríamos o dia, a noite, um sorriso, uma palavra, um beijo, um olhar. Só pensamentos agradáveis. Só sonhos vãos. Quando a manhã chegou – meu aniversário e o Festival do Duplo Sete –, eu não tinha apetite. Minha mente estava cheia de lembranças da respiração do rapaz no meu rosto e das palavras que ele havia murmurado. Isto era, eu percebi com grande felicidade, mal de amor.

Hoje eu queria que tudo o que eu fizesse – do momento em que me levantasse até encontrá-lo no Pavilhão de Ver a Lua – fosse de minha própria escolha. Fiz Salgueiro desatar meus pés, deixando-a segurar meu tornozelo direito na palma da mão e vendo seus dedos desenrolarem o pano por cima, por baixo e ao redor do meu pé, em movimentos hipnóticos. Ela deixou os meus pés de molho em folhas de laranjeira, para eles ficarem macios e fáceis de amarrar, e depois esfregou-os para retirar a pele morta. Ela usou pó feito de raiz de tuia para amaciar os pontos ásperos, borrifou alume entre meus dedos para evitar infecções e terminou com uma fina camada de talco.

Meus pés eram extremamente bonitos, eram o que eu tinha de mais bonito, e eu me orgulhava muito deles. Normalmente, eu prestava muita atenção aos cuidados de Salgueiro, para ter certeza de que a dobra estivesse bem limpa, os calos fossem removidos, qualquer fragmento de osso que furasse a pele fosse lixado e minhas unhas fossem mantidas bem aparadas. Desta vez, eu apreciei a sensibilidade da minha pele à quentura da água e à frescura do ar. Os pés de uma mulher eram o seu maior mistério e dádiva. Se acontecesse um milagre e eu me casasse com o meu desconhecido, eu trataria deles em segredo, passando talco para acentuar seu perfume e depois tornaria a amarrá-los bem apertado para eles parecerem bem pequenos e delicados.

Mandei Salgueiro trazer uma bandeja com diversos pares de sapatos. Contemplei-os pensativamente. Que par eu iria escolher, o de seda vermelha bordado de borboletas ou o verde-claro com pequenas libélulas?

Examinei as sedas que Salgueiro me apresentou e imaginei se ele gostaria delas. Salgueiro me vestiu, penteou o meu cabelo, lavou o meu rosto e aplicou pó e ruge em minhas faces. Eu estava concentrada em pensamentos amorosos, mas tinha que fazer oferendas aos meus ancestrais no Duplo Sete. Eu não fui a primeira pessoa da minha família a ir ao salão ancestral naquela manhã. Nós todos pedimos riqueza, boas colheitas e filhos, e já tinham sido feitas oferendas de alimentos para incentivar dádivas de fecundidade por parte dos nossos antepassados. Vi raízes inteiras de inhame – um símbolo de fertilidade – e soube que minhas tias e as concubinas tinham estado ali para pedir aos nossos antepassados que mandassem filhos homens para a nossa linhagem. As concubinas do meu avô tinham deixado pequenas pilhas de kiwis e lichias. Elas tendiam a ser excessivamente extravagantes, sabendo que no outro mundo iriam manter seu status como propriedade do meu avô e esperando que minha avó estivesse murmurando palavras elogiosas a respeito delas no ouvido dele. Meus tios tinham trazido arroz para assegurar paz e fartura, enquanto meu pai tinha oferecido uma travessa de carnes para propiciar riqueza e uma boa criação de bichos-da-seda. Pauzinhos e tigelas tinham sido providenciados também para que meus antepassados pudessem comer com elegância.

Eu estava a caminho do Pavilhão Primavera para tomar café quando ouvi mamãe me chamar. Segui a voz dela até o quarto das meninas pequenas. Quando entrei, fui envolvida pelo perfume único de um caldo especial de olíbano, caroço de damasco e amora-branca que minha velha ama usava para todas as meninas Chen durante o processo de contenção dos pés. Vi Segunda Tia segurando Orquídea, sua filha mais moça, no colo; minha mãe ajoelhada diante das duas; e todas as outras meninas que moravam no quarto – nenhuma delas com mais de sete anos – reunidas em volta delas.

– Peônia – mamãe disse quando me viu –, venha cá. Preciso da sua ajuda.

Eu tinha ouvido mamãe reclamar que a contenção dos pés de Orquídea não estava sendo suficientemente rápida e que a

Segunda Tia tinha o coração mole demais para a tarefa. Mamãe estava segurando de leve um dos pés da menina. Todos os ossos necessários já estavam quebrados, mas nenhum esforço havia sido feito para moldá-los num formato melhor. O que eu vi parecia o corpo de um polvo cheio de pauzinhos espetados. Em outras palavras, uma coisa inútil, feia, roxa e amarela.

– Você sabe que os homens da nossa casa são fracos – mamãe ralhou com Segunda Tia. – Eles renunciaram a suas comissões e voltaram para casa depois do Cataclismo. Eles se recusaram a trabalhar para o novo imperador, então não detêm mais poder algum. Eles foram obrigados a raspar a testa. Não andam mais a cavalo, preferem o conforto dos palanquins. Em vez da guerra, da caça e das discussões, eles colecionam delicadas porcelanas e pinturas em seda. Eles se recolheram e se tornaram mais... femininos. – Ela fez uma pausa antes de continuar bruscamente. – Já que é assim, nós temos que ser mais mulheres do que nunca.

Com isso, ela sacudiu o pé de Orquídea. A menina gemeu, e lágrimas rolaram pelo rosto de Segunda Tia. Mamãe não deu atenção.

– Nós temos que seguir as Quatro Virtudes e as Três Obediências. Lembre-se: como filha, obedeça ao seu pai; como esposa, obedeça ao seu marido; como viúva, obedeça ao seu filho. Seu marido é o Céu – ela disse, citando o *Clássico de dever filial para meninas*. – Você sabe que o que estou dizendo é verdade.

Segunda Tia não disse nada, mas estas palavras me assustaram. Como eu era a menina mais velha da família, eu me lembrava de tudo muito claramente toda vez que uma de minhas primas tinha os pés atados. Freqüentemente as minhas tias ficavam com pena e mamãe precisava amarrar os pés outra vez, fazendo mãe e filha chorarem de dor e tristeza.

– Estes são tempos difíceis – mamãe disse severamente para o par choroso. – A contenção de pés nos ajuda a ser mais frágeis, mais lânguidas, menores. – Ela fez outra pausa, e então acrescentou, num tom mais bondoso mas não menos determinado: – Vou mostrar como se faz. Espero que você faça isto na sua filha daqui a quatro dias. A cada quatro dias, cada vez mais apertado. Dê à sua filha a dádiva do seu amor materno. Está entendendo?

As lágrimas de Segunda Tia pingaram do seu rosto no cabelo da filha. Todos nós no quarto sabíamos que em quatro dias a Segunda Tia não estaria mais forte do que estava agora e que uma variação dessa cena se repetiria.

Mamãe tornou a olhar para mim.

– Venha sentar-se ao meu lado. – Quando ficamos uma de frente para a outra, ela me deu um belo sorriso. – Estes serão os últimos pés a serem contidos em nossa casa antes do seu casamento. Quero que você vá para a casa do seu marido com o conhecimento apropriado para, um dia, atar os pés de sua própria filha.

As outras meninas me olharam com admiração, torcendo para que suas mães também fizessem isso por elas.

– Infelizmente – mamãe disse –, primeiro nós temos que consertar o que foi malfeito aqui. – Então ela desculpou Segunda Tia, acrescentando amavelmente: – Todas as mães se acovardam com esta tarefa. Houve momentos em que fui tão fraca quanto você. É tentador não apertar muito as faixas. Mas o que acontece, então? A criança anda e os ossos começam a se mover dentro das faixas. Você não vê, Segunda Tia, que embora ache que está fazendo um favor a sua filha você está apenas prolongando seu sofrimento e piorando sua dor? Você precisa lembrar que um rosto feio é dado pelo Céu, mas pés mal contidos são um sinal de preguiça, não só da mãe mas também da filha. Que tipo de mensagem isto leva para os futuros sogros? As meninas devem ser delicadas como flores. É importante que elas caminhem com elegância, que deslizem graciosamente, e demonstrem sua respeitabilidade. É assim que as meninas se tornam pedras preciosas.

A voz de mamãe tornou a endurecer quando falou comigo.

– Nós temos que ser fortes e corrigir erros quando eles ocorrem. Agora segure o tornozelo da sua prima com sua mão esquerda.

Eu obedeci.

Mamãe pôs a mão sobre a minha e apertou.

– Você vai ter que segurar com firmeza, porque... – Ela olhou para Orquídea e decidiu deixar a frase inacabada. – Peônia – ela continuou –, nós não lavamos roupa, mas com certeza você já viu Salgueiro ou uma das outras criadas lavando suas roupas ou lençóis.

Eu assenti.

— Bem, então você sabe que elas torcem com força as roupas para tirar toda a água. Nós vamos fazer algo semelhante. Por favor, faça exatamente como eu.

O caractere que representa *amor materno* é composto de dois elementos: *amor* e *dor*. Eu sempre pensara que esta emoção era das filhas em relação às mães, que nos causam dor ao atar nossos pés, mas, vendo as lágrimas de Segunda Tia e a coragem da minha mãe, eu compreendi que esta emoção era delas. Uma mãe sofre profundamente para dar à luz, para conter os pés e para dizer adeus a uma filha quando ela se casa. Eu queria ser capaz de mostrar às minhas filhas o quanto eu as amava, mas senti um enjôo no estômago — de pena por minha priminha e medo de fracassar.

— Mãe — mamãe dirigiu-se à cunhada —, segure firme a sua filha. — Ela olhou para mim, me fez um sinal de encorajamento, e disse: — Coloque uma das mãos em volta do pé de modo que ela encontre a outra mão... como se você fosse torcer roupa.

A pressão nos ossos quebrados de Orquídea a fez contorcer-se. Segunda Tia segurou a filha com mais força.

— Eu queria poder fazer isto mais depressa — disse mamãe —, mas foram a pressa e o coração mole que causaram este problema.

Ela segurou firme o tornozelo com a mão esquerda, enquanto a direita foi empurrando na direção dos dedos. Minha prima começou a gritar.

Eu me senti tonta, mas também exultante. Mamãe estava me mostrando muito do amor materno.

Segui o movimento dela e os gritos da minha prima se intensificaram.

— Bom — mamãe disse. — Sinta os ossos se alinharem sob seus dedos. Deixe que eles entrem no lugar à medida que você os comprime com a mão.

Fui até os dedos e soltei. Os pés de Orquídea ainda estavam com uma forma horrível. Mas, em vez de cheios de protuberâncias, eles pareciam duas pimentas compridas. Orquídea soluçava e tentava recuperar o fôlego.

— A próxima etapa vai ser dolorosa — disse mamãe. Ela olhou para uma das primas paradas à direita dela e disse: — Vá buscar Shao. Aliás, onde é que ela está? Não importa. Traga-a aqui. E depressa!

A menina voltou com minha velha ama-de-leite. Ela era de boa família, mas veio trabalhar para nós quando ficou viúva, muito cedo. Quanto mais eu crescia, menos gostava dela, porque ela era muito severa e rancorosa.

– Segure as pernas da criança – mamãe mandou. – Não quero ver nenhum movimento dos joelhos para baixo, só o que vier das mãos da minha filha ou das minhas. Entendido?

Shao já tinha passado por isso muitas vezes e sabia o que precisava ser feito.

Mamãe olhou para o grupo de meninas.

– Afastem-se. Abram um pouco de espaço para nós.

Embora as meninas fossem curiosas como camundongos, mamãe era a principal mulher da família, e elas obedeceram.

– Peônia, pense nos seus próprios pés quando fizer isto. Você sabe que os seus dedos estão virados para trás e que o meio do seu pé está dobrado sobre si mesmo. Nós conseguimos isso enrolando os ossos sob o pé como se estivéssemos enrolando uma meia. Você consegue fazer isso?

– Acho que sim.

– Mãe – mamãe perguntou à Segunda Tia –, você está preparada?

Segunda Tia, de pele pálida, parecia quase transparente, como se sua alma estivesse saindo do corpo.

Para mim, mamãe disse:

– Mais uma vez, faça o que eu fizer.

E eu fiz. Fui enrolando os ossos, concentrando-me tanto que mal notei os gritos da minha prima. As mãos nodosas de Shao seguravam as pernas com tanta força que suas juntas ficaram brancas. Em sua agonia, Orquídea vomitou. O vômito pútrido sujou a túnica, a saia e o rosto da minha mãe. Segunda Tia desculpou-se exageradamente, e eu percebi a vergonha em sua voz. Senti ânsias de vômito, mas mamãe não mexeu um músculo sequer nem se desviou por um momento de sua tarefa.

Finalmente, terminamos. Mamãe contemplou o meu trabalho e deu um tapinha no meu rosto.

– Você fez um excelente trabalho. Este pode ser o seu presente especial. Você vai ser uma ótima esposa e mãe.

Minha mãe jamais elogiara tanto algo que eu tivesse feito. Mamãe enrolou primeiro o pé em que tinha trabalhado. Ela fez o que Segunda Tia não conseguiu fazer; colocou as faixas bem apertadas. Orquídea não tinha mais lágrimas, então os únicos sons eram a voz da minha mãe e o roçar do pano sendo enrolado por cima e por baixo do pé, várias vezes, até os três metros terem sido usados naquele pé pequenino.

– Mais meninas estão tendo os pés contidos do que nunca na história do país – mamãe explicou. – Os bárbaros manchus acham nossas práticas antiquadas! Eles vêem os nossos maridos e nós nos preocupamos por eles, mas os manchus não podem nos ver em nossos aposentos de mulheres. Nós atamos os pés de nossas filhas como um ato de rebelião contra aqueles forasteiros. Olhem em volta: até nossas criadas e escravas têm pés atados. Até as velhas, as pobres e as doentes têm pés atados. Nós temos nossos costumes femininos. É isto que nos torna valiosas. É isto que permite nossos casamentos. E eles não podem nos obrigar a parar!

Mamãe costurou as faixas, pousou o pé numa almofada e começou a trabalhar no pé que eu tinha remodelado. Quando terminou, ela também descansou aquele pé na almofada. Ela afastou os dedos da cunhada do rosto molhado de lágrimas de Orquídea e expôs mais algumas idéias.

– Graças à contenção dos pés, nós obtivemos duas vitórias. Nós, mulheres fracas, derrotamos os manchus. A política deles fracassou de tal modo que agora as mulheres manchus tentam nos imitar. Se vocês estivessem lá fora, veriam seus sapatos grandes e feios com pequenas plataformas, no formato de chinelos para pés contidos, presas nas solas para dar a *ilusão* de pés contidos. Ah! Elas não podem competir conosco nem nos impedir de valorizar nossa cultura. E o que é mais importante, nossos pés contidos continuam a atrair nossos maridos. Lembrem-se: um bom marido é aquele que também sabe dar prazer à esposa.

Com as sensações que eu tinha experimentado no corpo desde que conhecera o meu estranho, achei que sabia o que ela estava dizendo. Mas, estranhamente, eu nunca tinha visto meu pai e minha mãe se tocarem. Será que isto vinha do meu pai ou da minha mãe? Meu pai sempre fora carinhoso comigo. Ele me abraçava e beijava sempre que nos víamos nos corredores ou que eu o visitava na biblioteca. A distância física entre meus pais devia ter origem em alguma deficiência da minha mãe. Será que ela se casara com a mesma apreensão com que eu me casaria? Seria este o motivo de o meu pai ter concubinas?

Mamãe se levantou e afastou a saia molhada das pernas.

– Vou trocar de roupa. Peônia, por favor vá na frente para o Pavilhão Primavera. Segunda Tia, deixe sua filha aqui e vá com Peônia. Nós temos hóspedes. Tenho certeza de que estão esperando por nós. Peça para começarem a comer sem mim. – Para Shao, ela disse: – Vou mandar *congee* para a criança. Faça-a comer e depois dê-lhe algumas ervas para melhorar a dor. Ela pode descansar hoje. Estou contando com você para me contar como se passaram as coisas daqui a quatro dias. Não podemos deixar que isto aconteça de novo. É injusto para a criança e assusta as meninas mais moças.

Depois que ela saiu, eu me levantei. Por um momento, o quarto ficou escuro. Minha cabeça finalmente clareou, mas meu estômago continuava agitado.

– Não se apresse, tia – eu consegui dizer. – Encontro-a no corredor quando você estiver pronta.

Corri de volta até o meu quarto, fechei a porta, ergui a tampa do urinol e vomitei. Felizmente, Salgueiro não estava lá para me ver, porque eu não sei como conseguiria explicar. Então me levantei, lavei a boca, tornei a atravessar o corredor e cheguei bem na hora em que Segunda Tia saiu do quarto das meninas.

Eu tinha feito, finalmente, algo que deixou minha mãe realmente orgulhosa, mas que me deixou enjoada. Apesar do meu desejo de ser forte como Liniang, eu tinha o coração mole como minha tia. Eu não ia poder demonstrar o amor de minha mãe para minha filha. Eu ia ser um desastre quando chegasse a hora de conter os pés dela. Eu esperava que minha mãe jamais soubesse. Talvez minha sogra não deixasse que a notícia do meu fracasso ultrapassasse os portões da família Wu, assim como mamãe não deixaria ninguém saber da fraqueza da Segunda Tia. Isto se enquadrava na regra de jamais fazer nada que pudesse envergonhar a família, e os Wus – se fossem bons e gentis – fariam sua parte guardando o segredo entre as quatro paredes de sua casa.

Eu esperava vozes abafadas quando a Segunda Tia e eu entrássemos no Pavilhão Primavera, pois, com certeza, todas as mulheres do palacete tinham ouvido os gritos de Orquídea, mas a Terceira Tia tinha aproveitado a oportunidade para bancar a primeira-dama. Os pratos tinham sido servidos e as mulheres estavam comendo e fofocando como se nada de extraordinário houvesse acontecido na manhã do Duplo Sete no Palacete da Família Chen.

Eu me esqueci de me preparar para os comentários maldosos das minhas primas, que sempre eram feitos no café-da-manhã, mas, estranhamente, as palavras delas se desprenderam de mim como a pele morta que Salgueiro tinha retirado dos meus pés. Mas não consegui comer, nem mesmo os bolinhos especiais que mamãe mandou a cozinheira preparar para o meu aniversário. Como eu poderia enfiar comida na boca e engolir se o meu estômago ainda estava tão revirado – da contenção de pés, da minha felicidade secreta e do medo de ser apanhada esta noite?

Depois do café, voltei para o meu quarto. Mais tarde, ao ouvir os passos macios de pés de lírio quando as outras saíram de seus quartos e se encaminharam para o Salão Flor de Lótus, embrulhei uma das minhas pinturas num pedaço de seda para a competição do dia, respirei fundo e saí para o corredor.

Quando cheguei ao Salão Flor de Lótus, fui para perto da minha mãe. Seus sentimentos carinhosos de antes pareciam ter desaparecido, mas eu não me preocupei. Ela estaria tremendamente ocupada hoje com as hóspedes, os concursos e a festa, pensei, enquanto ela se afastava de mim.

Começamos com um concurso de arte. Se eu era relaxada com bordado e sem jeito com a cítara, era pior ainda com pintura. A primeira categoria do concurso eram peônias. Depois que todas as pinturas tinham sido mostradas, olhos ansiosos voltaram-se para mim.

– Peônia, onde está a *sua* peônia? – uma das hóspedes perguntou.

– É o nome dela – Terceira Tia disse –, mas ela nunca pratica a pintura das pétalas.

Este concurso foi seguido pela categoria crisântemos, depois flores de ameixeira e finalmente orquídeas. Coloquei disfarçadamente a minha pintura sobre a mesa. Minhas orquídeas eram muito pesadas, e outra moça venceu a competição. Depois veio pintura de borboletas e finalmente de borboletas e flores juntas. Eu não concorri em nenhuma dessas categorias.

Sempre as mesmas flores e borboletas, pensei. Mas o que mais poderíamos pintar? Nossas pinturas eram sobre o que podíamos ver no jardim: borboletas e flores. Ali parada, contemplando os rostos lindamente empoados de minhas tias, primas e convidadas, eu vi nostalgia. Mas, se eu estava olhando para elas, elas também estavam me observando. Meu ar sonhador não passou despercebido das outras mulheres, que eram todas treinadas para identificar fraqueza e vulnerabilidade.

– A sua Peônia parece ter sido acometida do mal de primavera no verão – Quarta Tia observou.

– Sim, nós todas notamos que ela está corada – Terceira Tia acrescentou. – O que será que a perturba?

– Amanhã eu vou colher ervas e fazer um chá para melhorar o mal de primavera – Quarta Tia ofereceu.

– Mal de primavera no verão? – questionou minha mãe. – Peônia é prática demais.

– Nós gostamos de ver sua filha assim – Segunda Tia disse. – Talvez ela revele seus segredos para as outras moças. Elas todas querem ter pensamentos românticos também. Toda moça devia ser linda como ela no seu décimo sexto aniversário. Só faltam cinco meses para o seu casamento. Acho que todas concordamos que ela está pronta para ser colhida.

Tentei deixar o rosto tão insondável quanto um lago numa noite úmida de verão. Não consegui, e algumas mulheres mais velhas riram da minha perturbação.

– Então é bom que ela esteja prestes a se casar – minha mãe concordou, num tom enganadoramente jovial. – Mas você tem razão, Segunda Tia, talvez ela devesse falar com sua filha. Tenho certeza de que o marido de Giesta ficaria grato por qualquer melhora na sua noite de núpcias. – Ela bateu palmas baixinho. – Agora vamos até o jardim para nossas últimas competições.

Enquanto as outras mulheres saíam, senti os olhos de minha mãe sobre mim – avaliando e refletindo sobre o que fora dito. Ela não falou nada, e eu me recusei a encará-la. Nós éramos como duas estátuas de pedra naquela sala. Eu estava grata por ela ter me protegido, mas, se dissesse isso, estaria admitindo... o quê? Que estava apaixonada? Que tinha me encontrado com alguém no Pavilhão Cavalgando o Vento nas duas noites anteriores? Que planejava encontrar-me com ele esta noite no Pavilhão de Ver a Lua, um local da nossa propriedade que eu não tinha permissão de visitar? De repente, percebi que tinha mudado radicalmente. A menstruação não transforma uma menina em mulher, tampouco o noivado ou novas habilidades. O amor me transformara em mulher.

Invoquei a pose e a dignidade da minha avó e, sem dizer uma palavra, ergui a cabeça e fui para o jardim.

Sentei-me numa *jardinière* de porcelana. O jardim estava muito bonito, e grande parte da inspiração para esta última rodada de competição viria, como sempre, do que podíamos ver. Minhas primas e tias recitaram trechos de poesia de famosas poetisas que invocavam flores de ameixeira, crisântemos, orquídeas e peônias. Tantas palavras bonitas para flores tão lindas e evocativas, mas eu consultei minha memória até achar um poema obscuro que tinha sido escrito num muro em Yangzhou por uma mulher desconhecida, durante o Cataclismo. Esperei até as outras terem recitado seus poemas, e então comecei a falar no que imaginei ser a voz tristonha daquela escritora desesperada:

"As árvores estão nuas.
Ao longe, os lamentos de gansos melancólicos.
Se ao menos minhas lágrimas de sangue pudessem pintar de vermelho as flores da ameixeira.
Mas eu não vou durar até a primavera.
Meu coração está vazio e minha vida não tem mais valor.
Cada instante são mil anos."

Esse poema, considerado um dos mais tristes do Cataclismo, calou fundo no coração de todas. Segunda Tia, ainda nervosa com a contenção dos pés da filha, mais uma vez chorou, mas não foi a única. Um grande sentimento de *qing* tomou conta do jardim. Nós compartilhamos o desespero daquela mulher desesperada e presumivelmente morta.

Então eu senti os olhos de mamãe me observando. O rosto dela estava inteiramente sem cor, e o ruge se destacava como machucados em suas faces. Sua voz estava quase inaudível quando ela disse:

— Neste lindo dia, minha filha nos traz infelicidade.

Eu não sabia por que mamãe estava aborrecida.

— Minha filha não está passando bem — mamãe disse para as outras mães ao seu redor —, e acho que ela se esqueceu do que é apropriado. — Ela olhou para mim. — Você deve passar o resto do dia e a noite na cama.

Mamãe tinha controle sobre mim, mas ela ia mesmo impedir-me de assistir à ópera porque eu havia recitado um poema triste? Meus olhos encheram-se de lágrimas, e pisquei para contê-las.

— Eu não estou doente — eu disse, de forma um tanto patética.

— Não foi isso que Salgueiro me contou.

Enrubesci de raiva e decepção. Ao esvaziar o urinol, Salgueiro deve ter visto que eu tinha vomitado e contado à minha mãe. Agora mamãe sabia que eu tinha falhado — mais uma vez — como futura esposa e mãe. Mas isto não me intimidou. Pelo contrário, deixou-me mais decidida. Eu não iria permitir que ela me impedisse de ir ao Pavilhão de Ver a Lua. Encostei o indicador no maxilar, inclinei a cabeça e desenhei no rosto o retrato mais bonito, vago e inofensivo de uma donzela Hangzhou.

— Ah, mamãe, acho que minhas tias tinham razão. No dia em que homenageamos a Donzela Tecelã, eu deixei minha mente divagar na direção da ponte celestial que será formada esta noite para que os dois amantes se encontrem. Acho que tive uma crise momentânea de sentimentos primaveris, mas não estou com febre de primavera, não sinto dores nem achaques femininos. Meu lapso indica apenas o meu status de donzela, nada mais.

Eu parecia muito inocente, e as outras mulheres me olharam com tanta benevolência que minha mãe teria dificuldade em me mandar embora.

Após um longo intervalo, ela disse:

– Quem pode recitar um poema que tenha a palavra *hibisco*?

Tudo, como acontecia todos os dias nos nossos aposentos femininos, parecia uma espécie de teste. E cada teste me lembrava da minha inferioridade. Eu não me destacava em nada – nem em contenção de pés, nem em bordado, pintura, cítara ou declamação de poesia. Como eu poderia entrar num casamento amando outra pessoa tão profundamente? Como poderia ser a esposa que o meu marido merecia, precisava e desejava? Minha mãe cumprira todas as regras, entretanto tinha fracassado em dar filhos homens ao meu pai. Se mamãe fora malsucedida como esposa, como eu poderia ter sucesso? Talvez meu marido fosse se afastar de mim, envergonhar-me na frente da minha sogra e encontrar prazer junto às moças que cantavam ao redor do lago ou tomando concubinas.

Recordei algo que minha mãe gostava de repetir: "Concubinas são uma realidade da vida. O que importa é que *você* as escolha antes que o seu marido o faça, e, depois, o modo como *você* as trata. Não bata nelas. Deixe que ele bata."

Eu não queria isso para a minha vida.

Hoje eu estava completando dezesseis anos. Esta noite, no céu, a Donzela Tecelã e o Vaqueiro seriam reunidos. No nosso jardim, Liniang seria ressuscitada pelo amor de Mengmei. E no Pavilhão de Ver a Lua, eu me encontraria com o meu desconhecido. Eu podia não ser a jovem mais perfeita de Hangzhou, mas, sob o olhar dele, era assim que eu me sentia.

Sapatos sujos

CONFÚCIO ESCREVEU: *Respeite os fantasmas e espíritos, mas mantenha-os a distância.* No Duplo Sete, as pessoas se esqueciam de fantasmas e antepassados. Todo mundo queria apenas festejar – desde jogos especiais até o espetáculo da ópera. Eu vesti uma túnica de seda, bordada com um par de pássaros voando sobre flores de verão para evocar a alegria que sentia quando meu desconhecido e eu estávamos juntos. Por baixo, eu usei uma saia de brocado de seda com uma barra bordada de flores de macieira, que atraía o olhar para meus sapatos de seda fúcsia. Brincos de ouro pendiam de minhas orelhas, e meus pulsos estavam cobertos de balangandãs de ouro e jade que eu ganhei da minha família ao longo dos anos. Eu não estava arrumada demais. Para onde eu olhasse, via belas mulheres e moças bem-vestidas e cobertas de jóias que deslizavam pela sala para cumprimentar umas às outras com seus passos ritmados de lírio.

No altar erguido para a ocasião no Salão Flor de Lótus, havia incenso queimando em tripés de bronze, enchendo a sala de um perfume deliciosamente picante. Pilhas de frutas – laranjas, melões, bananas, carambolas e tâmaras recheadas – enchiam travessas esmaltadas. Numa das extremidades da mesa, havia uma tigela de porcelana branca cheia de água e folhas de laranjeira para simbolizar o banho ritual dado nas noivas. No meio da mesa, havia uma bandeja redonda – de quase um metro de diâmetro – com um círculo no meio, cercado de seis partes. O meio retratava a Tecelã e o Vaqueiro, com seu búfalo nadando num riacho próximo para nos lembrar do lugar em que a deusa tinha ocultado a sua nudez. As seções ao redor mostravam as outras irmãs da Tecelã. Uma a uma, mamãe convidou as moças solteiras a depositar uma oferenda para cada irmã, na seção correspondente.

Depois da cerimônia, nós nos sentamos para um lauto banquete. Cada prato tinha um significado especial, então nós comemos o "casco de dragão que manda filho" – perna de porco com dez tipos de temperos, grelhada sobre fogo lento –, que tinha a fama de trazer filhos homens. As criadas trouxeram um frango de mendigo para cada mesa. Com um estrondo, a crosta de barro de cada frango foi quebrada e um aroma de gengibre, vinho e cogumelos encheu a sala. Foi servido um prato atrás do outro, cada um temperado de modo a satisfazer um dos sabores: bom, ruim, perfumado, picante, doce, azedo, salgado e amargo. De sobremesa, as criadas trouxeram bolos feitos de arroz papa, feijão vermelho, nozes e capim da beira do rio, para nos ajudar a digerir, reduzir a gordura e prolongar a vida. Foi uma refeição suntuosa, mas eu estava nervosa demais para comer.

O banquete foi seguido de um último concurso. As lanternas foram apagadas e cada uma das moças solteiras teve uma chance de enfiar linha na agulha à luz de uma pontinha de incenso. Uma agulha enfiada com sucesso significava que a moça teria um filho homem quando se casasse. Muito vinho Shaoxing havia sido consumido, então cada tentativa malsucedida era acompanhada de muitas gargalhadas.

Eu ri junto o mais que pude, mas já estava planejando como iria encontrar-me com meu desconhecido sem ser apanhada. Eu teria que usar a astúcia do meu mundo interior e ajustar o mundo exterior para atender aos meus objetivos. Eu só podia supor e torcer e pensar em cada jogada, como fazia quando jogava xadrez.

Ao contrário da primeira noite, eu não podia me sentar na primeira fileira, onde estaria mais perto da ópera, mas estaria também exatamente onde todas as mulheres poderiam ver-me. Eu também não podia ficar para trás, como tinha feito na noite anterior. Se eu tornasse a fazer isso, minha mãe iria suspeitar de alguma coisa. Ela sabia que eu gostava demais da ópera para tornar a me atrasar. Eu tinha que dar a impressão de que estava tentando agradá-la, especialmente depois do que tinha ocorrido naquela tarde. Enquanto minha mente analisava as possibilidades, meus olhos bateram em Tan Ze. Comecei a armar minhas jogadas. Sim, eu poderia usar a criança como disfarce.

Enquanto Lótus enfiava a linha na agulha e todo o mundo aplaudia, eu me aproximei de Ze, que estava sentada na ponta de uma cadeira, torcendo para ser escolhida por minha mãe para entrar na brincadeira. Isso nunca iria acontecer. Ze não estava esperando por suas cerimônias de casamento; ela era uma garotinha que ainda não tinha um par escolhido.

Bati no ombro dela.

– Venha comigo. Quero mostrar uma coisa para você.

Ela deslizou da cadeira e eu peguei sua mão, certificando-me de que minha mãe visse o que eu estava fazendo.

– Você sabe que eu estou noiva – eu disse, enquanto nos dirigíamos ao meu quarto.

A garotinha assentiu, com o rosto sério.

– Você quer ver os presentes do meu dote?

Ze deu um gritinho de alegria. Por dentro, fiz praticamente a mesma coisa, mas por uma razão muito diferente.

Eu abri os baús de pele de porco e mostrei a ela as peças de gaze, cetim e brocado que já tinham sido enviadas.

Quando os címbalos e tambores começaram a nos chamar para o jardim, Ze se levantou. Do lado de fora do meu quarto, mulheres reuniram-se no corredor.

– Você precisa ver meu traje de casamento – eu disse depressa. – Você vai adorar a tiara.

A menina tornou a sentar, toda excitada, na minha cama.

Então, peguei minha saia bordada, de seda vermelha, cheia de preguinhas. As mulheres que meu pai contratara para fazê-la tinham combinado os pontos de modo que o desenho de flores, nuvens e símbolos de sorte estavam perfeitamente alinhados. No dia do meu casamento, a costura só seria desfeita se eu desse um passo muito largo. A túnica também era linda. Em vez de só ter quatro sapos fechando-a – no pescoço, no peito e debaixo do braço –, minhas costureiras tinham feito dezenas de sapos trançados para confundir meu marido e prolongar a noite de núpcias. A tiara era simples e elegante: um jardim de folhinhas douradas que balançavam e brilhavam na luz, com um véu vermelho para cobrir o meu rosto, de modo que eu só visse o meu marido quando ele o removesse. Eu sempre amei o meu vestido de casamento, mas as emoções que ele provocou em mim naquele momento foram muito sombrias. De que adiantava ser embrulhada como um presente se você não sentia nada pela pessoa a quem estava sendo presenteada?

– É lindo, mas o *meu* pai prometeu que eu vou ter pérolas e jade na minha tiara – Ze se gabou.

Eu mal ouvi o que ela disse, porque estava prestando atenção no que acontecia do lado de fora do meu quarto. Os tambores e címbalos ainda chamavam a platéia, mas o corredor estava silencioso. Guardei o meu traje. Depois peguei a mão de Ze e saí do quarto.

Nós nos dirigimos juntas ao jardim. Eu vi minhas primas agrupadas atrás do biombo. Inacreditavelmente, elas tinham guardado um lugar para mim. Lótus fez sinal para eu me juntar a elas. Eu sorri de volta e então me inclinei para cochichar no ouvido de Ze.

– Veja, as moças solteiras querem que você vá se sentar com elas.

– Elas querem?

Ela nem esperou que eu insistisse, mas abriu caminho no meio das almofadas, sentou-se no meio das outras moças e, imediatamente, começou a falar sem parar com minhas primas. Elas tinham demonstrado certa gentileza para comigo, e era assim que eu agradecia.

Fingi que estava procurando uma almofada perto da frente ou no meio, mas é claro que agora não havia mais nenhuma vazia. Fingi estar desapontada e depois me sentei delicadamente numa almofada no fundo do setor das mulheres.

A cena de abertura desta noite era uma que eu gostaria de ter visto, mas que só pude ouvir do meu lugar no fundo da platéia. Liniang e Mengmei fugiam, algo totalmente sem precedente na nossa cultura. Assim que eles se casaram, Liniang confessou que era virgem, apesar de seus encontros noturnos fantasmagóricos com Mengmei. Como fantasma, a virgindade do seu corpo no túmulo fora preservada. A cena terminava com Liniang e Mengmei partindo para Hangzhou, onde ele iria completar seus estudos para os exames imperiais.

Havia muito pouco no último terço da ópera que eu gostasse. Era quase tudo sobre o mundo do lado de fora do jardim de Liniang – com grandes cenas de batalha, onde todo mundo se movimentava –, mas cativou completamente a platéia do meu lado do biombo. Ao meu redor, as mulheres mergulharam na história. Esperei até não agüentar mais; então, com o coração disparado, eu me levantei devagar, alisei a saia e caminhei de volta, o mais naturalmente possível, na direção dos aposentos das mulheres.

Mas eu não fui para a Sala das Moças Solteiras. Eu saí do caminho principal e caminhei ao longo do muro da nossa propriedade, na direção sul, passando por pequenos lagos e pavilhões, até chegar na trilha junto ao lago. Eu nunca tinha feito este caminho antes e não sabia ao certo como prosseguir. Então eu vi o Pavilhão de Ver a Lua e senti que o meu desconhecido já estava lá. Só a lua crescente iluminava a noite, e eu examinei a escuridão até avistá-lo. Ele estava em cima do parapeito que ficava na extremidade oposta do pavilhão, olhando não para a água, mas para mim. Senti um aperto no peito. O caminho tinha sido forrado de pedras com desenhos que criavam morcegos para dar felicidade, cascos de tartaruga para longevidade e dinheiro para prosperidade. Assim, cada passo trazia alegria, uma vida longa e mais riqueza. Meus antepassados também tinham construído estas trilhas por questões de saúde. À medida que envelheciam, as pedras massageavam seus pés quando eles caminhavam. Isto deve ter sido há muito tempo, quando as mulheres não podiam ir ao jardim, porque eu achei a superfície dura para andar com meus pés contidos. Tomei cuidado para firmar cada pé sobre uma pedra, equilibrando-me antes de dar outro passo, sabendo que isso acentuava a delicadeza do meu andar de lírio.

Hesitei antes de entrar no Pavilhão de Ver a Lua. Minha coragem desapareceu. Este lugar sempre fora proibido para mim porque três lados eram cercados de água. Tecnicamente, eu estava *do lado de fora* dos muros do nosso jardim. Então eu me lembrei da determinação de Liniang. Respirei fundo, fui até o meio do pavilhão e parei. Ele estava usando uma túnica comprida, azul-noite. Ao lado dele, no parapeito, havia uma peônia e um galho de salgueiro. Ele não se levantou. Apenas olhou para mim. Tentei ficar inteiramente imóvel.

– Estou vendo que você tem um pavilhão com três vistas diferentes – ele disse. – Tenho um igual em casa, só que o nosso dá para o reservatório, e não para o lago.

Ele deve ter visto a minha confusão, então explicou:

– Daqui você pode ver a lua de três maneiras: no céu, refletida na água e no reflexo do lago no espelho. – Ele ergueu a mão e apontou languidamente para um espelho pendurado sobre o único móvel do pavilhão: uma cama de madeira trabalhada.

Deixei escapar uma exclamação de espanto. Até aquele instante eu nunca havia visto uma cama num pavilhão como algo além de um lugar para descanso, mas tremi ao pensar na cama, no espelho e nas noites lânguidas que eu gostaria de ter passado no Pavilhão de Ver a Lua.

Ele sorriu. Tinha achado graça do meu embaraço ou seus pensamentos eram semelhantes aos meus? Após um longo e desconcertante intervalo, ele se levantou e se aproximou de mim.

– Venha. Vamos olhar juntos para fora.

Quando chegamos ao parapeito, eu me segurei numa coluna para me firmar.

– Está uma bela noite – ele disse, contemplando o lago tranqüilo. Depois virou-se para mim: – Mas você é muito mais linda.

Senti uma enorme felicidade e depois uma onda de vergonha e medo.

Ele olhou interrogativamente para mim.
– O que foi?
Meus olhos se encheram de lágrimas, mas eu consegui contê-las.
– Talvez você só veja o que quer ver.
– Eu vejo uma moça de carne e osso cujas lágrimas eu quero secar com beijos.
Duas lágrimas rolaram pelo meu rosto.
– Como eu poderei ser uma boa esposa agora? – Fiz um gesto amplo. – Depois disto?
– Você não fez nada errado.
Mas é claro que eu tinha feito! Eu estava *ali*, não estava? Mas eu não queria falar sobre isso. Eu me afastei, juntei as mãos na frente do corpo e disse numa voz firme:
– Eu sempre erro as notas quando toco cítara.
– Eu não me importo com a cítara.
– Mas você não vai ser meu marido – respondi. Seu rosto ficou triste. Eu o tinha ofendido. – Meus pontos são grandes demais e muito feios – eu disse depressa.
– Minha mãe não passa o dia inteiro sentada na sala das mulheres costurando. Se você fosse minha esposa, vocês duas poderiam fazer outras coisas juntas.
– Minhas pinturas são medíocres.
– O que é que você pinta?
– Flores, o comum.
– Você não é comum. Não deveria pintar coisas comuns. Se você pudesse pintar o que quisesse, o que escolheria?
Ninguém nunca tinha me perguntado isso. De fato, ninguém nunca tinha me perguntado nada parecido com isso. Se eu estivesse raciocinando, se meu comportamento fosse adequado, eu teria respondido que continuaria a pintar minhas flores. Mas eu não estava raciocinando.
– Eu pintaria isto: o lago, a lua, o pavilhão.
– Uma paisagem, então.
Uma paisagem de verdade, não uma paisagem escondida em frias placas de mármore como as da biblioteca do meu pai. Esta idéia me intrigou.

— Minha casa do outro lado do lago fica no alto de uma colina — ele continuou. — Todo cômodo tem vista. Se fôssemos casados, seríamos companheiros. Iríamos passear no lago, no rio, ver as ondas gigantes.

Tudo que ele dizia me deixava alegre e triste ao mesmo tempo, pois eu ansiava por uma vida que nunca teria.

— Mas você não precisa se preocupar — ele continuou. — Estou certo de que seu marido também não é perfeito. Olhe para mim. Desde a dinastia Song, todo rapaz tem a ambição de conseguir distinção na vida oficial, mas eu não fiz os exames imperiais e não ambiciono fazê-los.

Mas era assim que tinha que ser! Um homem moderno, leal à dinastia Ming, sempre escolheria uma vida reclusa a uma vida dedicada ao serviço público no novo regime. Por que ele tinha dito isso? Será que achava que eu era antiquada ou simplesmente estúpida? Será que achava que eu queria que ele fosse um empresário? Ganhar dinheiro como comerciante era vulgar e baixo.

— Eu sou um poeta — ele disse.

Sorri. Eu tivera essa intuição desde a primeira vez que o vira através do biombo.

— A maior de todas as ambições é ter uma vida literária.

— Desejo um casamento baseado em companheirismo, com vidas e poemas compartilhados — ele murmurou. — Se fôssemos marido e mulher, colecionaríamos livros, leríamos e tomaríamos chá juntos. Como disse antes, eu iria querer você pelo que está aqui dentro.

Mais uma vez, ele apontou para o meu coração, mas a sensação que experimentei foi num lugar bem mais embaixo no meu corpo.

— Então fale-me sobre a ópera — ele disse, após um longo momento. — Você está triste por não ver Liniang encontrando-se com a mãe? Acho que todas as moças adoram esta cena.

Era verdade. Eu adorava esta cena. Enquanto prosseguem as lutas entre os bandoleiros e as forças imperiais, Madame Du e Perfume Primaveril buscam abrigo numa hospedaria em Hangzhou.

Madame Du fica atônita – amedrontada – ao ver o que acredita ser o fantasma da filha. Mas, evidentemente, naquele momento as três partes da alma de Liniang já se juntaram e ela é uma pessoa de carne e osso de novo.

– Toda moça espera que sua mãe a reconheça e ame, mesmo que ela esteja morta, mesmo que seja um fantasma, mesmo que ela tenha fugido – eu disse.

– Sim, essa é um boa cena *qing* – meu poeta concordou. – Ela retrata o amor materno. As outras cenas desta noite... – Ele fez uma expressão de indiferença. – Política não me interessa. *Li* demais, você não acha? Eu prefiro as cenas no jardim.

Será que ele estava zombando de mim?

– Mengmei trouxe Liniang de volta à vida graças à paixão – ele continuou. – Ele a trouxe de volta à vida porque *acreditou*.

Sua interpretação da ópera era tão parecida com a minha que eu ousei perguntar:

– Você faria isso por mim?

– É claro que sim!

Então ele aproximou seu rosto do meu. Seu hálito cheirava a orquídeas e almíscar. O desejo que ambos sentíamos aqueceu o ar entre nós. Achei que ele iria me beijar e esperei pela sensação dos lábios dele sobre os meus. Meu corpo vibrou de emoção. Eu não me mexi, porque não sabia o que fazer ou o que ele esperava que eu fizesse. Isso não é inteiramente verdadeiro. Eu não devia estar fazendo nada disso, mas quando ele se afastou e me olhou com seus olhos negros, eu tremi de desejo.

Ele não parecia muito mais velho do que eu, mas era um homem e vivia no mundo lá fora. Para mim, ele tinha muita experiência com as mulheres da casa de chá cujas vozes às vezes eu ouvia do outro lado do lago. Para ele, eu devia ser apenas uma criança, e, de certa forma, ele me tratou como tal, afastando-se para me dar uma chance de me acalmar.

– Eu nunca consigo decidir se a ópera tem um final feliz ou não – ele disse.

Essa frase me assustou. Será que já fazia muito tempo que eu estava ali? Ele deve ter percebido minha apreensão, porque acrescentou:

— Não se preocupe. Ainda faltam muitas cenas. — Ele pegou a peônia que tinha levado com uma das mãos e encostou suas pétalas na outra. — Mengmei recebe nota máxima nos exames imperiais.

Minha mente e meu corpo estavam muito longe da ópera e eu tive que fazer um esforço para me concentrar, o que acho que era o que ele queria.

— Mas, quando ele se apresenta ao Prefeito Du como seu novo genro, ele é preso — eu disse. Quando ele sorriu, vi que estava fazendo a coisa certa.

— O prefeito ordena que revistem a bagagem de Mengmei e...

— Os guardas encontram o auto-retrato de Liniang — termino a frase para ele. — Por ordem do Prefeito Du, Mengmei é surrado e torturado, porque ele acredita que o estudante violou o túmulo de sua filha.

— Mengmei insiste em dizer que trouxe Liniang de volta do mundo dos espíritos e que os dois se casaram — ele disse. — Indignado, o Prefeito Du ordena a decapitação de Mengmei.

O perfume de peônia na palma da sua mão me deixou tonta. Recordei todas as coisas que gostaria de ter feito na noite anterior. Peguei o galho de salgueiro que estava sobre a balaustrada. Vagarosamente, comecei a caminhar em volta dele, falando baixinho, acariciando-o com minhas palavras.

— A história vai terminar mal? — perguntei. — Todos são levados à corte imperial para apresentar seus problemas ao imperador. — Fiz um círculo completo, parei para fitar seus olhos, e então tornei a deslizar em volta dele, desta vez deixando as folhas de salgueiro roçarem seu corpo.

— Liniang é levada à presença do pai — ele disse com a voz rouca —, mas ele não consegue aceitar que ela esteja viva, nem mesmo olhando para ela.

— Dessa forma, o grande Tang Xianzu demonstrou como os homens podem ser limitados por *li*. — Mantive minha voz baixa, sabendo que meu poeta teria que se esforçar para escutar. — Quando ocorre algo tão milagroso, as pessoas não conseguem mais ser racionais. — Ele suspirou e eu sorri. — O prefeito insiste que Liniang se submeta a muitos testes.

— Ela lança uma sombra e deixa pegadas quando caminha sob as árvores.

— Está certo — murmurei. — E ela também responde perguntas sobre as Sete Emoções: alegria, raiva, tristeza, medo, amor, ódio e desejo.

— Você já sentiu essas emoções?

Parei diante dele.

— Nem todas — admiti.

— Alegria? — Ele encostou a peônia que estava segurando no meu rosto.

— Hoje mesmo, quando acordei.

— Raiva?

— Eu disse a você que não sou perfeita — respondi, e ele passou as pétalas pelo meu rosto.

— Tristeza?

— Todos os anos, no aniversário de morte da minha avó.

— Mas você não sentiu uma tristeza pessoal — ele disse, afastando a flor do meu rosto e passando-a pelo meu braço. — Medo?

Pensei no medo que senti ao me dirigir para lá, mas disse:

— Nunca.

— Bom. — Ele manteve a peônia encostada na parte interna do meu pulso. — Amor? — Eu não respondi, mas a sensação da flor na minha pele me fez estremecer, e ele sorriu. — Ódio?

Sacudi negativamente a cabeça. Nós dois sabíamos que eu não tinha vivido o suficiente nem visto o bastante para odiar alguém.

— Só falta um — ele disse. Ele passou a flor de novo pelo meu braço e levou-a para um lugar logo abaixo da minha orelha. Então foi deslizando a flor pelo meu pescoço até a minha garganta. — Desejo?

Parei de respirar.

— Estou vendo a resposta no seu rosto — ele disse.

Ele encostou os lábios na minha orelha.

— Se nós nos casássemos — ele sussurrou —, não perderíamos tempo tomando chá e conversando. — Ele deu um passo para trás e contemplou o lago. — Eu queria... — Sua voz tremeu, e eu vi que isto o deixou envergonhado. Ele estava sentindo o momento tão profundamente quanto eu. Ele pigarreou e engoliu com força. Quando tornou a falar, era como se nada tivesse acontecido entre nós. Eu estava solta de novo, por minha conta. — Queria que você pudesse ver minha casa. Fica do outro lado do lago, na Montanha Wushan.

— Não é logo ali? — perguntei, apontando para a colina do outro lado do lago.

— Aquela é a colina, sim, mas a Ilha Solitária, por mais linda que seja, encobre a vista da casa. Minha casa fica logo atrás da ponta da ilha. Eu queria que você a visse, para poder olhar para o outro lado do lago e pensar em mim.

— Talvez eu consiga vê-la da biblioteca do meu pai.

— Tem razão! Seu pai e eu temos conversado muito sobre política lá. Eu posso ver minha casa da janela. Mas, mesmo que você consiga enxergar a montanha, como vai saber qual das casas é a minha?

Minha mente, naquele estado de turbulência, não conseguia pensar com clareza para encontrar uma solução possível.

— Vou mostrar a casa para você, para que possa achá-la. Prometo que vou olhar para fora todos os dias para procurar você, se você procurar por mim.

Concordei. Ele me levou para o lado direito do pavilhão, perto da margem. Tirou o galho de salgueiro da minha mão e o colocou junto com a flor de peônia sobre o parapeito. Quando ele se sentou ao lado deles e passou as pernas para o outro lado, compreendi que ele queria que eu fizesse o mesmo. Ele saltou sobre uma pedra e estendeu os braços para mim.

— Dê-me suas mãos.

— Não posso. — E eu não podia mesmo. Eu tinha feito várias coisas impróprias naquela noite, mas não iria acompanhá-lo. Eu nunca tinha estado do lado de fora do Palacete da Família Chen. A respeito disso, meu pai e minha mãe eram categóricos.

— Não é longe.

— Nunca saí do meu jardim. Minha mãe diz...

— Mães são importantes, mas...

— Eu não posso fazer isso.

— E quanto à promessa que você acabou de fazer?

Minha vontade fraquejou. Eu era tão fraca quanto minha prima Giesta diante de uma travessa de bolinhos.

— Você não vai ser a única moça, mulher, do outro lado de um muro de jardim esta noite. Conheço muitas mulheres que estão passeando de barco no lago esta noite.

— Mulheres de casas de chá — eu disse com desdém.

— De jeito nenhum — ele disse. — Estou me referindo a mulheres poetas e escritoras que entraram para clubes de poesia e prosa. Como você, elas querem experimentar mais da vida do que está disponível para elas no interior de seus jardins. Ao deixar seus aposentos reclusos, elas se tornaram artistas de renome. É o mundo exterior que eu lhe mostraria, se você fosse minha esposa.

Ele deixou implícito que esta noite era o mais longe que este sonho nos levaria.

Dessa vez, quando ele estendeu os braços, eu me sentei no parapeito e, o mais delicadamente possível, passei as pernas para o outro lado e deixei que ele me tirasse da segurança do Palacete. Ele me levou para a direita, seguindo as pedras que contornavam a margem. O que eu estava fazendo era mais do que errado. Incrivelmente, nada de terrível aconteceu. Nós não fomos apanhados, nenhum fantasma surgiu de trás de um arbusto ou árvore para nos assustar ou matar por esse crime.

Ele segurou meu cotovelo, já que algumas pedras estavam cobertas de musgo e eram escorregadias. Senti o calor da mão dele através da seda da minha manga. O ar quente levantava a minha saia como se fosse uma asa de cigarra carregada pelo vento. Eu estava do lado de *fora*. Estava vendo coisas que nunca tinha visto antes. Aqui e ali, trepadeiras e galhos caíam sobre os muros da propriedade, dando uma pista do que estava escondido lá dentro. Salgueiros-chorões se debruçavam sobre o lago, seus galhos tocando na superfície da água. Eu rocei nas roseiras silvestres que floresciam na margem e seu perfume penetrou no ar, nas minhas roupas, no meu cabelo, na pele das minhas mãos. As sensações que invadiam meu corpo eram avassaladoras: medo de ser apanhada, excitação por estar do lado de fora e amor pelo homem que tinha me levado para lá.

Nós paramos. Eu não sabia ao certo quanto tempo tínhamos caminhado.

– Minha casa é ali – ele disse, apontando para o outro lado do lago, depois do pavilhão recém-construído na Ilha Solitária, que eu podia ver da biblioteca do meu pai. – Há um templo na colina. Esta noite ele está iluminado por tochas. Você está vendo? Os monges abrem suas portas para todos os festivais. Um pouco mais para cima, à esquerda, está a casa.

– Estou vendo.

Só havia um pedacinho de lua, mas era suficiente para iluminar um caminho pelo lago, dos meus pés até a porta da casa dele. Era como se os céus estivessem dizendo que nós estávamos destinados a ter este tempo para nós.

Nessas circunstâncias extraordinárias, uma sensação peculiar chamou minha atenção. Meus sapatos de lírio estavam encharcados e eu podia sentir a água molhando a barra da minha saia. Dei um passo para trás da beirada da água, o que provocou pequenas ondas na superfície calma. Pensei naquelas ondas atingindo os barcos que levavam outros amantes sobre o lago e batendo nas bordas de pavilhões de ver a lua onde jovens maridos e esposas tinham buscado refúgio dos olhos vigilantes da família.

– Você iria gostar da minha casa – ele disse. – Nós temos um belo jardim; não tão grande quanto o seu, mas com um conjunto de pedras, um Pavilhão de Ver a Lua, um lago e uma ameixeira cujas flores, na primavera, inundam de perfume a propriedade. Sempre que eu olhar para ela, vou pensar em você.

Desejei que pudéssemos ter uma noite de núpcias. Desejei que isso acontecesse imediatamente. Fiquei vermelha e baixei os olhos. Quando olhei para cima, ele me encarou. Sabia que ele desejava o mesmo que eu. E então o momento passou.

– Temos que voltar – ele disse.

Ele tentou nos apressar, mas meus sapatos estavam escorregando e eu estava lenta. Quando nos aproximamos do palacete, os sons da ópera se tornaram mais nítidos. Os gritos de dor de Mengmei enquanto ele era torturado pelos guardas do Prefeito Du indicavam que o espetáculo estava quase no fim.

Ele me ergueu de volta para o Pavilhão de Ver a Lua. Pronto. Amanhã eu voltaria a me preparar para o meu casamento e ele voltaria para fazer o que os rapazes têm que fazer para ser preparar para receber suas esposas.

– Eu gostei de conversar com você sobre a ópera – ele disse.

Estas podem não parecer as palavras mais românticas que um homem pode dizer, mas para mim elas foram, porque mostravam que apreciava literatura, se preocupava com os aposentos interiores e que queria mesmo saber o que eu pensava.

Ele pegou o galho de salgueiro e me entregou.

– Guarde isto – ele disse – para se lembrar de mim.

– E a peônia?

– Vou guardá-la para sempre.

Sorri por dentro, sabendo que a flor e eu tínhamos o mesmo nome.

Ele aproximou os lábios dos meus e quando falou sua voz tremia de emoção.

– Nós tivemos três noites de felicidade. Isso é mais do que alguns casais têm durante uma vida inteira. Vou lembrar-me delas para sempre.

Enquanto meus olhos se enchiam de lágrimas, ele disse:

– Você precisa voltar. Eu só sairei daqui quando houver uma distância segura entre nós.

Mordi o lábio para não chorar e me afastei. Caminhei sozinha em direção ao jardim principal, parando perto do lago para guardar o galho de salgueiro sob minha túnica. Só quando ouvi o Prefeito Du acusar a filha, que tinha sido trazida diante dele, de ser uma criatura nojenta do mundo dos mortos foi que lembrei que meus sapatos, minhas meias e a barra da minha saia estavam sujos. Eu precisava ir até meu quarto e trocar de roupa sem ser vista.

– Aí está você – Giesta disse, saindo das sombras. – Sua mãe mandou que eu viesse procurá-la.

– Eu estava... eu tive que... – Pensei em Salgueiro naquela primeira noite em que ela fez o papel de Perfume Primaveril. – Precisei usar o urinol.

Minha prima sorriu ironicamente.

– Eu estive no seu quarto. Você não estava lá.

Apanhando-me em uma mentira, Giesta fitou-me desconfiada. Eu vi o sorriso que ela abriu enquanto seus olhos iam do meu rosto até minha saia, minha bainha suja e meus sapatos imundos. Ela cobriu o rosto com uma expressão alegre, passou o braço afetuosamente pelo meu e disse numa voz amável:

– A ópera está terminando. Acho que você não vai querer perder o final.

Eu estava tão tonta de felicidade que acreditei que ela queria me ajudar. A coragem que tinha vindo à tona quando eu concordei em pular o parapeito do nosso Pavilhão de Ver a Lua já tinha voltado para o seu cantinho lá no fundo do meu peito; portanto, eu não me afastei de Giesta e fui me sentar na minha almofada no fundo da platéia, mas permiti que ela me levasse – estupidamente, mas com a invencibilidade ridícula nascida da minha felicidade – até a primeira fila, passando no meio das mulheres sentadas, passando pela minha mãe, onde me sentei entre a pequena Ze e minha prima. E, como eu estava sentada ao lado de Ze, fiquei novamente diante da fresta no biombo que permitia que eu enxergasse o palco.

Olhei por sobre o mar de homens de cabelos pretos até achar meu poeta, sentado ao lado do meu pai. Após alguns minutos, eu me forcei a tirar os olhos dele e contemplar o palco, onde o imperador tentava reconciliar as duas facções. Proclamações foram lidas; honras, concedidas. Houve grande regozijo para os dois amantes – um verdadeiro final feliz. Entretanto, nada tinha sido, e jamais poderia ser, resolvido entre o Prefeito Du e sua filha.

Os homens do outro lado do biombo se levantaram e aplaudiram delirantemente. As mulheres do nosso lado balançaram a cabeça, concordando com a veracidade desse final.

Como tinha feito na primeira noite, meu pai subiu ao palco. Agradeceu a todos por terem ido à nossa modesta casa, assistir à nossa produção improvisada. Agradeceu aos atores e à nossa criadagem que havia sido desviada de suas obrigações normais para o espetáculo.

– Esta é uma noite de amor e destino – ele disse. – Nós vimos como terminou a história de Liniang e Mengmei. E sabemos como a história da Tecelã e do Vaqueiro irá terminar esta noite. Agora vamos ter uma pré-estréia de outra história de amor.

Uau! Ele iria anunciar alguma coisa a respeito do meu casamento. Meu poeta baixou a cabeça. Ele também não queria escutar aquilo.

– Muitos de vocês sabem que eu tenho a sorte de ter um bom amigo como meu futuro genro – baba disse. – Eu conheço Wu Ren há tanto tempo que ele é como um filho para mim.

Quando meu pai levantou o braço para apontar para o homem com quem eu iria me casar, fechei os olhos. Três dias antes, eu teria acompanhado o seu gesto para ver de relance o meu futuro marido, mas agora eu não podia abandonar as ternas emoções que sentia. Eu queria me apegar um pouco mais a elas.

– Tenho sorte por Ren gostar tanto das palavras – meu pai continuou. – Não tenho tanta sorte quando ele ganha de mim no xadrez.

Os homens riram satisfeitos, como era de se esperar. Do nosso lado do biombo, havia silêncio. Eu senti os olhares de censura e desdém das mulheres atrás de mim penetrando como punhais em minhas costas. Abri os olhos, olhei para a minha direita, e vi Ze olhando pela fresta do biombo, a boca aberta de espanto. Então Ze desviou rapidamente os olhos. Meu marido devia ser feio, monstruoso.

– Muitos de vocês são convidados aqui esta noite e não conhecem minha filha – meu pai continuou –, mas minha família inteira está aqui e eles conhecem Peônia desde que ela nasceu. – Ele se dirigiu ao meu futuro marido, dizendo na frente de todo mundo: – Não tenho dúvidas de que ela será uma boa esposa para você... exceto por uma coisa. O nome dela não é adequado. O nome da sua mãe também é Peônia.

Meu pai olhou para a platéia de homens, mas falou para nós que estávamos atrás do biombo.

– De agora em diante, chamaremos minha filha de Tong – *Igual* –, pois ela é igual à sua mãe, meu jovem amigo.

Eu sacudi a cabeça, sem acreditar. Baba tinha acabado de mudar o meu nome para sempre. Agora eu era Tong – um comum *Igual* – por causa da minha sogra, alguém que eu ainda iria conhecer e que teria controle sobre mim até morrer. Meu pai tinha feito isso sem me consultar, sem nem mesmo me avisar. Meu poeta tinha razão. Três lindas noites teriam que me sustentar pela vida inteira. Mas esta noite não tinha terminado e eu me recusei a afundar no desespero.

– Que esta seja uma noite de celebração – meu pai anunciou. Ele fez um sinal na direção do biombo onde as mulheres estavam sentadas. Criados vieram nos escoltar de volta ao Salão Flor de Lótus. Eu me apoiei no braço de Salgueiro e estava preparada para deixar que ela me levasse de volta aos aposentos das mulheres quando minha mãe se aproximou.

– Parece que você foi o destaque da noite – ela disse, mas a generosidade de suas palavras não escondia a decepção na voz. – Salgueiro, deixe-me levar minha filha de volta ao seu quarto.

Salgueiro me soltou e minha mãe me deu o braço. Como ela conseguiu manter um ar tão bonito e delicado quando seus dedos estavam enterrados com força na minha carne, eu não sei. As outras abriram caminho e deixaram a principal mulher do Palacete da Família Chen conduzir sua única filha de volta ao Salão Flor de Lótus. As outras seguiram atrás, silenciosas como echarpes flutuando ao vento. Elas não sabiam o que eu tinha feito, mas era óbvio que eu estivera em algum lugar em que não devia porque todas podiam ver que os meus pés, a parte mais íntima do corpo de uma mulher, estavam sujos.

Eu não sei o que me fez olhar para trás, mas eu olhei. A pequena Ze estava caminhando junto com Giesta. Minha prima tinha um arzinho de deboche e triunfo no rosto, mas Ze ainda era muito jovem, e pouco sofisticada, para esconder suas emoções. Seu rosto estava vermelho, os dentes cerrados, o corpo todo rígido de raiva. Eu não entendi por quê.

Nós chegamos ao Salão Flor de Lótus. Minha mãe parou por um momento para dizer às outras para se divertirem; ela voltaria em poucos minutos. Então, sem mais palavras, ela me levou para o meu quarto na Salão das Moças Solteiras, abriu a porta e me empurrou delicadamente para dentro. Depois que fechou a porta, ouvi algo que nunca tinha ouvido antes. Parecia metal arranhado. Só quando tentei abrir a porta foi que percebi que, pela primeira vez, minha mãe tinha usado um dos seus cadeados para me prender.

O fato de mamãe estar zangada comigo não mudava as palavras que o poeta tinha sussurrado no meu ouvido, nem alterava a sensação que eu ainda sentia na pele, nos lugares que ele tinha tocado com a peônia. Tirei de dentro da roupa o galho de salgueiro que ele me dera e acariciei meu rosto com ele. Depois guardei-o numa gaveta. Desamarrei meus pés molhados e tornei a amarrá-los com faixas limpas. Da janela, eu não via a ponte celestial que deveria unir a Tecelã e o Vaqueiro, mas eu ainda podia sentir o perfume das rosas silvestres no cabelo e na pele.

Fechando portas,
abrindo o coração

MAMÃE NUNCA MAIS TORNOU A MENCIONAR A UMIDAde e a sujeira nos meus sapatos, meias e saia. Uma criada levou tudo aquilo embora e nunca trouxe de volta, e eu continuei trancada no meu quarto. Durante as longas semanas do meu confinamento, eu começaria a questionar tudo. Mas no início eu era apenas uma garota triste, trancada no quarto, sem ter com quem falar. Até Salgueiro foi barrada, exceto para me levar as refeições e água limpa para eu me lavar.

Eu passava horas na janela, mas minha visão era limitada a um pedacinho de céu e do pátio externo. Eu folheava meus exemplares de *O pavilhão de Peônia*. Procurava a cena do Sonho Interrompido, tentando decifrar o que Liniang e Mengmei estavam fazendo juntos na gruta. A todo momento, eu pensava no meu desconhecido. Os sentimentos que me enchiam o peito diminuíam o meu apetite e me deixavam com a cabeça vazia. Eu me preocupava o tempo todo sobre como iria continuar apegada àquelas emoções depois que saísse do quarto.

Certa manhã, uma semana depois do meu confinamento, Salgueiro abriu a porta, entrou silenciosamente no quarto e depositou uma bandeja com chá e uma tigela de *congee* para o meu café-da-manhã. Eu sentia falta da sua companhia e do modo como ela cuidava de mim – escovando meu cabelo, lavando e enrolando meus pés, animando o ambiente com sua conversa alegre. Naqueles últimos dias, ela estivera muito quieta ao trazer minhas refeições, mas agora ela sorria de um modo que eu nunca tinha visto antes.

Ela serviu o chá, ajoelhou-se diante de mim e olhou para o meu rosto, esperando que eu a interrogasse.

– Diga-me o que aconteceu – pedi, esperando ouvir que minha mãe tinha decidido libertar-me ou que iria deixar Salgueiro ficar no meu quarto de novo.

– Quando o Patrão Chen me pediu para fazer o papel de Perfume Primaveril, eu disse que sim, na esperança de que um dos homens da platéia pudesse me ver, fosse procurar o seu pai e perguntasse se ele me venderia para outra família – ela respondeu com os olhos brilhando de felicidade. – O pedido chegou na noite passada e seu pai concordou. Vou partir esta tarde.

Foi como se Salgueiro tivesse me dado um tapa no rosto. Nunca, em dez mil anos, eu teria adivinhado ou imaginado isso.

– Mas você pertence a mim!

– Na realidade, até ontem eu era propriedade do seu pai. Hoje, pertenço ao Patrão Quon.

O fato de ela sorrir ao dizer isso me deixou muito zangada.

– Você não pode partir. Você não *quer* partir.

Diante do seu silêncio, vi que ela queria mesmo partir. Mas como podia ser isso? Ela era minha criada e minha companheira. Eu nunca tinha pensado de onde ela viera ou como acabara sendo minha criada, mas sempre acreditei que ela fosse minha. Ela era parte da minha vida diária, assim como o urinol. Ela estava deitada aos meus pés quando eu adormecia; ela era a primeira pessoa que eu via de manhã. Ela acendia o fogo antes que eu abrisse os olhos e ia buscar água quente para me lavar. Pensei que ela fosse comigo para a casa do meu marido. Ela deveria cuidar de mim quando eu engravidasse e tivesse filhos. Como ela era da minha idade, eu esperava que ela ficasse comigo até eu morrer.

– Toda noite, depois que você dormia, eu ficava aqui deitada no chão e escondia as lágrimas no meu lenço – ela confessou. – Há anos venho rezando para o seu pai me vender. Se eu tiver sorte, meu novo dono fará de mim sua concubina. – Ela parou, refletiu, depois acrescentou com objetividade: – Uma segunda, terceira ou quarta concubina.

O fato de minha criada ter esses desejos me deixou chocada. Ela estava muito avançada no seu raciocínio, nos seus desejos. Viera do mundo do lado de fora do nosso jardim – o mundo pelo qual eu estava subitamente obcecada – e eu nunca tinha perguntado nada a ela a respeito dele.

– Como você pode fazer isso comigo? Onde está a sua gratidão?

O sorriso dela desapareceu. Ela não respondeu porque não quis ou porque achava que não tinha obrigação de responder?

– Eu sou grata por ter sido aceita por sua família – ela admitiu. Seu rosto era bonito, mas naquele momento eu vi que ela não gostava de mim, que, provavelmente, havia muitos anos que não gostava de mim. – Agora eu posso ter uma vida diferente daquela em que nasci como um cavalo magro.

Eu já tinha ouvido essa expressão antes, mas não quis admitir que não sabia exatamente o seu significado.

– Minha família era de Yangzhou, onde sua avó morreu – ela continuou. – Como muitas famílias, a minha sofreu imensamente. As mulheres velhas e feias foram massacradas junto com os homens. Mulheres como minha mãe foram vendidas como peixe, em sacos, pelo peso. O novo dono da minha mãe era um homem empreendedor. Eu fui a quarta filha a ser vendida. Desde então, tenho sido como uma folha ao vento.

Fiquei ouvindo.

– O comerciante de cavalos magros fez a bandagem dos meus pés e me ensinou a ler, a cantar, a bordar e a tocar flauta. Neste aspecto, a minha vida não foi diferente da sua, mas, em outros, foi muito diferente. Aquelas pessoas cultivavam meninas em suas terras em vez de grãos. – Ela baixou a cabeça e olhou furtivamente para mim. – A primavera chegou, o outono partiu. Eles poderiam ter ficado comigo até que eu tivesse idade suficiente para ser vendida para o prazer, mas a inflação e o excesso de oferta baixaram os preços. Eles tiveram que descarregar parte da colheita. Um dia, eles me vestiram de vermelho, pintaram meu rosto de branco e me levaram para o mercado. Seu pai examinou meus dentes; segurou os meus pés; apalpou o meu corpo.

— Ele não faria isso!

— Ele fez e eu fiquei envergonhada. Ele me comprou por algumas peças de tecido. Nestes últimos anos, eu tive esperança de que seu pai me tomasse como sua quarta concubina e eu pudesse dar a ele o filho homem que sua mãe e as outras não conseguem dar.

Fiquei com o estômago revirado ao ouvir isso.

— Hoje eu vou para o meu terceiro dono — ela disse com naturalidade. — Seu pai me vendeu em troca de dinheiro e carne de porco. Foi um bom negócio e ele ficou satisfeito.

Vendida por carne de porco? Eu ia me casar em troca de um dote que incluía porcos. Talvez eu e Salgueiro não fôssemos assim tão diferentes, afinal. Nenhuma de nós teve escolha em relação ao seu futuro.

— Eu ainda sou jovem — Salgueiro disse. — Posso trocar de novo de mãos se não tiver um filho homem ou se não conseguir mais fazer meu patrão sorrir. O comerciante de cavalo magro me disse que comprar uma concubina melhora o jardim de um homem. Algumas árvores dão frutos, algumas dão sombra, outras dão prazer aos olhos. Eu tenho esperança de não ser vendida de novo.

— Você é como Xiaoqing — eu disse, espantada.

— Eu não tenho a beleza ou o talento dela, mas espero que o meu futuro seja melhor do que o dela e que na outra vida eu não nasça em Yangzhou.

Esta foi a primeira vez que eu entendi realmente que a minha vida no jardim do nosso palacete não era igual à das moças no mundo lá fora. Coisas terríveis e assustadoras aconteciam lá. Isto tinha sido ocultado de mim, e eu estava grata, mas curiosa. Minha avó tinha estado lá fora e agora ela era venerada como uma mártir. Salgueiro tinha vindo de lá e seu futuro era tão predeterminado quanto o meu: fazer feliz o homem da sua vida, dar filhos homens a ele e se distinguir nas Quatro Virtudes.

— Então eu já vou — Salgueiro disse, erguendo-se sobre os joelhos.

— Espere. — Fiquei em pé, fui até um armário e abri uma gaveta. Procurei no meio das minhas jóias e enfeites de cabelo, tentando achar uma peça que não fosse nem comum nem extravagante demais. Escolhi um prendedor de cabelo de penas azuis de alcião na forma de uma fênix voando, com o rabo balançando delicadamente atrás. Coloquei-o na mão de Salgueiro.

– Para você usar quando se encontrar com seu novo dono.

– Obrigada – ela disse e saiu do quarto.

Nem dois minutos depois, Shao, minha antiga ama-de-leite e nossa principal ama, entrou.

– Eu vou tomar conta de você de agora em diante.

Eu não poderia ter recebido notícia pior.

MINHA MÃE TINHA planos para mim, e Shao, que agora morava no meu quarto, tinha que cuidar para que eles fossem cumpridos.

– Tong, Igual, você vai se preparar para o seu casamento, mais nada – Shao anunciou, e ela estava falando sério.

Ao ouvir meu novo nome, estremeci de desespero. Meu lugar no mundo era estabelecido por rótulo e designação; pelo nome, eu já estava me transformando de filha em esposa e nora.

Durante as sete semanas seguintes, Shao trouxe minhas refeições, mas meu estômago tinha se transformado num poço de angústia e eu ignorava a comida ou a empurrava com teimosia. À medida que o tempo foi passando, meu corpo mudou. Minhas saias começaram a ficar penduradas nos meus quadris e não na minha cintura, e minhas túnicas ficaram largas.

Minha mãe nunca aparecia para me visitar.

– Ela está desapontada com você – Shao me dizia todos os dias. – Como você pode ter saído do corpo dela? Digo a ela que uma filha má é uma filha típica.

Eu era instruída, mas não era páreo para minha mãe. O trabalho dela era me controlar e garantir que eu fizesse um bom casamento. Embora ela ainda não quisesse olhar para mim, ela enviava emissários. Todas as manhãs, Terceira Tia chegava bem cedo para me ensinar a bordar direito.

– Nada de pontos malfeitos – ela dizia, com a voz tilintando como quartzo branco. Se eu cometesse um erro, ela me fazia desmanchar os pontos e começar de novo. Sem distrações e com as instruções exatas da Terceira Tia, eu aprendi. E, a cada ponto que eu dava, sofria de saudades do meu poeta.

Assim que ela saía do quarto, Shao deixava entrar a Segunda Tia, que treinava cítara comigo. Apesar da sua reputação de indulgente, comigo ela era muito severa. Se eu errasse uma nota, ela batia nos meus dedos com uma vara de bambu. Meu desempenho na cítara melhorou com uma rapidez surpreendente, tornando-se límpido e cristalino. Eu imaginava cada nota saindo pela janela e flutuando por cima do lago até a casa do meu poeta, onde a música o faria pensar em mim como eu estava pensando nele.

Nos finais de tarde, quando as cores da noite começavam a surgir no oeste, a Quarta Tia, viúva e sem filhos, vinha me ensinar o objetivo de nuvens e chuva.

— A maior força de uma mulher é dar à luz filhos homens — Quarta Tia ensinava. — Isto dá poder à mulher, mas também pode tirá-lo. Se você der um filho ao seu marido, talvez consiga evitar que ele freqüente os locais de prazer no lago ou que tenha concubinas. Lembre-se: a pureza de uma mulher cresce com o isolamento. É por isso que você está aqui.

Eu ouvia atentamente o que ela dizia, mas ela não me disse nada sobre o que esperar na minha noite de núpcias nem como eu poderia participar de nuvens e chuva com alguém que eu não amava, nem gostava ou conhecia. Eu imaginava incessantemente as horas que levariam a isso: minha mãe, minhas tias e primas me lavando e me vestindo com minhas roupas de casamento; os cinco grãos, o pedaço de carne de porco, e coração de porco que elas iriam esconder na anágua que eu usaria perto da pele; as lágrimas derramadas por todos quando eu fosse conduzida ao palanquim; eu entrando na casa da família Wu e deixando cair no chão a anágua com seus tesouros escondidos para garantir o nascimento rápido e fácil de filhos homens; e, finalmente, sendo conduzida ao quarto nupcial. Estes pensamentos, que antes me enchiam de alegria e expectativa, agora me davam vontade de fugir. O fato de não poder escapar ao meu destino fazia com que eu me sentisse ainda pior.

Depois do jantar, Quinta Tia abandonava a reunião noturna nos aposentos das mulheres para melhorar minha caligrafia.

– Escrever é uma criação do mundo externo dos homens. É, por natureza, um ato público, algo que nós, mulheres, devemos evitar, mas você precisa aprender para um dia poder ajudar seus filhos nos estudos.

Nós enchíamos folhas e folhas de papel, copiando poemas do *Livro de canções*, fazendo exercícios do livro *Desenhos de disposições de batalha do pincel*, e detalhando lições do *Clássico dos quatro caracteres das mulheres* até meus dedos ficarem manchados de tinta.

Além de aperfeiçoar meus traços com o pincel, as aulas da Quinta Tia eram muito simples:

– O melhor que você tem a fazer é ter os antigos como seus mestres. A poesia existe para deixá-la serena, não para corromper sua mente, seus pensamentos ou suas emoções. Enfeite-se, fale com delicadeza mas não diga nada, lave-se bem e com freqüência, e mantenha a mente harmoniosa. Assim, o seu rosto irá retratar a sua virtude.

Eu obedecia, mas cada pincelada que eu dava era uma carícia no meu poeta. Cada movimento do pincel eram meus dedos em sua pele. Cada caractere completado era um presente para o homem que tinha tomado conta dos meus pensamentos.

Cada momento do dia e da noite em que uma das minhas tias não estava no quarto, eu ainda tinha Shao. Como Salgueiro, ela dormia no chão, aos pés da minha cama. Ela estava lá quando eu acordava, quando usava o urinol, quando fazia minhas lições, quando ia dormir. Eu também estava lá, ouvindo seu ronco e seus peidos, cheirando o seu hálito e o que saía do seu corpo e caía no urinol, vendo-a coçar a bunda ou limpar os pés. Não importa o que ela estivesse fazendo, as palavras que saíam de sua boca eram sempre implacáveis.

– Uma mulher, e sua mãe identificou isso em você, torna-se ingovernável quando é instruída – ela me dizia, contrariando os ensinamentos de minhas tias. – Na sua mente, você se afasta muito dos aposentos internos. Lá fora é perigoso; sua mãe precisa que você entenda isso. Esqueça o que aprendeu. *Ensinamentos da Mãe Wen* nos dizem que uma moça deve conhecer apenas alguns caracteres escritos, como *lenha, arroz, peixe* e *carne*. Estas palavras irão ajudar a dirigir uma casa. Tudo mais é perigoso.

À medida que todas as portas iam se fechando para mim, meu coração ia se abrindo cada vez mais. Uma visita sonhada ao Pavilhão de Peônia tinha causado mal de amor a Liniang. Visitas aos pavilhões do Palacete da Família Chen tinham me causado mal de amor. Eu não tinha controle sobre minhas atividades – como me vestir ou minha vida futura com esse Wu Ren –, mas minhas emoções permaneciam soltas e livres. Com o tempo, eu me convenci de que parte do mal de amor vem deste conflito entre controle e desejo. No amor, nós não temos controle. Nossos corações e mentes são atormentados, provocados, seduzidos e enfeitiçados pela força avassaladora das emoções que nos fazem tentar esquecer o mundo real. Mas esse mundo existe, então, sendo mulheres, temos que pensar como fazer nossos maridos felizes sendo boas esposas, tendo filhos homens, dirigindo bem a nossa casa e nos enfeitando para que eles não se afastem de suas atividades diárias nem percam tempo com concubinas. Nós não nascemos com essas habilidades. Elas precisam ser incutidas em nós pelas outras mulheres. Por meio de lições, aforismos e habilidades aprendidas, nós somos moldadas... e controladas.

Minha mãe me controlava por meio de suas instruções, mesmo recusando-se a me ver. Minhas tias me controlavam por meio de suas aulas. Minha futura sogra iria controlar-me após o casamento. Juntas, essas mulheres, desde o meu nascimento até a minha morte, controlariam cada minuto da minha vida.

Entretanto, apesar de todo este esforço para me controlar, eu estava me afastando. A cada momento, o meu poeta invadia meus pensamentos – a cada ponto de bordado, acorde de cítara, lição de moral. Ele estava no meu cabelo, nos meus olhos, nos meus dedos, no meu coração. Eu sonhava acordada com ele, imaginando o que ele estava fazendo, pensando, vendo, cheirando, sentindo. Eu não conseguia comer, pensando nele. Cada vez que o ar perfumado das flores entrava pela minha janela, eu sentia um tumulto de emoções. Será que ele desejava uma esposa tradicional ou uma esposa moderna, como a que ele descreveu na noite em que nos encontramos no Pavilhão de Ver a Lua? Será que sua futura esposa daria a ele o que ele desejava? E quanto a mim? O que iria acontecer comigo agora?

À noite, quando o luar lançava sombras de folhas de bambu nos meus lençóis de seda, eu mergulhava nesses pensamentos sombrios. Às vezes eu me levantava, pulava por cima de Shao e ia até a gaveta onde guardava o ramo de salgueiro que o meu poeta tinha me dado na nossa última noite juntos. À medida que as semanas passavam, as folhas iam caindo até só restar o galho seco. Meu coração encheu-se de tristeza.

Com o tempo, eu melhorei na cítara, decorei regras e me esforcei com o bordado. Dois meses depois da minha reclusão, Terceira Tia anunciou:

— Você está pronta para fazer sapatos para a sua sogra.

Toda noiva faz isso em sinal de respeito, mas, durante anos, eu tinha temido esta tarefa, sabendo que minha costura iria revelar imediatamente os meus defeitos. Agora eu a temia mais ainda. Embora não fosse mais envergonhar a mim mesma ou à minha família com meu bordado, eu não gostava dessa mulher e não sentia nenhuma necessidade de impressioná-la. Eu tentava imaginar que ela era a mãe do meu poeta. O que mais eu podia fazer para me proteger do desespero que sentia? O nome da minha sogra era o mesmo que o meu — Peônia —, então eu incorporei aquela flor, a mais difícil de todas de pintar ou bordar, no meu desenho. Levei horas em cada pétala e folha, até que, um mês depois, os sapatos estavam prontos. Mostrei o par de sapatos para a Terceira Tia.

— Eles estão perfeitos — ela disse, e estava sendo sincera. Posso não ter incluído neles mechas do meu cabelo nem tê-los feito tão leves quanto ela faria, mas, fora isso, eles estavam esplêndidos. — Pode embrulhá-los.

NO NONO DIA do nono mês, quando comemoramos a Dama Roxa, que foi tratada tão mal pela sogra a ponto de se enforcar no banheiro que era obrigada a limpar todos os dias, a porta do meu quarto se abriu e minha mãe entrou. Eu me inclinei até o chão para mostrar meu respeito e então fiquei imóvel, com as mãos cruzadas na frente do corpo, os olhos baixos.

– *Uau!* Você está...! – A surpresa na voz de mamãe me fez erguer os olhos. Ela ainda devia estar zangada comigo porque seu rosto estava perturbado. Mas tinha aperfeiçoado a arte de ocultar seus sentimentos, e o rosto assumiu logo uma expressão neutra. – O resto do seu dote chegou. Talvez você queira ver as peças antes que sejam guardadas. Mas espero que você...

– Não se preocupe, mamãe. Eu mudei.

– Estou vendo – ela disse, mas, de novo, não percebi nenhum prazer em sua voz. Pelo contrário, percebi preocupação. – Venha ver. Depois eu quero que você venha tomar café-da-manhã conosco.

Quando saí do meu quarto, um único fio sustentava minhas emoções – solidão, desespero e meu amor inabalável pelo meu poeta. Eu tinha aprendido a exprimir minha tristeza pelos suspiros.

Segui minha mãe a uma distância respeitosa até o Salão de Sentar. As peças do meu dote tinham sido levadas em caixas laqueadas que pareciam caixões. Minha família tinha recebido os itens habituais: sedas e cetins, ouro e jóias, porcelanas e cerâmicas, bolos e doces, jarros de vinho e carne de porco assada. Algumas dessas coisas eram para mim; a maioria era para os cofres do meu pai. Generosas somas de dinheiro eram para os tios. Isso era a prova física de que o meu casamento ia acontecer – e logo. Eu apertei o alto do meu nariz para não chorar. Quando consegui controlar minhas emoções, estampei um sorriso plácido no rosto. Eu tinha finalmente saído do meu quarto e minha mãe estava me vigiando para ver se eu ainda ia cometer alguma impropriedade. Eu precisava tomar cuidado.

Meus olhos fitaram um pacote embrulhado em seda vermelha. Olhei para minha mãe, e ela fez sinal, indicando que eu podia abri-lo. Eu desembrulhei o pacote. Lá dentro havia uma edição em dois volumes de *O pavilhão de Peônia*. Era a única edição que eu ainda não possuía, a que tinha sido impressa pelo próprio Tang Xianzu. Eu abri o bilhete que vinha junto. *Querida Igual, estou ansiosa para ficar junto de você até tarde, tomando chá e conversan-*

do sobre a ópera. Estava assinado pela cunhada do meu futuro marido, que já morava na casa da família Wu. Os presentes do meu dote eram bonitos, mas este presente me mostrou que havia pelo menos uma pessoa nos aposentos das mulheres da família Wu que poderia me fazer companhia.

– Posso guardar isto? – perguntei à minha mãe.

Ela franziu a testa e eu achei que ela fosse negar.

– Leve para o seu quarto e depois venha diretamente para o Pavilhão Primavera. Você precisa comer.

Apertei os volumes de encontro ao peito, caminhei vagarosamente de volta para o meu quarto e coloquei-os sobre a cama. Depois, obedecendo às ordens de minha mãe, fui para o Pavilhão Primavera.

Eu tinha ficado trancada durante dois meses e contemplei o pavilhão e as pessoas com outros olhos. As tensões habituais fervilhavam entre minhas tias, minhas primas e minha mãe, e aquelas mulheres e meninas que não eram vistas de manhã – as concubinas e suas filhas. Mas como eu tinha ficado longe, vi e senti uma corrente subterrânea que nunca tinha notado antes. Espera-se que toda mulher fique grávida pelo menos dez vezes durante a vida. As mulheres do Palacete da Família Chen tinham dificuldade em engravidar, e, quando conseguiam, pareciam incapazes de ter filhos homens. Esta falta de filhos homens pesava sobre todos. As concubinas tinham obrigação de salvar a linhagem da família, mas, embora nós as alimentássemos, vestíssemos e abrigássemos, nenhuma delas tivera um filho ainda. Elas podiam não ter permissão para tomar o café-da-manhã conosco, mas, ainda assim, estavam ali.

Minhas primas tiveram uma nova atitude em relação a mim. Giesta, que tinha orquestrado o meu confinamento, usou seus pauzinhos para colocar alguns bolinhos no meu prato. Lótus me serviu chá e me passou sua tigela de *congee*, que tinha temperado com peixe salgado e cebolinha. Minhas tias se aproximaram da mesa, dando-me boas-vindas com rostos sorridentes e insistindo para que eu comesse. Mas eu não comi nada. Ignorei até o doce de fava que Shao trouxe da mesa de minha mãe.

Quando a refeição terminou, fomos para o Salão Flor de Lótus. Formaram-se pequenos grupos: um grupo para bordar, outro para pintar e fazer caligrafia, outro para ler poesia. As concubinas chegaram e vieram me beijar, me trazer presentes e beliscar meu rosto para deixá-lo mais corado. Só duas das concubinas do meu avô ainda estavam vivas, e elas eram muito velhas. O pó-de-arroz realçava suas rugas. Seus enfeites de cabelo não as faziam parecer mais jovens, apenas realçavam o branco. Suas cinturas eram grossas, mas os pés ainda eram pequenos e lindos como eram nas noites em que meu avô distraía a mente segurando aqueles pedacinhos delicados de carne em suas mãos.

– Você se parece mais com sua avó a cada dia – disse a favorita de vovô.

– Você é tão boa e gentil quanto ela – a outra acrescentou.

– Por favor, venha bordar conosco – a favorita continuou. – Ou escolha outra atividade. Teríamos prazer em fazer companhia a você na atividade que escolher. Nós somos uma irmandade aqui, afinal de contas. Quando estávamos nos escondendo dos manchus em Yangzhou, sua avó insistiu muito nisso.

– Lá do outro mundo, ela zela pelo seu futuro – a outra concubina disse, num tom obsequioso. – Temos feito oferendas para ela em seu nome.

Depois de tantas semanas de solidão, a tagarelice e a competitividade – que estavam por trás das atividades de bordado, caligrafia e leitura de poesia – mostraram-me claramente o lado sombrio das mulheres que viviam no Palacete da Família Chen. Meus olhos se encheram de lágrimas pelo esforço de tentar ser uma boa filha, de ouvir e me proteger daquele falso interesse, e por compreender que aquela era a minha vida.

Mas eu não podia lutar contra minha mãe.

Eu queria submergir em meus sentimentos. Eu queria me enterrar em pensamentos de amor. Eu não tinha como escapar do casamento, mas talvez pudesse escapar dele do mesmo modo que tinha feito na minha casa: lendo, escrevendo e imaginando. Eu não era um homem, e jamais poderia competir com as coisas escritas por homens. Eu não tinha nenhum desejo de escrever um ensaio de oito páginas, mesmo que pudesse fazer os exames imperiais. Mas eu tinha um certo tipo de conhecimento – todas as coisas que tinha aprendido sentada no colo do meu pai quando era pequena e, mais tarde, quando ele me deu edições dos clássicos e volumes de poesia para estudar – que a maioria das moças não tinha, e eu usaria isso para me salvar. Eu ia escrever poemas sobre borboletas e flores. Eu tinha que achar algo que fosse não só importante para mim, mas que pudesse me sustentar pelo resto da vida.

Mil anos atrás, o poeta Han Yun escreveu: "Todas as coisas que não estão em paz irão gritar." Ele comparou a necessidade humana de expressar sentimentos por escrito à força natural que impelia as plantas a se agitar ao vento ou o metal a soar quando golpeado. Com isso, eu entendi o que iria fazer. Era algo em que já vinha pensando havia muito tempo. Impedida de conhecer o mundo exterior, eu tinha passado a vida olhando para dentro e minhas emoções estavam muito afinadas. Meu poeta queria conhecer meus pensamentos acerca das Sete Emoções; agora eu iria encontrar todas as passagens em *O pavilhão de Peônia* que as ilustravam. Eu iria olhar para dentro de mim mesma e escrever não o que os críticos tinham observado ou o que minhas tias diziam sobre essas emoções, mas como *eu* as sentia. Eu terminaria o meu projeto a tempo para o meu casamento, para poder ir para a casa de Wu Ren com alguma coisa que me lembraria para sempre das três noites de amor que tinha passado com meu poeta. Meu projeto seria minha salvação nos anos sombrios que me aguardavam. Eu poderia ficar fechada na casa do meu marido, mas minha mente ia viajar para o Pavilhão de Ver a Lua, onde eu poderia me encontrar muitas e muitas vezes com o meu poeta, sem interrupções nem medo de ser apanhada. Meu poeta jamais iria ler, mas eu sempre poderia imaginar-me apresentando meu trabalho para ele – eu, despida em sua cama e nua no coração e na mente.

Eu me levantei de repente, arrastando a cadeira no chão. O som fez com que as mulheres e moças olhassem para mim. Vi o ódio e a inveja ocultos atrás de rostos bonitos, cheios de falso interesse e preocupação.

— Tong — minha mãe disse, chamando-me pelo meu novo nome.

Tive a impressão de que havia formigas rastejando dentro da minha cabeça. Compus o meu rosto o melhor que pude.

— Mamãe, posso ir até a biblioteca de papai?

— Ele não está lá. Foi para a capital.

A notícia me deixou chocada. Ele não ia à capital desde que os manchus tinham tomado o poder.

— Mesmo que ele estivesse aqui — ela continuou —, eu diria não. Ele é uma influência má. Ele acha que um moça deve saber sobre Xiaoqing. Bem, veja o que esse tipo de lição trouxe para você. — Ela disse isso na frente de todas as mulheres que viviam na nossa propriedade, tão grande era o desprezo que sentia por mim. — O Cataclismo terminou. Nós temos que ter em mente quem somos: mulheres que devem permanecer em seus aposentos internos, *não* passeando no jardim.

— Eu só quero procurar uma coisa — eu disse. — Por favor, mamãe, deixe-me ir. Volto logo.

— Vou acompanhá-la. Me dê o braço.

— Mamãe, eu estou bem. De verdade, volto logo.

Quase tudo que eu disse à minha mãe era mentira, mas ela me deixou ir assim mesmo.

Eu saí do Salão Flor de Lótus sentindo-me tonta e vaguei pelos corredores até poder sair para o jardim. Era o nono mês. As flores tinham murchado, suas pétalas tinham caído. Os pássaros tinham partido para climas mais quentes. Com sentimentos de primavera tão fortes em mim, doía ver esta prova da fragilidade da juventude, da vida e da beleza.

Quando cheguei à beira do nosso lago, caí de joelhos para ver meu reflexo na superfície. O mal de amor tinha deixado o meu rosto fino e pálido. Meu corpo parecia menos substancial, como se não pudesse mais suportar o peso da minha túnica. Minhas pulseiras de ouro estavam soltas nos meus pulsos. Até meus pregadores de jade pareciam pesados demais para a leveza do meu corpo. Será que o meu poeta me reconheceria se me visse agora?

Fiquei em pé de novo, demorando-me mais um pouco para ver meu reflexo pela última vez, e então fiz todo o caminho de volta até o corredor. Fui até o portão da frente. Nos últimos dezesseis anos, eu tinha ido até lá várias vezes mas nunca o tinha atravessado nem sido carregada através da soleira. Isso só iria acontecer no dia do meu casamento. Passei os dedos por sua superfície. Um dia meu pai havia me explicado que nós tínhamos um portão de vento e fogo. O lado que dava para o mundo exterior era feito de madeira sólida. Ele nos protegia de todo tipo de clima, mas também nos protegia de fantasmas e bandidos, levando-os a acreditar que nada de importância ou interesse residia do nosso lado. A parte de dentro do portão era forrada de pedra para nos proteger do fogo e nos dar um escudo extra contra qualquer malefício que tentasse penetrar no jardim de nossa casa. Tocar aquelas pedras era como tocar o frio *yin* da Terra. Dali, eu fui para o salão ancestral, prestei obediência à minha avó, acendi incenso e implorei a ela para me dar força.

Finalmente, fui até a biblioteca do meu pai. Quando entrei, pude ver que meu pai já estava fora havia algum tempo. Não senti cheiro nem de tabaco nem de incenso no ar. As bandejas que continham o gelo que ele usava no verão tinham sido retiradas, mas nenhum braseiro fora trazido para aquecer a sala contra o frio do outono. Mais do que tudo, a energia de sua mente tinha desaparecido não só daquela sala – eu percebi –, mas de toda a propriedade. Ele era a pessoa mais importante no Palacete da Família Chen. Como eu não tinha notado sua ausência, mesmo sozinha em meu quarto?

Fui até as estantes e selecionei as melhores coleções de poesia, história, mitologia e religião que pude encontrar. Fiz três viagens até meu quarto para levar os livros. Voltei para a biblioteca e fiquei alguns minutos sentada na beira do sofá-cama de papai, para pensar se havia mais alguma coisa que eu pudesse precisar. Escolhi mais três livros de uma pilha que estava num canto, e então saí da biblioteca e fui para o meu quarto. Entrei e, dessa vez, fechei a porta por vontade própria.

Despedaçando jade

PASSEI O MÊS SEGUINTE DEBRUÇADA SOBRE CADA UMA das doze edições de *O pavilhão de Peônia* que tinha reunido, e transcrevendo todas as notas que tinha escrito naqueles volumes para as margens da edição original em dois volumes de Tang Xianzu que minha futura cunhada tinha mandado para mim. Depois que terminei, juntei os livros do meu pai ao redor de mim e consultei um por um até, depois de mais um mês, ter identificado todos, exceto três, os autores originais dos pastiches do Volume Um e a maioria do Volume Dois. Eu não expliquei termos ou alusões, não fiz comentários sobre a música ou a performance, nem tentei comparar *O pavilhão de Peônia* a outras óperas. Escrevi em caracteres bem pequenos, arrumando-os, bem apertados, entre as linhas do texto.

Não saí do quarto. Permitia que Shao me lavasse e me vestisse, mas recusava a comida que ela trazia. Eu não tinha fome; a sensação de tonteira parecia permitir que eu pensasse e escrevesse com mais clareza. Quando minhas tias ou primas vinham me visitar para dar uma volta no jardim ou para tomar chá com elas no Pavilhão Primavera, eu agradecia educadamente e recusava. Não é de espantar que minha atitude tenha desagradado à minha mãe. Eu não disse a ela o que estava fazendo, e ela não perguntou.

– Você não pode aprender a ser uma boa esposa escondida no quarto com os livros do seu pai – ela disse. – Venha para o Pavilhão Primavera. Tome café-da-manhã e ouça as suas tias. Venha almoçar e aprenda como tratar as concubinas do seu marido. Venha jantar conosco e aperfeiçoe sua conversa.

De repente, todo o mundo queria que eu fizesse uma refeição; no entanto, durante anos minha mãe tinha dito para eu tomar cuidado para não ficar gorda como Giesta e para comer pouco para estar esbelta no dia do meu casamento. Mas como você pode comer quando está apaixonada? Toda moça já sentiu isso. Toda moça sabe que é assim. Meu coração sonhava com o meu poeta, minha cabeça estava tomada por este projeto que eu tinha certeza de que iria proteger-me da solidão do casamento, e meu estômago? Ele estava vazio, e eu não me importava.

Comecei a ficar na cama. O dia todo eu lia trechos dos dois volumes. A noite toda eu lia sob a luz trêmula do lampião a óleo. Quanto mais eu lia, mais começava a pensar nos pequenos elos que Tang Xianzu tinha usado para criar um todo mais profundo. Eu refletia sobre os momentos-chave da ópera, os prenúncios, os temas especiais e como toda palavra e ação iluminavam a única coisa pela qual eu estava obcecada: amor.

A ameixeira, por exemplo, era uma árvore de vida e amor. Foi o lugar em que Liniang e Mengmei se encontraram pela primeira vez, onde ela iria ser enterrada, e onde ele a traria de volta à vida. Logo na primeira cena, Mengmei trocou de nome por causa de um sonho, tornando-se Sonho de Ameixeira. Mas a árvore também evocava Liniang, porque flores de ameixeira são delicadas, etéreas, quase virginais em sua beleza. Quando uma moça se casa, exala a sua beleza e perde para sempre sua imagem romântica. Ela ainda tem obrigações a cumprir – ter filhos homens, honrar os antepassados do marido, tornar-se uma viúva casta –, mas ela já começou a deslizar em direção à morte.

Peguei minha tinta, desmanchei-a no tinteiro, acrescentei água e, então, com minha melhor caligrafia, escrevi meus pensamentos na margem superior do Volume Um:

A maioria dos que choram pela primavera comove-se, principalmente, com as flores caídas, como aconteceu comigo quando caminhei recentemente pelo jardim. Liniang vê as pétalas e compreende que sua juventude e sua beleza estão indo embora. Ela não sabe que sua vida é igualmente frágil.

O que sempre atraiu a minha imaginação para a ópera foi o modo como retratava o amor romântico, que era muito diferente dos casamentos arranjados, sem amor, que eu tinha acompanhado no Palacete da Família Chen ou como o que eu iria fazer. Para mim, *qing* era nobre, era a ambição mais alta que um homem ou uma mulher podiam ter. Embora minha experiência fosse limitada a três noites sob o clarão da lua crescente, eu acreditava que ele dava sentido à vida.

Tudo começa com o amor. Para Liniang, ele tem início no seu passeio pelo jardim, continua no seu sonho e nunca termina.

Os fantasmas de Liniang e Mengmei desfrutaram de nuvens e chuva. Eles dois eram tão honestos no seu amor um pelo outro – assim como eu e o meu poeta – que isso não foi como uma coisa feia entre uma concubina e um homem.

O amor deles é puramente divino. Liniang sempre se comporta como uma dama.

Ao escrever isto, pensei em mim mesma na última noite no Pavilhão de Ver a Lua.
Escrevi sobre sonhos – o de Liniang, o de Mengmei e o meu próprio. Também pensei no auto-retrato de Liniang e o comparei com o meu projeto. Na margem superior, escrevi com minha melhor caligrafia:

Uma pintura é forma sem sombra ou reflexo, assim como um sonho é sombra ou reflexo sem forma. Uma pintura é como uma sombra sem moldura. É mais uma ilusão do que um sonho.

Sombras, sonhos, reflexos em espelhos e lagos, até lembranças eram insubstanciais e passageiras, mas seriam menos reais? Não para mim. Eu mergulhei o pincel na tinta, removi o excesso e escrevi:

> Du Liniang buscou prazer num sonho; Liu Mengmei buscou seu par numa pintura. Se você não considera estas coisas como sendo ilusão, então a ilusão se torna realidade.

Eu trabalhava muito e comia tão pouco que comecei a duvidar que tivesse me encontrado mesmo com um estranho no Pavilhão Cavalgando o Vento por duas noites. O poeta e eu tínhamos realmente saído do Pavilhão de Ver a Lua e caminhado pela beira do lago? Foi tudo um sonho ou foi realidade? Tinha que ser realidade, e muito em breve eu iria me casar com alguém a quem não amava.

Quando Liniang vai para a biblioteca, ela passa por uma janela e tem vontade de voar ao encontro do seu amor. Naturalmente, ela tem medo de fazer isso.

Meus olhos enchem-se de lágrimas que rolam pelo meu rosto e caem sobre o papel em que escrevo isto.
Visões de amor me consomem. O pouco apetite que havia sobrado durante meu primeiro confinamento desapareceu completamente. Xiaoqing costumava beber apenas meio copo de suco de pêra por dia; eu só tomava uns poucos goles. Não comer deixou de ser uma forma de manter controle sobre minha vida. Deixou até de estar ligado ao meu poeta e aos sentimentos turbulentos de amor e desejo que eu sentia que estavam me consumindo. Um dos sábios escreveu: *Só quando você está passando por um grande sofrimento é que sua poesia tem algum valor.* Gu Ruopo, a grande poetiza, respondeu a isto com o seguinte comentário: *Burocratas e intelectuais gravam na própria carne e nos ossos, ficando de cabelos brancos e consumindo suas vidas no esforço de criar linhas sombrias e melancólicas.*

Viajei para um lugar no fundo de mim mesma onde tudo o que era mundano foi afastado e eu só sentia emoção: amor, arrependimento, saudade, esperança. Eu me recostava na cama, usando minha camisola favorita com o par de patos mandarins voando sobre flores e borboletas, e deixava minha mente flutuar até o Pavilhão de Peônia. Será que os sonhos de Liniang comprometeram sua castidade? Será que os meus sonhos – meu passeio pelo jardim – comprometeram a minha? Eu não era mais pura porque tinha me encontrado com um estranho e permitido que ele tocasse em mim com as pétalas de uma peônia?

ENQUANTO ESCREVIA FEBRILMENTE, os preparativos para o casamento agitavam a casa. Certo dia, uma costureira vestiu em mim o vestido de noiva e então levou-o para apertar. No outro dia, mamãe chegou com minhas tias. Eu estava na cama, os livros espalhados sobre a colcha de seda. Elas tinham sorrisos no rosto, mas não estavam contentes.

– Seu pai mandou notícias da capital – mamãe disse com sua voz melodiosa. – Ele vai voltar a servir ao imperador assim que você se casar.

– Os manchus foram embora? – perguntei. Será que eu tinha perdido uma troca de dinastia durante o meu confinamento?

– Não, seu pai vai servir ao imperador Qing.

– Mas papai é um legalista. Como ele pode...

– Você deveria comer – mamãe me interrompeu. – Lave o cabelo, ponha pó-de-arroz e se prepare para recebê-lo quando ele voltar, como uma filha bem-educada. Ele trouxe grande honra à nossa família. Você precisa demonstrar seu respeito por ele. Agora levante-se!

Mas eu não me levantei.

Minha mãe saiu do quarto, mas minhas tias ficaram. Elas tentaram tirar-me da cama, mas eu estava tão escorregadia e informe quanto uma enguia. Meus pensamentos estavam igualmente esquivos. Como meu pai podia servir ao imperador se ele era um legalista? Será que minha mãe deixaria a propriedade e iria com ele para a capital, como tinha ido antes para Yangzhou?

No dia seguinte, mamãe trouxe o adivinho da família para discutir como trazer mais cor ao meu rosto antes do casamento.
– Você tem chá de primavera de Longjing? – ele perguntou. – Ferva junto com gengibre para melhorar seu estômago e aumentar suas forças.
Experimentei o chá, mas ele não ajudou. Uma brisa leve me impediria de andar. Até o lençol parecia pesado.
Ele me deu dez damascos azedos, a receita comum para jovens mulheres cujos pensamentos são considerados maduros demais, mas minha mente não caminhou na direção esperada. Em vez disso, eu pensei em me casar com o meu poeta e nas ameixas salgadas que iria comer quando engravidasse do nosso primeiro filho, sabendo que isto me ajudaria a suportar o enjôo matinal.
O adivinho voltou para borrifar sangue de porco na minha cama, numa tentativa de exorcizar os espíritos que ele estava convencido de que navegavam por ali. Quando terminou, ele disse:
– Se você começar a comer de novo, no dia do seu casamento a sua pele e o seu cabelo vão exceder todos os modelos terrenos de beleza.
Mas eu não estava interessada em me casar com Wu Ren e tampouco estava preocupada em comer para deixá-lo mais feliz no dia do nosso casamento. Isso não tinha a menor importância. Meu futuro estava traçado e eu já tinha feito tudo o que precisava fazer para me preparar para o casamento. Eu tinha aperfeiçoado o meu bordado. Tinha aprendido a tocar cítara. Todo dia Shao me vestia com túnicas bordadas com flores e borboletas ou dois pássaros voando como uma expressão do amor e da felicidade que eu deveria estar sentindo pela minha vida futura na casa do meu marido. Eu apenas não comia; nem mesmo frutas; só tomava alguns goles de suco. Eu me alimentava respirando misticismo, pensando no amor, recordando minha aventura com meu poeta fora dos muros do jardim.
O adivinho deixou instruções para manter a porta do quarto fechada o tempo todo, para evitar a entrada de maus espíritos, e para mudar de lugar o fogão na cozinha e a posição da minha

cama a fim de aproveitar os aspectos mais favoráveis do *feng shui*. Mamãe e as criadas obedeceram, mas eu não senti diferença alguma. Assim que elas saíram do quarto, voltei a escrever. Você não pode curar um coração doente mudando a posição da cama.

Alguns dias depois, mamãe chegou com o dr. Zhao, que tomou o meu pulso e anunciou:

— O coração é o centro da consciência, e o da sua filha está congestionado com excesso de nostalgia.

Fiquei feliz por ser oficialmente diagnosticada como sofrendo de mal de amor. Uma idéia fantasiosa me ocorreu. E se eu morresse de mal de amor como Liniang? O meu poeta me encontraria e me traria de volta à vida? A idéia me agradou, mas minha mãe teve uma reação muito diferente à notícia do médico. Ela enterrou o rosto nas mãos e chorou.

O médico levou-a para longe da minha cama e baixou a voz.

— Este tipo de síndrome de melancolia também está associado à disfunção do baço. Ele pode fazer a pessoa parar de comer. O que eu estou dizendo, Lady Chen, é que a sua filha pode morrer do seu *qi* congestionado.

Aiya! Médicos sempre tentam assustar as mães. É assim que eles ganham dinheiro.

— A senhora precisa obrigá-la a comer — ele disse.

E foi exatamente o que eles fizeram. Shao e mamãe prenderam os meus braços, enquanto o médico empurrava bocados de arroz cozido para dentro da minha boca e apertava o meu queixo. Uma criada trouxe ameixas e damascos cozidos. O médico enfiou pedacinhos na minha boca até eu vomitar tudo.

Ele me olhou enojado, mas à minha mãe, ele disse:

— Não se preocupe. Este entorpecimento está ligado às paixões. Se ela já fosse esposa, eu diria que uma noite de nuvens e chuva iria curá-la. Como ainda não é casada, ela precisa silenciar seus desejos. Boa Mãe, na noite de núpcias ela ficará curada. Mas talvez não haja tempo para esperar até lá. Eu vou recomendar que a senhora tente algo diferente. — Ele a puxou pelo cotovelo e sussurrou em seu ouvido. Quando a soltou, uma máscara de determinação cobriu o seu medo. – A raiva normalmente basta para acabar com essa prostração – ele acrescentou, para acalmá-la.

Mamãe acompanhou o médico para fora do quarto. Deitei a cabeça de volta no travesseiro, com os livros espalhados em volta de mim. Peguei o Volume Um de *O pavilhão de Peônia*, fechei os olhos e deixei minha mente flutuar por cima do lago até a casa do meu poeta. Será que ele pensava em mim como eu pensava nele?

A porta se abriu. Mamãe entrou com Shao e duas outras criadas.

– Comece com aqueles ali – mamãe disse, apontando para as pilhas de livros que estavam sobre a mesa. – E você, pegue aqueles que estão no chão.

Mamãe e Shao se aproximaram da cama e pegaram os livros que estavam aninhados próximos aos meus pés.

– Nós vamos levar os livros – anunciou mamãe. – O médico mandou que eu os queimasse.

– Não! – Apertei instintivamente contra o peito o livro que estava segurando. – Por quê?

– O dr. Zhao disse que isso irá curá-la. Ele foi muito claro quanto a isso.

– Você não pode fazer isso! – gritei. – Eles pertencem a baba!

– Então você não vai se importar – mamãe respondeu calmamente.

Larguei o livro que estava segurando e me arrastei para fora da colcha. Tentei impedir mamãe e as outras, mas estava fraca demais. As criadas saíram com as primeiras pilhas de livros. Gritei, com os braços estendidos para elas, como se fosse uma mendiga e não a filha privilegiada de uma família de nove gerações de intelectuais do império. Aqueles eram os nossos livros! Preciosos de sabedoria! Divinos de amor e arte!

Na cama, estavam minhas edições de *O pavilhão de Peônia*. Mamãe e Shao começaram a recolhê-los também. O horror daquele gesto me deixou em pânico.

– Você não podem! Eles são meus! – gritei, agarrando os volumes que consegui alcançar, mas mamãe e Shao eram surpreendentemente fortes. Elas me ignoraram, afastando-me como se eu fosse um mosquito inconveniente.

— Meu projeto, por favor, mamãe – gritei. – Eu trabalhei tanto.

— Eu não sei do que você está falando. Você só tem um projeto: se casar – ela disse, agarrando a edição de *O pavilhão de Peônia* que baba tinha me dado de presente de aniversário.

Do lado de fora, no pátio sob meu quarto, eu ouvi vozes.

— Você tem que ver o que o seu egoísmo causou – disse mamãe.

Ela fez sinal para Shao e as duas me tiraram da cama e me arrastaram até a janela. Lá embaixo, as criadas tinham acendido o fogo num braseiro. Um por um, elas jogaram os livros de baba no fogo. Os versos dos poetas da dinastia Tang que ele amava desapareceram no ar como fumaça. Vi um volume de textos escritos por mulheres queimar e virar pó. Meu peito foi sacudido por soluços. Shao me soltou e voltou para a cama para juntar o resto dos livros.

Quando ela saiu do quarto, mamãe perguntou:

— Você está zangada?

Eu não estava. Eu não sentia nada além de desespero. Livros e poemas não podem evitar a fome, mas sem eles eu não tinha uma vida.

— Por favor, diga-me que está zangada – mamãe implorou. – O médico disse que você ia ficar zangada.

Como eu não respondi, ela se afastou e caiu de joelhos.

Lá embaixo, vi Shao atirar nas chamas as edições de *O pavilhão de Peônia* que eu tinha colecionado. À medida que cada livro ia sendo consumido pelo fogo, eu murchava por dentro. Aqueles eram os meus bens mais preciosos. Agora tinham sido reduzidos a pedacinhos de cinzas que foram levados pelo vento para fora da nossa propriedade. Meu projeto e todas as minhas esperanças desapareceram. Fiquei paralisada de desespero. Como eu poderia ir para a casa do meu marido agora? Como iria sobreviver à solidão?

Perto de mim, mamãe chorava. Seu corpo inclinou-se para a frente até a testa tocar o chão, e então ela se arrastou até onde eu estava, submissa como uma criada. Ela segurou a bainha da minha saia e enterrou o rosto na seda.

— Por favor, fique zangada comigo. — Sua voz era tão baixa que eu mal conseguia ouvir. — Por favor, filha, por favor.

Encostei a mão, de leve, em sua nuca, mas não disse nada. Fiquei parada, contemplando o fogo.

Alguns minutos depois, Shao entrou e levou mamãe embora.

Fiquei na janela, com os braços pousados no peitoril. O jardim estava nu por causa do inverno. As tempestades e a geada tinham deixado as árvores sem folhas. As sombras aumentaram e a luz diminuiu. Eu não tinha forças para me mexer. Tudo o que eu estava produzindo tinha sido destruído. Finalmente, eu me levantei. Minha cabeça rodou. Minhas pernas tremiam. Eu achei que os meus pés de lírio não iriam agüentar o meu peso. Lentamente, fui até a cama. A colcha de seda estava toda amassada e desarrumada por causa da minha tentativa frustrada de salvar os livros. Eu arrumei a colcha e me deitei. Ao enfiar as pernas por baixo da seda fria, encostei em alguma coisa. Procurei debaixo da colcha e encontrei o Volume Um do exemplar de *O pavilhão de Peônia* que minha futura cunhada mandara para mim. Na loucura daquela purgação, aquele exemplar com tudo o que estava escrito em suas margens tinha sido salvo. Solucei de gratidão e alívio.

ALGUMAS VEZES, tarde da noite, depois daquele dia terrível, eu saía da cama, passava por cima da figura adormecida de Shao, e ia até a janela, onde abria as cortinas pesadas que nos protegiam do frio do inverno. A neve tinha chegado e a idéia de flores perfumadas sendo esmagadas pela neve gelada me perturbava. Eu contemplava a lua e observava o seu lento percurso pelo céu. Noite após noite, o orvalho molhava a minha camisola, pesava no meu cabelo, enregelava os meus dedos.

Eu não podia mais agüentar aqueles dias gelados e intermináveis. Eu pensava em Xiaoqing, em como ela se vestia todos os dias, arrumando a saia à sua volta. Ela se sentava na cama sem despentear o cabelo, tentando permanecer linda, mas a tristeza que eu sentia em relação à minha vida futura me paralisava e eu não fazia nada disso. Cheguei até a parar de cuidar dos meus pés. Shao lavava-os e enrolava-os com grande ternura. Eu ficava agradecida, mas também desconfiada. Eu mantinha o volume de *O pavilhão de Peônia* que tinha se salvado do incêndio escondido sob as cobertas, com medo de que ela o encontrasse e contasse à mamãe, e que ele fosse levado e queimado.

Dr. Zhao tornou a aparecer. Ele me examinou, franziu a testa e disse:

– A senhora fez o que devia, Lady Chen. Exorcizou a maldição da leitura da sua filha. Queimar aqueles livros maléficos ajudou a afastar os espíritos maus que a cercam.

Ele tomou meu pulso, mandou-me inspirar e expirar, me fez algumas perguntas inúteis, depois anunciou:

– Donzelas, principalmente na hora do casamento, são suscetíveis à atenção de espíritos maus. Muitas moças enlouquecem com estas aparições. Quanto mais bonita a moça, mais sofre de calafrios e febre. Elas param de comer, da mesma forma que sua filha parou, até morrer. – Ele esfregou o queixo pensativamente antes de prosseguir. – Isto, como seria de esperar, não é algo que um futuro marido queira ouvir. E eu posso dizer, por experiência, que muitas moças na nossa cidade usaram esta desculpa para evitar ter relações conjugais depois de casar. Mas, Lady Chen, a senhora deve ficar agradecida. Sua filha está livre dessa devassidão. Ela não alega nenhuma relação com deuses ou espíritos. Ela ainda é pura e está pronta para se casar.

Estas palavras não animaram minha mãe, e eu me senti pior ainda. Não via saída da minha noite de núpcias nem dos anos de infelicidade que viriam depois.

– Chá feito com neve fresca vai fazer o rosto dela recuperar o brilho a tempo para a cerimônia – dr. Zhou disse ao sair.

Todo dia, mamãe vinha para perto da minha cama, o rosto pálido de preocupação. Ela implorava para eu me levantar, para visitar minhas tias e primas, ou para comer um pouco. Eu tentava rir da sua preocupação.

– Eu estou bem aqui, mamãe. Não se preocupe. Não se preocupe.

Minhas palavras, porém, não lhe serviam de consolo. Ela tornou a trazer o adivinho. Desta vez ele deu golpes com uma espada em volta da minha cama, tentando afugentar os maus espíritos que ele dizia que estavam ali à espreita. Ele pendurou um amuleto de pedra no meu pescoço para evitar que minha alma fosse roubada por um fantasma. Pediu uma saia minha e amarrou nela saquinhos de amendoim, dizendo à minha mãe que cada amendoim serviria de prisão para espíritos predatórios. Ele recitou encantamentos. Cobri o rosto com o lençol para que ele não visse as minhas lágrimas.

PARA AS FILHAS, CASAR é um pouco como morrer. Nós dizemos adeus aos nossos pais, nossas tias e tios, nossos primos e às criadas que cuidaram de nós, e vamos para uma vida completamente nova, onde viveremos com nossas verdadeiras famílias, onde nossos nomes vão ser listados no salão ancestral dos nossos sogros. Assim, o casamento é uma experiência de morte e renascimento sem passar pelo outro mundo. Estes são pensamentos mórbidos para qualquer noiva, eu sei, mas os meus eram provocados pela minha triste situação. Aquela morbidez deixava a minha mente cada vez mais sombria. Às vezes, eu chegava a acreditar – a desejar – que talvez estivesse morrendo como Xiaoqing e outras donzelas doentes de amor. Eu deixava a minha mente visitar a delas. Eu usava minhas lágrimas para misturar a tinta, e então pegava o pincel. Versos fluíam dele:

> Eu aprendi a usar o desenho de flores e borboletas nos meus bordados.
> Venho fazendo isto há anos, porque aguardo o dia do meu casamento.
> As pessoas sabem que quando eu for para o outro mundo
> As flores não terão perfume, nem as borboletas voarão para mim?

Durante vários dias, a minha mente ardeu com palavras e emoções. Eu escrevia sem parar. Quando ficava cansada e não conseguia levantar o pincel, fazia Shao anotar os poemas para mim. Ela obedecia. Em poucos dias, eu ditei oito poemas. As palavras fluíam, uma a uma, como flores de pessegueiro flutuando num riacho.

Chegamos ao décimo segundo mês. O carvão queimava noite e dia no braseiro, mas eu nunca estava aquecida. Faltavam dez dias para o meu casamento.

> Meus sapatos de seda só têm sete centímetros de comprimento.
> A faixa que uso na cintura está larga, mesmo dobrada ao meio.
> Como o meu corpo frágil não permite que vá caminhando para o outro mundo,
> Tenho que confiar no vento para chegar lá.

Eu tinha medo de que alguém as encontrasse e risse do meu melodrama ou dissesse que minhas palavras tinham tanta importância e permanência quanto as canções dos insetos. Eu dobrava os papéis e procurava um lugar no quarto para escondê-los, mas toda a minha mobília ia ser levada para a casa do meu marido.

Eu não queria que os meus poemas fossem encontrados, mas não tinha coragem de queimá-los. Muitas mulheres queimam suas palavras achando que não têm valor e mais tarde se arrependem. Eu queria guardá-los, imaginando que um dia, depois que eu fosse uma senhora casada com filhos, eu pudesse esquecer o meu poeta. Eu viria visitar minha família, encontraria os poemas, tornaria a lê-los e me lembraria do mal de amor da minha juventude. Não seria melhor assim?

Mas eu jamais iria esquecer o que tinha acontecido. Isso me tornou ainda mais determinada a encontrar um lugar seguro para os meus poemas. Não importava o que o futuro me reservasse, eu sempre poderia voltar aqui e reviver meus sentimentos. Saí da cama com dificuldade e fui até o corredor. Era de noitinha e todos estavam jantando. Fui até a biblioteca do meu pai – e pareceu levar uma eternidade porque eu tive que me apoiar nas paredes, nas colunas, ou me agarrar nos parapeitos. Eu tirei da estante um livro que ninguém jamais iria consultar, sobre a história da construção de represas nas províncias do sul, e guardei meus poemas no meio das páginas. Coloquei o livro de volta na estante e olhei bem para ele para me lembrar do título e do seu lugar na prateleira.

Quando voltei para o quarto, peguei o pincel pela última vez antes do meu casamento. Na capa do meu volume de *O pavilhão de Peônia*, pintei minha interpretação de "O Sonho Interrompido", a cena em que Mengmei e Liniang se encontram pela primeira vez. Minha pintura mostrava eles dois diante das pedras, momentos antes de desaparecerem na gruta para nuvens e chuva. Eu esperei a tinta secar e então abri o livro e escrevi:

Quando as pessoas estão vivas, elas amam. Quando morrem, elas continuam amando. Se o amor termina quando a pessoa morre, então não é amor de verdade.

Fechei o livro e chamei Shao.
– Você me viu chegar ao mundo – eu disse. – Agora você vai me ver partir para a minha nova casa. Não há mais ninguém em quem eu possa confiar.
Lágrimas escorreram pelo rosto severo de Shao.
– O que você quer que eu faça?
– Você tem que prometer que vai me obedecer, não importa o que mamãe ou baba digam. Eles já tiraram de mim muita coisa, mas eu tenho coisas que precisam ir comigo para a minha nova casa. Prometa que você as levará para lá três dias após o meu casamento.
Notei a hesitação nos olhos dela. Ela estremeceu e disse:
– Eu prometo.
– Por favor, traga-me os sapatos que eu fiz para Madame Wu.
Shao saiu do quarto. Fiquei deitada, imóvel, olhando para o teto, ouvindo o grito dos gansos órfãos cruzando o céu. Eles me fizeram pensar nos poemas de Xiaoqing e no modo como ele tinha

invocado esse som triste. Então eu me lembrei da mulher anônima que tinha escrito o seu desespero numa parede em Yangzhou. Ela também tinha ouvido o chamado dos gansos. Suspirei ao recordar seu verso. *Se ao menos minhas lágrimas de sangue pudessem tingir de vermelho as flores da ameixeira. Mas eu não vou durar até a primavera...*

Alguns minutos depois, Shao voltou com os sapatos, ainda embrulhados em seda.

– Guarde-os num lugar seguro. Não deixe mamãe saber que eles estão com você.

– É claro, Peônia.

Eu não era chamada pelo meu nome de nascença desde que meu pai o tinha mudado na última noite da ópera.

– Tem mais uma coisa – eu disse. Enfiei a mão debaixo dos lençóis e tirei o exemplar de *O pavilhão de Peônia* que eu salvara do fogo. Shao recuou, assustada.

– Este é o item mais importante do meu dote. Mamãe e baba não sabem sobre ele, e você não pode contar nunca. Prometa!

– Eu prometo – murmurou.

– Guarde-o bem. Só você pode trazê-lo para mim. Três dias depois do meu casamento. Não se esqueça.

BABA VOLTOU DA SUA VIAGEM à capital. Pela primeira vez na minha vida, ele veio me visitar no meu quarto. Ele hesitou na porta, nervoso demais para se aproximar.

– Filha, seu casamento é daqui a apenas cinco dias. Sua mãe me disse que você se recusa a se levantar e fazer sua toalete, mas você precisa se levantar. Você não vai querer perder o seu casamento.

Quando baixei a cabeça, resignada, ele atravessou o quarto, sentou-se na cama e pegou minha mão.

– Eu mostrei seu marido para você na última noite da ópera – ele disse. – Você não gostou do que viu?

– Eu não olhei – respondi.

– Ah, Peônia, eu queria ter contado mais sobre ele, mas você sabe como sua mãe é.

— Está tudo bem, baba. Eu prometo fazer o que é esperado de mim. Não vou envergonhar você e mamãe. Vou fazer Wu Ren feliz.

— Wu Ren é um bom homem — baba continuou, ignorando o que eu tinha dito. — Eu o conheço desde menino e nunca o vi fazer nada incorreto. — Ele sorriu levemente. — Exceto uma vez. Naquela noite, depois da ópera, ele me procurou. Entregou-me uma coisa para dar a você. — Baba sacudiu a cabeça. — Eu posso ser o chefe da família Chen, mas sua mãe tem suas regras e já estava zangada comigo por causa do espetáculo. Eu não entreguei a encomenda dele. Até eu sabia que era incorreto. Então guardei o que ele me deu num livro de poesia. Conhecendo vocês dois, achei que era o lugar certo.

Um presente dado cinco meses atrás não mudaria agora a minha visão do meu futuro marido e do casamento. Eu via dever e responsabilidade, nada mais.

— E agora aqui estamos, poucos dias antes... — Baba sacudiu a cabeça como se estivesse afastando um pensamento desagradável. — Acho que sua mãe não irá se importar se eu lhe der agora.

Ele soltou minha mão e tirou de dentro da túnica algo pequeno, embrulhado em papel-de-arroz. Eu não tive forças para levantar a cabeça do travesseiro, mas o vi abrir o papel. Lá dentro havia uma peônia seca, que ele pôs na minha mão. Eu olhei para ela sem conseguir acreditar.

— Ren é só dois anos mais velho do que você, mas ele já fez muita coisa. Ele é um poeta.

— Um poeta? — repeti. Minha mente estava tendo dificuldade em aceitar o que eu tinha na mão, enquanto os meus ouvidos pareciam estar escutando as palavras de baba do fundo de uma caverna.

— Um poeta bem-sucedido — baba acrescentou. — A obra dele já foi publicada, embora ele seja tão jovem. Ele mora na Montanha Wushan, do outro lado do lago. Se eu não tivesse partido para a capital, teria mostrado a casa dele para você, da janela da biblioteca. Mas eu parti, e agora você está...

Ele estava falando do *meu* estranho, do *meu* poeta. A flor seca que eu tinha na mão era aquela com a qual ele tinha me acariciado no Pavilhão de Ver a Lua. Tudo o que eu temera estava errado. Eu ia me casar com o homem que amava. O destino nos tinha unido. Nós éramos realmente dois patos mandarins unidos para toda a vida.

Meu corpo começou a tremer incontrolavelmente, e lágrimas escorreram dos meus olhos. Baba me levantou como se eu não pesasse mais do que uma folha e me abraçou.

– Eu sinto tanto – ele disse, tentando me consolar. – Toda moça tem medo de se casar, mas eu não sabia que você estava com tanto medo.

– Eu não estou chorando porque estou triste ou assustada. Baba, eu sou a moça mais feliz do mundo.

Ele não pareceu ter ouvido, porque disse:

– Você teria sido feliz com Ren.

Ele me deitou delicadamente de volta no travesseiro. Tentei levar a flor até o nariz para ver se ela ainda tinha perfume, mas estava fraca demais. Baba pegou a flor e a colocou sobre o meu peito. Ela pesou como uma pedra sobre o meu coração.

Os olhos de baba encheram-se de lágrimas. Que perfeição eram um pai e uma filha unidos em sua felicidade!

– Eu preciso contar-lhe uma coisa – ele disse com urgência na voz. – É um segredo a respeito da nossa família.

Ele já tinha me dado o melhor presente possível de casamento.

– Você sabe que eu tive outros dois irmãos mais moços.

Eu estava tão feliz – porque Wu Ren era o meu poeta, nós íamos nos casar em breve e estávamos vivendo um milagre – que foi difícil para mim prestar atenção no que baba estava dizendo. Eu tinha visto os nomes dos tios no salão ancestral, mas ninguém jamais visitou os seus túmulos no Festival da Primavera. Eu sempre achei que eles tinham morrido ao nascer, e por isso recebiam tão pouca atenção.

– Eles eram meninos quando meu pai foi mandado para Yangzhou – baba prosseguiu. – Meus pais me deixaram tomando conta deste palacete e da família na ausência deles, mas levaram os meninos menores com eles. Sua mãe e eu fomos a Yangzhou para fazer uma visita, mas não poderíamos ter escolhido uma hora pior. Os manchus chegaram.

Ele fez uma pausa para medir minha reação. Eu não sabia por que ele estava me contando uma coisa tão triste neste momento tão maravilhoso. Como eu não disse nada, ele continuou.

– Meu pai, meus irmãos e eu fomos levados junto com os outros homens para uma área cercada. Nós não sabíamos o que tinha acontecido com as mulheres, e sua mãe, até hoje, nunca quis falar sobre isso, então só posso dizer o que eu vi. Meus irmãos menores e eu tínhamos um só dever como filhos: garantir que nosso pai sobrevivesse. Nós o cercamos, protegendo-o não só dos soldados, mas também dos outros prisioneiros desesperados, que o entregariam aos manchus se achassem que isto os salvaria.

Eu nunca soubera de nada disso. Mas por mais feliz que estivesse, minha mente ficou confusa. Onde estavam minha mãe e minha avó?

Adivinhando meu pensamento, meu pai disse:

– Eu não tive o privilégio de testemunhar a bravura da minha mãe, mas vi meus irmãos morrerem. Ah, Peônia, os homens podem ser muito cruéis.

De repente, ele pareceu incapaz de falar. E mais uma vez eu pensei, por que ele está me contando isto agora?

Após um longo intervalo, ele continuou:

– Quando você se encontrar com eles, por favor, diga-lhes que eu sinto muito. Diga-lhes que nós tentamos honrá-los o melhor que pudemos. Nossas oferendas foram muitas, mas elas ainda não concederam filhos homens para a nossa família. Peônia, você tem sido uma boa filha. Por favor, veja como pode ajudar.

Eu estava confusa e acho que meu pai também. Minha responsabilidade era dar filhos homens à família do meu marido, não à minha família de origem.

– Baba – eu disse. – Eu vou entrar para a família Wu.

Ele fechou os olhos e virou o rosto.

– É claro – ele disse com a voz rouca. – É claro. Perdoe o meu engano.

Ouvi pessoas se aproximando pelo corredor. Criados entraram e removeram minha mobília, roupas, cortinas e enxoval – tudo menos a minha cama – para levar para a casa do meu marido.

Então, mamãe, minhas tias, tios, primas e as concubinas entraram e se reuniram ao redor da minha cama. Baba devia ter cometido um erro quando contou os dias que faltavam para o meu casamento. Eu tentei me levantar para cumprimentá-los adequadamente, mas meu corpo estava fraco e cansado, apesar de o meu coração estar cheio de felicidade. As criadas penduraram uma peneira e um espelho na porta do quarto para tornar favorável qualquer elemento de mau agouro.

Eu não poderia comer durante as cerimônias do meu casamento, mas precisava provar um pouquinho das comidas especiais que minha família tinha preparado para o café-da-manhã do dia do meu casamento. Eu não estava com fome, mas faria o possível para obedecer, porque cada pedaço seria um presságio de uma longa vida em harmonia com meu marido. Mas ninguém me ofereceu costeletas de porco, que eu devia comer para me dar força para ter filhos homens, mas sem roer os ossos para não prejudicar a fertilidade do meu marido. Eles iam querer que eu comesse sementes de nenúfar, de abóbora e de girassol para trazer muitos filhos homens. Mas também não me ofereceram nada disso. Em vez disso, minha família ficou reunida em volta da minha cama, chorando. Todos estavam tristes por eu estar me casando, mas eu estava radiante. Meu corpo estava tão leve que eu achei que ia sair flutuando. Respirei fundo para me acalmar. Eu me encontraria com o meu poeta antes do pôr-do-sol. Neste intervalo, eu vivenciaria todas as tradições e costumes adotados para casar uma filha muito amada. Esta noite – muito, muito mais tarde – e nos momentos íntimos dos anos vindouros, eu distrairia o meu marido com minhas lembranças destes belos momentos.

Os homens saíram e minhas tias e primas lavaram minhas pernas e braços, só que se esqueceram de colocar folhas de laranjeira na água. Elas escovaram meu cabelo e o prenderam para cima com pregadores de jade e ouro, esquecendo, porém, de colocar minha tiara de noiva. Elas aplicaram pó-de-arroz branco no meu rosto, ignorando os potes de cor que dariam brilho aos meus lábios e ao meu rosto. Elas colocaram a peônia seca na minha mão. Vestiram-me com uma fina anágua branca de seda, com aforismos impressos. Com tantas lágrimas ao meu redor, não tive coragem de observar que elas tinham se esquecido de amarrar o coração de porco na minha anágua.

Em seguida, elas iriam me ajudar a vestir meu vestido de noiva. Sorri para elas. Eu iria sentir saudades delas. Chorei como convinha fazer. Eu tinha sido egoísta e teimosa por ficar escondida desenvolvendo o meu projeto, quando o tempo que tinha para passar com a minha família era tão limitado. Antes, porém, que elas trouxessem minha saia e minha túnica, Segunda Tia chamou os homens de volta. Vi os criados tirarem a porta da moldura e trazê-la para perto da minha cama. Fui delicadamente erguida da cama e deitada sobre a porta. Raízes inteiras de inhame foram colocadas em volta de mim como símbolos de fertilidade. Eu parecia uma oferenda para os deuses. Parecia que eu não teria que caminhar até o meu palanquim. Lágrimas de gratidão escorreram dos cantos dos meus olhos, desceram pelas minhas têmporas e pelo meu cabelo. Eu não sabia que podia sentir tanta felicidade.

Carregaram-me para baixo. Uma bela procissão formou-se atrás de mim enquanto percorríamos os corredores cobertos. Nós tínhamos que ir para o salão ancestral para eu agradecer a todos os antepassados da família Chen que tinham cuidado de mim, mas não paramos lá. Fomos direto para o pátio, bem em frente ao Salão de Sentar que ficava diante do nosso portão principal. Os carregadores me puseram no chão e se afastaram. Olhei para o nosso portão de vento e fogo e pensei, agora só faltam poucos segundos. O portão vai abrir. Vou entrar no meu palanquim. Um último adeus para mamãe e baba, e estarei a caminho da minha nova casa.

Um por um, todos os moradores da nossa casa – dos meus pais até o mais humilde dos criados – passaram por mim e fizeram uma mesura. E então, estranhamente, deixaram-me sozinha. Meu coração se acalmou. Ao meu redor, estavam os meus pertences: meus baús cheios de sedas e bordados, meus espelhos e fitas, minhas colchas e roupas. O pátio nesta época do ano era frio e deserto. Não ouvi fogos de artifício. Não ouvi címbalos nem vozes celebrando. Não ouvi carregadores trazendo o palanquim que me levaria para a casa do meu marido. Pensamentos melancólicos começaram a aparecer, enroscando-se em mim como trepadeiras. Com grande tristeza e desespero, compreendi que não ia para junto de Ren. Minha família – seguindo o costume usado com todas as filhas solteiras – tinha me levado para fora para morrer.

– Mamãe, baba – gritei, mas minha voz estava fraca demais para ser ouvida. Tentei me mexer, mas meus membros estavam ao mesmo tempo pesados demais e leves demais para sair do lugar. Fechei a mão e senti a peônia virar pó.

Era o décimo segundo mês e fazia muito frio, mas eu sobrevivi dia e noite. Quando uma luz rósea começou a surgir no céu, eu me senti como uma pérola afundando sob as ondas. Meu coração era como jade se estilhaçando. Minha mente parecia poeira sumindo, perfume derretendo, nuvens se afastando. Minha energia vital ficou transparente como a mais leve seda. Ao soltar o último suspiro, pensei nos versos do último poema que eu tinha escrito:

Não é fácil despertar de um sonho.
Meu espírito, se sincero, ficará para sempre sob a luz ou junto às flores...

E então, num instante, eu estava no céu, voando sem parar.

PARTE II

Passeando com o vento

A alma separada

EU MORRI NA SÉTIMA HORA DO SÉTIMO DIA DO DÉCImo segundo mês do terceiro ano do reinado do imperador Kangxi. Faltavam só cinco dias para o meu casamento. Naqueles primeiros momentos da morte, muito do que tinha acontecido nas últimas semanas e dias ficou claro para mim. Obviamente, eu não sabia que estava morrendo, mas minha mãe tinha percebido isso quando entrou pela primeira vez no meu quarto depois de passar tanto tempo sem me ver. Quando fui ao Pavilhão Primavera, minhas primas, minhas tias e as concubinas tinham tentado me fazer comer, vendo que eu já estava morrendo de inanição. Nos meus últimos dias, eu tinha ficado obcecada pela a idéia de escrever, assim como Liniang tinha ficado obcecada em pintar seu auto-retrato. Achei que meus poemas tinham brotado do amor, mas no fundo eu acho que sabia que estava morrendo. O que o corpo sabe e a mente escolhe acreditar são coisas diferentes, afinal. Baba tinha vindo me dar a peônia porque eu estava morrendo e as conveniências não importavam mais; eu tinha ficado feliz ao descobrir que ia me casar com o meu poeta, mas estava perto demais da morte para me recuperar.

As cortinas do meu quarto haviam sido retiradas, não para eu levá-las para a minha nova casa, mas porque pareciam redes de pesca, e minha família não queria que eu nascesse de novo como um peixe. Meu pai me contou sobre meus tios porque queria que eu levasse uma mensagem para eles no outro mundo. "Um dia você talvez os encontre", ele tinha dito. Ele não podia ter sido mais direto, mas eu não entendi. Minha família tinha colocado inhame em volta de mim. Inhame é levado por uma noiva para sua nova casa, mas também é oferecido aos mortos para assegurar filhos e netos homens no futuro. A tradição exige que uma moça solteira seja levada para fora quando "só resta um último suspiro". Mas como alguém pode avaliar isso? Pelo menos eu não era um bebê quando morri. Eu teria sido deixada para ser comida por cachorros ou enterrada numa cova rasa e logo esquecida.

Quando somos crianças, aprendemos com nossos pais o que acontece conosco depois da morte, histórias didáticas, e todos os ritos que executamos para cultuar nossos antepassados. Sem dúvida, muito do que eu sabia sobre a morte vinha de *O pavilhão de Peônia*. Mesmo assim, os vivos não podem saber tudo, então eu fiquei muitas vezes indecisa, perdida, quando iniciei minha viagem. Eu tinha ouvido que a morte é escuridão, mas não foi assim que a vivenciei. Eu levaria quarenta e nove dias para sair da Terra e entrar no outro mundo. Cada alma tem três partes, e cada parte tem que encontrar sua casa certa após a morte. Uma parte ficava com o meu corpo para ser enterrada, outra parte viajava em direção ao outro mundo, e a última parte permanecia na terra, esperando para ser colocada na tábua dos meus antepassados. Eu fui tomada de terror, tristeza e confusão quando minhas três partes iniciaram suas jornadas separadas, cada uma consciente das outras duas o tempo todo.

Como podia ser isso?

Ao voar pelo céu, percebi o choro que começou no pátio quando meu corpo foi descoberto. Fui tomada de grande tristeza quando vi meus parentes e os criados que gostavam de mim sapateando de desespero. Eles soltaram os cabelos, tiraram as jóias e enfeites e se vestiram com pano de saco branco. Uma criada endireitou a peneira e o espelho que estavam pendurados no batente da porta do meu quarto. Supus que eles tivessem sido pendurados ali para me proteger quando eu fosse para a casa de Ren, mas eles tinham sido usados, na realidade, em preparação para a minha morte. Agora, a peneira deixaria que a bondade passasse por ela, enquanto o espelho transformaria a tristeza da minha família em alegria.

Minha primeira preocupação foi pela parte da minha alma que ia ficar com o meu corpo. Mamãe e minhas tias despiram o meu corpo e viram como eu estava esquálida. Elas me lavaram um número ímpar de vezes e me vestiram com camadas de roupas de longevidade. Elas vestiram em mim roupas de baixo acolchoadas para que eu ficasse aquecida no inverno, e depois enfiaram meus braços nos vestidos de seda e nas túnicas de cetim que tinham sido feitas para o meu enxoval. Tomaram muito cuidado para que não houvesse nenhum enfeite de pêlo nas minhas roupas, com medo de que eu pudesse nascer de novo como um animal. Por cima de tudo, vestiram uma jaqueta acolchoada de seda com mangas bordadas, formando um desenho elaborado e colorido de plumas de martim-pescador. Eu estava confusa – como qualquer espírito fica assim que sai do corpo –, mas eu queria que elas tivessem usado meu vestido de noiva como uma das camadas de longevidade. Eu era uma noiva e queria meu vestido de noiva no outro mundo.

Mamãe colocou um pedacinho de jade na minha boca para proteger o meu corpo. Segunda Tia enfiou moedas e arroz nos meus bolsos para eu acalmar os cães raivosos que encontraria no meu caminho para o outro mundo. Terceira Tia cobriu meu rosto com um fino pedaço de seda branca. Quarta Tia amarrou uma faixa colorida na minha cintura para evitar que eu levasse embora uma das crianças da nossa família, e em volta dos meus pés para evitar que meu corpo saísse pulando, se eu fosse atormentada por espíritos maus durante minha viagem.

Os criados amarraram dezesseis tiras de papel branco do lado direito do portão principal do Palacete da Família Chen, para nossos vizinhos saberem que uma menina de dezesseis anos tinha morrido. Meus tios cruzaram a cidade até os templos de deuses e deusas locais, onde acenderam velas e queimaram dinheiro, que a parte da minha alma que estava viajando para o outro mundo iria usar para comprar sua passagem pela Barreira do Demônio. Meu pai contratou monges – não muitos, só poucos, porque eu era uma filha – para cantar a cada sete dias. Em vida, ninguém tem permissão para perambular à vontade, e na morte é a mesma coisa. A tarefa da minha família, agora, era me amarrar para eu não ser tentada a vagar sem rumo.

No terceiro dia após a minha morte, meu corpo foi colocado num caixão, junto com cinzas, moedas de cobre e cal. Depois o caixão foi colocado num canto do pátio para esperar até o adivinho determinar a data e o lugar certos para eu ser enterrada. Minhas tias puseram bolos em minhas mãos, e meus tios colocaram pedaços de pau de cada lado do meu corpo. Eles juntaram roupas, pano para amarrar meus pés e comida – tudo feito de papel – e queimaram para que essas coisas fossem comigo para o outro mundo. Mas eu era uma moça, e logo soube que eles não tinham mandado o bastante.

No início da segunda semana, a parte da minha alma que ia viajar para o outro mundo alcançou a Ponte de Pesagem, onde demônios burocratas cumpriam seu dever sem piedade. Eu fiquei na fila bem atrás de um homem chamado Li, observando enquanto os que estavam na nossa frente eram pesados antes de serem mandados para o nível seguinte. Durante sete dias, Li tremeu, ainda mais aterrorizado do que eu pelo que estávamos vendo e ouvindo. Quando chegou a vez dele, assisti com horror enquanto ele se sentava na balança e todos os erros que ele tinha cometido na vida o faziam cair vários metros. O castigo foi instantâneo. Ele foi cortado em pedaços e moído até virar pó. Depois foi restaurado e o mandaram embora com uma advertência:

– Isto é apenas uma amostra do sofrimento que o aguarda, Mestre Li – um dos demônios declarou, sem piedade. – Não chore nem peça clemência. É tarde demais para isso. Próximo!

Eu estava apavorada. Demônios horrorosos me cercaram e me empurraram para a balança, com suas caras horríveis e gritos agudos. Eu não era mais leve do que o ar – o sinal daqueles que são verdadeiramente bons –, mas meus pecados na vida tinham sido leves, e eu prossegui na minha viagem.

O tempo todo em que estive na fila na Ponte de Pesagem, amigos e vizinhos foram dar pêsames aos meus pais. O Comissário Tan deu dinheiro ao meu pai para eu gastar no outro mundo. Madame Tan levou velas, incenso e mais objetos de papel para serem queimados para o meu conforto. Tan Ze examinou as oferendas, avaliando sua modéstia, e disse palavras vazias de consolo para as minhas primas. Mas ela só tinha nove anos. O que podia saber da morte?

Na minha terceira semana, passei pela Aldeia dos Cachorros Maus, onde os virtuosos são recebidos com rabos abanando e línguas que lambem e os maus são destroçados por mandíbulas poderosas e dentes pontudos até seu sangue correr como um rio. Mais uma vez, eu não tinha sido muito má em vida, mas fiquei feliz pelos bolos que minhas tias tinham colocado no meu caixão para apaziguar as feras de duas, quatro ou mais pernas e pelos pedaços de pau que meus tios tinham me dado para espantar os realmente incontroláveis. Na quarta semana, eu cheguei ao Espelho da Retribuição e me mandaram olhar para dentro para ver como ia ser minha próxima encarnação. Se eu tivesse sido má, eu veria uma cobra se arrastando no capim, um porco chafurdando na lama, ou um rato roendo um cadáver. Se eu tivesse sido boa, eu veria uma vida melhor do que a minha tinha sido. Mas, quando olhei no espelho, a imagem estava turva e sem forma.

O ÚLTIMO TERÇO da minha alma ainda estava vagando pela Terra até que minha tábua ancestral fosse marcada e eu pudesse descansar. Eu não deixava de pensar em Ren. Culpava a mim mesma por minha teimosia em não comer e lamentava pelo casamento que não teríamos, mas nunca perdi a esperança de me juntar a ele. De fato, eu acreditava mais do que nunca na força do nosso amor. Eu estava esperando que Ren fosse à nossa casa, chorasse sobre o meu caixão e pedisse a meus pais um par de sapatos que eu tivesse usado recentemente. Ele o levaria para casa junto com três incensos acesos. Em cada esquina, ele chamaria o meu nome e me convidaria a acompanhá-lo. Quando chegasse em casa, ele poria meus sapatos sobre uma cadeira, junto com o incenso. Se ele queimasse incenso durante dois anos e se lembrasse de mim todos os dias, poderia honrar-me como sua esposa. Mas ele não fez nada disso.

Como é contra a natureza, até para os mortos, ficar sem um cônjuge, eu comecei a sonhar com um casamento fantasma. Não era tão fácil ou romântico como uma cerimônia de Pedir os Sapatos, mas eu não me importava, desde que pudesse me casar logo com Ren. Depois que nosso casamento fantasma fosse realizado – com minha tábua ancestral me representando –, eu sairia para sempre da família Chen e entraria no clã do meu marido, onde era o meu lugar.

Como não ouvi nenhuma notícia a respeito disso, o terço da minha alma, que não estava com o meu corpo nem viajando para o outro mundo, decidiu visitar Ren. Toda a minha vida tinha sido uma caminhada para dentro. Ao morrer, eu me senti indo cada vez mais para dentro, até não sobrar nada. Agora eu estava livre da minha família e do Palacete da Família Chen. Eu podia ir para qualquer lugar, mas não conhecia a cidade e tinha dificuldade em caminhar com meus pés de lírio. Eu não conseguia dar mais de dez passos sem ser levada pelo vento. Mas, apesar de toda a minha dor e confusão, eu tinha que encontrar Ren.

O mundo lá fora era ao mesmo tempo mais bonito e mais feio do que eu imaginara. Barracas coloridas de frutas espremiam-se entre barracas que vendiam carcaças de porco e instrumentos agrícolas. Mendigos com feridas abertas e membros amputados pediam comida e dinheiro aos transeuntes. Vi mulheres – de famílias nobres! – andando pela rua como se isso fosse muito natural, rindo a caminho de restaurantes e casas de chá.

Eu estava perdida, curiosa e excitada. O mundo estava em constante movimento, com carroças e cavalos trafegando pelas ruas, carretas de sal puxadas por búfalos, bandeiras e estandartes pendurados em edifícios, e gente demais circulando em turbilhões de humanidade. Vendedores ambulantes vendiam peixe, agulhas e cestas com gritos agudos. Canteiros de obra machucavam meus ouvidos com seus gritos e marteladas. Homens discutiam sobre política, preço do ouro e dívidas de jogo. Tapei os ouvidos, mas a névoa que eram minhas mãos não podia impedir a entrada daqueles sons rouquenhos, torturantes. Tentei sair da rua, mas, por ser um espírito, eu não podia navegar pelas esquinas.

Voltei para a casa da minha família e tentei uma outra rua. Isto me levou a uma área comercial, onde vendiam leques, sedas, sombrinhas de papel, tesouras, objetos de pedra-sabão, terços e chá. Tabuletas e objetos de todo tipo bloqueavam a luz do sol. Prossegui, passando por templos, fábricas de algodão e gráficas onde o som das máquinas de impressão martelou os meus ouvidos até eu derramar lágrimas. As ruas de Hangzhou eram pavimentadas com pedras, e meus pés de lírio ficaram tão machucados que sangue de espírito vazou dos meus sapatos de seda. Dizem que os fantasmas não sentem dor física, mas isso não é verdade. Por que então os cães do outro mundo iriam destroçar os maus ou os demônios iriam passar a eternidade devorando, sem parar, o coração de um canalha?

Depois de uma longa linha reta que não levou a lugar nenhum, eu voltei para a casa da minha família. Parti em outra direção, andando junto ao muro, até chegar às águas cristalinas do Lago Ocidental. Eu contemplei a trilha, as lagoas cheias de ondinhas brilhantes, e as encostas verdejantes. Ouvi pombos pedindo chuva e corvos brigando. Avistei a Ilha Solitária e me lembrei de Ren apontando para a sua casa na Montanha Wushan, mas não consegui imaginar como chegar até lá. Sentei-me numa pedra. As saias das minhas roupas de longevidade tocaram a areia da praia, mas agora eu pertencia ao mundo dos espíritos e elas não ficaram sujas nem molhadas. Eu não precisava mais me preocupar em sujar os sapatos ou algo semelhante. Eu não tinha sombra e não deixava pegadas. Isto fazia com que eu me sentisse livre ou imensamente solitária? As duas coisas.

O sol se pôs sobre as montanhas, deixando o céu vermelho e o lago roxo. Meu espírito tremeu como uma vara de bambu ao vento. A noite caiu sobre Hangzhou. Eu estava sozinha na margem do lago, separada de todos e de tudo que eu conhecia, afundando cada vez mais no desespero. Se Ren não fosse à casa da minha família para o meu funeral e eu não pudesse ir à casa dele, já que era impedida por esquinas e ruídos, como eu iria encontrá-lo?

Nas casas e estabelecimentos comerciais ao redor do lago, lanternas e velas foram apagadas. Os vivos dormiam, mas a beira do lago fervilhava de atividade. Espíritos de árvores e bambu respiravam e balançavam. Cães envenenados vinham até o lago, desesperados por um último gole de água antes que a morte os levasse. Fantasmas famintos – aqueles que tinham se afogado no lago ou resistido aos manchus, que se recusaram a raspar a testa e, como castigo, tiveram as cabeças decepadas – arrastavam-se no meio da vegetação. Eu também vi outros como eu: mortos recentemente e ainda vagando antes que as três partes de suas almas encontrassem o lugar certo para descansar. Nunca mais haveria noites calmas, cheias de belos sonhos, para nós.

Sonhos! Eu me levantei de um salto. Ren conhecia *O pavilhão de Peônia* quase tão bem quanto eu. Liniang e Mengmei se encontravam pela primeira vez em sonhos. Sem dúvida, desde a minha morte que Ren devia estar tentando me alcançar em seus sonhos, só que eu não sabia onde nem como encontrá-lo. Agora eu sabia exatamente para onde ir, mas eu teria que virar à direita para chegar lá. Tentei diversas vezes virar a esquina da propriedade, alargando cada vez mais o arco até conseguir. Caminhei pela beirada da água, pisando nas pedras, sem me preocupar com as poças d'água, afastando as rosas silvestres e outros tipos de vegetação que impediam o meu caminho, até chegar ao Pavilhão de Ver a Lua da minha família. No momento em que uma pontinha de lua surgiu de trás da montanha, avistei Ren, esperando por mim.

– Eu tenho vindo aqui na esperança de vê-la – ele disse.

– Ren.

Quando ele estendeu os braços para mim, eu não hesitei. Ele me abraçou por um longo tempo, sem dizer nada, depois perguntou:

– Como você pôde morrer e me abandonar? – Sua angústia era palpável. – Nós estávamos tão felizes. Você concluiu que não gostava de mim?

— Eu não sabia quem você era. Como eu poderia saber?

— No início, eu também não sabia quem você era — ele respondeu. — Eu sabia que a minha futura esposa era filha de Mestre Chen e que o nome dela era Peônia. Eu não queria um casamento arranjado, mas, como você, eu tinha aceitado o meu destino. Quando nos conhecemos, eu achei que você era uma das primas da família ou uma das hóspedes. Mudei de idéia e pensei: Por que não desfrutar destas três noites, acreditando que elas seriam o mais próximo daquilo que eu desejava do casamento?

— Eu senti a mesma coisa. — Um grande arrependimento tomou conta de mim. — Se ao menos eu tivesse dito o meu nome.

— Eu também não disse o meu nome — ele disse, arrependido. — Mas e a peônia? Você a recebeu? Eu a entreguei ao seu pai. Você tinha que saber que era eu, então.

— Ele só me deu quando já era tarde demais.

Ele suspirou.

— Peônia.

— Mas eu ainda não entendo como você soube que era eu.

— Eu só soube quando o seu pai anunciou nosso casamento. Para mim, a moça com quem eu ia me casar não tinha rosto nem voz. Mas quando seu pai pronunciou o seu nome naquela noite, eu o ouvi de outra maneira. Então, quando ele disse que o seu nome tinha que mudar porque você tinha o nome da minha mãe, eu senti — compreendi — que ele estava falando de *você*. Você não se parece com a minha mãe, mas ambas têm a mesma sensibilidade. Eu tive esperança de que você estivesse olhando quando ele fez o anúncio e apontou para mim.

— Eu estava com os olhos fechados. Depois de conhecer você, eu tive medo de olhar para o homem que ia ser meu marido.

Então eu me lembrei de que eu tinha aberto os olhos e visto Tan Ze com a boca aberta. Ela vira exatamente quem ele era. Ela dissera, na primeira noite da ópera, que queria o poeta para ela. Não é de se surpreender que estivesse furiosa no caminho de volta aos aposentos das mulheres.

Ren acariciou o meu rosto. Ele estava pronto para algo mais, mas eu tinha que tentar entender o que tinha acontecido.

– Então você decidiu que era eu baseado na intuição? – insisti.

Ele sorriu, e eu pensei, se tivéssemos nos casado, era assim que ele reagiria à minha teimosia.

– Foi muito simples. Depois do anúncio, seu pai despachou as mulheres. Quando os homens se levantaram, eu me separei depressa deles e atravessei correndo o jardim para ver a procissão. Você estava na frente. As mulheres já a estavam tratando como a uma noiva. – Ele se inclinou e murmurou no meu ouvido. – Eu pensei no quanto éramos sortudos e que não seríamos dois estranhos na nossa noite de núpcias. Fiquei feliz, com o seu rosto, seus lírios dourados, seus modos. – Ele tornou a endireitar o corpo e disse: – Depois daquela noite, eu sonhei com nossa vida futura. Nós passaríamos nossos dias conversando e fazendo amor. Mandei para você *O pavilhão de Peônia*. Você recebeu?

Como eu podia contar a ele que a minha obsessão pelo livro tinha causado a minha morte?

Tantos erros. Tantos enganos. Tanta tragédia. Naquele momento, entendi que as palavras mais cruéis do universo são *se ao menos*. Se ao menos eu não tivesse saído da ópera na primeira noite, eu teria ido ao meu casamento e conhecido Ren na minha noite de núpcias, sem incidentes. Se ao menos eu tivesse ficado de olhos abertos quando meu pai apontou para Ren. Se ao menos meu pai tivesse me dado a peônia na manhã seguinte ou um mês ou, até, uma semana antes de eu morrer. Como o destino pôde ser tão impiedoso?

– Nós não podemos mudar o que aconteceu, mas talvez o nosso futuro não seja sem esperança – disse Ren. – Mengmei e Liniang encontraram um jeito, não foi?

Eu ainda não entendia bem como as coisas funcionavam aqui, nem o que me seria permitido fazer, mas disse:

– Eu não vou deixá-lo. Vou ficar com você para sempre.

Ren me apertou em seus braços e eu enterrei a cabeça no ombro dele. Era ali que eu queria ficar, mas ele se afastou e fez um gesto na direção do sol nascente.

– Eu tenho que ir – ele disse.

– Mas eu tenho tanta coisa para contar a você. Não me deixe – implorei.

Ele sorriu.

– Estou ouvindo o meu criado no hall. Ele está trazendo o meu chá.

Então, como tinha feito na primeira noite da ópera, ele me pediu para tornar a me encontrar com ele. E foi embora.

Fiquei ali o dia todo, até de noite, esperando que ele viesse ao meu encontro em sonhos. Aquelas horas me deram muito tempo para refletir. Eu queria ser um fantasma amoroso. Em *O pavilhão de Peônia*, Liniang tinha feito nuvens e chuva com Mengmei primeiro em sonhos e depois como fantasma. Quando ela se tornou humana novamente, ainda conservava sua virgindade e não quis comprometer sua castidade antes do casamento. Mas isso poderia acontecer na vida real? Exceto por *O pavilhão de Peônia*, quase todas as outras histórias de fantasma envolviam um espírito feminino que destruía, aleijava ou matava o seu amante. Eu me lembrei de uma história que minha mãe me contou em que a heroína fantasma evitava tocar no seu amado com as palavras: "Estes ossos do túmulo não são compatíveis com os vivos. Um relacionamento com um fantasma apenas apressa a morte de um homem. Eu não quero causar-lhe nenhum mal." Eu não podia me arriscar a ferir Ren dessa maneira. Como Liniang, eu estava destinada a ser uma esposa. Mesmo na morte – especialmente na morte – eu não podia mostrar a meu marido que era menos do que uma dama. Como Liniang observou: *Um fantasma pode ser iludido pela paixão; uma mulher precisa prestar atenção aos ritos.*

Naquela noite, quando Ren retornou ao Pavilhão de Ver a Lua, nós conversamos sobre poesia e flores, sobre beleza e *qing*, sobre amor duradouro e sobre o amor temporário das moças das casas de chá. Quando ele partiu ao amanhecer, eu estava inconsolável. O tempo todo que estive com ele, quis enfiar a mão por baixo de sua túnica e tocar na sua pele. Quis murmurar em seu ouvido as mensagens do meu coração. Quis ver e tocar o que ele tinha oculto dentro de suas calças, assim como queria que ele me despisse das minhas roupas de longevidade até encontrar o lugar que ansiava por ser tocado, mesmo na morte.

Na noite seguinte, ele trouxe papel, tinta, tinteiro e pincéis. Pegou minha mão e, juntos, trituramos a tinta na pedra, depois fomos até o lago, onde ele me ajudou a apanhar água para misturar a tinta.

– Diga-me – ele disse. – Diga-me que palavras escrever.

Pensei na minha experiência das semanas anteriores e comecei a compor.

"Voando pelo céu num sono sem fim.
As montanhas cobertas de orvalho,
O lago resplandecente.
Você me tirou do meio das nuvens para ficar ao seu lado."

Quando acabei de pronunciar as últimas palavras, ele largou o pincel e tirou minha jaqueta acolchoada com as mangas bordadas com desenhos de martim-pescador.

Ele escreveu o seguinte poema, sua caligrafia delicada como uma carícia. Ele o chamou de "Visita de uma Deusa", e era sobre mim.

"Incapaz de expressar a tristeza da sua partida,
Escuridão sem fim.
Você vem a mim em sonhos.
Sou inundado por pensamentos do que deveria ter sido.
Mas encontro isso aqui, com você, deusa do meu coração.
Um soluço me desperta do sonho.
Outra vez sozinho."

Juntos, escrevemos dezoito poemas. Eu dizia um verso e ele dizia o seguinte, muitas vezes emprestado da ópera que amávamos. "*Esta noite eu venho inteira ao seu encontro, cheia de amor, sua em cada desejo*", citei Liniang depois do seu casamento secreto. Cada verso era uma intimidade revelada. Cada verso nos aproximava ainda mais. E cada poema ficava mais curto à medida que camada após camada de minhas roupas de longevidade caíam no chão. Esqueci todas as preocupações. Tudo ficou reduzido a palavras como *prazer, ondas, tentações, ímpeto, nuvens.*

O dia amanheceu, e ele foi arrancado de mim. Simplesmente partiu. O sol estava alto no céu e eu estava usando a minha última camada de roupas. Os mortos não sentem calor ou frio da maneira habitual. Nós sentimos algo mais profundo, algo ligado à *emoção* dessas sensações. Eu tremia incontrolavelmente, mas não tornei a me vestir. Esperei o dia inteiro, até de noite, que Ren voltasse para mim, mas ele não voltou. De repente, forças poderosas me afastaram do Pavilhão de Ver a Lua. Eu estava usando apenas minha roupa de baixo e um vestido bordado com pássaros voando em pares sobre flores.

FAZIA CINCO SEMANAS que eu estava morta, e os aspectos da minha alma começaram a se separar irrevogavelmente. Uma parte instalou-se para sempre no meu cadáver, a parte que estava vagando começou a se encaminhar na direção da tábua ancestral, enquanto que a minha alma do outro mundo chegou ao Mirante das Almas Perdidas. Neste momento, os mortos estão tão tristes e saudosos que têm uma última chance de olhar para suas casas e observar suas famílias. Daquela enorme distância, percorri com os olhos a margem do Lago Ocidental até localizar a casa da minha família. No início, eu só consegui ver coisas corriqueiras: as criadas esvaziando o urinol da minha mãe, as concubinas brigando por causa de uma travessa de cabeça-de-leão, a filha de Shao escondendo seus riscos de bordado no meio das páginas do meu exemplar de *O pavilhão de Peônia*. Mas eu também vi a tristeza dos meus pais e fui tomada de remorsos. Eu tinha morrido de excesso de *qing*. Eu tinha deixado o mundo porque fora tomada de um excesso de emoções que haviam tirado minhas forças e nublado minhas idéias. Lá embaixo, mamãe chorava e eu compreendi que ela estava com a razão. Eu devia ter ficado longe de *O pavilhão de*

Peônia. A ópera tinha me trazido excesso de paixão, desespero e esperança em mim mesma, e agora eu estava ali, separada da minha família e do meu marido.

Baba, sendo o filho mais velho, estava encarregado de todos os ritos. Sua principal obrigação e responsabilidade agora era providenciar para que eu fosse devidamente enterrada e meu nome inserido na tábua ancestral. Minha família e nossos criados prepararam mais oferendas de papel – todas as coisas que acharam que eu iria precisar na minha nova vida. Eles fizeram roupas, comida, cômodos e livros para minha diversão. Não providenciaram um palanquim, porque nem na morte mamãe queria que eu viajasse. Na véspera do meu funeral, essas oferendas foram queimadas na rua. Do Mirante, eu vi Shao usar uma varinha para atiçar o fogo e bater nas folhas de papel enquanto elas se entortavam nas chamas, para afastar os espíritos que queriam levar as minhas coisas. Meu pai devia ter mandado um dos meus tios fazer isso para mostrar que estava falando sério, e minha mãe devia ter jogado arroz ao redor da fogueira para atrair a atenção dos fantasmas famintos que suplicavam por comida. Porque Shao não espantou os espíritos, quase tudo foi roubado antes que eu tivesse a chance de receber.

Quando meu caixão chegou ao portão de vento e fogo, eu vi Ren. Mesmo quando o meu Segundo Tio quebrou uma xícara sobre o local onde estava a minha cabeça – de agora em diante, eu só poderia beber a água que tinha desperdiçado em vida –, eu fiquei feliz. Fogos de artifício exorcizaram influências malignas associadas a mim. Fui colocada num palanquim, não o vermelho usado para casamentos, mas o verde, que representava a morte. Começou a procissão. Meus tios atiravam dinheiro para assegurar minha passagem para o outro mundo. Ren, de cabeça baixa, caminhava entre meu pai e o Comissário Tan. Eles eram seguidos por palanquins que levavam minhas mãe, minhas tias e minhas primas.

No cemitério, meu caixão foi colocado no chão. O vento soprava entre os álamos, numa melodia fúnebre. Mamãe, baba e minhas tias, tios e primas pegaram um punhado de terra e atiraram sobre o meu caixão. Quando a terra cobriu a superfície de madeira laqueada, eu senti que um terço da minha alma havia desaparecido para sempre.

Do Mirante, eu via e ouvia. Nenhuma cerimônia de casamento fantasma foi realizada. Nenhum banquete foi servido na beira do túmulo, o que me apresentaria aos meus novos companheiros no outro mundo e abriria caminho para um bom entendimento entre mim e meus novos amigos. Mamãe estava tão fraca de dor que minhas tias tiveram que ajudá-la a voltar para o palanquim. Baba conduzia a procissão, e mais uma vez Ren e o Comissário Tan estavam ao lado dele. Durante um longo tempo, ninguém disse nada. Que consolo alguém poderia dar a um pai que tinha perdido a única filha? O que se poderia dizer a um noivo que tinha perdido a noiva?

Finalmente, o Comissário Tan dirigiu-se ao meu pai:
– Sua filha não é a única que foi afetada por esta terrível ópera.
Que tipo de consolo era esse?
– Mas ela amava a ópera – Ren murmurou. Os outros homens olharam para ele, e ele acrescentou: – Eu soube isso a respeito de sua filha, Mestre Chen. Se eu tivesse tido a sorte de me casar com ela, eu nunca a separaria da ópera.

É difícil descrever o que senti ao vê-lo ali, quando tão recentemente nós tínhamos estado nos braços um do outro, compondo poemas, deixando o *qing* fluir entre nós. O luto dele era real, e mais uma vez eu senti um grande remorso pela teimosia e pela tolice que tinham me levado àquela situação.

– Mas ela morreu de mal de amor, assim como aquela pobre moça da ópera! – o Comissário Tan exclamou. Parecia que ele não estava acostumado a ser contrariado.

– É verdade que a tendência da vida a imitar a arte nem sempre é um consolo – meu pai admitiu –, mas o rapaz tem razão. Minha filha não podia viver sem palavras e emoções. E o senhor, Comissário, às vezes o senhor não desejaria poder visitar os aposentos das mulheres e experimentar a emoção profunda do *qing*?

Antes que o Comissário Tan pudesse responder, Ren disse:

— Sua filha não foi privada de palavras e emoções, Mestre Chen. Por três noites, ela me visitou nos meus sonhos.

Não! Gritei de onde estava, no Mirante. Ele não sabia o que esta revelação iria significar?

Meu pai e o Comissário Tan olharam para ele, preocupados.

— É verdade que nós nos encontramos — disse Ren. — Poucas noites atrás, estivemos juntos no seu Pavilhão de Ver a Lua. Quando ela apareceu pela primeira vez, seu cabelo estava penteado para se casar. As mangas da sua jaqueta eram bordadas com a cor das plumas do martim-pescador.

— Você a descreve perfeitamente — meu pai disse, desconfiado. — Mas como você soube quem ela era se nunca a vira antes?

Será que Ren iria revelar nosso segredo? Que iria me arruinar aos olhos do meu pai?

— Meu coração a reconheceu — Ren respondeu. — Nós compusemos poemas juntos: *Voando pelo céu num sono sem fim...* Quando acordei, escrevi dezoito poemas.

— Ren, você provou mais uma vez que é um homem de sentimentos. Eu não poderia desejar um genro melhor.

Ren tirou de dentro da manga diversas folhas dobradas de papel.

— Achei que o senhor iria gostar de ler isto.

Ren foi maravilhoso, mas cometeu um erro terrível, irreversível. Quando estamos vivos, aprendemos que se um morto aparecer para alguém num sonho e essa pessoa contar isso a outras pessoas — ou pior, se mostrar por escrito as palavras do morto — então o espírito será afastado. É por isso que espíritos de raposa, fantasmas e até imortais imploram a seus amantes humanos para não revelar sua existência para o mundo. Mas os seres humanos não conseguem guardar segredo. É claro que o espírito — não importa a forma que assuma — não "desaparece". Para onde ele iria? Mas a possibilidade de visitar em sonhos torna-se quase impossível. Fiquei arrasada.

Na sexta semana após minha morte, eu deveria ter atravessado o Rio Inevitável. Na sétima semana, eu deveria ter entrado no reino do Príncipe da Roda, onde eu seria levada à presença de juízes, que decidiriam o meu destino. Mas nada disso aconteceu; eu fiquei no Mirante. Comecei a suspeitar que algo estava terrivelmente errado.

Eu não vi baba conversar com Ren sobre um casamento fantasma. Meu pai estava muito ocupado, preparando-se para se mudar para um palácio em Pequim para assumir seu novo posto. Eu devia ter ficado triste com isso – como ele teria coragem de jurar obediência ao imperador manchu? – e fiquei. Eu devia ter ficado preocupada com a alma do meu pai quando ele decidiu abrir mão dos seus princípios morais em troca de fortuna – e fiquei. Mas eu estava muito mais ansiosa com a possibilidade de baba convencer outro marido que não Ren a me aceitar como noiva fantasma. Teria sido fácil para baba jogar dinheiro na rua, do lado de fora do portão, esperar um transeunte apanhá-lo e dizer ao homem que, ao pegar o "dote", ele tinha me aceitado como esposa. Mas isso também não aconteceu.

Mamãe disse que não ia acompanhar baba a Pequim, insistindo na decisão de jamais deixar o Palacete da Família Chen. Eu encontrei consolo nisso. Para mamãe, as alegrias e os riscos dos nossos dias felizes no Pavilhão Primavera, antes de eu me retirar para o meu quarto, tinham desaparecido, sendo substituídos por lágrimas de tristeza e dor. Ela passava horas no depósito, onde estavam guardadas as minhas coisas, sentindo o meu perfume nas roupas, tocando as escovas que eu tinha usado, contemplando as peças que eu tinha bordado para o meu enxoval. Eu tinha resistido à minha mãe por tanto tempo; agora eu sentia saudade dela o tempo todo.

Quarenta e nove dias após a minha morte, minha família reuniu-se no nosso salão ancestral para a marcação da minha tábua ancestral e para um último adeus. Contadores de histórias e um punhado de cantores reuniram-se no pátio. Alguém de grande distinção – um professor ou intelectual – tem sempre a honra de colocar a última marca na tábua ancestral. Depois que isso fosse feito, um terço da minha alma seria transferida para a tábua, de onde velaria pela minha família. A marcação permitiria que eu fosse honrada como antepassada e me daria um lugar para morar na Terra por toda a eternidade. Minha tábua ancestral seria também o objeto por meio do qual minha família enviaria suas oferendas para me sustentar no outro mundo, pediria a minha ajuda, e providenciaria conforto para mim como forma de evitar possível hostilidade. No futuro, quando minha família iniciasse um novo negócio, desse nome a uma criança ou avaliasse uma proposta de casamento, ela iria me consultar por meio da minha tábua. Eu tinha certeza de que o Comissário Tan, que era a pessoa mais importante que meu pai conhecia em Hangzhou, iria fazer a marcação. Mas meu pai escolheu a pessoa que era mais importante para mim: Wu Ren.

Ele estava mais perturbado do que no dia do meu funeral. Seu cabelo estava despenteado como se ele tivesse desistido de dormir. Seus olhos mostravam dor e arrependimento. Agora que eu tinha sido banida dos seus sonhos, ele avaliava melhor a sua perda. Aquela parte minha que ia morar na minha tábua ancestral foi para perto dele. Eu queria que ele soubesse que eu estava ali ao lado dele, mas nem ele nem ninguém pareceu notar minha presença. Eu era menos substancial que um sopro de fumaça de incenso.

Minha tábua ancestral estava sobre um altar. Tinha o meu nome gravado, a hora do meu nascimento e a hora da minha morte. Ao lado da tábua, havia um pratinho com sangue de galo e um pincel. Ren molhou o pincel no sangue. Ele ergueu o pincel para dar vida à tábua, hesitou, e então largou o pincel, gemeu e saiu correndo da sala. Baba e os criados foram atrás dele. Eles o fizeram sentar-se sob uma nogueira. Eles trouxeram chá para ele. Eles o consolaram. Então baba notou que minha mãe havia desaparecido.

Nós todos o seguimos de volta ao salão. Mamãe estava deitada no chão, soluçando, agarrada à minha tábua. Baba ficou olhando para ela, impotente. Shao agachou-se ao lado de mamãe e tentou tirar a tábua de suas mãos, mas ela se recusava a soltá-la.

– Marido, deixe-me guardar isto – mamãe implorou, soluçando.

– Ela precisa ser marcada – ele disse.

– Ela é minha filha, deixe-me fazer isso – ela implorou. – Por favor.

Mas mamãe não era uma pessoa notável! Ela não era escritora nem intelectual. Então, para minha total surpresa, um olhar de profunda compreensão foi trocado entre meus pais.

– É claro – baba disse. – Isso seria perfeito.

Então Shao abraçou minha mãe e a levou embora. Meu pai despachou os contadores de história e os cantores. O resto da minha família e os criados se dispersaram. Ren foi para casa.

A noite inteira, minha mãe chorou. Ela se recusou a soltar a tábua, apesar dos incentivos de Shao. Como eu não percebi o quanto ela me amava? Foi por isso que baba deu permissão para ela marcar a tábua? Mas isso não fazia sentido. Este era um dever de baba.

De manhã, ele parou na porta do quarto de mamãe. Quando Shao abriu a porta, ele viu mamãe escondida debaixo da colcha, gemendo. Os olhos dele encheram-se de tristeza.

– Diga a ela que eu tive que partir para a capital – ele murmurou para Shao.

Com relutância, ele se afastou. Eu fui com ele até o portão da frente, onde ele entrou num palanquim para ir para o seu novo posto. Depois que o palanquim sumiu de vista, eu voltei para o quarto da minha mãe. Shao estava ajoelhada no chão, perto da cabeceira da cama, esperando.

– Minha filha se foi – mamãe soluçou.

Shao murmurou palavras de consolo e afastou mechas úmidas de cabelo do rosto de mamãe.

– Dê-me a tábua, Lady Chen. Deixe-me levá-la para o patrão. Ele precisa realizar o ritual.

O que ela estava pensando? Meu pai havia partido.

Mamãe não sabia disso, mas apertou a tábua com os braços, recusando-se a soltá-la, a me soltar.

– A senhora conhece o ritual – Shao falou com severidade. Foi típico dela usar a tradição para tentar aliviar a tristeza de mamãe. – Este é um dever do pai. Entregue a tábua para mim. – Quando viu minha mãe hesitar, ela acrescentou: – A senhora sabe que eu tenho razão.

Contra a vontade, mamãe entregou a tábua a Shao. Quando Shao saiu do quarto, mamãe enterrou o rosto na colcha de novo para chorar. Eu segui minha velha ama-de-leite até um depósito nos fundos da propriedade e fiquei assistindo, impotente, quando ela enfiou a tábua numa prateleira alta, atrás de um pote de nabos em conserva.

– Muito problema para a patroa – ela disse, e pigarreou como se estivesse se livrando de um gosto ruim. – Ninguém quer ver essa coisa feia.

Sem a inscrição, eu não podia entrar na tábua, e a parte da minha alma que deveria instalar-se lá reuniu-se a mim no Mirante.

O Mirante das
Almas Perdidas

EU NÃO CONSEGUIA SAIR DO MIRANTE, ENTÃO NÃO podia me defender diante dos juízes infernais. Com o passar dos dias, descobri que ainda tinha todas as necessidades e desejos de quando estava viva. A morte, em vez de acalmar minhas emoções, as tinha intensificado. As Sete Emoções de que falamos na Terra – alegria, raiva, tristeza, medo, amor, ódio e desejo – tinham ido comigo para o outro mundo. Estas emoções ancestrais, eu percebi, eram mais dominadoras e duradouras do que qualquer outra força no universo: mais fortes do que a vida, mais persistentes do que a morte, tão poderosas que nem os deuses podiam controlá-las, pairando ao nosso redor sem começo nem fim. E, embora eu estivesse mergulhada nelas, nenhuma era mais forte do que a dor que eu sentia pela vida que tinha perdido.

Eu sentia saudades do Palacete da Família Chen. Sentia falta dos cheiros de gengibre, chá-verde, jasmim e chuva de verão. Após tantos meses sem apetite, de repente eu ansiava por raízes de lótus cozidas em molho de soja, pato assado, caranguejos do lago e camarões. Sentia falta do som dos rouxinóis, da conversa das mulheres nos nossos aposentos reservados, e do lago batendo na praia. Sentia falta do toque da seda em minha pele e do vento quente que entrava pela janela do meu quarto. Sentia falta do cheiro de papel e tinta. Sentia falta dos meus livros. Mas a maior falta que eu sentia era da família.

Todo dia eu olhava pelo parapeito para observá-la. Eu via mamãe, minhas tias, minhas primas e as concubinas executando suas tarefas rotineiras. Eu ficava feliz quando baba vinha em casa de visita, realizava reuniões no Salão de Elegância Abundante com homens jovens, vestidos com belas túnicas, durante as tardes, e tomava chá com minha mãe à noite. Entretanto, eu nunca os ouvi conversando a meu respeito. Mamãe não dizia que não tinha marcado a minha tábua ancestral porque achava que baba tinha feito isso. E ele não tocava no assunto porque achava que *ela* o fizera. O que significou, é claro, que baba não tornou a chamar Ren para marcar a minha tábua. Com a tábua escondida, eu poderia ficar presa ali para sempre. Quando isso me deixava muito assustada, eu consolava a mim mesma com o conhecimento de que o Prefeito Du tinha partido para seu novo posto logo depois da morte de Liniang e também tinha se esquecido de marcar sua tábua. Com tantas coincidências entre mim e Liniang, com certeza eu também seria trazida de volta à vida por intermédio do amor verdadeiro.

Comecei a procurar a casa de Ren. Finalmente, depois de inúmeras tentativas, minha visão encontrou o caminho cruzando a superfície do lago, passando por cima da Ilha Solitária e se dirigindo ao litoral norte. Localizei o templo em que havia tantas tochas acesas na noite da ópera e, a partir dele, localizei a propriedade da família de Ren.

Eu era considerada uma donzela de jade que ia se casar com um rapaz de ouro, o que significava que o status de nossas famílias e suas posses eram equivalentes. Mas o palacete da família Wu só tinha poucos pátios, um punhado de pavilhões e apenas 120 dedos. O irmão mais velho de Ren tinha ido trabalhar numa província distante, onde morava com a esposa e a filha, portanto a propriedade Wu só abrigava agora Ren, sua mãe e dez criados. Eu questionei isso? Não. Eu estava apaixonada e só via o que queria ver, que era um mansão pequena mas de bom gosto. As portas eram pintadas de vermelho. O telhado de ladrilhos verdes se misturava agradavelmente com os salgueiros que cercavam a propriedade. A ameixeira que Ren havia mencionado ficava no pátio central, mas tinha perdido as folhas. E Ren estava lá, escrevendo na biblioteca durante o dia, fazendo as refeições com sua mãe viúva e passeando pelo jardim e pelos corredores escuros à noite. Eu o observava o tempo todo e me esqueci da minha família, e por isso fiquei tão surpresa quando Shao foi à casa da família Wu.

Minha velha ama-de-leite foi levada até a sala e pediram que ela esperasse. Então um criado trouxe Ren e sua mãe. Madame Wu era viúva havia muitos anos e se vestia apropriadamente, em cores escuras. Seu cabelo era grisalho e o rosto mostrava o sofrimento da perda do marido. Shao curvou-se diversas vezes, mas ela era uma criada, portanto não trocaram cumprimentos e Madame Wu não ofereceu chá.

– Quando a Patroazinha estava morrendo – Shao disse –, ela me deu algumas coisas para trazer para a sua família. A primeira...

Ela abriu as pontas de um lenço de seda que forrava uma cesta e tirou um pacotinho também embrulhado em seda. Shao baixou a cabeça e estendeu o embrulho pousado nas palmas das mãos.

– A Patroazinha enviou isto como um símbolo da sua devoção filial.

Madame Wu recebeu o pacote e o abriu lentamente. Ela tirou um dos sapatos que eu tinha feito para ela e o examinou com os olhos atentos de uma sogra. As peônias que eu tinha bordado destacavam-se contra o fundo azul escuro. Madame Wu virou-se para o filho e disse:

– Sua esposa era muito talentosa com a agulha.

Será que ela teria dito o mesmo para mim se eu estivesse viva? Ou teria me criticado como uma sogra costumava fazer?

Shao tirou então da cesta o meu exemplar de *O pavilhão de Peônia*.

Aqui vai uma verdade sobre a morte: às vezes você esquece coisas que considerava importantes. Eu tinha pedido a Shao para levar o volume um para a minha nova casa *três* dias depois do meu casamento. Ela não tinha feito isso por razões óbvias, e eu tinha esquecido a promessa dela e o meu projeto. Mesmo quando vi a filha dela escondendo seus riscos de bordado dentro do livro, eu não me lembrei.

Depois que Shao explicou que eu ficava acordada até tarde, lendo e escrevendo, e que minha mãe havia queimado os meus livros e que eu tinha escondido o volume debaixo dos lençóis, Ren tomou o livro e o abriu.

– Meu filho viu a ópera e então procurou pela cidade até achar esta cópia – Madame Wu explicou. – Eu achei melhor que a minha nora mandasse para Peônia. Mas esta é apenas a primeira parte. Onde está o volume dois?

– Como eu disse, a mãe da menina queimou – Shao repetiu.

Madame Wu suspirou e apertou os lábios, em tom de desaprovação.

Ren folheou o livro, parando de vez em quando.

– Está vendo? – ele perguntou, apontando para caracteres borrados por minhas lágrimas. – A essência dela brilha no papel. – Ele começou a ler. Alguns instantes depois, ergueu os olhos e disse: – Eu vejo o rosto dela em cada palavra. A tinta parece nova. Mamãe, você pode sentir a umidade de suas mãos nas páginas.

Madame Wu olhou para o filho com compaixão.

Tive certeza de que Ren iria ler minhas idéias sobre a ópera e saber o que fazer. Shao o ajudaria dizendo para ele marcar a minha tábua.

Mas Shao não mencionou que a tábua não fora marcada, e Ren não pareceu esperançoso nem inspirado. Ao contrário, seu rosto demonstrava tristeza. Minha dor foi tão profunda que parecia que o meu coração estava sendo despedaçado.

– Somos gratos a você – Madame Wu disse a Shao. – Nas pinceladas da sua patroa, meu filho encontra sua esposa. Assim, ela continuará viva.

Ren fechou o livro e ficou em pé. Ele deu a Shao algumas moedas de prata, que ela aceitou. Então, sem mais palavras, ele saiu da sala com o meu livro debaixo do braço.

Aquela noite eu o vi em sua biblioteca, num estado de profunda melancolia. Ele chamou os criados e pediu vinho. Leu minhas palavras, tocando delicadamente nas páginas. Ele pôs a cabeça entre as mãos, bebeu e deixou que as lágrimas escorressem pelo seu rosto. Desconsolada com esta reação – não era isso que eu queria

—, procurei Madame Wu e a encontrei em seu quarto. Nós tínhamos o mesmo nome e ambas amávamos Ren. Eu tinha que acreditar que ela faria o que pudesse para acalmar o filho. Nisso, nós tínhamos que ser "iguais".

Madame Wu esperou até a casa ficar silenciosa, então foi até a biblioteca, andando pelo corredor com seus pés de lírio. Ela abriu a porta sem fazer barulho. Ren tinha pousado a cabeça na escrivaninha e adormecido. Madame Wu pegou *O pavilhão de Peônia* e a garrafa de vinho vazia e então soprou a vela e saiu da sala. De volta ao seu quarto, ela enfiou o meu projeto entre dois vestidos de seda de cores alegres que, sendo viúva, ela nunca mais iria usar, e fechou a gaveta.

MESES SE PASSARAM. Como não podia sair do Mirante, eu via todo mundo que parava ali na viagem pelos sete níveis do outro mundo. Vi viúvas castas, usando camadas e camadas de roupas de longevidade, encontrarem os maridos há muito falecidos em encontros alegres e soube que elas seriam honradas e amadas por muitas décadas. Entretanto, não vi nenhuma mãe que tivesse morrido de parto. Elas tinham ido diretamente para o Lago de Sangue, um lugar em que as mulheres sofriam, num inferno sem fim, pela poluição de seu parto malsucedido. Mas para todos os outros que passavam por ali, o Mirante dava aos recém-mortos uma chance de se despedir daqueles lá embaixo e, ao mesmo tempo, de se lembrar de que suas obrigações agora eram na condição de antepassados. De agora em diante, eles iriam voltar a este lugar para olhar para o mundo, ver como os seus descendentes estavam se comportando, e então realizar desejos ou enviar castigos. Eu vi antepassados zangados que perseguiam, importunavam ou humilhavam os que ficaram para trás; vi outros antepassados – cheios de oferendas – recompensando suas famílias com colheitas abundantes e muitos filhos homens.

Mas eu quase sempre prestava atenção nos mortos recentes. Nenhum deles sabia ainda onde iriam parar depois que atravessassem os sete níveis. Eles seriam mandados para um dos dez *yamens* com todos os seus diferentes infernos? Iriam esperar centenas de anos até obterem permissão para voltar à Terra e habitar outro corpo? Eles iriam reencarnar rapidamente, como homens cultos caso tivessem sorte, ou voltariam como uma mulher, um peixe ou um verme, caso não tivessem? Ou Guanyin iria enviá-los para o Paraíso Ocidental, a dez milhões de *li* daqui, onde eles escapariam de todos os outros renascimentos e passariam o resto da eternidade num estado eterno de felicidade, comendo e dançando?

Algumas das outras donzelas doentes de amor, das quais eu tinha ouvido falar quando estava viva, vieram me encontrar: Shang Xiaoling, a atriz que morreu no palco; Yu Niang, cuja morte inspirou Tang Xianzu a escrever poemas em sua homenagem; Jin Fengdian, cuja história era quase idêntica à minha, exceto que o pai dela tinha sido um comerciante de sal; e algumas outras.

Nós nos solidarizamos. Na vida, tínhamos conhecido os perigos que emanavam das páginas da ópera – lê-la, ler *qualquer coisa*, podia ser fatal – mas todas nós tínhamos sido enfeitiçadas pela idéia de morrer jovens, lindas e talentosas. Fomos seduzidas pela dor e o prazer de contemplar as outras donzelas doentes de amor. Nós lemos *O pavilhão de Peônia*, escrevemos poemas sobre ele e morremos. Nós achamos que o que tínhamos escrito iria resistir aos estragos do tempo e à decadência de nossos corpos, provando, assim, a força da ópera.

As donzelas doentes de amor queriam saber sobre Ren, e eu disse a elas que acreditava em duas coisas: primeiro, que Ren e eu tínhamos sido destinados um ao outro; segundo, que o *qing* nos juntaria de novo.

As moças olharam para mim com piedade e cochicharam entre si.

– Nós todas tivemos amantes de sonhos – a atriz finalmente disse –, mas eles não passavam disso: sonhos.

– Eu também acreditava que o meu estudante era real – Yu Niang admitiu. – Ah, Peônia, nós éramos iguais a você. Nós não tínhamos controle sobre nossas vidas. Estávamos destinadas a nos casar com homens desconhecidos, de famílias desconhecidas. Nós tínhamos esperança de amar, mas desejávamos muito amar. Qual a moça que não conhece um homem em seus sonhos?

– Deixem-me contar-lhes sobre o meu amor. Nos meus sonhos, nós costumávamos nos encontrar no templo. Eu o amava muito – disse outra moça.

– Eu também era igual a Liniang – a filha do comerciante de sal acrescentou. – Eu esperava que, depois de minha morte, meu amado fosse me encontrar, se apaixonar por mim e me trazer de volta à vida. Nós viveríamos um amor verdadeiro, não por obrigação ou dever. – Ela suspirou. – Mas ele era só um sonho, e agora aqui estou eu.

Contemplei aqueles rostos bonitos. Suas expressões tristes diziam que cada uma delas tinha histórias quase idênticas.

– Mas eu conheci mesmo Ren – eu disse. – Ele me tocou com um botão de peônia.

Elas me olharam incrédulas.

– Todas as moças sonham – Yu Niang repetiu.

– Mas Ren era real. – Apontei por cima do parapeito para a Terra lá embaixo. – Vejam. Lá está ele.

Uma dúzia de moças – nenhuma com mais de dezesseis anos – acompanhou o meu dedo indicando a casa de Ren, onde o viram escrevendo na biblioteca.

– Aquele é um jovem, mas como vamos saber que foi o que você conheceu?

– Como vamos saber que você se encontrou mesmo com ele?

No outro mundo, às vezes somos capazes de ser transportados de volta nos anos para reviver nossas experiências ou olhar para elas através dos olhos de outra pessoa. Essa é uma das razões do inferno ser tão terrível. As pessoas têm oportunidade de reviver seus erros eternamente. Mas eu revivi lembranças muito diferentes, para que as donzelas doentes de amor pudessem vê-las. Levei as moças de volta ao Pavilhão Cavalgando o Vento, ao Pavilhão de Ver a Lua e ao meu último encontro, já como espírito, com Ren. Elas choraram com a beleza e a verdade da minha história, e, abaixo de nós, uma tempestade se abateu sobre Hangzhou.

– Só na morte Liniang pôde provar sua paixão eterna – eu disse, enquanto as moças enxugavam os olhos. – Vocês vão ver. Um dia, eu e Ren nos casaremos.
– Como isso vai acontecer? – quis saber a atriz.
– *Como pode a lua ser retirada da superfície da água ou as flores serem arrancadas do vazio?* – perguntei de volta, citando Mengmei. – O estudante não sabia como ia trazer Liniang de volta dos mortos, mas ele o fez. Ren vai dar um jeito.
As moças eram lindas e meigas, mas não acreditaram em mim.
– Você pode ter conhecido este homem e falado com ele, mas o seu mal de amor foi igual ao nosso – Yu Niang disse. – Nós todas morremos de inanição.
– Tudo o que você pode esperar é que seus pais publiquem os seus poemas – a filha do comerciante de sal disse. – Assim você tornará a viver, de certa forma. Foi isso que aconteceu comigo.
– E comigo também.
As outras todas disseram que suas famílias também tinham publicado os seus poemas.
– A maioria das famílias não nos faz oferendas – a filha do comerciante de sal disse –, mas nós temos algum apoio porque nossos poemas foram publicados. Não sabemos por que isto acontece, mas acontece.
Esta não era uma boa notícia. Eu tinha escondido os meus poemas na biblioteca do meu pai, e a mãe de Ren agora havia escondido o volume um numa de suas gavetas. As moças sacudiram as cabeças, desconsoladas, quando lhes comuniquei isso.
– Talvez você devesse conversar com Xiaoqing sobre o assunto – Yu Niang sugeriu. – Ela tem mais experiência do que nós. Talvez ela possa ajudar.
– Eu adoraria conhecê-la – eu disse. – E apreciaria muito ouvir seus conselhos. Por favor, tragam-na com vocês da próxima vez.
Mas elas não a trouxeram. E o grande Tang Xianzu também não apareceu, embora as donzelas doentes de amor dissessem que o autor estava por perto.
Portanto, na maior parte do tempo, fiquei sozinha.

DURANTE A VIDA, eu tinha recebido muitas informações sobre o outro mundo; algumas certas, outras erradas. A maioria das pessoas o chamava de submundo, mas eu prefiro chamá-lo de outro mundo, porque ele não fica *embaixo*, embora algumas partes fiquem. Além da própria geografia do lugar, o local em que eu me encontrava parecia ser *depois* – simplesmente uma continuação. A morte não põe fim às nossas associações com a família, e as posições que tínhamos na vida também não mudam. Se você era um camponês na Terra, continuava o seu trabalho nos campos daqui; se você era um proprietário de terras, um estudante ou um intelectual, você continuaria passando os seus dias lendo, escrevendo poesia, tomando chá e queimando incenso. As mulheres ainda tinham os pés atados, eram obedientes e focavam sua atenção na família; os homens ainda administravam o mundo exterior percorrendo os escritórios dos juízes infernais.

Continuei a aprender o que podia e o que não podia fazer. Eu podia flutuar na água e no vento, me dissolver. Sem Shao ou Salgueiro para me ajudar, aprendi a cuidar dos meus pés com as faixas que minha família tinha queimado para eu usar no outro mundo. Eu ouvia ruídos de longa distância, mas odiava barulho. Não conseguia fazer curvas fechadas. E quando olhava por cima do parapeito, podia ver muita coisa, mas não conseguia enxergar além dos arredores de Hangzhou.

Depois de muitos meses no Mirante, uma velha veio visitar-me. Ela se apresentou como sendo minha avó, mas não se parecia nada com a mulher de rosto severo do retrato que estava pendurado no nosso salão ancestral.

– *Uau!* Por que eles fazem os ancestrais ficarem assim? – ela disse, rindo. – Eu nunca tive essa expressão de desagrado quando era viva.

Vovó ainda era bonita. O cabelo dela estava preso com pregadores de ouro, pérolas e jade. Seu vestido era de seda muito fina. Seus pés de lírio eram ainda menores do que os meus. O rosto dela estava marcado de rugas fininhas, mas sua pele era luminosa. Suas mãos estavam cobertas pelas mangas compridas, no estilo antigo. Ela parecia delicada e elegante, mas quando se sentou ao meu lado e fez pressão contra a minha coxa, senti uma força surpreendente.

Nas semanas seguintes, ela me visitou com freqüência, mas nunca trouxe vovô junto, e sempre se esquivou de perguntas sobre ele.

– Ele está ocupado em outro lugar – ela dizia às vezes. Ou então: – Ele está ajudando o seu pai com uma negociação na capital. As pessoas da corte são dissimuladas e seu pai está sem prática. – Ou: – Ele está, provavelmente, visitando uma de suas concubinas... em sonhos. Ele gosta de fazer isso às vezes, porque em seus sonhos as concubinas ainda são jovens e bonitas, e não as galinhas velhas em que se transformaram.

Eu gostava de ouvir estes comentários maldosos sobre as concubinas, porque em vida eu sempre ouvia que vovó tinha sido boa e generosa com elas. Ela fora um exemplo do que uma esposa deveria ser, mas aqui ela gostava de debochar e brincar.

– Pare de olhar para aquele homem lá embaixo! – ela ralhou comigo um dia, vários meses depois de sua primeira visita.

– Como a senhora sabe para quem eu estou olhando?

Ela me cutucou com o cotovelo.

– Eu sou uma antepassada! Eu vejo *tudo*! Pense nisso, filha.

– Mas ele é meu marido – eu disse timidamente.

– Você nunca se casou – ela respondeu. – Pode se alegrar com isso!

– Alegrar? Ren e eu estávamos destinados a ficar juntos.

Minha avó fez um muxoxo.

– Que idéia ridícula! Vocês não estavam destinados a ficar juntos. Você teve simplesmente um casamento arranjado por seu pai, como todas as outras moças. Não há nada de especial nisso. E, caso tenha esquecido, você está aqui.

– Eu não estou preocupada – eu disse. – Baba vai arranjar um casamento fantasma para mim.

– Você devia avaliar com mais cuidado o que vê lá embaixo.

– A senhora está me testando. Eu entendo...
– Não, seu pai tem outros planos.
– Eu não consigo ver baba quando ele está na capital, mas que importa isso? Mesmo que ele não arranje um casamento fantasma, eu vou esperar por Ren. É por isso que estou presa aqui, a senhora não acha?

Ela ignorou minha pergunta.

– Você acha que este homem vai esperar por *você*? – O rosto dela contraiu-se como se ela tivesse aberto uma jarra de tofu fedorento. Ela era minha avó, uma antepassada venerada!, então eu não podia contradizê-la. – Não se preocupe tanto com ele – ela disse, dando um tapinha no meu rosto com a mão coberta pela manga. – Você foi uma boa neta. Eu apreciei as frutas que você me ofereceu durante todos esses anos.

– Então por que a senhora não me ajudou?
– Eu não tinha nada contra você.

Foi um comentário estranho, mas ela dizia muitas coisas que eu não entendia.

– Agora preste atenção – vovó ordenou. – Você precisa refletir sobre o motivo de estar presa aqui.

DURANTE TODO ESSE TEMPO, ocorreram datas importantes. Meus pais se esqueceram de me incluir em suas oferendas de Ano-Novo, poucos dias depois da minha morte. No décimo terceiro dia do primeiro mês depois do Ano-Novo, eles deveriam ter colocado uma lâmpada acesa no meu túmulo. No Festival de Primavera, eles deveriam ter limpado a minha sepultura, soltado fogos de artifício e queimado dinheiro para eu usar no outro mundo. No primeiro dia do décimo mês, o começo oficial do inverno, eles deveriam ter queimado jaquetas acolchoadas, toucas de lã e botas forradas de pele, tudo isso feito de papel, para me manter aquecida. Durante o ano todo, minha família deveria ter feito oferendas de arroz cozido, vinho, carne e dinheiro, no dia primeiro e no dia quinze de cada mês. Todas essas oferendas teriam que ser feitas à minha tábua ancestral para que eu as recebesse no outro mundo. Mas, como Shao não a retirou de seu esconderijo e ninguém perguntou por ela, concluí que todos ainda estavam tristes demais com minha ausência para olhar para a minha tábua ancestral.

Então, durante o Festival da Lua Amarga, que ocorre durante os dias mais escuros e frios do inverno, eu descobri algo que me abalou. Logo antes do primeiro aniversário da minha morte, meu pai voltou para casa de visita e minha mãe preparou um mingau especial de Lua Amarga com diversos grãos, nozes e frutas, adoçado com quatro tipos diferentes de açúcar. Minha família reuniu-se no salão ancestral e ofereceu o mingau a vovó e a outras pessoas da família. Mais uma vez, minha tábua ancestral não foi retirada do seu esconderijo no depósito e eu não recebi nenhuma oferenda. Eu sabia que não tinha sido "esquecida"; mamãe chorava por mim toda noite. Esta negligência significava algo muito pior.

Vovó, que devia estar em algum lugar comendo o seu mingau junto com vovô, viu o que aconteceu e veio para perto de mim. Ela era muito franca, mas eu não queria ouvir nem aceitar o que ela tinha a dizer.

— Seus pais jamais a venerarão — ela explicou. — É contra a natureza um pai ou uma mãe venerarem um filho. Se você fosse homem, seu pai teria surrado o seu caixão para castigá-la por ter morrido antes dele, mas no fim ele cederia e providenciaria o seu sustento. Mas você é uma moça, e solteira ainda por cima. Sua família jamais lhe fará oferendas.

— Isso porque a minha tábua não foi marcada?

Vovó bufou.

— Não, porque você morreu solteira. Seus pais a criaram para a família do seu marido. Você pertence a ela. Você não é considerada uma Chen. E mesmo que sua tábua fosse marcada, ela seria guardada atrás de uma porta, numa gaveta ou num templo especial, que foi o que aconteceu com aquelas moças que a visitaram.

Eu nunca tinha ouvido nada disso antes, e por um momento acreditei em vovó. Mas então tirei da cabeça aqueles pensamentos sombrios.

– A senhora está enganada.

– Por que ninguém lhe contou, antes de você morrer, que isto iria acontecer? *Ah!* Se sua mãe e seu pai pusessem sua tábua no altar da família, eles correriam o risco de ser castigados pelos outros antepassados. – Ela ergueu a mão. – Não por mim, mas há outros aqui que são apegados à tradição. Ninguém quer ver uma coisa tão feia no altar da família.

– Meus pais me amam – insisti. – Uma mãe que não amasse a filha não teria queimado seus livros para tentar mantê-la viva.

– Isto é verdade – vovó concordou. – Ela não queria fazer isso, mas o médico achou que você ficaria tão zangada que se desviaria do seu caminho.

– E baba não teria encenado a ópera para o meu aniversário se não me amasse como a uma pérola preciosa.

Mesmo enquanto estava falando, percebi que estava errada.

– A ópera não foi para você – vovó disse. – Foi para o Comissário Tan. Seu pai estava fazendo lobby em favor da sua nomeação.

– Mas o Comissário Tan não gosta da ópera.

– Então ele é um hipócrita. Homens que estão no poder geralmente são.

Ela estava sugerindo que meu pai também era hipócrita?

– A lealdade política é uma extensão natural da lealdade pessoal – vovó continuou. – Temo que seu pai, meu filho, não possua nem uma nem outra.

Ela não disse mais nada, mas a expressão em seu rosto me fez olhar para trás – para finalmente *enxergar* – e compreender o que tinha ignorado em vida.

Meu pai não era fiel à dinastia Ming nem era o homem íntegro que eu sempre acreditei que fosse, mas, do meu ponto de vista, isso era secundário. Em vida, eu sempre soube que meu pai lamentava que eu fosse uma menina. Apesar disso, no meu coração, eu acreditava, realmente acreditava, que ele me amava, me adorava, mas o que ocorreu com minha tábua ancestral e tudo o que isso significava – o fato de eu ser uma moça solteira que estava sendo criada para outra família – tinha provado o contrário. Sem ninguém para cuidar de mim, através da minha tábua, na Terra, minha alma estava com problemas terríveis. Eu era como um retalho de seda. O fato de eu ter sido abandonada – sem pai nem mãe – explicava por que eu estava presa no Mirante.

– O que vai acontecer comigo? – gritei. Só um ano havia passado, e meu vestido já tinha desbotado e eu estava mais magra.

– Seus pais poderiam mandar a sua tábua ancestral para um templo feminino, mas esta é uma idéia desagradável, já que esses lugares abrigam não só as tábuas de filhas solteiras mas, também, de concubinas e prostitutas. – Vovó flutuou pelo mirante e se sentou ao meu lado. – Um casamento fantasma removeria a coisa feia do Palacete da Família Chen.

– Eu ainda podia me casar com Ren. Minha tábua ancestral seria usada na cerimônia. Todo mundo veria que ela não foi gravada – eu disse, esperançosa. – Ela seria gravada e passaria a ser venerada no altar da família Wu.

– Mas seu pai não tratou disso. Pense, Peônia, pense. Eu tenho dito para você olhar, olhar de verdade. O que foi que você viu? O que você está vendo agora?

O tempo aqui é estranho: às vezes rápido, às vezes vagaroso. Agora, vários dias tinham passado, e outra sucessão de jovens visitava meu pai.

– Baba está recebendo pessoas. Ele é um homem importante.

– Você não presta atenção, menina?

Negócios pertenciam ao mundo exterior. Eu não tinha querido ouvir as conversas do meu pai, mas estava ouvindo agora. Ele estava entrevistando aqueles jovens. Na mesma hora, eu fiquei apavorada com a idéia de que ele estivesse tentando arranjar um casamento fantasma para mim com outro que não Ren.

– Você será um filho bom e leal? – ele perguntava a todos os rapazes. – Você varrerá nossas sepulturas no Ano-Novo e fará oferendas no nosso salão ancestral todo dia? Eu preciso de netos. Você poderá me dar netos para cuidar de nós depois que você partir?

Ao ouvir estas perguntas, a intenção de baba ficou clara. Ele iria adotar um desses jovens. Meu pai não podia ter filhos homens

— uma vergonha para qualquer homem e um desastre em relação à veneração dos ancestrais. Adotar um filho com esse objetivo era bastante comum e baba tinha dinheiro para isso, mas eu estava sendo totalmente substituída em seu coração!

— Seu pai fez muito por você — vovó disse. — Eu vi como ele era carinhoso com você, ensinando-a a ler, escrever e raciocinar. Mas você não era um filho homem e ele precisava de um.

Meu pai havia demonstrado amor, devoção e carinho por mim ao longo dos anos, mas agora eu via que o fato de ser mulher me havia diminuído em seu afeto. Chorei e vovó me abraçou.

Sem conseguir aceitar nada disso, olhei para a casa de Ren, na esperança de que a família *dele* pudesse oferecer-me mingau. Naturalmente, isso não aconteceu. Ren estava parado sob um toldo, na chuva, passando tinta vermelha no portão da casa como símbolo do renascimento que vinha com o Ano-Novo, enquanto na biblioteca do meu pai um jovem de olhos pequenos assinava um contrato de adoção. Meu pai bateu nas costas do rapaz e disse:

— Bao, meu filho, eu devia ter feito isso muitos anos atrás.

O Cataclismo

DIZEM QUE DEPOIS DA MORTE VEM VIDA, E QUE O FIM é sempre um novo começo. Obviamente, não foi assim para mim. Sem que eu me desse conta, sete anos se passaram. Os feriados – especialmente o Ano-Novo – eram particularmente difíceis para mim. Eu estava magra ao morrer, e, sem oferendas, fiquei ainda mais frágil e transparente com o passar dos anos, e agora sou pouco mais que um fantasma. Meu único vestido está desbotado e rasgado. Tornei-me uma criatura patética, sempre flutuando perto do parapeito, sem conseguir sair do Mirante.

As donzelas doentes de amor vieram me visitar no Ano-Novo, sabendo o quanto eu estaria triste. Apreciei a companhia delas, porque – ao contrário do que acontecia no Palacete da Família Chen – não havia rivalidades mesquinhas entre nós. Depois de todo esse tempo, elas finalmente trouxeram Xiaoqing. Ela era linda. Tinha uma testa alta, sobrancelhas pintadas, cabelo coberto de enfeites e seus lábios eram macios e flexíveis. Ela usava um vestido estilo antigo – elegante, amplo, enfeitado de flores – e seus pés eram tão pequenos que ela parecia não ter peso ao deslizar delicadamente pelo terraço. Ela era linda demais para uma esposa, e eu entendi por que tantos homens eram fascinados por ela.

– Eu intitulei os poemas que deixei para trás de *Manuscritos salvos do incêndio* – Xiaoqing disse, numa voz que soou tão melodiosa quanto carrilhões ao vento –, mas o que há de extraordinário nisso? Os homens que escrevem sobre nós dizem que sofríamos de mal de amor. Eles dizem que nós somos um gênero doentio, sempre sofrendo perda de sangue e de peso. O resultado, eles concluem, é que nossos destinos combinam com o de nossos textos. Eles não entendem que incêndios nem sempre são acidentais. Muitas vezes, as mulheres, e eu me incluo entre elas, duvidam de sua capacidade e resolvem queimar seu trabalho. É por isso que muitas coleções têm exatamente o mesmo título.

Xiaoqing olhou para mim, esperando que eu dissesse alguma coisa. As outras donzelas doentes de amor também olharam para mim, ansiosas, incentivando-me, com os olhos, a ser inteligente.

– Nossos textos nem sempre são passageiros como um sonho de primavera – eu disse. – Alguns permanecem na Terra, e as pessoas choram ao lê-los.

– Que elas o façam por dez mil anos – a filha do comerciante de sal acrescentou.

Xiaoqing fitou-nos com uma expressão bondosa.

– Dez mil anos – ela repetiu e estremeceu. O ar à sua volta também tremeu. – Não tenham tanta certeza disso. As pessoas já estão começando a nos esquecer. Quando isso acontecer... – Ela se levantou. Seu vestido espalhou-se em volta dela. Ela fez um cumprimento de cabeça na direção de cada uma de nós e partiu.

As donzelas doentes de amor saíram quando vovó chegou, mas que consolo aquela velha senhora poderia oferecer-me?

– Não existe essa coisa que chamam de amor – ela gostava de dizer –, só obrigação e responsabilidade. – Suas palavras a respeito do marido eram sempre relativas a obrigação, não a amor, nem mesmo afeição.

Triste e desconsolada, fiquei ouvindo vovó – ela não falava sobre nada em particular – e fiquei assistindo aos preparativos de Ano-Novo na casa de Ren. Ele pagou as dívidas da família, sua mãe varreu e espanou, os criados prepararam comidas especiais e o retrato do Deus da Cozinha, que estava pendurado sobre o fogão, foi queimado e mandado para cá para relatar as boas e as más ações da família. Ninguém se lembrou de mim.

Relutantemente, dirigi meu olhar para a casa da minha família. Meu pai tinha voltado da capital para desempenhar suas obrigações filiais. Bao, meu irmão havia sete anos, se casara. Infelizmente, a esposa dele só tinha conseguido dar à luz três meninos natimortos. Fosse por causa deste fracasso ou devido a uma fraqueza de caráter, Bao passava a maior parte do tempo divertindo-se com mulheres nas margens do Lago Ocidental. Meu pai não parecia aborrecido com isso, quando ele e minha mãe se dirigiram ao cemitério da família para convidar os antepassados para a festa de Ano-Novo.

Baba usava suas vestes de mandarim com grande dignidade. O emblema bordado em seu peito mostrava seu posto e sua importância. Ele caminhava com muito mais imponência do que quando eu estava viva.

Minha mãe parecia bem menos segura. O luto a fizera envelhecer. Seu cabelo estava grisalho e seus ombros pareciam magros e frágeis.

— Sua mãe ainda gosta de você — vovó disse. — Este ano ela vai quebrar a tradição. Ela é uma mulher muito corajosa.

Eu não podia imaginar minha mãe fazendo nada que se afastasse das Quatro Virtudes e Três Obediências.

— Você a deixou sem filhos — vovó continuou. — Seu coração se enche de tristeza toda vez que ela vê um livro de poesia ou sente o perfume das peônias. Essas coisas lembram você e são um grande peso em seu coração.

Eu não queria escutar isso. De que adiantava? Mas minha avó nem sempre ligava para os meus sentimentos.

— Eu queria que você tivesse conhecido sua mãe quando ela entrou para a família — continuou vovó. — Ela só tinha dezessete anos. Tinha sido muito bem-educada e suas habilidades femininas eram irretocáveis. É dever, obrigação e recompensa de uma sogra reclamar da nora, mas sua mãe não me concedeu esta dádiva. Eu não me importei. Eu tinha uma casa cheia de filhos homens. Estava contente em ter a companhia dela. Passei a vê-la não como uma nora, mas como uma amiga. Você nem imagina os lugares que visitamos e as coisas que fizemos juntas.

— Mamãe não sai — eu disse.

— Naquela época, ela saía — ela retorquiu. — Nos anos que antecederam a queda do imperador Ming, sua mãe e eu questionamos a verdadeira natureza da vocação feminina. Seriam as artes tradicionais femininas nas quais ela era inigualável ou seria o espírito aventureiro, a curiosidade e a beleza da mente? Foi sua mãe, não seu pai, quem primeiro se interessou pelas mulheres poetas. Você sabia disso?

Sacudi negativamente a cabeça.

— Ela achava que era responsabilidade das mulheres colecionar, editar, compilar e criticar o trabalho de outras como nós — vovó continuou. — Nós viajamos para muitos lugares à procura de livros e experiência.

Isso me pareceu muito difícil.

— Como vocês duas viajavam? Iam andando? — perguntei, tentando fazer com que ela parasse com aqueles exageros.

— Nós treinávamos caminhada em nossos aposentos e nos corredores do palacete — ela respondeu, sorrindo com a lembrança. — Fortalecemos nossos lírios dourados para que eles não doessem, e o prazer com o que víamos e fazíamos compensava qualquer dor que sentíssemos. Conhecemos homens que tinham tanto orgulho das mulheres da família que publicavam seus textos para deixar para a posteridade a felicidade doméstica em suas casas, demonstrar a sofisticação da família e honrar suas esposas e mães. Como você, sua mãe guardava no coração tudo o que ficava de suas leituras, mas era modesta no que escrevia. Ela se recusava a usar papel e tinta, preferindo misturar pó e água e em seguida escrever nas folhas. Ela não queria deixar traço algum de si mesma para trás.

Abaixo de nós, o Ano-Novo chegou. No nosso salão ancestral, meus pais depositaram bandejas de carnes, frutas, legumes e eu vi minha avó começando a ganhar corpo. Depois da cerimônia, mamãe pegou três bolinhos de arroz, foi até o meu antigo quarto e os deixou no parapeito da janela. Pela primeira vez em sete anos, eu me alimentei. Apenas três bolinhos de arroz e eu me senti mais forte.

Vovó olhou para mim e balançou a cabeça sabiamente.
– Eu disse que ela ainda gostava de você.
– Mas por que agora?
Vovó ignorou minha pergunta e prosseguiu no tema anterior com um fervor renovado.
– Sua mãe e eu íamos a festas literárias celebradas sob a lua cheia. Viajávamos para ver jasmineiros e ameixeiras em flor. Íamos para as montanhas e políamos estrelas de pedra em retiros budistas. Alugávamos barcos de passeio e navegávamos pelo Lago Ocidental e pelo Grande Canal. Conhecemos mulheres artistas que sustentavam suas famílias com seus quadros. Jantamos com arqueiras profissionais e fizemos amizade com outras mulheres de classe alta. Tocávamos instrumentos, bebíamos até tarde da noite e escrevíamos poemas. Nós nos divertimos muito, sua mãe e eu.

Quando sacudi a cabeça, duvidando, vovó observou:
– Você não é a primeira moça a desconhecer a verdadeira natureza de sua mãe. – Ela parecia contente por ter me surpreendido, mas seu prazer foi breve. – Como tantas outras mulheres naquela época, nós nos divertíamos no mundo exterior, mas não sabíamos nada sobre ele. Usávamos nossos pincéis de caligrafia e dávamos festas. Ríamos e cantávamos. Não prestávamos atenção no avanço dos manchus em direção ao sul.

– Mas baba e vovô sabiam o que estava acontecendo – interrompi.

Vovó apertou os braços de encontro ao peito.
– Veja o seu pai agora. O que você acha?

Hesitei. Tinha passado a considerar o meu pai uma pessoa sem lealdade, nem ao nosso imperador Ming nem à sua única filha. Sua falta de sentimentos por mim ainda doía, mas minhas emoções não me impediram de observá-lo. Não, de jeito nenhum. Alguma coisa perversa dentro de mim queria vê-lo. Olhar para baba era como tirar a casca de uma ferida. Eu me virei para olhar para ele.

Nestes últimos anos, minhas habilidades haviam aumentado e agora eu podia enxergar além de Hangzhou. Como parte das obrigações de Ano-Novo do meu pai, ele ia para o campo visitar suas terras. Eu não só tinha lido a cena de Apressar a Colheita em *O pavilhão de Peônia*, como a tinha assistido em nosso jardim. O que vi agora foi um eco visual. Os fazendeiros, pescadores e operários das fábricas de seda ofereciam-lhe pratos preparados pelos melhores cozinheiros em cada aldeia. Acrobatas davam cambalhotas. Músicos tocavam. Camponesas de pés grandes dançavam e cantavam. Meu pai elogiava os trabalhadores e pedia boas safras de grãos, peixes e seda no ano seguinte.

Embora eu tivesse me decepcionado com meu pai, ainda tinha esperança de descobrir que estava enganada e que ele era um homem benevolente. Afinal de contas, eu tinha ouvido falar em nossas terras e nesses trabalhadores a vida toda. Mas o que vi foi extrema pobreza. Os homens eram magros e rijos de tanto trabalhar. As mulheres estavam envelhecidas de tanto carregar água, ter filhos, cuidar da casa, fiar seda e fazer roupas, sapatos e comida. As crianças eram pequenas para a idade e usavam roupas herdadas dos irmãos e irmãs. Muitas delas trabalhavam também; os meninos iam para o campo e suas irmãs usavam os dedos nus para desatar casulos de seda em água fervendo. Para essas pessoas, o único objetivo na vida era prover o sustento do meu pai e daqueles que viviam no Palacete da Família Chen.

Meu pai parou na casa do líder da Aldeia Gudang. O marido era um Qian, assim como todas as pessoas que viviam na aldeia. Sua mulher era diferente das outras mulheres. Tinha pés atados e postura de quem pertencera à classe alta. Suas palavras mostravam refinamento e ela não se acovardou diante do meu pai. Ela segurava um bebê nos braços.

Meu pai segurou um rabicho de cabelo da criança e disse:
– Este aqui é muito bonito.

Madame Qian recuou um passo, para fora do alcance do meu pai.

– Bebê Yi é uma menina, outro galho inútil na árvore da família – o marido disse.

– Quatro filhas – meu pai disse, com pena. – E agora esta quinta. Você não teve sorte.

Odiei ouvir aquelas palavras, ditas de forma tão rude, mas elas não eram piores do que eu tinha vivido. Meu pai falava comigo com um sorriso no rosto, mas, para ele, ao que parecia, eu também não passava de um galho inútil na árvore da família.

Olhei para vovó, cheia de tristeza.

— Não — eu disse. — Não acho que ele fosse capaz de prestar atenção em outra coisa que não seus negócios.

Ela concordou, desolada.

— Seu avô era a mesma coisa.

Embora vovó me visitasse há anos, eu sempre tivera o cuidado de não fazer certas perguntas. Em parte, eu tinha medo de suas mudanças de humor, em parte, eu não queria parecer desrespeitosa, e, em parte, não queria ouvir as respostas. Mas eu tinha me agarrado à minha cegueira por tempo demais. Respirei fundo e deixei minhas perguntas fluírem, com medo de não sobreviver às verdades, fossem elas quais fossem.

— Por que você nunca traz o vovô para me visitar? É porque eu sou mulher? — perguntei, recordando que ele não ligava muito para mim quando eu era criança.

— Ele está em um dos infernos — ela respondeu, naquele seu modo brusco.

Interpretei isso como uma manifestação do seu habitual rancor de esposa.

— E os meus tios? Por que eles não vêm?

— Eles morreram longe de casa — ela respondeu, e, desta vez, sua voz não expressava nenhuma raiva, apenas tristeza. — Eles não têm ninguém para limpar seus túmulos. Eles vagam pela Terra como fantasmas famintos.

Eu me encolhi por dentro.

— Fantasmas famintos são criaturas horríveis, nojentas — eu disse. — Como fomos tê-los na família?

— Você está, finalmente, fazendo essa pergunta?

Sua impaciência era óbvia, e eu me encolhi ainda mais. Será que ela teria sido assim na Terra, tratando-me como a garota insignificante que eu era? Ou teria me agradado com doces e pequenos tesouros do seu enxoval?

– Peônia – ela continuou –, eu amo você. Espero que saiba disso. Eu escutava você em vida. Tentei ajudar. Mas estes últimos sete anos me deixaram na dúvida. Você é apenas uma donzela doente de amor ou existe mais alguma coisa dentro de você?

Mordi o lábio e virei o rosto. Eu estivera certa em conservar uma distância respeitosa. Minha mãe e minha avó podiam ter sido amigas, mas parecia que minha avó também me considerava unicamente um galho inútil na nossa árvore genealógica.

– Estou contente por você estar aqui no Mirante – ela continuou. – Há muitos anos venho aqui para olhar por cima do parapeito e procurar meus filhos. Nestes últimos sete anos, tenho tido você ao meu lado. Eles estão lá embaixo, em algum lugar – ela fez um gesto com suas mangas muito longas na direção da Terra abaixo de nós –, vagando como fantasmas famintos. Em vinte e sete anos, eu não consegui achá-los.

– O que aconteceu com eles?

– Eles morreram no Cataclismo.

– Baba me contou.

– Ele não lhe contou a verdade. – Ela apertou os olhos e cruzou as longas mangas sobre o pcito. Eu esperei. Vovó disse: – Você não vai gostar da história.

Eu não disse nada, e durante um longo tempo nenhuma de nós duas falou.

– No dia em que nos encontramos pela primeira vez – ela começou –, você disse que eu não era igual ao meu retrato. A verdade é que eu não era nada daquilo que lhe contaram. Eu não era tolerante com as concubinas do meu marido. Eu as odiava. E eu não cometi suicídio.

Ela me olhou de esguelha, mas eu mantive o rosto impassível e calmo.

– Você precisa entender, Peônia, que o final da Dinastia Ming foi terrível e maravilhoso ao mesmo tempo. A sociedade estava desabando, o governo era corrupto, havia dinheiro em toda parte, e ninguém estava prestando atenção nas mulheres, então sua mãe e eu saíamos e fazíamos coisas. Como já disse, conhecemos outras esposas e mães: mulheres que dirigiam as propriedades e os negócios de suas famílias, professoras, editoras e até algumas cortesãs. Nós fomos reunidas por um mundo em ruínas e encontramos companheirismo. Esquecemos nossos bordados e nossas tarefas. Enchemos nossas mentes de belas palavras e imagens. Desse modo, compartilhamos nossas tristezas e alegrias, nossas tragédias e triunfos com outras mulheres distantes no espaço e no tempo. Nossas leituras e escritos permitiram que formássemos um mundo só nosso, que era contrário ao que nossos pais, maridos e filhos desejavam. Alguns homens, como seu pai e seu avô, foram atraídos por esta mudança. Então, quando seu avô foi nomeado para um posto em Yangzhou, eu fui com ele. Nós morávamos numa bela propriedade, não tão imponente quanto nossa casa em Hangzhou, porém espaçosa e com vários pátios. Sua mãe nos visitava com freqüência. Ah, quantas aventuras nós tivemos!

"Numa dessas visitas, seu pai e sua mãe vieram juntos. Eles chegaram no vigésimo dia do quarto mês. Passamos quatro dias maravilhosos juntos, comendo, bebendo, rindo. Nenhum de nós – nem mesmo seu pai e seu avô – se preocupou com o mundo exterior. Então, no vigésimo quinto dia, tropas manchus entraram na cidade. Em cinco dias, eles mataram mais de oitenta mil pessoas."

Enquanto vovó contava sua história, eu tive a sensação de ter estado ao lado dela. Ouvi o clamor das espadas e lanças, o barulho dos escudos e capacetes se chocando, o ruído dos cascos dos cavalos no chão de pedras, e os gritos dos moradores apavorados, tentando encontrar abrigo inutilmente. Senti o cheiro da fumaça das casas incendiadas. E comecei a sentir cheiro de sangue.

– Todo mundo entrou em pânico – disse vovó. – Famílias subiam nos telhados, mas as telhas afundavam e as pessoas mergulhavam para a morte. Algumas se esconderam em poços e morreram afogadas. Outras tentaram render-se, mas isso foi um erro sério: os homens foram degolados e as mulheres, estupradas e mortas. Seu avô era funcionário público. Ele deveria ter tentado ajudar as pessoas. Em vez disso, ordenou que nossos criados nos dessem suas roupas mais ordinárias. Todos nós vestimos essas roupas e, em seguida, as concubinas, nossos filhos, seus pais, seu avô e eu fomos nos esconder num pequeno anexo. Meu marido entregou pedras preciosas e pratas para as mulheres costurarem nas roupas, e os homens esconderam peças de ouro na cintura, nos sapatos e nos chapéus. Na primeira noite, nós nos escondemos no escuro, ouvindo as pessoas sendo assassinadas. Os gritos daqueles que não eram abençoados com uma morte rápida, sofrendo horas de agonia, eram terríveis.

"Na segunda noite, quando os manchus assassinaram nossos criados no pátio central, meu marido lembrou a mim e às suas concubinas que deveríamos proteger nossa castidade com a vida e que todas as mulheres deveriam estar preparadas para fazer sacrifícios por seus maridos e filhos. As concubinas ainda estavam preocupadas com o destino de seus vestidos, pós, jóias e enfeites, mas sua mãe e eu não precisávamos ouvir essas instruções. Nós conhecíamos nosso dever. Estávamos preparadas para fazer a coisa certa."

Vovó fez uma pausa, depois continuou:

– Os soldados manchus invadiram a propriedade. Sabendo que, eventualmente, eles chegariam ao anexo, meu marido mandou que subíssemos no telhado, uma tática que já tinha se mostrado fatal para diversas famílias. Mas nós obedecemos. Passamos a noite debaixo do temporal. Quando amanheceu, os soldados nos viram amontoados no telhado. Quando nos recusamos a descer, os soldados puseram fogo no prédio. Nós descemos rapidamente até o chão.

"Assim que nossos pés tocaram a terra", vovó continuou, "eles deveriam ter nos matado, mas não o fizeram. Podemos agradecer às concubinas por isto. Os cabelos delas tinham se soltado. Elas não estavam acostumadas com aquelas roupas grosseiras, então as tinham afrouxado. Como todos nós, elas estavam encharcadas, e o peso da água sobre as roupas deixou seus seios à vista. Isto, além das lágrimas em seus belos olhos, tornou-as tão atraentes que os soldados resolveram manter-nos vivos. Os homens foram levados para um pátio adjacente. Os soldados usaram cordas para nos amarrar umas às outras pelo pescoço, como se fôssemos uma fieira de peixe, e então nos levaram para a rua. Havia bebês espalhados pelo chão. Nossos lírios dourados, que sua mãe e eu tínhamos tentado fortalecer, escorregavam no sangue e esmagavam órgãos daqueles que haviam sido pisoteados até a morte. Nós caminhamos ao longo de um canal cheio de cadáveres flutuando. Passamos por montanhas de seda e cetim que haviam sido pilhadas. Chegamos a outra propriedade. Quando entramos, vimos cerca de cem mulheres nuas, molhadas, enlameadas, chorando. Vimos os homens fazerem coisas com as mulheres, ao ar livre, na frente de todo o mundo, sem nenhum pudor."

Eu escutava horrorizada. Senti uma vergonha enorme quando minha mãe, minha avó e as concubinas foram obrigadas a se despir e a chuva molhou seus corpos nus. Fiquei ao lado da minha mãe quando ela tomou a frente e abriu caminho até o centro da multidão, presa à sogra e às concubinas pela corda amarrada em volta do pescoço. Vi que as mulheres, nessas circunstâncias, não viviam mais no mundo humano. Havia lama e excremento por toda parte, e minha mãe usou-os para espalhar pelo rosto e pelo corpo das mulheres de nossa família. Elas passaram o dia inteiro abraçadas, sempre indo para o centro da multidão quando as mulheres que estavam na ponta eram agarradas, estupradas e mortas.

– Os soldados estavam muito bêbados e muito atarefados – vovó continuou. – Se eu pudesse ter me matado, teria feito isso, porque tinha sido ensinada a dar valor à minha castidade acima de tudo. Em outras partes da cidade, mulheres se enforcavam e cortavam as próprias gargantas. Outras se trancavam em seus aposentos e punham fogo neles. Assim, centenas de mulheres, bebês, meninas, mães e avós de uma mesma família, morreram queimadas. Mais tarde, elas seriam veneradas como mártires. Algumas famílias brigariam pelo direito de reclamar esta ou aquela mulher por seu suicídio virtuoso, sabendo que receberiam homenagens dos manchus por isso. Nós fomos ensinadas que apenas com a morte poderíamos preservar nossa virtude e integridade, mas sua mãe era diferente. Ela não ia morrer e não ia permitir que nenhuma de nós fosse estuprada. Ela nos obrigou a nos arrastar no meio das outras mulheres nuas até chegarmos na extremidade de trás, e então nos convenceu a tentar fugir pelos fundos da propriedade. Nós conseguimos. As ruas estavam iluminadas com tochas, e nós corremos como ratos de um beco escuro para outro. Paramos quando achamos que estávamos seguras, nos soltamos da corda, despimos os mortos e nos vestimos. Diversas vezes nos atiramos no chão, cobrindo nossos corpos com panos soltos e fingimos que estávamos mortas. Sua mãe insistiu que voltássemos para procurar seu pai e seu avô. "É nosso dever", ela repetia quando me faltava coragem e as concubinas choravam e gemiam.

Vovó fez outra pausa. Fiquei agradecida. Eu estava horrorizada com o que estava vendo, sentindo e ouvindo. Enxuguei as lágrimas que derramei por minha mãe. Ela fora muito corajosa e tinha sofrido tanto e guardado este segredo de mim.

– Na manhã do quarto dia – vovó continuou –, chegamos à nossa propriedade e, milagrosamente, conseguimos alcançar o pavilhão de observação das mulheres, que sua mãe tinha certeza de que não estava sendo vigiado. Nós o usamos como as mulheres sempre o haviam usado e continuam usando para ver sem sermos vistas. Sua mãe tapou minha boca com as mãos para abafar os meus gritos quando vimos meus sexto e sétimo filhos serem trucidados e depois atirados na rua em frente à propriedade, onde foram pisoteados como tantos outros, até não sobrar nada de seus corpos. Meus olhos ficaram secos de horror.

Foi assim que meus tios se tornaram fantasmas famintos. Sem corpos, eles não podiam ser enterrados. As três partes de suas almas ainda estavam vagando, sem conseguir completar suas jornadas, sem conseguir encontrar repouso. Lágrimas escorriam pelo rosto de vovó, e eu também chorei. Lá embaixo, na Terra, uma tempestade terrível se abateu sobre Hangzhou.

– Sua mãe não conseguiu ficar sentada esperando – vovó disse. – Ela precisava fazer alguma coisa, nem que fosse com as mãos. Pelo menos foi o que pensei. Ela nos mandou rasgar os pontos que prendiam a prata e as pedras preciosas. Nós obedecemos e ela estendeu a mão para pegar as peças. "Fiquem aqui", ela disse.

"Vou mandar ajuda." Então, antes que pudéssemos impedi-la, estávamos paralisadas de medo e dor, ela se levantou e saiu do pavilhão.

Fiquei apavorada.

– Uma hora depois, seu pai e seu avô vieram até onde estávamos. Eles tinham apanhado e pareciam assustados. As concubinas se atiraram aos pés do seu avô, soluçando e estrebuchando no chão. Elas estavam fazendo barulho para chamar atenção. Eu nunca amei seu avô. Foi um casamento arranjado. Ele cumpriu seu dever, eu cumpri o meu. Ele tinha seus negócios e me deixava em paz para fazer o que tinha vontade. Mas naquele momento eu só senti desprezo por ele, porque pude ver que uma parte dele, mesmo naquelas circunstâncias terríveis, estava gostando de ter aquelas moças bonitas se arrastando como cobras enlameadas por cimas dos seus sapatos.

– E baba?

– Ele não disse uma só palavra, mas tinha uma expressão no rosto que nenhuma mãe devia ver: culpa por ter deixado sua mãe para trás, junto com o desejo de sobreviver.

– "Depressa!", ele disse. "Levantem-se! Temos que sair daqui bem depressa." Nós obedecemos, porque éramos mulheres e agora tínhamos homens para nos dizer o que fazer.

– Mas onde estava mamãe? O que aconteceu com ela?

Mas vovó estava recordando o que aconteceu em seguida. Enquanto ela prosseguia, eu procurava minha mãe, mas ela continuava escondida. Parecia que eu só podia acompanhar a história através dos olhos de minha avó.

– Nós descemos sorrateiramente. Sua mãe podia ter negociado a liberdade do seu pai e do seu avô, mas isso não significava que estivéssemos a salvo. Nós passamos por um atalho ladeado de cabeças decepadas até chegarmos aos fundos da propriedade, onde ficavam nossos cavalos. Nós nos arrastamos por baixo da barriga dos animais, passando por mais sujeira, sangue e cadáveres. Não ousamos nos arriscar a sair para a rua, então esperamos. Muitas horas depois, ouvimos homens chegando. As concubinas se apavoraram. Elas se esconderam debaixo das barrigas dos cavalos. O resto de nós decidiu se esconder num monte de feno.

A voz de vovó foi ficando cada vez mais amarga.

– "Eu sei que sua maior preocupação é em relação a mim e ao seu filho mais velho", seu avô disse para mim. "Minha boca quer continuar comendo por mais alguns anos. É bondade sua escolher morrer, proteger sua castidade e salvar seu marido e seu filho."

Ela pigarreou e cuspiu.

– *Continuar comendo por mais alguns anos!* Eu conhecia o meu dever e teria feito a coisa certa, mas odiei ser indicada por aquele homem egoísta. Ele se escondeu atrás do monte de feno. Seu pai ficou perto dele. Como esposa e mãe, eu tive a honra de me deitar por cima deles. Eu os cobri o melhor que pude. Os soldados entraram. Eles não eram tolos. Já fazia quatro dias que estavam matando. Eles usaram suas lanças para furar o feno. Eles me espetaram diversas vezes até eu morrer, mas salvei meu marido e meu filho, preservei minha castidade e aprendi que era descartável.

Minha avó afrouxou o vestido e, pela primeira vez, ergueu as mangas compridas que lhe cobriam as mãos. Havia cicatrizes horríveis.

– Então eu estava voando pelo céu – ela disse, com um leve sorriso nos lábios. – Os soldados ficaram entediados e foram embora. Seu avô e seu pai ficaram escondidos por mais um dia e uma noite, com meu cadáver frio protegendo-os, enquanto as concubinas recuaram para um canto e ficaram olhando para o monte silencioso e ensangüentado de feno. Então, a lição dos manchus terminou. Seu pai e seu avô saíram do feno. As concubinas lavaram e embrulharam meu corpo. Seu pai e seu avô executaram todos os ritos necessários para eu me tornar uma antepassada, e finalmente me levaram de volta a Hangzhou para ser enterrada. Eu fui honrada como mártir. – Ela fungou. – Esta foi uma propaganda dos manchus que seu avô aceitou com satisfação. – Ela correu os olhos, apreciativamente, pelo Mirante. – Acho que encontrei uma moradia melhor.

— Mas eles lucraram com o seu sacrifício! — eu disse, indignada. — Eles a deixaram ser canonizada pelos manchus para não serem obrigados a admitir a verdade.

Vovó olhou para mim como se eu ainda não tivesse entendido. E eu não tinha.

— Eles fizeram o que era adequado — ela admitiu. — Seu avô fez o que era certo e sensato para toda a família, já que as mulheres não têm nenhum valor. Você ainda não quer aceitar isto.

Tornei a ficar desapontada com meu pai. Ele não tinha me contado a verdade sobre o que aconteceu durante o Cataclismo. Nem quando eu estava morrendo e ele veio me implorar perdão por causa de seus irmãos, ele mencionou que a mãe tinha salvado a vida dele. Ele não pediu a absolvição dela nem enviou seus agradecimentos.

— Mas não pense que eu fiquei contente com o resultado — ela acrescentou. — O reconhecimento imperial das minhas virtudes femininas trouxe muitas recompensas para os meus descendentes. A família está mais rica do que nunca e o novo posto do seu pai é muito poderoso, mas nossa família ainda não tem algo que deseja desesperadamente. Isso não significa que eu tenha que dar isso a eles.

— Filhos? — perguntei. Eu estava zangada por causa da minha avó, mas ela realmente negara à nossa família este tesouro tão importante?

— Não vejo isso como vingança ou retaliação — ela disse. — A questão é que só as mulheres da nossa família tinham realmente honra e valor. Nossas filhas foram desprezadas por muito tempo. Achei que isso fosse mudar com você.

Fiquei horrorizada. Como minha avó podia ser tão cruel e vingativa a ponto de não permitir que nossa família tivesse filhos homens? Esqueci meus modos e perguntei:

— Onde está vovô? Por que ele não deu filhos homens à família?

— Eu já disse. Ele está num dos infernos. Mas, mesmo que ele estivesse aqui do meu lado, não teria poder para isso. Os assuntos relacionados aos aposentos internos são da alçada das mulheres. Os outros antepassados femininos da nossa família, até mesmo minha sogra, cederam à minha vontade, porque até aqui eu sou honrada por meu sacrifício.

Os olhos de vovó estavam límpidos e em paz. Mas eu estava arrasada, dilacerada por sentimentos conflitantes. Tudo isso estava além da minha compreensão. Eu tinha tios que permaneciam na Terra como fantasmas famintos, um avô que sofria num inferno escuro e tenebroso, e uma avó que punia a família não lhe concedendo filhos homens. Mas, acima de tudo, eu não conseguia parar de pensar na minha mãe.

— Depois que você morreu, deve ter visto mamãe — eu disse. — Quando sua alma estava vagando.

— A última vez que a vi foi quando ela nos deixou naquela noite terrível, com as mãos cheias de prata e pedras preciosas. Não tornei a vê-la até chegar aqui ao Mirante, cinco semanas depois de ter morrido. Mas a família já tinha voltado para o Palacete da Família Chen e ela mudara. Tinha se tornado a mulher que você conhece como sendo sua mãe, adepta dos velhos costumes, tão amedrontada que nunca mais conseguiu sair, afastada do mundo das palavras e dos livros, incapaz de sentir e expressar amor. Desde então, sua mãe nunca mais falou do Cataclismo, então eu não pude viajar para lá com ela em pensamentos.

Meus pensamentos retornaram ao motivo da vinda de vovó aqui, hoje. Lágrimas rolaram pelo meu rosto quando pensei na morte dos meus dois tios meninos. Vovó segurou minha mão e olhou para mim com uma expressão afetuosa.

— Peônia, minha doce menina, se você perguntar, eu vou ajudá-la a encontrar a resposta.

— O que eu sou?

— Acho que você sabe.

Meus tios não tinham encontrado paz porque não tinham sido enterrados; eu não conseguia sair do Mirante porque minha tábua ancestral não tinha sido marcada. Os ritos fúnebres apropriados nos haviam sido negados. Para nós, até o acesso aos infernos estava proibido. Minha cegueira desapareceu completamente quando declarei:

— Eu sou um fantasma faminto.

O palanquim vermelho

Eu NÃO TINHA PARA ONDE IR. ESTAVA ABANDONADA E solitária. Não tinha nada para bordar e, pela primeira vez em muitos anos, não tinha pincel, papel e tinta para escrever. Eu estava com fome, mas não tinha o que comer. Não queria mais preencher as longas horas olhando por cima do parapeito para a Terra lá embaixo. Doía muito ver minha mãe, porque agora eu só conseguia sentir seu sofrimento secreto; doía ver meu pai, sabendo que eu nunca fui tão preciosa para ele quanto imaginava. E quando pensava em Ren, meu coração se contraía de dor. Eu estava sozinha, de um modo que nenhum ser humano ou espírito deveria estar, isolada e sem amor. Durante várias semanas eu chorei, suspirei, gritei e gemi. Os ventos foram particularmente violentos na minha cidade.

Vagarosamente, eu comecei a me sentir melhor. Apoiei os braços no parapeito, debrucei-me sobre a borda e olhei para baixo. Evitei olhar para a casa dos meus pais e dirigi meu olhar aos trabalhadores das plantações de amora do meu pai. Olhei para as moças fiando seda. Observei a família do capataz em Gudang. Gostei de Madame Qian: ela era erudita e refinada. Em outras épocas, ela não teria sido dada em casamento a um fazendeiro, mas logo depois do Cataclismo ela teve sorte em conseguir um marido e uma casa. As cinco filhas foram uma decepção atrás da outra. Ela nem podia ensiná-las a ler porque o futuro delas estava amarrado ao trabalho na fabricação da seda. Ela tinha pouco tempo para si mesma, mas tarde da noite ela acendia uma vela e lia o *Livro de canções*, a única coisa que conservara da sua vida anterior. Ela tinha muitos desejos e nenhuma forma de realizá-los.

Na realidade, porém, ela e sua família eram apenas uma distração. Eu olhava para elas até não agüentar mais. Então eu cedia aos meus desejos e voltava os olhos para a casa de Ren. Fitava cada imagem como se fosse uma carícia – a ameixeira que ainda se recusava a florir, as peônias carregadas de paixão, o luar refletido no lago dos lírios – até, finalmente, buscar Ren, que tinha vinte e cinco anos e continuava solteiro.

Uma manhã, eu estava cumprindo o meu ritual quando vi a mãe de Ren caminhando na direção do portão da frente. Ela olhou em volta para se certificar de que ninguém estava olhando e então prendeu alguma coisa na parede, logo acima da porta. Quando terminou, Madame Wu tornou a olhar em volta. Convencida de que ninguém podia vê-la, ela juntou as mãos e se curvou três vezes nas quatro direções da bússola. Terminado o ritual, ela atravessou os pátios em direção ao seu aposento. Seus ombros estavam curvados e ela olhava furtivamente de um lado para outro. Obviamente, ela fizera algo que não queria que ninguém soubesse, mas seus atos humanos não podiam ser escondidos de mim.

Eu estava muito longe, mas meus olhos agora eram muito poderosos. Fixei a vista até meus olhos estarem firmes e diretos como uma agulha de bordar. Focalizei, através daquela longa distância, o lugar acima da porta e vi a ponta de um galho de samambaia. Fiquei surpresa e assustada, porque todo mundo sabe que as samambaias cegam os espíritos. Apertei os olhos com os dedos, com medo de eles terem sido afetados. Mas isto não tinha acontecido. De fato, eu não estava sentindo nada. Tomei coragem e tornei a olhar para a samambaia. Não senti dor alguma. Aquele frágil galho de planta era inútil contra mim.

Foi a minha vez de olhar em volta disfarçadamente. Madame Wu estava tentando proteger sua casa de um fantasma ou fantasmas, mas eu não via ninguém espionando a propriedade além de mim. Será que ela sabia que eu estava olhando? Será que estava tentando proteger o filho de mim? Mas eu não faria nada que pudesse prejudicá-lo! E, mesmo que o pudesse fazer, por que iria querer fazer isso? Eu o amava. Não, ela só poderia querer manter-me afastada se houvesse algo que ela não quisesse que eu visse. Depois de tantas semanas sentindo-me deprimida e sem objetivos, eu ardia de curiosidade.

Observei a casa dos Wu durante o resto do dia. Pessoas entraram e saíram. Mesas e cadeiras foram arrumadas no pátio. Lanternas vermelhas foram penduradas nas árvores. Na cozinha, criadas picavam gengibre e alho, debulhavam ervilhas, limpavam patos e frangos, trinchavam porcos. Chegaram vários rapazes para visitar Ren. Eles jogaram cartas e beberam até tarde da noite. Fizeram brincadeiras acerca das proezas sexuais dele, e mesmo de longe eu fiquei ruborizada de vergonha e desejo.

Na manhã seguinte, quadrinhas em papel vermelho e dourado foram penduradas no portão da frente. Ia acontecer algum tipo de celebração. Eu tinha passado muito tempo sem ligar para a minha aparência, mas escovei o cabelo e o penteei para cima. Alisei minha saia e minha túnica. Belisquei meu rosto para lhe dar cor. Tudo isso, como se eu também fosse à festa.

Eu tinha me instalado para assistir aos acontecimentos quando senti algo roçar o meu braço. Vovó tinha chegado.

– Olhe para baixo! – exclamei. – Tanta alegria e diversão.

– É por isso que estou aqui. – Ela olhou para a propriedade e franziu a testa. Após um longo intervalo, ela disse: – Conte-me o que viu.

Contei a ela sobre a decoração, as comidas que estavam sendo preparadas, a farra até altas horas da noite. Sorri o tempo todo, ainda me sentindo uma convidada e não uma simples observadora.

– Estou feliz. Você consegue entender, vovó? Quando o meu poeta está feliz, eu me sinto tão...

– Ah, Peônia. – Ela sacudiu a cabeça, e sua tiara tilintou suavemente, como pássaros murmurando. Ela segurou o meu queixo e virou o meu rosto para olhar dentro dos meus olhos. – Você é jovem demais para sofrer tanto.

Tentei me soltar, irritada por ela querer transformar a minha felicidade em algo sombrio e desagradável, mas seus dedos me seguraram com uma força surpreendente.
– Não olhe, minha filha – ela disse.
Com este aviso, eu me libertei dela. Meus olhos fitaram a propriedade dos Wu bem na hora em que um palanquim coberto de seda vermelha e carregado por quatro homens parava diante do portão. Um criado abriu a porta do palanquim. Um pé perfeito, usando um sapato vermelho, surgiu lá de dentro. Vagarosamente, uma pessoa desceu. Era uma moça, vestida da cabeça aos pés de vermelho. Sua cabeça pendia com o peso da tiara, que era enfeitada de pérolas, cornalina, jade e outras pedras preciosas. Um véu ocultava seu rosto. Uma criada usou um espelho para refletir raios de luz sobre a moça para afastar as influências malévolas que poderiam tê-la acompanhado.
Tentei desesperadamente encontrar uma explicação diferente da que meus olhos me davam e da que minha avó já tinha captado.
– O irmão de Ren deve estar se casando hoje – eu disse.
– Aquele rapaz já é casado – vovó respondeu baixinho. – A esposa dele mandou para você aquela edição especial de *O pavilhão de Peônia*.
– Então, talvez, ele esteja tomando uma concubina.
– Ele não mora mais nesta casa. Ele e a família foram para a província de Shanxi, onde ele é um magistrado. Só Madame Wu e seu filho mais moço moram aqui agora. E veja, alguém colocou um galho de samambaia sobre a porta.
– Foi Madame Wu.
– Ela está tentando proteger alguém a quem ama muito.
Meu corpo tremeu, sem querer aceitar o que vovó estava tentando contar-me.
– Ela está protegendo o filho e sua noiva de você – ela disse.
Lágrimas brotaram dos meus olhos, escorreram pelo meu rosto e pingaram sobre o parapeito. Lá embaixo, na margem norte do Lago Ocidental, formou-se uma névoa, escurecendo parcial-

mente a festa de casamento. Enxuguei os olhos, refreando minhas emoções. Mais uma vez o sol brilhou através da névoa e eu vi claramente o palanquim e a moça que estava tomando o meu lugar. Ela atravessou a soleira. Minha sogra conduziu-a pelo primeiro pátio e depois pelo segundo. Dali, Madame Wu acompanhou a moça até a câmara nupcial. A moça ia ser deixada ali, recolhida, para acalmar seus pensamentos. Para prepará-la para o que estava por vir, Madame Wu iria fazer o que muitas sogras fazem, ia entregar um livro à moça, uma espécie de texto confidencial com um esboço das exigências íntimas da vida de casada com um homem que ela não conhecia. Mas tudo isso deveria estar acontecendo comigo!

Tenho que admitir que tive vontade de matar a moça. Eu queria arrancar-lhe o véu para ver quem iria ousar tomar o meu lugar. Queria que ela visse meu rosto de fantasma e em seguida arrancar seus olhos. Pensei na história que minha mãe costumava contar sobre o homem que tomou uma concubina, e esta ria da primeira esposa por trás e zombava dela porque sua aparência tinha mudado ao longo dos anos. A esposa virou uma fera e comeu o coração e as entranhas da concubina, deixando para trás a cabeça e os membros para o marido encontrar. Era isso que eu queria fazer, mas não podia sair do Mirante.

– Quando estamos vivos, acreditamos em muitas coisas que só sabemos que estão erradas quando chegamos aqui – disse vovó.

Não absorvi suas palavras. Estava completamente hipnotizada pelo que estava vendo. Aquilo não podia estar acontecendo, mas estava.

– Peônia! – vovó exclamou. – Eu posso ajudá-la!

– Não há ajuda nem esperança para mim – gritei.

Vovó riu. O som foi tão inusitado que me arrancou do desespero. Eu me virei para ela e seu rosto exibia uma alegria travessa. Eu nunca tinha visto aquilo antes, mas estava sofrendo demais para me ofender com sua alegria diante daquela tragédia.

– Ouça bem – ela continuou, aparentemente ignorante da tortura que eu sentia. – Você sabe que eu não acredito em amor.

— Eu não quero a sua amargura — eu disse.

— Não é isso que estou oferecendo. Estou dizendo que talvez eu estivesse errada. Você ama esse homem; eu entendo agora. E com certeza ele ainda deve amar você, senão a mãe dele não estaria tentando proteger aquela moça de você. — Ela olhou por cima do parapeito e sorriu. — Está vendo aquilo?

Eu olhei e vi Madame Wu presentear a nora com um espelho de mão, que era um presente tradicional dado a uma noiva para protegê-la de espíritos perturbadores.

— Hoje, quando vi o que estava acontecendo — continuou vovó —, tudo ficou claro. Você precisa voltar a ocupar o lugar a que tem direito.

— Acho que não posso — eu disse, mas minha mente começou a trabalhar intensamente, pensando nas possibilidades de vingança contra a moça de vermelho, reclusa no quarto, aguardando a hora de se encontrar com o marido.

— Pense, criança, pense. Você é um fantasma faminto. Agora que sabe o que você é, está livre para ir aonde quiser.

— Mas eu estou presa.

— Você não pode ir para a frente nem para trás, mas isso não significa que não possa ir para baixo. Você poderia ter voltado antes, mas eu intercedi junto aos juízes. Egoisticamente, eu queria que você ficasse aqui comigo. — Ela atirou a cabeça para trás, desafiadoramente. — Com os homens, há sempre uma burocracia, e não é diferente aqui. Eu os subornei com algumas das oferendas que recebi no Ano-Novo.

— Algum dia eu vou me encontrar com eles? Vou ter uma chance de advogar a minha causa?

— Só quando a sua tábua ancestral for marcada. Caso contrário — ela fez um gesto para baixo —, lá é o seu lugar.

Minha avó tinha razão... de novo. Sendo um fantasma faminto, eu deveria estar vagando pela Terra nos últimos sete anos.

Minha mente estava tão perturbada naquele momento, dividida entre o desejo de prejudicar a moça e a compreensão de que eu devia estar vagando durante todo esse tempo, que por um segundo eu não entendi o que ela estava dizendo. Afastei os olhos da moça de vermelho e fitei vovó.

– A senhora está dizendo que também posso conseguir que a minha tábua seja marcada?

Vovó inclinou-se para a frente e segurou minhas mãos.

– Você deve torcer para que isso aconteça, porque então vai voltar para cá e se tornar uma antepassada. Mas você não vai poder *fazer* com que isto aconteça. Há muitos truques que você pode usar com as pessoas na Terra para obrigá-las a fazer o que você quiser, mas, com relação à sua tábua, você será impotente. Você se lembra das histórias de fantasmas que ouviu quando era menina? Existem formas diferentes de uma pessoa se tornar um fantasma, mas se todas as criaturas que não tiveram suas tábuas marcadas pudessem obrigar os humanos a completar esta tarefa, não haveria muitas histórias de fantasma, não é mesmo?

Concordei, refletindo sobre aquilo tudo, pensando que primeiro eu ia arruinar o casamento, depois ia fazer Ren lembrar-se de mim, depois ia fazê-lo ir até a casa do meu pai e marcar a minha tábua, depois nós teríamos um casamento fantasma, e então... Sacudi a cabeça. Vingança e perplexidade estavam ofuscando de tal modo meus pensamentos que eu não conseguia raciocinar com clareza. Na realidade, eu tinha ouvido um bocado de histórias de fantasma, como vovó disse, e os finais felizes só aconteciam quando aquelas criaturas eram feridas, aleijadas e destruídas.

– Não vai ser perigoso? – perguntei. – Mamãe costumava dizer que cortaria com a tesoura qualquer espírito mau que viesse me visitar, e que se eu usasse amuletos estaria segura quando passeasse pelo jardim. Que tal samambaias e espelhos?

Vovó riu mais uma vez, e não foi menos extraordinário do que da primeira vez.

– Uma samambaia não irá proteger os vivos de alguém como você. E espelhos? – Ela fez um muxoxo diante de sua insignificância. – Eles podem machucar se você se aproximar demais dele, mas não são capazes de destruí-la. – Ela se levantou e me beijou. –

Você não poderá voltar enquanto não tiver resolvido tudo na Terra. Você entende?

Eu assenti.

– Confie nas lições que aprendeu quando estava viva. – Ela começou a se afastar de mim. – Use bom senso e tome cuidado. Vou ficar vigiando daqui e vou protegê-la o melhor que puder.

E ela se foi.

Olhei para a casa da família Wu. Madame Wu estava indo para os seus aposentos, onde eu sabia que ela ia buscar o livro confidencial para entregar à futura nora.

Lancei um último olhar ao redor e então flutuei por cima do parapeito e fui descendo até chegar ao pátio principal da propriedade Wu. Fui direto para o quarto de Ren. Encontrei-o junto à janela, fitando uma moita de bambus que balançava com o vento. Achei que ele fosse virar-se para mim, mas não. Girei em torno dele e fiquei flutuando na frente do bambu. A luz batia no rosto dele. As pontas do seu cabelo negro cobriam o colarinho da sua túnica. Suas mãos estavam pousadas sobre o peitoril da janela. Seus dedos eram longos e finos, perfeitos para manejar um pincel de caligrafia. Seus olhos, negros e límpidos como as águas do nosso Lago Ocidental, olhavam pela janela com uma expressão que eu não conseguia definir. Eu estava bem diante dele, mas ele não me via; nem sequer sentia a minha presença.

Uma banda começou a tocar. Isto significava que Ren iria encontrar-se com a noiva muito em breve. Se eu quisesse impedir isto, teria que tentar com outra pessoa. Fui rapidamente até a câmara nupcial. A moça estava sentada na cadeira nupcial, com o espelho no colo. Apesar de estar sozinha, ela não tinha tirado o véu. Ela era dócil e obediente. E também forte. Não sei como explicar, mas na sua imobilidade eu a senti lutando contra mim, pessoalmente, como se ela soubesse que eu estaria lá.

Corri para o quarto de Madame Wu. Ela estava de joelhos diante do altar. Acendeu incenso, rezou silenciosamente, depois encostou a testa no chão. Suas ações não me assustaram nem me afugentaram. Em vez disso, senti uma determinação e uma paz que não sentia há anos. Madame Wu ergueu-se e foi até uma cômoda. Abriu uma gaveta. Lá dentro, havia dois livros embrulhados em seda: à direita, seu livro confidencial sobre casamento e, à esquerda, o volume um de *O pavilhão de Peônia*. Ela segurou o livro confidencial.

– Não! – gritei. Se eu não pudesse impedir o casamento, pelo menos a primeira noite de Ren e sua esposa seria lastimável.

Madame Wu retirou as mãos como se o livro estivesse em chamas. Ela estendeu as mãos de novo, bem devagar.

Dessa vez eu murmurei:

– Não, não, não.

Foi tudo tão repentino – o fato de estar ali, de que o casamento iria acontecer em poucos minutos – que eu agi sem pensar nas conseqüências.

– Pegue o outro – murmurei impulsivamente. – Pegue, pegue!

Madame Wu afastou-se da gaveta aberta e olhou em volta.

– Pegue! Pegue!

Como não viu nada, ela ajeitou o cabelo e, da maneira mais indiferente possível, pegou o meu livro como se ele fosse o que tinha ido buscar e levou-o até a câmara nupcial.

– Filha – ela disse para a moça que estava sentada –, isto me ajudou na minha noite de núpcias. Tenho certeza de que irá ajudá-la também.

– Obrigada, mãe – a noiva disse.

Alguma coisa na voz da moça me abalou, mas eu não dei importância, acreditando que estava recuperando meus poderes e que minha vingança viria logo.

Madame Wu saiu do quarto. A moça olhou para a capa do livro onde eu havia pintado minha cena favorita de *O pavilhão de Peônia*. Era "O Sonho Interrompido", em que Du Liniang encontra o estudante e eles se tornam amantes. Esta cena devia ser muito usada para decorar livros confidenciais femininos, porque a moça não pareceu perturbada nem surpresa.

Agora que *O pavilhão de Peônia* estava nas mãos dela, percebi que tinha agido de forma impensada ao mandar Madame Wu apanhá-lo. Eu não queria que esta moça conhecesse meus pensamentos íntimos, mas então um plano começou a se formar lentamente em minha mente. Talvez eu pudesse usar minhas palavras escritas para assustar a moça e fazê-la desistir do casamento. Como tinha feito com Madame Wu, comecei a sussurrar.

– Abra o livro e veja quem está aqui com você. Abra o livro e fuja. Abra o livro e admita que você nunca poderá fazer o que tem que fazer para ser uma esposa.

Mas ela não abriu o livro. Ergui a voz e repeti minhas ordens, mas ela continuou sentada, tão imóvel quanto um jarro. Mesmo que eu não tivesse feito nada, ela não tinha planejado abrir o livro confidencial de casamento. Deixando de lado meus desejos destrutivos, que tipo de esposa ela pensava que seria se não lesse as instruções para sua noite de núpcias?

Eu me instalei numa cadeira em frente à moça. Ela não se mexeu, nem suspirou, chorou ou rezou. Ela não ergueu o véu para examinar o quarto. Vendo-a ali sentada, tão imóvel, eu pude verificar que ela seguira todos os rituais prescritos para uma moça bem-educada e muito rica. Sua túnica era da mais pura seda vermelha, e o bordado era tão lindo que eu vi logo que não tinha sido feito por ela.

– Abra o livro – murmurei.

Ela respirou fundo e soltou o ar lentamente, mas, fora isso, não se mexeu. Eu voltei para a minha cadeira. Eu era tão ineficaz com ela quanto tinha sido com Ren.

Ouvi a banda do lado de fora da porta. Alguém entrou no quarto. A noiva largou o livro na mesa e saiu para se encontrar com o futuro marido.

DURANTE A CERIMÔNIA DE CASAMENTO e a festa que se seguiu, tentei intervir de várias maneiras. Fui sempre malsucedida. Eu tinha tanta certeza de que Ren e eu estávamos destinados a ficar juntos. Como o destino podia ser tão cruel e equivocado?

Depois do banquete, Ren e sua esposa foram acompanhados de volta à câmara nupcial. Velas vermelhas de quase um metro de comprimento estavam acesas, enchendo o quarto de um clarão dourado. Se elas queimassem a noite toda, isto seria um sinal auspicioso. A cera que escorria era como as lágrimas derramadas por uma noiva na sua primeira noite a sós com o marido. Se uma das velas se apagasse – mesmo que por acidente –, isto seria um presságio de morte prematura para um ou ambos os cônjuges. A banda e a festa estavam barulhentas e animadas. Cada batida de pratos me assustava. Cada batida de tambor me enchia de temor. Bandas tocam alto em casamentos e funerais para afastar maus espíritos, mas eu não era um mau espírito. Eu era uma moça infeliz, privada do meu destino. Fiquei ao lado de Ren até começarem os fogos. O espocar dos fogos me jogou de um lado para outro. Não consegui suportar e flutuei para cima e para longe dele.

De uma distância segura, vi o meu poeta erguer as mãos para a tiara e o véu da esposa e soltar os grampos que os mantinham no lugar, deixando sua cabeça descoberta.

Tan Ze!

Fiquei duplamente furiosa. Na primeira noite da ópera, tantos anos antes, ela dissera que queria que o pai mandasse investigar Ren. Agora tinha conseguido o queria. Como eu a faria sofrer! Meu espírito iria assombrá-la. Eu tornaria miseráveis os seus dias na Terra. Eu tinha sofrido muito nos últimos anos, mas olhar para Ze – seus seios perfeitos agora nus – me encheu de agonia, desespero e ódio. Como a mãe de Ren pôde escolher Tan Ze? Eu não sabia por que ela havia feito isso, mas o fato era que de todas as mulheres de Hangzhou, da minha terra natal, a China, e do mundo, ela arranjara o casamento do filho com a pessoa que mais me faria sofrer. Seria este o motivo de Ze ter ficado tão imóvel enquanto esperava na câmara nupcial? Ela erguera um muro em volta dela, sabendo que eu estaria lá? O *livro da piedade filial feminina* diz que o ciúme é a pior de todas as emoções ancestrais, e eu estava me afundando nele.

Ren desatou os nós na cintura de Ze. Sua saia de seda escorregou pelos dedos que eu tanto admirara, que eu desejara tanto que me tocassem quando estávamos sozinhos no jardim. Atormentada, derrubei minha cadeira. Rasguei minhas roupas. Chorei, com medo de perder isto, envergonhada por ter que assistir. Não se formou nenhuma névoa sobre o lago, nem caiu nenhuma chuva. Os músicos no pátio não tiveram que cobrir seus instrumentos e correr para se abrigar. Os convidados não pararam de rir nem de contar piadas. Minhas lágrimas molharam apenas a minha túnica.

Mais cedo, eu havia desejado o silêncio para poder voltar para perto de Ren. Mas este silêncio era pior, porque ele acentuava a acelerava o que estava acontecendo na câmara nupcial. Se eu estivesse no lugar de Ze, teria desabotoado os sapos que fechavam a túnica de Ren. Teria usado minhas mãos para afastar o pano do seu peito, teria deixado meus lábios tocarem sua pele macia – mas Ze não fez nada disso. Ela ficou ali, passivamente, como tinha ficado na hora em que deveria estar lendo o livro confidencial. Eu fitei os olhos dela e não vi emoção alguma neles. Então compreendi o que estava acontecendo, de um modo que talvez só os que residem no outro mundo sejam capazes de compreender. Ela quis Ren, mas não o amava. Ela achou que era mais bonita e mais inteligente do que eu, e que o merecia mais. Ela vencera. Tinha dezesseis anos e estava viva, e tinha tomado o que era para ser meu. Mas agora que tinha Ren, ela não sabia o que fazer com ele. Acho que ela nem o queria mais.

Eu me obriguei a olhar quando eles foram para a cama. Ele pegou uma das mãos dela e levou-a para baixo da colcha, para que ela pudesse tocar nele, mas ela a afastou. Ele tentou beijá-la, mas ela virou o rosto e os lábios dele tocaram em seu queixo. Ele rolou para cima dela. Ou Ze estava amedrontada demais ou era ignorante demais para sentir alguma coisa ou dar prazer a ele. Isto deveria ter me deixado com mais vontade ainda de fazer mal a ela, mas outro sentimento surgiu em meu coração. Tive pena de Ren. Ele merecia mais do que isso.

O rosto de Ren se contraiu no momento da ejaculação. Por um instante, ele se apoiou nos cotovelos, tentando ler o rosto de Ze, mas ele estava pálido e inexpressivo. Sem uma palavra, ele saiu de cima dela. Quando ela se afastou dele e virou de lado, o rosto dele assumiu a mesma expressão que eu tinha visto pouco antes da cerimônia de casamento, quando ele estava olhando pela janela para a moita de bambus. Eu não soube como não havia reconhecido aquela expressão antes, porque era a mesma expressão que eu tinha no rosto, havia muitos anos. Ele sentia a mesma solidão e sensação de afastamento da família e da vida que eu sentia.

Dirigi de novo a atenção para Ze. Eu ainda a odiava, mas e se pudesse usá-la como uma marionete para chegar a Ren e fazê-lo feliz? Sendo fantasma, eu podia usar minhas habilidades para entrar no corpo de Ze e torná-la uma esposa perfeita. Se eu me esforçasse bastante, ele sentiria a minha presença no corpo dela, poderia me reconhecer em suas carícias e perceberia que eu ainda o amava.

Os olhos de Ze estavam fechados. Eu pude ver que ela queria dormir, achando que isto seria uma fuga... de quê? Do marido, do prazer físico, da sogra, das suas obrigações de esposa, de mim? Se ela estivesse mesmo com medo de mim, dormir seria um grande erro. Eu ainda não tinha conseguido alcançá-la na Terra – talvez ela usasse um amuleto ou tivesse recebido uma bênção que eu ignorava, ou talvez o simples egoísmo que tinha demonstrado quando eu estava viva fosse, na realidade, um traço de personalidade que ocultava suas emoções, suas fraquezas e vulnerabilidades –, mas, no mundo dos sonhos, ela não teria defesas contra mim.

A ssim que Ze adormeceu, sua alma deixou o corpo e começou a vagar. Eu a segui a uma distância segura, vendo aonde ela ia, tentando adivinhar suas intenções. Eu estaria mentindo se dissesse que uma parte de mim não desejava ainda vingar-se, e pensei em diversas maneiras de atingi-la em seus sonhos, quando ela estivesse mais vulnerável. Talvez eu pudesse tornar-me um fantasma barbeiro. Durante a vida, todos nós tememos as visitas destes demônios, que vêm à noite e raspam porções da cabeça de uma pessoa quando ela está indefesa. O cabelo nunca mais cresce nesses lugares, que ficam carecas e brilhantes para nos lembrar do toque da morte. Nós também temamos viajar para muito longe em nossos sonhos, sabendo que quanto mais longe estivermos de casa mais fácil será de nos perdermos. Não seria difícil para mim assustar Ze e fazê-la ir para a floresta, garantindo que ela nunca mais saísse da escuridão.

Mas não fiz nada disso. Esperei, na periferia de sua visão, escondendo-me atrás de uma coluna do templo que ela visitou, ocultando-me nas profundezas do poço que ela fitou, e permanecendo nas sombras quando ela voltou para seu novo quarto, que ela explorou livremente, acreditando estar segura no mundo dos sonhos. Ela olhou pela janela e viu um rouxinol pousado numa árvore e um botão de lótus. Ela pegou o espelho que a sogra tinha dado e sorriu para o seu reflexo, que era muito mais bonito do que ela via de dia. Sentou-se na beirada da cama, de costas para o marido adormecido. Mesmo em sonhos, ela não olhou para ele, nem o tocou. Então eu vi o que ela estava olhando. Seus olhos fitavam *O pavilhão de Peônia*, que estava em cima da mesa.

Resisti ao desejo de sair das sombras que me ocultavam no sonho de Ze, acreditando que uma certa prudência agora seria útil para mim no futuro. Minha cabeça estava a mil. O que eu podia fazer para atrair sua atenção sem assustá-la demais? A coisa mais simples, mais inocente que me veio à cabeça foi ar. No meu esconderijo, eu fiquei imóvel, e então soprei de leve na direção de Ze. Mesmo sendo um sopro muito leve e delicado, ele atravessou o quarto e atingiu-lhe o rosto. Ela ergueu os dedos e tocou o lugar que tinha sido beijado pelo meu sopro. No escuro, sorriu. Eu tinha feito contato, mas, ao fazê-lo, tinha visto que precisava agir com muita precaução.

Pronunciei palavras, sem emitir som algum.

– Vá para casa. Acorde. Pegue o livro. Você vai saber qual a página que deve ler. – Nenhum som saiu da minha boca, apenas ar, que mais uma vez alcançou Ze. Seu corpo tremeu quando as palavras a envolveram.

De volta à Terra, Ze se revirou na cama, acordou e ergueu bruscamente o corpo. Seu rosto brilhava de suor e seu corpo nu tremia incontrolavelmente. Ela parecia não saber onde estava, e seus olhos varreram a escuridão até pousarem no marido. Instintivamente, eu tive a impressão, ela recuou, surpresa e assustada. Por um momento, ela permaneceu inteiramente imóvel, talvez com medo de tê-lo acordado. Então, bem devagar e silenciosamente, ela saiu da cama. Seus pés pareciam pequenos demais para sustentá-la em pé, e a carne rosada que saía dos chinelos vermelhos de casamento tremeu com o esforço de ficar em pé. Ela foi até onde estavam suas roupas, amontoadas no chão, pegou sua túnica, vestiu-a, e então abraçou o próprio corpo para esconder sua nudez.

Com passos incertos, ela foi até a mesa, sentou-se e puxou uma das velas de casamento. Ela fitou a capa de *O pavilhão de Peônia*, possivelmente pensando no seu sonho interrompido. Ela abriu o livro e folheou as páginas. Chegou na página que eu queria, alisou o papel com seus dedos delicados, olhou mais uma vez para Ren, e então murmurou baixinho as palavras que eu tinha escrito.

"*O amor de Liniang e do estudante é divino, não carnal. Mas isto não os impede – nem deveria impedir – de experimentar prazer carnal. No quarto, Liniang sabe como se comportar como uma dama, proporcionando desejo, diversão, alegria e satisfação para o seu amante. Isto é perfeitamente adequado a uma mulher respeitável.*" Como eu sabia disso, sendo uma moça solteira, não sei dizer, mas as palavras e os pensamentos eram meus, e eu acreditava neles mais do que nunca.

Ze estremeceu, fechou o livro e soprou a vela. Cobriu o rosto com as mãos e começou a chorar. A pobre moça estava assustada, não sabia o que fazer para proporcionar prazer a si e ao marido. Com o tempo – e isso era tudo o que eu tinha –, eu agiria de forma ainda mais ousada do que tinha agido hoje, com ela.

Nuvens e chuva

O LIVRO DOS RITOS NOS ENSINA QUE A PRINCIPAL OBRIgação, no casamento, é ter um filho homem, que irá cuidar dos pais e alimentá-los quando eles forem para o outro mundo. Além disso, o casamento é para juntar dois sobrenomes, propiciar prosperidade a ambas as famílias por meio da troca de presentes, dotes, enxovais e relações mutuamente benéficas. Mas *O pavilhão de Peônia* tratava de algo completamente diferente: atração sexual e paixão carnal. Liniang era uma moça tímida no início, mas desabrochou graças ao amor, tornando-se mais sensual como fantasma. Por ter morrido virgem, ela levou para o túmulo seus desejos não satisfeitos. Durante a pior parte da minha doença de amor, o dr. Zhao tinha dito que eu precisava de nuvens e chuva. Ele estava certo. Se eu tivesse vivido o suficiente, a minha noite de núpcias teria me curado. Agora os meus anseios – por longo tempo escondidos no Mirante – eram tão vorazes quanto o meu estômago. Eu não era uma criatura assustadora, maligna ou predatória; simplesmente precisava da simpatia, da proteção e do carinho do meu marido. Meu desejo por Ren era tão grande quanto na primeira noite em que nos encontramos. Ele era tão forte quanto a Lua, aparecendo entre as nuvens, sobre as águas, transparente para o homem que deveria ter sido meu marido. Mas é claro que eu não tinha os poderes da Lua. Como não podia mais me comunicar diretamente com Ren, usei Ze para chegar a ele. Ela resistiu, no início, mas como uma pessoa viva pode triunfar sobre alguém do outro mundo?

Fantasmas, como mulheres, são criaturas de *yin* – frias, sombrias, materiais, femininas. Durante meses, tornei as coisas fáceis para mim mesma ficando no quarto de Ren, onde não precisava preocupar-me com o súbito nascer do sol nem planejar como dobrar uma esquina apertada. Eu era uma criatura noturna. Passava os dias deitada nas vigas ou encolhida num canto do quarto. Quando o sol se punha, eu me tornava mais acesa, deitando-me como uma concubina na cama do meu marido, esperando que ele e sua segunda esposa se juntassem a mim.

O fato de não sair do quarto me proporcionava menos tempo com Ze. Seu dote tinha aumentado muito a riqueza da família Wu – por isso é que a mãe viúva de Ren havia concordado com o casamento –, mas ele não compensava a personalidade desagradável de Ze. Como eu havia suspeitado tantos anos antes, ela se tornara uma moça mesquinha e má. Durante o dia, eu a ouvia no pátio, reclamando disso ou daquilo.

– Meu chá não tem sabor – ela ralhou com a criada. – Você usou o chá desta casa? Não torne a fazer isso. Meu pai mandou chá de qualidade para eu tomar. Não, você não pode usá-lo para minha sogra. Espere! Eu ainda não a dispensei! Quero meu chá quente desta vez. Não quero ser obrigada a dizer isto de novo!

Depois do almoço, ela e Madame Wu retiravam-se para os aposentos das mulheres, onde deviam, supostamente, ler, pintar e escrever poesia juntas. Ze não tomava parte nessas atividades, nem tocava cítara, embora tivesse a reputação de tocar bem. Ela era impaciente demais para bordar e mais de uma vez atirou seu trabalho na parede. Madame Wu tentava ralhar com ela, mas isso só piorava as coisas.

– Eu não sou propriedade sua! – Ze gritou para a sogra um dia. – Você não pode me dizer o que fazer! Meu pai é o Comissário dos Ritos Imperiais!

Em circunstâncias normais, Ren teria autoridade para devolver Ze à sua casa, vendê-la para outra família ou até surrá-la até a morte por ser desrespeitosa para com a mãe dele, mas Ze estava certa. O pai dela era importante e seu dote, valioso. Madame Wu não repreendia Ze nem fazia queixa dela para o filho. Os silêncios que visitavam os aposentos das mulheres eram raros, mas cheios de censura e ressentimento.

No final da tarde, eu ouvia Ze, a voz tão aguda e alta que ia desde a biblioteca de Ren até o quarto.

– Fiquei esperando o dia inteiro por você – ela dizia, zangada.
– O que você está fazendo aqui? Por que está sempre sozinho? Eu não quero suas palavras e poemas. Preciso de dinheiro. Hoje, um comerciante de seda está trazendo amostras de Suzhou. Não estou querendo vestidos para mim, mas você há de concordar que as cortinas da sala estão velhas. Se você trabalhasse mais, não teria que contar tanto com o meu dote.

Quando as criadas serviam o jantar, ela só tinha críticas.

– Eu não como peixe do Lago Ocidental. As águas são muito rasas e os peixes têm gosto de terra.

Ela se servia do ganso frito com limões e ignorava o frango ensopado com sementes de lótus. Ren comia as sementes, que eram sabidamente afrodisíacas, e colocava um bocado na tigela de Ze, que as ignorava propositadamente. Eu era a única que sabia que ela estava queimando secretamente folhas de lótus e comendo as cinzas para evitar a gravidez. A mesma planta, objetivos diferentes. Eu estava contente com isso. Um filho solidificaria sua posição na família.

Todo casamento engloba seis emoções: amor, afeto, ódio, amargura, decepção e ciúme. Mas onde estavam o amor e a afeição de Ze? Tudo que dizia e fazia era para insultar a sogra e o marido, mas ela parecia impenetrável. Nenhum dos dois ousava protestar, porque filhas de homens poderosos tinham permissão para implicar com os maridos e fazer com que suas famílias se sentissem impotentes. Mas isto não era casamento.

Os pais de Ze foram visitá-la. A moça atirou-se aos pés deles e implorou para ser levada para casa.

– Isto foi um erro – ela chorou. – Esta casa e as pessoas que moram nela são muito inferiores. Eu era uma fênix. Por que vocês me casaram com um corvo?

Era assim que ela via o meu poeta? Era por isso que implicava o tempo todo com ele?

– Você recusou todos os pedidos – o comissário respondeu friamente. – Eu estava negociando com o filho do magistrado de Suzhou. Eles tinham uma bela propriedade ajardinada, mas você não quis saber. É dever de um pai encontrar o marido certo para a filha, mas você decidiu com quem queria se casar aos nove anos. Qual é a moça que escolhe o marido olhando por uma fresta do biombo? Bem, você quis. Não, exigiu um homem medíocre que morava numa casa medíocre. Por quê? Não faço idéia, mas eu lhe dei o que você quis.

– Mas você é o meu baba! Eu não amo Ren. Compre-me de volta. Arranje outro casamento.

O Comissário Tan foi inflexível.

– Você sempre foi egoísta, mimada e teimosa. A culpa é da sua mãe.

Isto não era justo. Uma mãe pode mimar a filha com excesso de afeto, mas só um pai tem o dinheiro e o poder de dar à filha as coisas que ela quer.

– Você foi um castigo para nós desde que nasceu – ele continuou, empurrando-a com o pé. – O dia do seu casamento foi um dia feliz para mim e sua mãe.

Madame Tan não negou nem tentou interferir em favor da filha.

– Levante-se e pare de agir como uma tola – ela disse, aborrecida. – Você quis este casamento, e conseguiu. Você escolheu o seu destino. Comece a agir como uma esposa. A obediência é o único caminho para uma esposa. *Yang* está no alto; *yin* está embaixo.

Como lágrimas e súplicas não adiantaram, Ze ficou furiosa. Seu rosto ficou vermelho e palavras horríveis saíram de sua boca. Ela era como um filho primogênito, absolutamente seguro da sua posição e do seu direito de exigir, mas o Comissário Tan ficou irredutível.

– Eu não vou passar vergonha por sua causa. Nós fizemos o possível para educar você para a família do seu marido. Você agora pertence a ela.

O Comissário e a esposa disseram à filha para se comportar direito, deram presentes a Madame Wu para compensar o fato de ter que aceitar a companhia da filha mal-educada, e partiram. A disposição de Ze não melhorou; até piorou. Durante o dia, quando ela tratava as pessoas da casa com completo desprezo, eu não interferia. As noites, no entanto, pertenciam a mim.

A princípio, eu não sabia o que fazer e Ze resistia muito. Mas eu era muito mais forte e ela não teve escolha a não ser me obedecer. Dar prazer a Ren era outra questão. Aprendi por tentativa e erro. Comecei a seguir as pistas que ele dava e a reagir aos seus suspiros, aos tremores internos e aos movimentos sutis do seu corpo para me permitir mais acesso. Eu guiava os dedos de Ze ao longo de seus músculos. Incentivava-a a usar os seios para acariciar sua pele, seus lábios, sua língua. Eu a fiz usar a umidade da boca para excitar seus mamilos, sua barriga, e aquela parte mais embaixo. Eu finalmente entendi o que Tang Xianzu quis dizer quando escreveu que Liniang "tocou flauta". Quanto à parte escura e úmida de Ze, que Ren desejava mais do que tudo, eu me certifiquei de que ela estivesse aberta e disponível sempre que ele quisesse.

O tempo todo eu murmurava no ouvido dela coisas que tinha aprendido sobre casamento em *O pavilhão de Peônia*: como uma esposa deveria ser *"agradável, receptiva e complacente"*. Quando eu era menina, ouvindo as lições intermináveis de minha mãe e minha tia sobre casamento, eu achava que nunca seria igual a elas. Eu tinha planejado rejeitar o passado, aquelas lições e a rigidez do costume e da tradição. Eu quis ser moderna na forma de pensar, mas, como todas as moças que tinham se mudado para as casas dos maridos, cegas e ignorantes, eu imitei minha mãe e minhas tias, apelando para todas as coisas às quais tinha resistido tanto. Se eu estivesse viva, sei que acabaria carregando cadeados no bolso e insistindo para que minhas filhas seguissem as Três Obediências e as Quatro Virtudes. Eu teria me transformado em minha mãe. Em vez disso, a voz de minha mãe saía da minha boca e entrava nos ouvidos de Ze.

— Não fique o tempo todo atrás do seu marido — eu ensinava. — Nenhum homem gosta que a esposa o fique vigiando. Não coma demais. Nenhum homem quer ver a esposa enchendo a boca de comida. Demonstre respeito pelo dinheiro que ele ganha. Ser generosa é muito diferente de ser perdulária. Só uma concubina considera o homem uma máquina de fazer dinheiro.

Ze, aos poucos, sucumbiu às minhas lições, enquanto eu me livrava do romantismo que me tinha feito adoecer. Passei a acreditar que o amor verdadeiro significava amor físico. Eu gostava de fazer meu marido sofrer a dor do desejo. Passava horas imaginando novas formas de prolongar essa agonia. Eu usava livremente o corpo de Ze, sem remorso nem culpa. Eu a obrigava a fazer o que ela precisava fazer como esposa, e então ficava olhando – sorrindo, rindo, amando – enquanto meu marido se aliviava em suas mãos, boca e fenda oculta. Eu já sabia que o maior desejo do meu marido era segurar com as mãos os pés contidos de Ze calçados com chinelos vermelhos de seda bordada. Era quando ele podia apreciar sua delicadeza, perfume e a dor que ela sofrera para lhe dar este prazer. Quando eu via Ren fazer ainda mais do que isso com eles, eu impedia que ela o empurrasse. Com Ze como minha emissária, experimentei o amor sexual.

O fato de ela não sentir nada não me incomodava. O fato de eu não saber o que ela estava pensando também não me incomodava. Mesmo quando ela estava cansada, mesmo quando tinha medo, mesmo quando ficava envergonhada, eu insistia e a usava. A carne de Ze estava ali para Ren provar, acariciar, beliscar, morder e penetrar. Mas, com o tempo, eu vi que seu olhar indiferente e sua falta de reação incomodavam meu marido. Sempre que ele perguntava o que a agradaria, ela fechava os olhos e virava a cabeça para o outro lado. Apesar de todos os meus esforços, ela estava menos presente na cama com ele do que havia estado na noite de núpcias.

Ren começou a ficar lendo na biblioteca até Ze adormecer. Quando vinha para o quarto e se deitava, não a abraçava para buscar calor, conforto ou companheirismo durante as horas de sono. Ele ficava no seu lado da cama; ela ficava no dela. A princípio, isso me agradou muito, porque permitia que eu o cobrisse com meu corpo de fantasma como se fosse uma mortalha. Eu ficava assim a noite inteira, movendo-me quando ele se movia, deixando que o seu calor me invadisse. Mas, quando ele pedia para fecharem as janelas e trazerem mais cobertores, eu voltava para o meu refúgio no teto.

Ele começou a visitar as casas de chá da margem do Lago Ocidental. Eu o acompanhava, ficava com ele enquanto ele jogava, bebia demais e quando, eventualmente, se divertia com as mulheres cuja especialidade era o prazer e a satisfação dos homens. Eu observava, fascinada, hipnotizada. Aprendi muito. Aprendi, principalmente, que Ze continuava tão egoísta e autocentrada como sempre. Como ela podia deixar de fazer o que devia fazer como mulher e como esposa? Ela não tinha sentimentos, emocionais e físicos? E, ao desprezar o prazer de Ren, ela esquecera que ele poderia se apaixonar por uma daquelas mulheres e levá-la para casa na condição de concubina?

Depois que Ze fazia nuvens e chuva com meu marido, eu a acompanhava em seus sonhos. Desde a noite de núpcias, ela não visitava mais lugares bonitos. Ao contrário, seus sonhos aconteciam no meio da neblina e das sombras. Ela ocultava a lua. Ela se recusava a acender velas ou lanternas. Isto era muito conveniente para mim. Do meu esconderijo atrás das árvores ou das colunas ou na escuridão de cavernas ou esquinas, eu a assombrava, atormentava, instruía. Na noite seguinte, ela ficava acordada na cama, pálida e trêmula, até o nosso marido chegar. Ela fazia tudo que eu dizia, mas a expressão do seu rosto não agradava a ele.

Finalmente, uma noite, quando ela se aventurou a entrar num jardim de sonho, eu saí das sombras e nós nos encontramos cara a cara. Naturalmente, ela gritou e fugiu, mas até onde poderia ir? Mesmo em sonhos ela se cansou. Eu nunca me cansava. Não podia me cansar.

Ela caiu de joelhos e esfregou a cabeça, tentando produzir fagulhas, na esperança de que os clarões pudessem assustar-me. Mas isso era um sonho, e eu não tinha medo de estática ali.

– Deixe-me em paz! – Ze gritou e então mordeu a ponta do dedo médio, fazendo o possível para tirar sangue. – Vá embora!

Ela apontou o dedo para mim, tentando plantar culpa, mas também sabendo que qualquer forma de sangue era assustadora para fantasmas. Só que era um sonho, e seus dentes não tinham força para furar a carne. Seus poderes de feitiçaria, por mais que pudessem me fazer mal no plano terreno, eram inócuos num sonho.

– Sinto muito – eu disse amavelmente –, mas jamais a deixarei.

Ela cobriu a boca com as mãos para abafar os gritos de pavor. Não, pavor era pouco. Era como se todos os medos que ela se recusara a reconhecer fossem reais.

Eu era um fantasma, então sabia o que estava acontecendo com ela no plano terreno. Ela gemia e se debatia na cama.

No sonho, eu dei vários passos para trás.

– Eu não estou aqui para machucá-la – eu disse, estendendo a mão e enviando em sua direção uma chuva de pétalas. Sorri e as flores se abriram ao redor. Girei em volta dela, afastando as sombras e a escuridão, até sermos duas belas jovens num jardim, num agradável dia de primavera.

Na cama, a respiração de Ze voltou ao normal e seu rosto se acalmou. No sonho, seu cabelo brilhou ao sol. Seus lábios eram cheios de promessas. Suas mãos eram pequenas e pálidas. Seus pés de lírio eram delicados, atraentes até para mim. Eu não via motivo algum para ela não levar este seu eu oculto de volta à Terra.

Eu me abaixei diante dela.

– As pessoas dizem que você é egoísta – eu disse. Ela fechou os olhos diante desta verdade e seu rosto começou a se crispar de novo. – Eu quero que você seja egoísta. Quero que seja egoísta aqui. – Usei a ponta do indicador para tocar o centro da consciência dentro do seu peito. Sob meu dedo, eu senti algo se abrir. Retirei o dedo e pensei nas mulheres que tinha espionado na casas de prazer. Encorajada, estendi as duas mãos e rocei seus mamilos, ocultos sob a camisola. Senti que eles endureciam sob meus dedos; no plano terreno, Ze se mexeu. Eu me lembrei da sensação que tive quando Ren me acariciou com a peônia. Isto era um sonho e

Ze não podia fugir de mim, então eu fui descendo com o dedo até encontrar o lugar que eu sabia ser a fonte de prazer. Através da seda, senti o calor começar a se irradiar até Ze estremecer e suspirar. Na cama, ela também tremeu.

– Seja egoísta quanto a isto – murmurei em seu ouvido. Lembrando o que minha mãe costumava dizer sobre nuvens e chuva, acrescentei: – As mulheres também devem sentir prazer.

Antes de deixar que ela acordasse, ela teve que me prometer uma coisa.

– Não mencione nossa conversa nem diga que me viu – eu disse. Ela tinha que ficar calada sobre minhas visitas para que minha conexão com ela continuasse. – Ninguém, especialmente o seu marido, quer ouvir seus sonhos. Ren vai achar você ignorante e supersticiosa se começar a falar bobagens sobre a primeira mulher dele.

– Mas ele é meu marido! Não posso guardar segredos dele.

– Todas as mulheres guardam segredos do marido – eu disse. – Os homens também guardam segredos das esposas.

Isso era verdade? Felizmente, Ze tinha tão pouca experiência quanto eu e não me questionou. Mesmo assim, ela resistiu.

– Meu marido quer um novo tipo de esposa – Ze disse. – Ele está procurando uma companheira.

Ao ouvir essas palavras, tão parecidas com o que Ren tinha dito para mim, uma raiva profunda e animal tomou conta de mim. Por um momento, eu fiquei amedrontadora: feia, repulsiva e assustadora. Depois disso, não tive mais problemas com Ze. Noite após noite eu a visitava em seus sonhos, até ela não lutar mais contra mim.

Foi assim que Tan Ze tornou-se minha esposa-irmã. Toda noite eu esperava por ela, encolhida nas vigas, até ela vir para o quarto. Toda noite eu descia do meu poleiro para a cama para guiar seus quadris, arquear suas costas, e ajudá-la a se abrir para o nosso marido. Eu saboreava cada gemido que escapava dos seus lábios. Eu gostava de atormentá-la tanto quanto a ele. Quando ela resistia, só o que eu precisava fazer era tocar um ou outro pedaço exposto de carne para fazer o calor penetrar seu corpo até não restar mais nada além daquela sensação, até seu cabelo se soltar e suas fivelas e enfeites se espalharem pela cama, até ela alcançar seu momento de prazer e a chuva chegar.

O súbito fervor de Ze trouxe o marido das casas de diversão de volta para casa. Ele passou a amar sua esposa terrena. Para cada momento de encantamento que ela lhe proporcionava – e eram muitos, já que eu pensava em novas e variadas maneiras de agradá-lo –, ele a desafiava com sua engenhosidade. Havia muitos pontos a explorar no corpo de Ze, e ele usava todos. Ela não resistia, porque eu não deixava. Agora, quando ela saía do quarto, eu não ouvia reclamações, críticas ou palavras zangadas ecoando pela propriedade. Ela começou a tomar chá na biblioteca de Ren. Os interesses dele tornaram-se os interesses dela. Ela começou a tratar os criados com bondade e justiça.

Como Ren ficou feliz com tudo isso. Ele comprava presentes para ela. Pedia aos criados para preparar pratos especiais para agradá-la e estimulá-la. Depois de nuvens e chuva, ele ficava deitado sobre ela, fitava seu rosto bonito e pronunciava palavras de amor. Ele a amava do modo que acho que teria me amado. Ele a amava tanto que se esqueceu de mim. Uma parte dela, contudo, permanecia fria e distante, porque, embora eu fizesse seu corpo vibrar, sua boca suspirar, apesar de todos os prazeres que eu lhe proporcionava desprendidamente – afinal, eu era a esposa número um –, havia uma coisa que eu não conseguia que ela fizesse. Ela não o olhava nos olhos.

Mas eu nunca me desviei da minha determinação de transformá-la na esposa que eu queria que ela fosse. Ren tinha dito que desejava um casamento de companheirismo, então eu enchi Ze de livros. Eu a fazia ler volumes de poesia e história. Ela se tornou tão boa leitora que guardava os livros na sua penteadeira, ao lado do espelho, dos cosméticos e das jóias.

– O seu desejo de aprender é tão grande quanto o seu desejo de se manter bonita – Ren observou um dia.

As palavras dele me incentivaram a ser mais persistente ainda. Fiz Ze interessar-se por *O pavilhão de Peônia*. Ela leu várias vezes meu exemplar do volume um. Em pouco tempo, ela passou a não se separar mais dele. Ela sabia recitar de cor trechos inteiros dos meus comentários.

– Você nunca erra uma palavra – Ren disse a ela, cheio de admiração, e eu fiquei feliz.

Passado algum tempo, Ze começou a escrever anotações sobre a ópera em pedacinhos de papel. Seriam seus pensamentos originais ou ela os tinha recebido de mim? Acho que as duas coisas. Ao recordar o que tinha acontecido quando Ren contou ao meu pai sobre seus sonhos e como nós escrevíamos juntos, eu disse a Ze para jamais mencionar suas anotações – ou a mim – para ninguém. Neste aspecto, ela era uma segunda esposa obediente, curvando-se aos desejos da esposa número um.

Entretanto, embora tudo estivesse correndo bem, eu tinha um grande problema. Eu era um fantasma faminto e estava ficando cada vez menor.

Festival de Fantasmas Famintos

QUANDO ESTAMOS VIVAS, OCORREM COISAS CONOSCO, quer gostemos ou não. Menstruamos todo mês. A lua cresce e mingua. O Ano-Novo chega, seguido do Festival da Primavera, do Sete Duplo, do Festival de Fantasmas Famintos e do Festival da Lua de Outono. Nós não temos controle sobre essas coisas, entretanto, nossos corpos são afetados por elas. No Ano-Novo, nós limpamos nossas casas, preparamos comidas especiais e fazemos oferendas, não por dever ou costume, mas porque a mudança de estação e o indício de primavera nos leva, nos obriga a essas ações. Isso também acontece com fantasmas. Nós temos liberdade para andar sem destino, mas também somos guiados e atraídos pela tradição, pelo instinto e por um desejo de sobrevivência. Eu queria passar cada segundo com Ren, mas no sétimo mês minha fome tornou-se tão forte e incontrolável quanto uma cãibra forte, uma lua cheia de outono, ou fogos de artifício enviando o Deus da Cozinha para o Céu para levar notícias de uma família. Quando eu me enroscava na minha viga ou flutuava sobre a cama da minha esposa-irmã, sentia um chamamento, um impulso, sentia-me *empurrada* para fora.

Induzida por uma fome tão forte que não pude suportar, deixei o abrigo do quarto. Eu precisava de uma linha reta, e consegui, flutuando diretamente sobre os pátios, saindo pelo portão da propriedade da família Wu atrás de dois criados que carregavam papel e panelas. Assim que atravessei o portão, ele foi fechado e eu vi os criados aterrorizados colando talismãs protetores nas portas e trancando-as para proteger de mim os que estavam lá dentro. Era o décimo quinto dia do mês, reservado ao Festival de Fantasmas Famintos. Eu era vítima dos meus desejos tanto quanto minha esposa-irmã; minhas ações, como as dela, eram descontroladas e incontroláveis.

Esmurrei o portão.

– Deixem-me entrar!

Ao meu redor, ouvi gritos e gemidos semelhantes:

– Deixem-me entrar! Deixem-me entrar!

Eu me virei e vi criaturas com as roupas em farrapos, rostos encovados, cinzentos e enrugados, os corpos encurvados de solidão, abandono e remorso. Alguns não tinham pernas ou braços. Outros exalavam medo, terror ou vingança. Aqueles que tinham morrido afogados pingavam fluidos fétidos e cheiravam a peixe podre. Mas as crianças! Dezenas de crianças pequenas – na maioria meninas que tinham sido abandonadas, vendidas, maltratadas e, finalmente, esquecidas por suas famílias – andavam em bandos como ratos, os olhos cheios de uma eternidade de tristeza. Todas essas criaturas tinham duas coisas em comum: fome e raiva. Algumas estavam com raiva porque tinham fome e não tinham onde morar; outras tinham fome e não tinham onde morar porque estavam com raiva. Horrorizada, eu voltei para junto do portão e o esmurrei com toda a força.

– Deixem-me entrar! – tornei a gritar.

Mas meus punhos não tinham poder contra os talismãs e quadrinhas protetoras que os criados tinham usado para selar a porta contra mim e minha espécie. *Minha espécie.* Encostei a testa no portão, fechei os olhos e deixei que este conhecimento penetrasse na minha consciência. Eu era uma daquelas criaturas nojentas, e estava profundamente, desesperadamente faminta.

Respirei fundo, afastei-me do muro e me obriguei a virar de frente para eles. Os outros tinham perdido o interesse por mim e tinham voltado à sua principal tarefa: encher a cara com as oferendas da família Wu. Tentei abrir caminho no meio daqueles corpos que se contorciam, mas eles me afastaram com facilidade.

Caminhei pela rua, parando diante de cada casa onde um altar havia sido erguido, mas, ou eu chegava atrasada, ou os outros eram ferozes demais para mim. Fiquei reduzida a uma boca aberta e a um estômago vazio.

Deuses e antepassados são venerados e tratados como se pertencessem a um nível social superior. Eles dão proteção e realizam desejos; o aspecto celestial de suas almas é associado a progresso, procriação e vida. Suas oferendas são cuidadosamente preparadas e oferecidas em belas travessas, com muitos utensílios para servir e comer. Mas os fantasmas são desprezados. Nós somos socialmente inferiores, piores que mendigos e leprosos. Só trazemos azar, infelicidade e catástrofe. Somos culpados por acidentes, infertilidade, doenças, perda de colheita, azar no jogo, perdas financeiras e, é claro, mortes. Então não é surpresa que as oferendas que nos são feitas durante o Festival de Fantasmas Famintos sejam desprezíveis e nojentas. Em vez de bandejas cheias de pêssegos maduros, arroz cozido e frango com molho, nós recebemos arroz cru, verduras que deveriam ter sido dadas aos porcos, nacos de carne arrancados ainda com pêlos e nenhum utensílio para comer. Temos que enfiar a cara na comida como cães, cortá-la com os dentes e levá-la para algum canto escuro.

As pessoas não entendem que muitos de nós viemos de casas refinadas, temos saudade de nossas famílias e nos preocupamos com elas tanto quanto os antepassados que elas tanto amam. Como fantasmas, não podemos fugir da nossa natureza básica, mas isso não significa que causemos o mal propositadamente; nós somos perigosos do mesmo modo que um fogão quente é perigoso. Até agora, eu não tinha usado o horror da minha condição para ferir, aleijar ou fazer alguma crueldade. Mas, ao caminhar pela margem do lago, lutei contra outros mais fracos do que eu pela casca de uma laranja podre ou por um pedaço de osso cujo tutano ainda não fora sugado. Caminhei, flutuei e me arrastei de casa em casa, comendo o que podia, devorando os restos de mesas já atacadas por outros como eu, até chegar ao muro do Palacete da

Família Chen. Sem saber, eu tinha dado toda a volta do lago, tamanha era a minha fome.

Eu nunca tinha estado do lado de fora dos portões de vento e fogo da casa da minha família durante este festival, mas lembrava que os criados passavam vários dias trabalhando, conversando sobre a quantidade de comida que tinham colocado, amarrado ou pregado no altar diante do nosso portão: frangos e patos, mortos e vivos; pedaços e cabeças de porco; peixe, bolos de arroz, abacaxis maduros, melões e bananas. Quando acabava o festival e os fantasmas tinham comido a sua parte da refeição espiritual, os mendigos e miseráveis vinham partilhar as sobras, num amplo banquete oferecido pela família Chen.

Assim como em toda casa, a competição pelas oferendas era brutal, mas esta era a *minha* casa. Eu tinha direito àquelas coisas. Abri caminho. Um fantasma, vestindo uma veste de mandarim rasgada, com uma insígnia bordada no peito que indicava que ele era um intelectual do nível cinco, tentou me empurrar, mas eu era pequena e passei sob o braço dele.

— Isto é nosso! — ele urrou. — Você não tem direito a nada aqui. Vá embora!

Eu me segurei na mesa, como se isso pudesse ajudar alguém que não tinha substância, e me dirigi a ele com o respeito devido ao seu posto.

— Esta é a casa da minha família — eu disse.

— O seu status em vida não tem importância aqui — uma criatura à minha direita rosnou.

— Se você tivesse algum status, teria sido sepultada de forma apropriada. Mais um galho inútil — uma mulher disse, sua carne tão decaída que pedaços de crânio tinham rompido a pele.

O homem com túnica de mandarim virou sua boca escancarada e fedorenta para mim.

— Sua família se esqueceu de você e se esqueceu também de nós. Há anos que viemos aqui, e veja o que hoje nos deram! Quase nada. Seu novo irmão não sabe o erro que cometeu. *Jaaaaa!* — Ele soprou em mim seu hálito fétido e eu senti o cheiro das oferendas podres em sua garganta.

— Com seu baba na capital, Bao acha que este festival não é necessário. Ele leva as melhores oferendas para o quarto e as divide com suas concubinas.

Com isso, a criatura de túnica de mandarim me agarrou pela nuca e me atirou longe. Bati no muro da propriedade do outro lado da rua, caí no chão e assisti aos outros devorarem as oferendas ordinárias. Eu me arrastei até o portão e bati, inutilmente. Em vida, eu tinha desejado sair da propriedade para passear; agora eu queria entrar.

Eu tinha passado muito tempo sem pensar na minha família. Lótus e Giesta deviam estar morando em suas próprias casas agora, mas minhas tias estavam lá dentro. As concubinas ainda estavam lá. Minha priminha Orquídea devia estar se preparando para o seu noivado. Pensei em todas as pessoas — as amas, os criados, os cozinheiros, e principalmente em minha mãe — que moravam do outro lado daquele portão. Tinha que haver um jeito de eu ver a minha mãe.

Andei ao redor da propriedade, dando voltas largas para evitar as esquinas. Mas foi inútil. O Palacete da Família Chen só tinha um portão e ele estava fechado para impedir a entrada dos fantasmas famintos. Mamãe estaria no Salão Flor de Lótus pensando em mim? Olhei para o céu, tentando avistar o Mirante. Vovó estaria olhando para mim? Estaria sacudindo a cabeça e rindo da minha estupidez?

Fantasmas, assim como pessoas vivas, não gostam de aceitar a verdade. Nós nos iludimos para evitar humilhações, para manter um pouco de otimismo, e seguimos em frente em circunstâncias insustentáveis. Eu não gostava de pensar em mim mesma como sendo um fantasma faminto, que estava tão esfomeado que seria capaz de enfiar a cara numa travessa de frutas velhas para preencher seu vazio. Suspirei. Eu ainda estava com fome. Eu precisava comer o suficiente em um dia para me sustentar por um ano.

Quando ainda estava no Mirante, eu contemplava, periodicamente, em Gudang, a família Qian, que meu pai tinha visitado durante o Festival de Ano-Novo, logo depois da minha morte. Parti naquela direção, empurrando outros iguais a mim, fazendo voltas largas quando necessário, e me perdendo no meio das plantações de arroz, como era a intenção dos fazendeiros.

A noite caiu, essa era a hora em que mais criaturas deveriam ter saído para encher o estômago, mas no campo eu encontrei poucos fantasmas. Lá, a maioria das pessoas era vítima de terremotos, enchentes, escassez de comida e todo tipo de peste. Elas morriam perto de casa ou em casa, então seus corpos não eram perdidos. Raramente ocorriam acidentes em que um corpo desaparecia completamente; às vezes um incêndio ocasional numa casa, matando a família inteira ou o colapso de uma ponte durante a temporada de enchentes carregava um homem que estava indo para o mercado com seu porco. Portanto, a maioria dos mortos no campo eram cuidadosamente enterrados e as três partes de sua alma iam para seus lugares de descanso apropriados.

Entretanto, eu encontrei alguns espíritos perturbados: uma mãe que tinha sido enterrada de forma inadequada e seu corpo fora espetado por três raízes, causando-lhe uma dor insuportável; um homem que tinha sido retirado do caixão pela água da enchente; uma jovem esposa cujo corpo se mexera quando o caixão foi colocado no chão, de modo que seu crânio ficou tão retorcido que o resto da sua alma não conseguiu prosseguir para a encarnação seguinte. Estes espíritos estavam agitados e perturbados. Ao tentar encontrar ajuda, eles causaram problemas para suas famílias. Ninguém gosta de ouvir gemidos angustiados de fantasmas quando está tentando dormir, alimentar o bebê ou fazer nuvens e chuva com o marido. Mas, exceto por essas almas, minha viagem foi calma e solitária.

Cheguei à casa da família Qian. Embora fossem pobres, eles tinham bom coração. Suas oferendas eram modestas, mas a qualidade era melhor do que qualquer coisa que eu tivesse comido até então. Depois que estava saciada, eu me aproximei da casa, querendo descansar antes de voltar para a cidade, desfrutar da sensação de saciedade, desejando conectar-me só por alguns momentos a pessoas que tinham um vínculo com a minha família.

Mas, durante o Festival de Fantasmas Famintos, telas de madeira cobriam as janelas dos Qian e as portas eram trancadas por dentro. Senti cheiro de arroz cozinhando. Vi luz pela fresta da porta. Ouvi o murmúrio de vozes. Escutei com atenção, e então o som da voz de Madame Qian tomou forma. *"Desde que parei de colher penas de pássaros ao longo do rio cor de esmeralda, fiquei na minha casa pobre e humilde, recitando os meus poemas."* Eu conhecia bem este poema, e ele me deixou triste e com saudades de casa. Mas o que eu podia fazer? Eu estava sozinha, privada da minha família, de companheirismo e do dom das palavras e da arte. Enterrei o rosto nas mãos e solucei. De dentro da casa, ouvi cadeiras se arrastando e sons de consternação. Aquelas pessoas me haviam consolado, e agora eu as tinha aterrorizado com meu choro do outro mundo.

QUANDO O FESTIVAL terminou e eu voltei para o quarto de Ren e Ze, eu estava forte e estranhamente determinada. Tendo saciado minha fome pela primeira vez, desde muito antes de morrer, trouxe de volta uma outra fome, a que tinha um dia reservado para o meu projeto a respeito de *O pavilhão de Peônia*. E se eu pudesse complementar o que tinha escrito nas margens e transformar tudo num auto-retrato que Ren iria reconhecer como um símbolo de tudo o que havia dentro de mim? O auto-retrato de Liniang e os meus escritos não abrigavam nossas almas?

De repente, fiquei tão egoísta quanto minha esposa-irmã. Tinha instruído Ze a respeito de *O pavilhão de Peônia*. Tinha tocado seus pensamentos de tal forma que ela escrevera coisas naqueles pedacinhos de papel e escondera em nosso quarto. Agora ela precisava fazer algo por mim.

Comecei a manter Ze no quarto durante o dia, preferindo que ela ficasse comigo a juntar-se ao marido e à sogra na sala de jantar para tomar café ou almoçar. Eu não gostava de luz, então a obrigava a manter as portas fechadas e as janelas cobertas. Durante o verão, o quarto ficava fresco, do jeito que eu gostava. No outono, foram providenciados edredons. No inverno, Ze passou a usar casacos acolchoados ou forrados de pele. O Ano-Novo chegou, seguido pela primavera. No quarto mês, as flores mostraram o rosto para o sol, mas lá dentro nós apreciávamos a companhia da escuridão, que não se aquecia nem durante o dia.

Eu fiz Ze reler o que eu tinha escrito no volume um. Depois mandei que ela fosse até a biblioteca de Ren para encontrar as fontes dos três pastiches que eu tinha achado antes de morrer. Ajudei-a a pegar o pincel e escrever as respostas e minhas idéias sobre elas nas páginas, ao lado do que eu já havia escrito. Se eu consegui fazer Ze tocar flauta no meu marido, fazê-la pegar o pincel e escrever foi muito fácil.

Mas eu não estava satisfeita. Precisava desesperadamente do Volume Dois, que começa com Mengmei e o fantasma de Liniang jurando eterno amor. Então ele marca sua tábua ancestral, exuma seu corpo e a ressuscita. Se eu conseguisse fazer Ze escrever meus pensamentos e entregá-los a Ren para ele ler, ele não seria inspirado a seguir o exemplo de Mengmei?

À noite, nos sonhos de Ze, nós nos encontramos ao lado do seu lago favorito e eu disse a ela:

– Você precisa do volume dois. Tem que consegui-lo. – Durante semanas eu repeti isso sem parar, como um papagaio. Mas Ze era uma esposa. Ela não podia sair para procurar este volume, como eu também não poderia se estivesse viva. Ela precisava se fiar em seus encantos, no amor do marido para consegui-lo. Ze tinha a minha ajuda, mas também tinha as próprias habilidades. Ela podia ser teimosa, mesquinha e mimada. Nosso marido reagiu muito bem.

– Eu quero muito ler o volume dois de *O pavilhão de Peônia* – ela dizia ao servir chá para ele. – Eu vi a ópera há muito tempo e agora gostaria de ler as palavras do grande escritor e discuti-las com você. – Enquanto Ren tomava o líquido quente, ela o fitava nos

olhos, passava os dedos pela manga de sua camisa, e acrescentava:
— Às vezes eu não entendo o que o poeta quis dizer com suas metáforas e alusões. Você é um poeta tão bom. Talvez possa me explicar.

Ou à noite, na cama, com Ren deitado entre nós e diversos edredons sobre eles para mantê-los aquecidos, ela murmurava em seu ouvido:
— Penso na minha esposa-irmã todos os dias. A perda da segunda parte da ópera me faz lembrar que a Igual se foi. Com certeza você também sente saudades dela. Se ao menos pudéssemos trazê-la de volta para nós. — E então ela passava a língua na orelha dele e outras coisas começavam a acontecer.

Fui ficando mais ousada. No verão, comecei a sair do quarto apoiando as mãos nos ombros de Ze e deixando que ela me levasse de sala em sala. Assim, eu não precisava me preocupar com esquinas. Eu era simplesmente uma lufada de ar que acompanhava minha esposa-irmã. Quando chegávamos na sala para jantar, Madame Wu fechava o leque, mandava a criada fechar a porta por causa do frio súbito e ordenava que o braseiro fosse aceso, embora aqueles fossem os meses mais quentes do ano.

— Seus lábios estão ficando finos de novo — disse Madame Wu a Ze uma noite.

Uma queixa tão comum às sogras, já que todo mundo sabe que lábios finos mostram fragilidade de personalidade e esta fragilidade pode se traduzir em fragilidade do útero. A mensagem não dita era: *Onde está o meu neto?* Tão típico, tão antiquado.

Sob a mesa, Ren segurou a mão de Ze. Seu rosto mostrou preocupação.

— E sua mão está fria. Mulher, estamos no verão. Vamos lá fora, amanhã. Vamos sentar na beira do lago, contemplar as flores e as borboletas e deixar o sol aquecer nossa pele.

— Nestes últimos tempos, meu destino é desprezar as flores — murmurou Ze —, e as borboletas me lembram almas mortas. Quando vejo água, só penso em afogamento.

— Eu acho — observou minha sogra de forma cáustica — que o sol não irá ajudá-la. Ela leva o frio para onde quer que vá. Não devemos querer que o sol também fuja dela.

Ze ficou com os olhos cheios de lágrimas.
— Preciso voltar para o meu quarto. Tenho coisas para ler.
Madame Wu apertou o xale ao redor dos ombros.
— Talvez seja melhor. Amanhã vou chamar o médico para fazer um diagnóstico.
Ze apertou uma coxa de encontro à outra.
— Isso não é necessário.
— Como você vai nos dar um filho se...?
Um filho? Ze era mais valiosa para mim do que isso! Ela estava me ajudando. Nós não precisávamos de um filho.

Mas esta não era a preocupação do dr. Zhao quando ele veio nos visitar. Eu não o via desde a minha morte, e não posso dizer que tenha ficado feliz em vê-lo de novo.

Ele tomou os pulsos habituais, examinou a língua de Ze, levou Ren para fora do quarto e então se pronunciou.

— Eu já vi isto muitas vezes. Sua mulher parou de comer e passa horas sozinha no escuro. Senhor Wu, só posso tirar uma conclusão: Sua mulher está doente de amor.

— O que eu posso fazer? — Ren perguntou, alarmado.

O médico e Ren sentaram-se num banco no jardim.

— Normalmente, uma noite a sós com o marido cura a doença da esposa — o médico disse. — Ela tem se recusado a fazer nuvens e chuva? É por isso que ainda não engravidou? Vocês já estão casados há mais de um ano.

Fiquei indignada com o fato de o médico ter sugerido isso. Desejei ter as habilidades de um fantasma vingativo, porque faria o médico pagar por essas acusações.

— Eu não podia desejar uma esposa melhor neste aspecto.

— Você — e aqui o médico hesitou antes de prosseguir — tem dado a ela sua essência vital? Uma mulher precisa recebê-la para se manter saudável. Você não pode desperdiçá-la apenas na maciez de seus pés contidos.

Depois de muita persuasão, Ren contou o que acontecia dia e noite no quarto. Depois que tudo foi revelado, o médico não pôde culpar nenhum dos dois de falta de entusiasmo, conhecimento, freqüência ou ingestão.

— Talvez haja outra coisa que esteja causando a doença da sua esposa. Tem algo mais que ela queira? — o médico perguntou.

Ren deixou a cidade no dia seguinte. Não tentei segui-lo porque estava ocupada com Ze. Madame Wu, seguindo ordens do médico, entrou no quarto, abriu as portas e tirou as pesadas cortinas que cobriam nossas janelas. O calor e a umidade tão comuns em Hangzhou durante o verão encheram nosso quarto. Foi horrível, mas nós tentamos, como noras obedientes, adaptar-nos e aceitar a situação, deixando de lado nosso conforto e sentimentos pessoais. Fiquei o mais perto possível de Ze para oferecer consolo por essa intromissão. Fiquei gratificada ao vê-la vestir outro casaco por cima da jaqueta. Sogras podem dar ordens, e nós fingimos obedecer, mas elas não podem nos vigiar a cada momento.

Três dias depois, Ren voltou.

— Estive em todas as aldeias entre os rios Tiao e Zha — ele disse. — Minha persistência foi recompensada em Shaoxi. Pena eu não ter feito isto antes. — Ele mostrou o que tinha escondido atrás das costas, um exemplar de *O pavilhão de Peônia*, com as partes um e dois juntas no mesmo volume. — Este é o melhor presente que eu poderia lhe dar. — Então ele hesitou, e eu soube que estava pensando em mim. — Aqui está a história toda.

Ze e eu nos atiramos em seus braços, radiantes. O que ele disse em seguida convenceu-me de que eu ainda ocupava um lugar em seu coração.

— Eu não quero que você fique doente de amor — ele disse. — Você agora vai melhorar.

Eu pensei, Sim, Sim, eu vou melhorar. Obrigada, Marido, obrigada.

— Sim, sim — Ze repetiu e suspirou.

Nós precisávamos comemorar.

— Vamos comemorar — ela disse.

Embora ainda fosse de manhã, os criados trouxeram uma garrafa de vinho e taças de jade. Minha esposa-irmã não estava acostumada a beber e eu nunca tinha tomado vinho, mas ficamos felizes. Ela tomou a primeira taça antes mesmo de Ren pegar a dele.

Cada vez que ela pousava a taça, eu tocava na borda e ela tornava a enchê-la. Estava de dia e as janelas estavam abertas para entrar o calor, mas marido e esposa começaram a sentir outro tipo de luz e calor. Uma taça, mais outra, mais outra. Ze tomou nove taças. Seu rosto estava vermelho do vinho. Ren estava mais sóbrio, mas tinha feito a mulher feliz e ela o recompensou com nossa gratidão.

Os dois adormeceram no início da tarde. No dia seguinte, Ren acordou na hora de sempre e foi trabalhar na biblioteca. Deixei minha esposa-irmã, tão pouco habituada ao vinho, continuar a dormir, porque precisava que ela estivesse pronta e recuperada.

Sonhos do coração

QUANDO O SOL BATEU NOS GANCHOS DA CORTINA DA cama, acordei Ze. Fiz com que ela juntasse todos os pedacinhos de papel em que tinha escrito nos últimos meses e a mandei para a biblioteca. Ela curvou a cabeça e mostrou ao marido os papéis que tinha nas mãos.

– Posso copiar meus comentários, junto com os da Esposa-Irmã Tong, no nosso novo exemplar de *O pavilhão de Peônia*? – ela perguntou.

– Eu vou permitir – ele disse, sem levantar os olhos de seus papéis.

Pensei na sorte que tinha pelo fato daquele casamento não ter fechado a porta da tolerância dele, e meu amor por ele cresceu.

Mas quero que fique claro: foi minha a idéia de Ze copiar meus comentários no novo exemplar. Foi minha a idéia de ela acrescentar seus comentários aos meus. E foi minha a idéia de ela continuar o trabalho que eu não tinha terminado quando minha mãe queimou o Volume Dois. Fazia todo o sentido passar tudo para o novo livro.

Ze levou duas semanas para copiar meus comentários na primeira metade do nosso novo livro. Ela levou mais duas semanas para organizar os pedacinhos de papel e transcrevê-los para as páginas da segunda metade. Então nós começamos a acrescentar comentários nas duas metades.

O Dao diz que devemos escrever o que aprendemos com a experiência e que temos que olhar para fora da mente e entrar em contato com coisas, pessoas e experiências reais. Eu também acreditava no que Ye Shaoyuan escreveu na sua introdução à coleção literária póstuma da filha: *Pode ser que o espírito sublime das palavras escritas não morra e, desta forma, conceda vida após a morte.* Então, quando fiz Ze escrever, suas expressões a respeito da estrutura e do enredo da ópera foram mais completas do que as que eu tinha escrito quando estava de cama, doente de amor. Eu esperava que Ren fosse ver o que Ze tinha escrito, me ouvisse e soubesse que ainda me tinha a seu lado.

Três meses se passaram. O sol ficava atrás das nuvens e se punha cedo. As janelas foram fechadas e as cortinas penduradas. As portas ficavam fechadas para conter o frio e os braseiros foram acesos. Esta mudança no ambiente foi boa para mim e estimulou minha mente. Passei várias semanas mergulhada no meu projeto, mal permitindo que Ze saísse do quarto, mas uma noite eu vi e ouvi Ren conversando com minha esposa-irmã antes de sair. Ele se sentou na beira da cama, com o braço ao redor de seus ombros. Ela parecia muito pequena e delicada ao lado dele.

– Você está pálida – ele disse. – E estou vendo que está mais magra.

– Estou vendo que sua mãe ainda está se queixando de mim – ela disse friamente.

– Esqueça sua sogra. É seu marido quem está falando. – Ele tocou nos círculos que pareciam luas escuras sob os olhos dela. – Você não tinha estas olheiras quando nos casamos. Dói-me vê-las agora. Você é infeliz comigo? Quer visitar seus pais?

Eu ajudei Ze a responder.

– Uma moça é apenas uma visita na casa dos pais – ela recitou com um fio de voz. – Aqui é minha casa agora.

– Você gostaria de dar um passeio? – ele perguntou.

– Eu estou contente aqui com você. – Ela suspirou. – Amanhã vou dar mais atenção à minha toalete. Vou me esforçar mais para agradá-lo.

Ele a interrompeu bruscamente.

– Não se trata de me agradar. – Ela estremeceu e ele continuou num tom mais ameno. – Eu quero fazer você feliz, mas quando a vejo no café-da-manhã, você não come nem fala. Eu raramente a vejo durante o dia. Você costumava me trazer chá. Lembra-se disso? Nós costumávamos conversar na biblioteca.

– Amanhã eu vou servir o seu chá – ela prometeu.

Ele sacudiu a cabeça.

– Não se trata de me servir. Você é minha esposa e eu estou preocupado. Os criados servem o jantar e você não come. Acho que vou ter que chamar o médico de novo.

Não consegui suportar o sofrimento dele. Saí do meu lugar nas vigas, flutuei até junto de Ze e toquei sua nuca com as pontas dos dedos. Nós éramos tão próximas, tão íntimas, que ela seguiu minhas instruções sem opor resistência. Ela virou a cabeça e, sem uma palavra, beijou-o na boca. Eu não queria que ele se preocupasse e não queria ouvir suas preocupações.

Meus métodos para silenciá-lo tinham sempre funcionado no passado, mas não esta noite.

– Estou falando sério. Achei que trazendo um exemplar da ópera para você eu iria curá-la, mas parece que isto só a fez piorar. Acredite-me, não foi esta a minha intenção. – Lá estava eu de novo, intrometendo-me em sua mente. – Amanhã vou sair e voltar com o médico. Por favor, esteja preparada para recebê-lo.

Quando se deitaram, Ren abraçou Ze, apertando-a contra o peito.

– A começar de amanhã, as coisas vão ser diferentes – ele murmurou. – Eu vou ler para você perto da lareira. Vou mandar os criados trazerem nossas refeições e vamos comer sozinhos. Eu a amo, Ze. Vou fazer você melhorar.

Os homens são tão seguros de si e têm tanta coragem e convicção. Eles acreditam – acreditam verdadeiramente – que podem fazer as coisas acontecerem por meio das palavras, e em muitos casos conseguem. Eu amei Ren por isso e gostei de ver o efeito em minha esposa-irmã. Quando vi como o calor do corpo dele penetrou no dela, pensei em Mengmei acariciando a carne fria de Liniang, fazendo-a voltar à vida. Quando a respiração de Ren ficou mais lenta e profunda, a de Ze acompanhou a dele. Eu mal podia esperar que ele adormecesse. Assim que ele dormiu, arrastei Ze da cama e a fiz acender uma vela, misturar tinta e retomar nosso projeto. Eu estava excitada, revigorada. Este era o meu caminho de volta para Ren e para a nossa vida juntos.

Eu não iria fazer Ze escrever muito, só um pouco:

O que é incrível a respeito da ópera não é a figura de Liniang, e, sim a do estudante. Existem muitas mulheres enlouquecidas de amor no mundo, como Liniang, que sonham com amor e morrem, mas elas não retornam à vida. Elas não têm Mengmei, que contemplava o retrato de Liniang, chamava por ela e a adorava; que fez amor com seu fantasma e acreditou que ele era de carne e osso; que conspirou com a Irmã Pedra para abrir seu caixão e carregou seu cadáver sem medo; que viajou para longe para levar suas súplicas ao sogro e sofreu nas mãos dele. O sonho foi tão real que ele não sentiu medo ao abrir o túmulo dela. Ele chorou por ela sem vergonha. E não se arrependeu de nada que fez.

Sorri, satisfeita com o resultado do meu trabalho. Então deixei Ze voltar para o calor dos braços do marido. Escorreguei pela parede e me acomodei de novo nas vigas. Eu tinha que manter Ren satisfeito com a esposa, ou não poderia continuar usando-a para escrever; se não pudesse usá-la, Ren não me escutaria. A noite inteira, enquanto vigiava o sono deles, busquei na memória as coisas que mamãe e minhas tias falavam sobre esposas. "Todo dia acorde meia hora mais cedo que seu marido", mamãe costumava dizer. Então, na manhã seguinte, eu fiz Ze se levantar antes que Ren acordasse.

— Perder meia hora de sono não vai prejudicar sua saúde nem sua beleza — murmurei no ouvido de Ze quando ela se sentou à penteadeira. — Você acha que seu marido gosta de ver você dormindo profundamente? Não. Reserve quinze minutos para lavar o rosto, escovar o cabelo e se vestir. — Recorri aos costumes dos aposentos das mulheres para ajudá-la a misturar seu pó, passar ruge, enrolar o cabelo e prendê-lo com pregadores enfeitados de penas.

Fiz com que se vestisse de cor-de-rosa. – Reserve os outros quinze minutos para preparar as roupas do seu marido e estendê-las ao lado do travesseiro. Esteja preparada quando ele acordar, com água limpa, uma toalha e um pente.

Depois que Ren saiu do quarto, eu disse a Ze:

– Nunca pare de melhorar seu gosto e seu estilo. Não traga para dentro da nossa casa a sua grosseria, a sua teimosia ou o seu ciúme. Ele pode ver isto na rua. Em vez disso, continue aprendendo. A leitura irá enriquecer sua conversa, a arte de servir o chá irá agradá-lo e tocar música e fazer arranjos de flores irá intensificar suas emoções e, ao mesmo tempo, alegrá-lo. – Então, lembrando-me de minha mãe no dia em que a ajudei a fazer a bandagem dos pés de Orquídea, eu acrescentei: – Seu marido é o Céu. Como você poderia deixar de servi-lo?

Hoje, pela primeira vez, eu a empurrei pela porta e a guiei até a cozinha. Nem precisa dizer que Ze nunca havia estado lá antes. Quando ela apertou os olhos num ar de desaprovação ao fitar a criada, eu puxei suas pestanas para manter seus olhos abertos e calmos. Ela pode ter sido uma garota mimada e uma esposa distraída, mas com certeza sua mãe a havia ensinado a fazer alguma coisa. Mantive Ze ali até ela se lembrar de uma receita simples. As criadas ficaram olhando apreensivas quando ela pôs água para ferver, jogou um punhado de arroz na água e mexeu até fazer um *congee* cremoso. Ela procurou em cestas e armários até encontrar verduras frescas e amendoim, que picou e colocou em potes de condimento. Ela despejou o *congee* numa travessa, pôs a travessa, os pratos, tigelas e colheres numa bandeja e levou para a sala de café-da-manhã. Madame Wu e o filho ficaram sem fala quando Ze os serviu, de cabeça baixa, o rosto rosado do vapor e do reflexo da túnica cor-de-rosa. Mais tarde, Ze acompanhou a sogra até o aposento das mulheres, onde as duas se sentaram juntas para bordar e conversar. Eu não deixei que saíssem palavras insidiosas de suas bocas. E Ren não viu necessidade de chamar o médico.

Insisti que Ze seguisse estes rituais para aplacar a ansiedade do marido e ganhar o respeito da sogra. Quando Ze cozinhava, ela se certificava de que todos os sabores fossem compatíveis e a comida cheirosa. Ela levava peixe do Lago Ocidental para a mesa e observava silenciosamente para ver se eles estavam gostando do sabor. Ela servia chá quando a xícara do marido ou da sogra estava ficando vazia. Depois de cumprir estas obrigações, eu a arrastava de volta para o quarto, e nós retomávamos o trabalho.

Eu já tinha aprendido um bocado sobre vida de casada e sexo. Não era aquela coisa sórdida que a Irmã Pedra gostava de debochar ou sobre a qual o Espírito Flor costumava fazer insinuações maldosas em *O pavilhão de Peônia*. Eu agora entendia o amor sexual como uma conexão espiritual através do toque físico. Eu fiz Ze escrever:

> Liniang diz: 'Fantasmas podem ser indiscretos na paixão, mas os humanos devem agir com decência." Liniang não pode e não deve ser considerada arruinada por fazer nuvens e chuva com Mengmei em seu sonho. Ela não podia conceber um filho em sonhos nem ficar grávida sendo um fantasma. Sonhar com nuvens e chuva não traz conseqüências, exigências, nem responsabilidades, e não deve trazer desonra. Todas as moças têm esse tipo de sonho. Isto não as prejudica, pelo contrário. Uma moça que sonha com nuvens e chuva está se preparando para a satisfação do *qing*. Como diz Liniang, "O noivado resulta em esposa, a fuga em concubina." Entre marido e mulher, o que alguns consideram lascivo se torna elegante.

Mas *qing* não podia ficar limitado a maridos e esposas. E quanto ao amor de mãe? Eu ainda sentia saudades da minha mãe. Do outro lado do lago, ela devia sentir a minha falta também. Isso também não era *qing*? Eu fiz Ze procurar a cena de Mãe e Filha Reunidas, quando Liniang – outra vez viva – se encontra com a mãe por acaso na hospedaria de Hangzhou. Anos atrás, eu tinha considerado esta cena meramente um descanso de todas as batalhas e intrigas políticas que enchiam o último terço da ópera. Agora, ao lê-la, fui atraída para o mundo de *qing* – feminino, lírico e muito emotivo.

Madame Du e Perfume Primaveril ficam horrorizadas quando Liniang sai das sombras, acreditando que estão vendo um fantasma. Liniang chora, enquanto as outras duas mulheres recuam assustadas. Irmã Pedra entra no aposento com um lampião. Avaliando rapidamente a situação, ela segura Madame Du pelo braço. *Deixe que a luz do lampião ajude a lua a mostrar o rosto de sua filha.* Saindo das trevas da ignorância, Madame Du vê que a moça diante dela é realmente sua filha e não apenas um fantasma. Ela recorda a imensa tristeza que sentiu com a morte de Liniang. Agora ela precisa vencer o medo de uma criatura que não pertence ao mundo dos vivos. O amor de sua mãe era profundo, mas na verdade o amor materno pode ser ainda mais profundo que isso.

Segurei a mão de Ze enquanto ela escrevia:

> Ao acreditar que a criatura diante dela é humana, Madame Du não só reconhece Liniang como sendo humana, mas devolve a ela seu lugar no mundo dos homens.

Para mim, esta era a mais pura definição do amor materno. Apesar da dor, do sofrimento, das desavenças entre gerações, uma mãe dá à filha seu lugar no mundo, como filha e como futura esposa, mãe, avó, tia e amiga.

Ze e eu escrevíamos sem parar. Na primavera, após seis meses de obsessão, eu estava exausta. Achei que tinha escutado tudo o que podia sobre amor. Olhei para a minha esposa-irmã. Seus olhos estavam inchados de cansaço. Seu cabelo estava opaco e sem vida. Sua pele tinha ficado pálida do esforço, das noites sem dormir, e da obrigação de manter o marido e a sogra satisfeitos. Eu precisava fazer menção ao papel que ela tinha desempenhado no meu projeto. Soprei delicadamente na direção dela. Ela estremeceu e, automaticamente, pegou o pincel.

Em duas páginas em branco no início da ópera, ajudei Ze a compor um ensaio explicando como os comentários haviam sido escritos, deixando de fora tudo que pudesse parecer estranho ou improvável no plano terreno.

Um dia havia existido uma moça doente de amor que amava *O pavilhão de Peônia*. Esta moça, Chen Tong, era noiva do poeta Wu Ren, e à noite ela anotava seus pensamentos acerca do amor nas margens da ópera. Depois que ela morreu, Wu Ren casou-se com outra moça. Esta segunda esposa encontrou o exemplar da ópera com as palavras delicadas de sua antecessora. Ela quis completar o que sua esposa-irmã tinha iniciado, mas não tinha a segunda parte da ópera. Quando seu marido chegou com um exemplar da ópera completa, ela ficou embriagada de felicidade. Depois disso, sempre que Wu Ren e Tan Ze passavam o tempo apreciando flores, ele a provocava a respeito do dia em que ela bebeu demais, adormeceu e só acordou no dia seguinte. Tan Ze era aplicada e atenciosa. Ela completou os comentários e resolveu oferecê-los às pessoas que abraçavam os ideais do *qing*.

Era uma explicação simples, pura e em grande parte verdadeira. Agora eu precisava que Ren a lesse.

EU ESTAVA TÃO acostumada à obediência de Ze que não prestei atenção quando, depois que Ren saiu para se encontrar com os amigos numa casa de chá na beira do lago, ela pegou meu exemplar original do volume um. Não me preocupei nem um pouco quando ela o levou para fora de casa. Achei que iria reler minhas palavras e refletir sobre tudo o que lhe havia ensinado sobre o amor. Não me preocupei nem quando ela atravessou a ponte que levava ao pavilhão de verão no centro do lago da família Wu. Eu não tinha nenhuma condição de flutuar pelas esquinas estreitas da ponte em ziguezague. Mas isso não me causou nenhum alarme. Sentei-me numa jardineira perto da margem do lago, debaixo da ameixeira que se recusava a dar folhas, flores e frutos, e me preparei para desfrutar da serenidade da paisagem. Era o quinto mês do décimo primeiro ano do reinado do imperador Kangxi, e eu admirei a tranqüilidade daquele dia de final de primavera, com Ze, uma esposa jovem e bonita, apesar dos lábios finos, admirando as flores-de-lótus sobre a superfície plácida do lago.

Mas, quando ela tirou da manga um vela e a acendeu em plena luz do dia, eu me levantei de um salto. Andei de um lado para outro ansiosamente, e o ar ao meu redor se agitou em resposta. Vi, com absoluto horror, quando ela rasgou uma folha do volume um e, devagar e deliberadamente, queimou-a na chama da vela. Ze sorria enquanto o papel queimava. Quando não pôde mais segurá-lo, soltou os restos queimados por cima da grade. O resto de papel acabou de queimar antes mesmo de cair na água.

Ela rasgou mais três folhas do livro. Pôs fogo nelas e atirou-as sobre a grade do pavilhão. Eu tentei correr para a ponte, mas meus pés eram inúteis. Caí, ralando o queixo e as mãos. Levantei-me com esforço e caminhei rapidamente até a ponte em ziguezague. Não consegui contornar os cantos. Pontes em ziguezague eram construídas assim como uma barreira contra espíritos como eu.

– Pare! – gritei. Por um momento, o mundo todo estremeceu. As carpas ficaram imóveis no lago, os pássaros emudeceram, as flores se despetalaram. Mas Ze nem ergueu os olhos. Ela rasgou metodicamente mais algumas folhas e as queimou.

Corri, tropeçando, quase caindo, de volta para a margem. Gritei por cima do lago, provocando ondas que bateram na ponte e no pavilhão, fazendo o ar girar na esperança de apagar a vela. Mas Ze foi astuta. Ela tirou a vela do peitoril e se ajoelhou no chão do pavilhão, onde ficaria protegida do vento que eu tinha provocado. E então ela teve uma idéia ainda mais cruel. Ela arrancou todas as folhas do livro, amassou-as e fez uma pilha com elas. Virou a vela e deixou que a cera pingasse sobre as folhas. Olhou em volta, examinando furtivamente a margem e os muros para certificar-se de que não havia ninguém olhando, e então pôs fogo no papel.

Nós ouvimos tanto falar neste ou naquele Manuscrito Salvo do Incêndio. Isto não era um acidente nem uma perda momentânea de fé na qualidade do texto. Isto era um ato deliberado, cometido contra mim, pela mulher que eu considerava minha esposa-irmã. Gemi de agonia, como se eu estivesse em chamas, mas ela não se importou. Girei o corpo e sacudi os braços até as folhas da primavera caírem como neve em volta de nós. Mas esta foi a pior coisa que eu poderia ter feito; o ar alimentou as chamas. Se eu estivesse no pavilhão, poderia ter engolido a fumaça, junto com minhas palavras. Mas eu não estava lá. Eu estava na margem do lago, de joelhos, chorando por saber que o que eu tinha escrito com minhas próprias mãos, molhado com minhas lágrimas, havia desaparecido, desfazendo-se em cinzas, fumaça, nada.

Ze esperou no pavilhão até as cinzas esfriarem, então jogou-as no lago. Ela voltou pela ponte, sem nenhuma preocupação ou remorso no coração, com um passo rápido que me deixou apreensiva. Eu a segui de volta ao quarto. Ela abriu o exemplar de *O pavilhão de Peônia* em que tinha copiado meus comentários e acrescentado os seus. A cada página que ela virava, eu tremia de medo. Será que ela iria destruí-lo também? Ela voltou às duas primeiras páginas que explicavam a "verdadeira" autoria dos comentários. Com um movimento brusco, brutal e rápido como uma punhalada, ela arrancou essas páginas. Isto foi pior do que o dia em que minha mãe queimou meus livros. Logo não restaria nada de mim na Terra, além de uma tábua ancestral sem marcas, perdida num depósito. Ren jamais me ouviria, e eu seria inteiramente esquecida.

Então Ze pegou as duas folhas arrancadas e escondeu-as dentro de outro livro.

– Por medida de segurança – ela disse para si mesma.

Com isso, eu fui salva. Foi como me senti: salva.

Mas eu estava física e emocionalmente ferida. Durante o tempo que Ze levou para realizar sua maldade, eu me tornei quase um nada. Eu me arrastei para fora do quarto. Fui rastejando pelo corredor. Quando senti que não poderia ir mais longe, me atirei por sobre o corrimão, ficando muito pequena e me escondi sob as fundações.

Saí de lá dois meses depois para buscar alimento durante o Festival de Fantasmas Famintos. Não pude passear, nem visitar minha antiga casa, nem ir até o campo para ver as terras de meu pai e provar as oferendas da família Qian. Só tive forças para sair do meu esconderijo, ir até o lago e comer as bolotas que o jardineiro jogava na água para as carpas. Depois voltei para a margem e tornei a me esconder na escuridão.

Como é que eu, tão bem-nascida, bem-educada, bonita e inteligente, tinha sofrido tantos reveses? Estaria pagando por pecados cometidos numa vida anterior? Estaria passando por tudo isso para a diversão de deuses e deusas? Ou, simplesmente, meu destino de mulher era sofrer? No decorrer dos meses seguintes, eu não encontrei respostas, mas recuperei minha força, minha determinação, e, mais um vez, me lembrei de que, como todas as mulheres, eu queria e precisava ser ouvida.

A boa esposa

PASSARAM-SE MAIS CINCO MESES. UM DIA, OUVI PASSOS apressados no corredor sobre minha cabeça: visitas chegando, sendo recebidas com cumprimentos efusivos e oferendas cheirosas em travessas e bandejas, em comemoração ao Ano-Novo. O retinir de pratos e a explosão de fogos me levaram de volta à luz do dia. Meus olhos arderam com a claridade. Meus braços e pernas estavam duros depois de passarem tantos meses encolhidos. Minhas roupas? Não dá nem para descrever de tão patéticas.

O irmão de Ren e sua esposa vieram da província de Shanxi para as festas. A cunhada de Ren me havia enviado a edição de Tang Xianzu de *O pavilhão de Peônia* muitos anos antes. Eu não tinha vivido o bastante para conhecê-la. Agora ela estava ali, pequena e graciosa. A filha dela, Shen, que só tinha dezesseis anos e já estava casada com um proprietário de terras em Hangzhou, também foi visitar. Seus vestidos eram lindamente bordados e personalizados com cenas de antigamente para mostrar a individualidade e a sensibilidade de mãe e filha. Suas vozes suaves mostravam refinamento, educação e amor pela poesia. Elas se sentaram ao lado de Madame Wu e conversaram sobre os passeios que tinham feito. Tinham visitado monastérios nas montanhas, tinham caminhado pela Floresta de Bambu e tinham visitado Longjing para ver a colheita e o tratamento das folhas de chá. Elas me fizeram desejar a vida que havia perdido.

Ze entrou. Nos últimos sete meses, escondida debaixo do corredor, eu não tinha tido notícias dela. Eu esperava ver lábios finos, fisionomia carrancuda, olhos insolentes. Eu *queria* que o rosto dela estivesse assim, e estava, mas quando ela abriu a boca, só pronunciou palavras amáveis.

– Shen – Ze disse, dirigindo-se à sobrinha de Ren –, você deve deixar seu marido orgulhoso. É bom para uma esposa demonstrar seu bom gosto e sua elegância. Ouvi dizer que você é uma ótima anfitriã e que deixa os intelectuais muito à vontade.

– Muitos poetas vêm à nossa casa – Shen concordou. – Eu adoraria receber sua visita e do tio qualquer dia desses.

– Quando eu era menina, minha mãe me levava para passear – Ze respondeu. – Hoje em dia eu prefiro ficar em casa e preparar refeições para meu marido e minha sogra.

– Eu concordo, tia Ze, mas...

– Uma esposa precisa ser muito cuidadosa – Ze continuou. – Eu tentaria atravessar o lago depois da primeira geada do inverno? Arriscaria ser objeto de críticas? Não quero ser humilhada nem ser motivo de vergonha para o meu marido. O único lugar seguro é nos nossos aposentos interiores.

– Os homens que visitam meu marido são importantes – a jovem Shen respondeu calmamente, ignorando tudo o que Ze tinha dito. – Seria bom para o tio Ren conhecê-los.

– Eu não tenho nada contra passeios – Madame Wu interrompeu. – Se meu filho puder beneficiar-se de novos relacionamentos.

Mesmo depois de dois anos de casamento, ela se recusava a criticar abertamente sua nora, mas, em cada gesto e em cada olhar, ela deixava claro que esta esposa não era uma "igual" em nenhum aspecto.

Ze suspirou.

– Se a mãe concorda, nós iremos. Eu farei qualquer coisa para deixar meu marido e minha sogra contentes.

O que era isso? Quando eu estava escondida, as lições que tinha dado a Ze teriam sido absorvidas?

No decorrer da visita de uma semana, as quatro mulheres passavam as manhãs juntas nos aposentos das mulheres. Madame

Wu, inspirada pela nora e pela neta, convidou outros parentes e amigos para visitar. Li Shu, prima de Ren, chegou com Lin Yining, cuja família era ligada aos Wus havia várias gerações. Ambas eram poetas e escritoras. Lin Yining era membro do famoso Clube de Poesia Banana Garden Five, que tinha sido fundado pela escritora Gu Ruopu. Os membros do Clube, que não viam nenhum conflito entre o pincel de caligrafia e a agulha de bordar, tinham dado outro direcionamento à idéia das Quatro Virtudes. Elas acreditavam que o melhor exemplo do "discurso feminino" era a escrita feminina, portanto a visita de Li Shu e de Lin Yining foi uma época de muito incenso, janelas abertas e atividade com pincéis de caligrafia. Ze tocava cítara para o deleite de todos. Ren e seu irmão executavam todos os rituais para agradar, alimentar e vestir os antepassados Wu. Ren era carinhoso com a esposa na frente dos outros. Eu não era nada para ninguém. Só podia assistir e sofrer.

E então minha sorte mudou. Digo sorte, mas talvez fosse destino. Shen pegou *O pavilhão de Peônia* e começou a ler minhas palavras, aquelas que Ze tinha copiado nas páginas. Shen abriu o coração para os sentimentos e foi tocada em todas as sete emoções ancestrais. Ela refletiu sobre a própria vida e os momentos de amor e desejo que havia experimentado. Ela se imaginou envelhecendo e abrigando sentimentos de perda, dor e remorso.

— Tia Ze, posso levar emprestado este livro? — Shen perguntou, inocentemente. Como minha esposa-irmã poderia negar?

E assim, *O pavilhão de Peônia* deixou a propriedade da família e viajou para outra parte de Hangzhou. Eu não acompanhei Shen, acreditando que meu projeto estava mais seguro em suas mãos do que nas de Ze.

CHEGOU UM CONVITE para Ren, Ze, Li Shu e Lin Yining visitarem Shen e o marido. Quando os palanquins foram buscá-los, segurei nos ombros de Ze enquanto ela atravessava a propriedade. Quando chegamos ao palanquim, ela entrou e eu subi no teto.

Descemos a Montanha Wushan, passamos pelo templo e rodeamos o lago até chegar à casa de Shen. Eu não era uma moça morta vagando sem rumo à caminho do outro mundo, ou procurando avidamente comida durante o Festival de Fantasmas Famintos. Finalmente, eu estava fazendo o que Ren tinha prometido que aconteceria quando nos casássemos: eu estava passeando.

Nós chegamos à casa de Shen e, pela primeira vez, eu atravessei a soleira de uma porta que não pertencia ao meu pai nem ao meu marido. Shen nos recebeu num pavilhão coberto por uma trepadeira de glicínias que ela disse ter duzentos anos. Grandes ramos de flores cor de violeta enchiam o ar com a frescura de seu perfume. Como havia prometido, Shen tinha convidado diversos literatos. Seu tutor, que tinha um barba longa e pontuda para mostrar a idade e a sabedoria, foi agraciado com o lugar de honra. O poeta Hong Sheng e sua esposa grávida chegaram com vinho e nozes de presente. Diversas mulheres casadas, algumas delas poetisas, cumprimentaram Li Shu pela recente publicação de sua nova peça. Fiquei muito impressionada com a aparência de Xu Shijun, que tinha escrito *Reflexões sobre a onda primaveril* sobre Xiaoqing. Ele era famoso por apoiar a publicação de textos escritos por mulheres. Tinha sido convidado para discutir os sutras budistas. Minha sogra tinha razão: Ren estabeleceria relações importantes ali. Ele e Ze sentaram-se lado a lado, formando um belo casal.

O *Livro de ritos* diz que homens e mulheres nunca devem usar os mesmos cabides, toalhas ou pentes, muito menos sentarem-se lado a lado. Mas ali, homens e mulheres – estranhos – se confraternizavam sem se importar com idéias antigas. Foi servido chá, acompanhado de doces. Eu me sentei no parapeito e fiquei embriagada com o perfume das glicínias e com os versos que cruzavam o pavilhão como pássaros voando no céu. Mas quando o tutor de Shen pigarreou, todos no pavilhão fizeram silêncio.

– Nós podemos recitar e compor a tarde toda – ele disse –, mas eu estou curioso sobre o que Shen e eu lemos nas últimas semanas. – Alguns dos hóspedes concordaram com a cabeça. –

Fale-nos – o tutor dirigiu-se a Ren – sobre seus comentários a respeito de *O pavilhão de Peônia*.

Surpresa, desci do meu lugar. Uma rajada de vento soprou no pavilhão, fazendo as esposas apertarem a seda de seus vestidos contra o corpo e os maridos curvarem os ombros. Eu tinha pouco controle sobre o efeito das minhas ações no mundo natural, mas tentei me aquietar. Quando o vento parou, Shen olhou para Ren, sorriu e perguntou:

– Por que você resolveu escrever aquele comentário?

– A modéstia não permite que eu admita a profundidade dos meus sentimentos em relação a essa ópera – Ren respondeu –, mas não escrevi nada a respeito dela.

– Você está mesmo sendo modesto – o tutor disse. – Nós sabemos que você é um ótimo crítico. Já escreveu muito sobre teatro.

– Mas nunca sobre *O pavilhão de Peônia* – Ren terminou a frase.

– Mas como pode ser? – o tutor perguntou. – Minha aluna voltou da sua casa com um exemplar de *O pavilhão de Peônia*. Com certeza foi você que escreveu seus pensamentos nas margens.

– Eu não escrevi nada – Ren afirmou. Ele olhou interrogadoramente para a esposa, mas ela não disse nada.

– Depois que Shen leu, passou o livro para mim – a esposa de Hong Sheng disse. – Não acho que um homem pudesse ter tais sentimentos. Aquelas palavras foram escritas por uma mulher. Eu imaginei uma jovem como eu – ela acrescentou, enrubescendo.

O tutor descartou a idéia como se ela fosse um mau cheiro.

– O que li não pode ter sido escrito por uma mulher – ele disse. – Shen permitiu que eu mostrasse os comentários a outras pessoas aqui em Hangzhou. Para um homem, para uma mulher – e ele apontou para os outros que estavam sentados no pavilhão –, nós fomos tocados pelas palavras. Perguntamos a nós mesmos, Quem pode ter tido esses insights tão fantásticos sobre ternura, devoção e amor? Shen convidou-os para vir aqui responder a essa pergunta.

Ren tocou na mão de Ze.

– Este é o seu exemplar de *O pavilhão de Peônia*? Aquele no qual você trabalhou por tanto tempo? Aquele que foi iniciado por...?

Ze ficou com os olhos perdidos na distância, como se ele estivesse falando com outra pessoa.

– Quem escreveu essas lindas palavras? – perguntou Hong Sheng.

Até ele tinha lido meus comentários? Eu quase chorei de alegria. A sobrinha de Ren tinha feito algo extraordinário. Ela não só tinha levado meus pensamentos para sua casa e para seu tutor, como também para um dos escritores mais populares do país.

Enquanto isso, Ze estava com uma expressão confusa no rosto, como se ela tivesse esquecido quem havia escrito nas margens.

– Foi o seu marido? – o tutor perguntou.

– Meu marido? – Ze inclinou a cabeça como fazem todas as esposas humildes. – Meu marido? – ela repetiu docemente. Então, depois de uma longa pausa, ela disse: – Sim, meu marido.

Essa mulher nunca deixaria de torturar-me? Antes, ela fora dócil e fácil de controlar, mas tinha aprendido muito bem minhas lições. Ela também tinha se tornado uma boa esposa.

– Mas, Ze, eu não escrevi nada sobre a ópera – insistiu Ren. Ele olhou para os outros e acrescentou: – Eu sei dos comentários, e não os escrevi. Por favor – ele disse a Shen. – Posso ver?

Shen fez sinal para um criado ir buscar o livro. Todos esperaram, incomodados com o desentendimento entre marido e mulher. Eu? Eu me equilibrei nos meus pés de lírio, tentando ficar o mais imóvel possível, enquanto no íntimo havia um tumulto de emoções de medo, espanto e esperança.

O criado voltou com o livro e colocou-o nas mãos de Ren. Os convidados esperaram enquanto ele virava as páginas. Eu queria correr para ele, ajoelhar-me diante dele e olhar dentro de seus olhos enquanto ele lia minhas palavras. *Está me ouvindo?* Mas consegui manter a serenidade. Se eu interferisse de algum modo – intencional ou irresponsavelmente –, estragaria o momento. Ele folheou as páginas, parando de vez em quando, e então ergueu os olhos com uma expressão curiosa, de saudade e perda.

– Eu não escrevi isto. Estes comentários foram iniciados por uma mulher que seria minha esposa. – Ele se virou para Lin Yining e Li Shu, as duas mulheres que eram suas parentes. – Vocês lembram que eu ia me casar com Chen Tong. Foi ela quem começou isto. Minha esposa retomou o projeto e acrescentou seus comentários na segunda parte. Sem dúvida, vocês que são do meu sangue sabem que estou dizendo a verdade.

– Se o que você diz é verdade – o tutor interrompeu antes que as duas mulheres pudessem responder –, por que o estilo de Ze é tão semelhante ao de Chen Tong a ponto de não se poder distingui-los?

– Talvez só um marido, um homem que tenha conhecido bem ambas as mulheres, possa ouvir as duas vozes.

– O amor só cresce quando um casal se torna íntimo – Hong Sheng concordou. – Quando a lua brilha sobre o Lago Ocidental, você não vê um marido sozinho em seu quarto. Quando uma fivela de jade cai sobre o travesseiro, você não vê uma esposa sozinha. Mas, por favor, explique para nós como uma moça solteira podia saber tanto sobre amor. E como você conheceria a voz dela se nunca se casaram?

– Acho que o Sr. Wu está dizendo a verdade – uma das esposas interrompeu astutamente, evitando que Ren fosse obrigado a responder às perguntas difíceis. – Achei as palavras de Chen Tong românticas. Sua esposa-irmã também fez um bom trabalho acrescentando suas idéias sobre *qing*.

Outras esposas concordaram com movimentos de cabeça. Ze continuou distraída.

– Eu ficaria feliz em ler esses pensamentos mesmo sem a ópera – Shen declarou.

Sim! Isto era exatamente o que eu queria ouvir.

Então Xu Shijun exprimiu seu ceticismo.

– Que esposa iria querer ter seu nome conhecido fora do quarto? As mulheres não têm motivos para entrar na corrida degradante pela fama.

Isto, vindo de um homem que era famoso como educador de mulheres, que tinha demonstrado tanta simpatia pelo sofrimento de Xiaoqing, que era conhecido por apoiar a publicação de textos femininos?

– Nenhuma mulher, muito menos duas esposas, iriam querer exibir seus pensamentos particulares de uma forma tão pública – um dos maridos acrescentou, aproveitando a deixa surpreendente de Xu. – As mulheres têm os aposentos particulares para isso. Liberalismo, mulheres se aventurando no mundo exterior, homens encorajando mulheres a escrever e pintar para ganhar dinheiro, tudo isso levou ao Cataclismo. Devemos ficar felizes pelo fato de algumas mulheres estarem voltando às velhas tradições.

Eu me senti mal. O que tinha acontecido com os legalistas? Por que Li Shu e Lin Yining, ambas escritoras profissionais, não discordavam?

– As esposas precisam ser cultas – o tutor de Shen disse, e por um momento eu me senti melhor. – Elas precisam entender os mais altos princípios para poder ensiná-los aos filhos. Mas, infelizmente, nem sempre é assim. – Ele sacudiu a cabeça, desanimado. – Nós deixamos as mulheres lerem e o que acontece? Elas buscam pensamentos nobres? Não. Elas lêem peças, óperas, romances e poesia. Elas lêem por diversão, o que só pode prejudicar a contemplação.

Fiquei paralisada com a brutalidade dessas palavras. Como as coisas podiam ter mudado tanto nos nove anos desde a minha morte? Meu pai podia não deixar que eu saísse do palacete e minha mãe podia não gostar que eu lesse *O pavilhão de Peônia*, mas estas idéias eram muito mais contundentes do que as do meu tempo.

– Então podemos concordar que o mistério está resolvido – o tutor de Shen concluiu. – Wu Ren realizou algo realmente único. Ele nos abriu uma janela para acerca do significado e das razões do amor. Ele é um grande artista.

– Tão sensível – um dos homens disse.

– Sensível *demais* – Lin Yining acrescentou, com um toque de amargura.

Ze não disse uma palavra sequer aquele tempo todo. Ela agiu com educação e sinceridade. Manteve os olhos baixos e as mãos ocultas dentro das mangas. Ninguém poderia tê-la acusado de ser nada menos que uma esposa perfeita.

Xu Shijun levou os comentários e publicou-os. Ele incluiu um prefácio que escreveu sobre Ren, elogiando seus insights acerca do amor, do casamento e do desejo. Em seguida, ele promoveu os comentários, viajando pelo país e confirmando Ren como o autor daquela grande obra. Assim, minhas palavras, meus pensamentos e emoções se tornaram extremamente populares entre os intelectuais, não só em Hangzhou como em toda a China.

Ren se recusou a aceitar louvores.

– Eu devo tudo à minha esposa e à moça que teria sido minha esposa.

E ele sempre ouvia a mesma resposta:

– O senhor é muito modesto, Sr. Wu.

Embora negasse – talvez porque ele negasse – ele ganhou uma sólida reputação pelo que eu e Ze tínhamos escrito. Os editores o procuravam para publicar seus poemas. Ele era convidado para reuniões de intelectuais. Passava semanas viajando e seu nome ia ficando cada vez mais conhecido. Ele ganhou dinheiro, o que deixou sua mãe e sua esposa muito felizes. Ele acabou aprendendo a aceitar elogios. Quando os homens diziam, "Nenhuma mulher jamais poderia escrever algo tão perceptivo", ele baixava a cabeça e não dizia nada. E nenhuma das mulheres que tinham estado na casa de Shen naquele dia veio em minha defesa. Obviamente, era mais fácil nestes tempos de mudança não se expor nem celebrar o trabalho de outra mulher.

Eu deveria ter ficado orgulhosa com o sucesso do meu poeta. Em vida, talvez eu tivesse feito o mesmo que Ze, pois o dever de uma esposa é honrar o marido de todas as maneiras possíveis. Mas eu não pertencia ao mundo dos vivos, e senti a raiva, a decepção e a desilusão de uma mulher cuja voz lhe foi tirada. Apesar dos meus esforços, senti que Ren não tinha me escutado. Fiquei arrasada.

Sopa para curar ciúme

Depois da visita a Shen, Ze voltou para casa e se recolheu ao leito. Ela se recusava a acender a luz. Ela não falava. Ela recusava a comida mesmo quando esta era levada até ela. Ela parou de se vestir e de pentear o cabelo. Depois de tudo o que tinha feito contra mim, eu não fiz nada para ajudá-la. Quando Ren finalmente voltou de suas viagens, ela não quis se levantar da cama. Eles fizeram nuvens e chuva, mas foi como se tivessem voltado aos primeiros dias de seu casamento, de tão desinteressada que ela estava. Ren tentou atrair Ze para fora do quarto com promessas de passeios no jardim ou uma refeição com amigos. Em vez de aceitar, ela cruzou os braços, sacudiu a cabeça e perguntou:

— Eu sou sua mulher ou sua concubina?

Ele olhou para ela, recostada na cama, com o rosto manchado, a pele amarelada, os cotovelos e clavículas salientes.

— Você é minha esposa — ele respondeu. — É claro que eu a amo.

Quando ela começou a chorar, Ren fez a única coisa sensata que um homem poderia fazer. Mandou chamar o dr. Zhao, que declarou:

— Sua esposa teve uma recaída de mal de amor.

Mas Ze não podia estar sofrendo de mal de amor. Ela havia parado de comer, é verdade, mas ela não era uma donzela. Não era uma virgem. Era uma mulher casada, de dezoito anos de idade.

– Eu não estou doente de amor. Não tenho nenhum amor em mim! – Ze gritou da cama.

Os dois homens trocaram um olhar preocupado e olharam de volta para a mulher acamada.

– Marido, fique longe de mim. Eu me tornei um pesadelo, um vampiro, um ser maligno. Se você dormir comigo, eu vou espetar seus pés com um furador. Vou sugar o sangue dos seus ossos para preencher o vazio dentro de mim.

Esta era uma maneira de evitar fazer nuvens e chuva, mas eu não tinha mais vontade de interferir.

– Talvez sua esposa esteja com medo de perder sua posição – dr. Zhao declarou. – Você tem sido infeliz com ela?

– Tome cuidado – Ze avisou ao médico –, ou da próxima vez que o senhor adormecer eu vou usar um pedaço de seda para quebrar seu pescoço.

O dr. Zhao ignorou a observação.

– Madame Zu a critica demais? Uma observação, mesmo que casual, da sogra pode deixar uma jovem esposa ansiosa e insegura.

Quando Ren assegurou ao médico que isto não era possível, ele receitou uma dieta de pés de porco para ajudar a restaurar o *qi* de Ze.

Ela não ia comer uma coisa tão ordinária.

Em seguida o médico mandou a cozinheira preparar uma sopa de fígado de porco para ajudar a fortalecer o órgão correspondente de Ze. Logo ele estava tentando cada órgão de porco para fortalecer a paciente. Nenhum deles funcionou.

– Era para você ter se casado com outra pessoa – o médico disse timidamente para Ren. – Talvez ela tenha voltado para reclamar seu lugar de direito.

Ren não aceitou a idéia.

– Eu não acredito em fantasmas.

O médico fechou a cara e voltou a tomar os pulsos de Ze. Ele perguntou a ela sobre seus sonhos, que ela disse que eram cheios de demônios cruéis e visões horrorosas.

— Eu vejo uma mulher esquelética — disse Ze. — Sua nostalgia se enrosca em meu pescoço e me deixa sem ar.

— Eu não fui suficientemente sutil em meu diagnóstico — o dr. Zhao admitiu para Ren. — Sua esposa tem um tipo diferente de mal de amor do que eu tinha pensado antes. Ela tem uma forma grave da mais comum das moléstias femininas: excesso de vinagre.

Esta palavra soa exatamente igual a *ciúme* em nosso dialeto.

— Mas ela não tem motivos para sentir ciúme — respondeu Ren.

Ao ouvir isto, Ze apontou o dedo para ele.

— Você não me ama.

— E quanto à sua primeira esposa? — dr. Zhao insistiu.

— Ze é a minha primeira esposa.

Isso me doeu. Ren teria me esquecido completamente?

— Talvez você esqueça que eu tratei de Chen Tong até ela morrer — o médico disse a ele. — Segundo a tradição, ela foi a sua primeira esposa. Os seus Oito Caracteres não foram comparados? Presentes de casamento não foram enviados para a casa da família dela?

— Suas idéias são muito antiquadas — Ren respondeu. — Isto não é uma infestação de fantasmas. Os fantasmas só existem para assustar as crianças e fazê-las obedecer aos pais, para dar aos rapazes uma desculpa para explicar seu mau comportamento com mulheres ordinárias, ou para fazer as moças lamentar pelo que não podem ter.

Como ele podia dizer essas coisas? Ele tinha esquecido nossas conversas sobre *O pavilhão de Peônia*? Ele tinha esquecido que Liniang era um fantasma? Se ele não acreditava em fantasmas, como iria me escutar? Suas palavras foram tão terríveis e cruéis que eu decidi que ele só as estava dizendo para consolar e tranqüilizar minha esposa-irmã.

— Muitas esposas se recusam a comer porque são ciumentas e mal-humoradas — o médico disse, tentando uma abordagem diferente. — Elas tentam empurrar a raiva para cima dos outros para fazê-los sentir culpa e remorso.

O médico receitou uma tigela de sopa para curar ciúme, feita com caldo de papa-figo. Numa das peças sobre Xiaoqing, este remédio foi usado na esposa ciumenta. Ele tinha reduzido pela metade a doença emocional, mas a tinha deixado com marcas na pele.

– Você quer me destruir? – Ze empurrou a sopa. – E a minha pele?

O médico pôs a mão no braço de Ren e falou alto o bastante para Ze escutar.

– Lembre-se de que o ciúme é uma das sete razões para o divórcio.

Se eu soubesse, teria tentado fazer alguma coisa. Mas, se eu soubesse, talvez não tivesse morrido. Então permaneci nas vigas do teto quando o médico tentou expelir o excesso de fogo da barriga de Ze com um remédio menos assustador, limpando seus intestinos com um tônico feito de aipo. Ze encheu um urinol atrás do outro, mas não recuperou as forças.

Em seguida, veio o adivinho. Fiquei longe dele quando brandiu uma espada úmida de sangue sobre a cama de Ze. Cobri os ouvidos quando ele pronunciou seus feitiços. Mas não havia nenhum espírito maligno assombrando Ze, portanto seus esforços foram em vão.

Passaram-se seis semanas. Ze piorou. Quando acordava de manhã, ela vomitava. Quando movia a cabeça durante o dia, ela vomitava. Quando a sogra vinha com novas sopas, Ze virava o rosto e vomitava.

Madame Wu pediu que o médico e o adivinho fossem lá juntos.

– A família está muito preocupada com minha nora – ela disse. – Mas talvez o que esteja havendo seja algo muito natural. Talvez o senhor possa examiná-la de novo e, desta vez, considerar que ela é uma esposa e meu filho é um marido.

O médico examinou a língua de Ze. Examinou seus olhos. Tornou a tomar seu pulso. O adivinho movimentou uma orquídea murcha de uma mesa para outra. Ele consultou os horóscopos de Ren e Ze. Escreveu uma pergunta num pedaço de papel, queimou-o num braseiro para que as palavras pudessem viajar para o céu e consultou as cinzas para obter a resposta. Em seguida, os dois homens confabularam para conferir seus achados e refinar seu diagnóstico.

— A mãe é muito sábia — o dr. Zhao finalmente declarou. — As mulheres são sempre as primeiras a reconhecer os sintomas. Sua nora está com o melhor tipo de mal de amor. Ela está grávida.

Depois de tantas semanas com diagnósticos tão variados, eu não acreditei, mas fiquei curiosa. Poderia ser verdade? Apesar de haver outras pessoas no quarto, eu subi na cama de Ze. Sentei-me ao lado dela e espiei para dentro de sua barriga. Vi o pedacinho de vida lá dentro, uma alma esperando para renascer. Eu devia ter visto antes, mas era jovem e ignorante. Era um filho.

— Não é meu! — Ze gritou. — Tirem isso daí!

O dr. Zhao e o adivinho riram, bem-humorados.

— Ouvimos isso muitas vezes da parte de jovens esposas — o dr. Zhao disse. — Madame Wu, por favor mostre a ela de novo o livro confidencial das mulheres e explique o que aconteceu. Senhora Ze, descanse, evite fofocas e coma alimentos apropriados. Fique longe de castanhas, veados almiscareiros, carne de cordeiro e de coelho.

— E use um lírio preso na cintura — o adivinho acrescentou. — Ele ajudará a aliviar as dores do parto e irá assegurar o nascimento de um filho sadio.

Com muita alegria, Ren, sua mãe e os criados discutiram as possibilidades.

— Um filho é melhor — Ren disse —, mas eu ficaria contente com uma filha. — Ele era esse tipo de homem. Por isso é que eu ainda o amava.

Mas Ze não estava contente com o bebê, e seu estado de saúde não melhorou. Ela não tinha oportunidade de encontrar veados almiscareiros, e o cozinheiro baniu carne de coelho e de cordeiro da casa, mas Ze ia até a cozinha tarde da noite para comer castanhas. Ela amassou a flor que tinha na cintura e a atirou no chão. Recusava-se a alimentar a criança que estava crescendo dentro dela. Ficava acordada até tarde escrevendo em pedaços de papel que o bebê não era dela. Toda vez que via o marido, ela gemia:

– Você não me ama! – E quando não estava chorando, agredindo ou recusando comida, estava vomitando. Em pouco tempo, todos podiam ver pedaços cor-de-rosa de tecido do estômago nas bacias que as criadas tiravam do quarto. Todos entendiam a gravidade da situação. Ninguém quer que um ente querido morra, mas o fato de uma mulher morrer grávida ou durante o parto significava um destino terrível: deportação para o Lago do Sangue Derramado.

O Festival da Lua de Outono começou e terminou. Ze parou até de beber água. Espelhos e uma peneira foram pendurados no quarto. Felizmente, nenhuma dessas coisas foi apontada para onde eu estava de vigília.

– Não há nada errado com ela – o Comissário Tan anunciou quando veio visitá-la. – Ela não quer um bebê em seu útero porque não tem nada no coração.

– Ela é sua filha – Ren disse ao homem –, e é minha esposa.

O Comissário não se sensibilizou e partiu com um conselho e um aviso:

– Quando o bebê nascer, deixe-o longe dela. Será mais seguro. Ze não gosta que olhem para ninguém, só para ela.

Ze não tinha paz. Ela parecia apavorada durante o dia, tremendo, chorando, tapando os olhos. As noites não lhe davam trégua. Ela se virava de um lado para outro, gritava e acordava encharcada de suor. O adivinho construiu um altar especial de madeira de pessegueiro e acendeu velas e incenso. Ele escreveu um feitiço, queimou-o e depois misturou as cinzas com água de uma fonte. Com a espada na mão direita e o copo de cinzas molhadas na outra, ele rezou: "Livre esta casa do mal que se esconde nela." Ele molhou um galho de salgueiro na água e borrifou os quatros pontos cardeais. Para reforçar o feitiço, ele encheu a boca com aquela água e a cuspiu na parede sobre a cama de Ze. "Limpe a mente desta mulher dos espíritos da escuridão."

Mas seus pesadelos não cessaram e os efeitos foram se tornando cada vez piores. Eu entendia de sonhos e achei que podia ajudar, mas, quando acompanhei Ze neste caminho, não encontrei nada assustador ou incomum. Ela não estava sendo perseguida nem prejudicada em seus sonhos, o que me deixou muito espantada.

As primeiras neves chegaram e o médico veio de novo.

— Esta criança que sua esposa carrega não é boa — ele disse a Ren. — Ela está agarrada nos intestinos de sua esposa e não quer largar. Se me der licença, vou usar acupuntura para me livrar dela.

Aparentemente, esta parecia ser uma explicação lógica e uma solução prática, mas eu podia ver o bebê. Ele não era um espírito maligno; estava apenas tentando sobreviver.

— E se for um filho homem? — Ren perguntou.

O médico hesitou. Quando viu os pedaços de papel, escritos por Ze, espalhados pelo quarto, ele disse tristemente:

— Todo dia eu vejo isto e não sei o que fazer. Saber escrever é uma grave ameaça para o sexo feminino. Eu já vi a perda da saúde e da felicidade de mulheres jovens por elas não largarem a tinta e o pincel. Temo — e ele pôs a mão no braço de Ren, num gesto consolador — que iremos olhar para trás e culpar o fato de sua mulher saber escrever pelo mal de amor que resultará em sua morte.

Pensei, não pela primeira vez, que o dr. Zhao sabia muito pouco a respeito de mulheres e de amor.

Nesse momento tão difícil, quando a família Wu iniciou sua vigília à beira do leito de morte, meu irmão adotivo chegou. A chegada de Bao chocou a todos, pois estávamos focados em alguém que estava definhando e ele estava imensamente gordo. Em seus dedos inchados, ele segurava os poemas que eu tinha escrito quando estava morrendo e que tinha escondido no livro sobre construção de represas, na biblioteca do meu pai. Como Bao os havia encontrado? Olhando para suas mãos brancas e macias, ele não parecia o tipo de pessoa encarregada da construção de uma represa. Seus olhos estreitos e muito juntos um do outro não pareciam indicar curiosidade intelectual ou prazer na leitura. Alguma outra coisa o tinha feito abrir aquele livro.

Quando ele pediu dinheiro pelos meus poemas e eu vi que aquilo não era o presente de um cunhado para outro, compreendi que as coisas não iam bem no Palacete da Família Chen. Acho que já esperava por isso. Eles não podiam ignorar minha morte e achar que isto não traria conseqüências. Bao devia estar desmontando a biblioteca e tinha encontrado os poemas. Mas onde estava meu pai? Ele venderia suas concubinas antes de se desfazer da biblioteca. Ele estaria doente? Teria morrido? Mas se ele tivesse morrido eu não saberia? Eu deveria voltar correndo para casa?

Mas *esta* era a minha casa agora. Ren era meu marido e Ze era minha esposa-irmã. Ela estava doente. Sim, eu tinha ficado zangada com ela às vezes. Tinha chegado até a odiá-la. Mas estaria ao seu lado quando ela morresse. Eu a receberia no outro mundo e a agradeceria por ser minha esposa-irmã.

Ren pagou ao meu irmão adotivo. As coisas estavam tão ruins com Ze que ele nem olhou para os poemas. Ele pegou um livro da sua biblioteca, enfiou os papéis lá dentro, tornou a guardar o livro na estante e voltou para o quarto.

A vigília prosseguiu. Madame Wu trouxe chá e uma refeição ligeira para o filho, mas ele mal tocou na comida. O Comissário Tan e a esposa vieram visitar a filha. Eles se comoveram ao ver que a filha estava morrendo.

– Diga-nos o que você tem – Madame Tan implorou à filha.

O corpo de Ze relaxou e seu rosto ganhou cor quando ela ouviu a voz da mãe.

Encorajada, Madame Tan tentou de novo.

– Nós podemos levar você para casa, para dormir na sua cama. Você vai se sentir melhor conosco.

Ao ouvir estas palavras, Ze retesou o corpo, apertou os lábios e desviou os olhos. Ao ver isto, Madame Tan começou a chorar.

O Comissário ficou olhando para a filha intratável.

– Você sempre foi teimosa – ele disse –, mas eu sempre me lembro da noite em que assistimos a *O pavilhão de Peônia* como o momento em que suas emoções se congelaram. Desde então, você nunca mais ouviu meus conselhos e avisos. Agora está pagando por isso. Nós nos lembraremos de você em nossas oferendas.

Enquanto Madame Wu acompanhava os Tans até seus palanquins, a moça doente enumerou os males que se recusara a contar aos pais.

— Sinto uma enorme fraqueza. Não consigo mexer minhas mãos e meus pés. Meus olhos estão secos. Meu espírito está gelado.

De vez em quando ela abria os olhos, olhava para o teto, estremecia e tornava a fechá-los. O tempo todo, Ren ficou segurando sua mão e falando baixinho com ela.

Mais tarde naquela noite, quando a escuridão era total e eu não temi o reflexo dos espelhos, desci para o quarto. Abri as cortinas para o luar entrar. Ren estava dormindo numa cadeira. Eu toquei em seu cabelo e ele estremeceu. Sentei-me ao lado da minha esposa-irmã e senti o frio que gelava seus ossos. O resto da casa estava no mundo dos sonhos, então eu fiquei ao lado de Ze para protegê-la e confortá-la. Coloquei a mão sobre seu coração. Senti o coração bater mais devagar, falsear, bater mais depressa e, em seguida, mais devagar de novo. Quando o dia começou a clarear, a atmosfera do quarto mudou. Os ossos de Tan Ze esfarelaram, sua alma se dissolveu e ela voou pelo céu.

O Lago do Sangue Derramado

A ALMA DE ZE PARTIU-SE EM TRÊS. UMA PARTE INICIOU sua jornada para o outro mundo, outra parte esperou para entrar no caixão e a última parte ficou vagando até chegar a hora de ser colocado na sua tábua ancestral. Seu cadáver submeteu-se humildemente aos ritos que precisavam ser executados. O médico retirou o bebê da barriga de Ze e o jogou fora, para ele não ir junto com ela para o Lago do Sangue Derramado e ter a chance de renascer. Depois seu corpo foi lavado e vestido. Ren permaneceu ao lado dela, recusando-se a tirar os olhos do rosto pálido e dos lábios ainda vermelhos, parecendo esperar que ela acordasse. Esperei no quarto pelo aparecimento da sua alma errante. Eu estava convencida de que ela ficaria aliviada ao ver uma figura conhecida. Não podia estar mais enganada. Assim que ela me viu, ela arreganhou os lábios e me mostrou os dentes.

– Você! Eu sabia que iria ver você!

– Vai ficar tudo bem. Estou aqui para ajudar.

– Ajudar? Você me matou!

– Você está confusa – eu disse. Eu também tinha ficado desorientada depois de morrer. Ela teve sorte de eu estar ali para tranqüilizá-la.

– Mesmo antes de me casar, eu sabia que você ia tentar me prejudicar – ela continuou, num tom de voz furioso. – Você estava lá no dia do meu casamento, não estava? – Quando assenti, ela disse: – Eu devia ter sujado o seu túmulo com o sangue de um cachorro preto.

Esta era a pior coisa que uma pessoa podia fazer para uma alma morta, já que se acreditava que este tipo de sangue era tão odioso quanto o sangue menstrual de uma mulher. Se ela tivesse feito isso, eu teria sido guiada a matar minha família. Fiquei surpresa com a sua amargura, mas ela ainda não tinha terminado.

– Você me perseguiu desde o início – ela continuou. – Eu ouvia o seu choro no vento, em noites de tempestade.

– Eu achei que tinha feito você feliz...

– Não! Você me obrigou a ler aquela ópera. Depois me fez escrever sobre ela. Você me obrigou a imitá-la em tudo, até que não sobrou nada de mim. Você morreu por causa da ópera e depois me fez copiar você copiando Liniang.

– Eu só queria que Ren amasse mais você. Você não percebeu?

Isto a acalmou um pouco. Então ela olhou para suas unhas. Elas já tinham ficado pretas. A dura realidade de sua situação fez desaparecer o resto de sua raiva.

– Eu tentei me proteger, mas que chance eu tinha contra você? – ela disse.

Tantas vezes eu tinha dito o contrário disso para mim mesma: Minha esposa-irmã não tinha nenhuma chance contra mim.

– Eu achei que poderia fazer com que ele me amasse se lesse os comentários e acreditasse que o trabalho tinha sido feito por mim – ela continuou, retomando o tom de censura. – Eu não queria que ele lesse sobre o seu mal de amor. Eu não queria que ele acreditasse que eu tinha continuado o seu projeto como uma forma de honrar a "primeira" esposa. *Eu* era a primeira esposa. Você não ouviu o que meu marido disse? Vocês dois nunca foram casados. Ele não liga para você.

Ela era cruel na morte.

– Nosso casamento foi feito no Céu – eu disse, e ainda acreditava que isto fosse verdade. – Mas ele também amava você.

– Você foi esperta em sua loucura. Você me fez sentir frio, me manteve na escuridão e me perseguiu nos meus sonhos. Obrigou-me a descuidar da minha alimentação e do meu repouso.

O fato de esta fala vir de *O pavilhão de Peônia* não me tranqüilizou, porque eu tinha mesmo feito com que ela ficasse negligente.

— A única maneira de escapar de você era abrigando-me no pavilhão do lago — ela continuou.

— A ponte em ziguezague.

— Sim! — Ela tornou a arreganhar os lábios, mostrando os dentes brancos. — Eu queimei seu exemplar de *O pavilhão de Peônia* para exorcizá-la da minha vida. Achei que tinha conseguido, mas você não foi embora.

— Eu não podia ir embora depois do que você fez em seguida. Você deixou as pessoas acreditarem que nosso marido tinha escrito os comentários.

— E havia forma melhor de demonstrar minha devoção? De provar que eu era a esposa ideal?

Ze tinha razão, é claro.

— Mas e eu? — perguntei. — Você tentou me fazer desaparecer. Como pôde fazer isso, quando somos esposas-irmãs?

Ze riu da burrice da minha pergunta.

— Os homens são puro *yang*, mas fantasmas como você são tudo o que há de mortal e doentio no *yin*. Eu tentei resistir, mas sua interferência constante me matou. Vá embora. Eu não preciso nem desejo a sua amizade. Nós não somos amigas. E não somos esposas-irmãs. *Eu* serei lembrada. *Você* será esquecida. Eu me encarreguei disto.

— Escondendo as páginas que indicam a verdadeira autoria.

— Tudo o que você me obrigou a escrever era mentira.

— Mas eu lhe dei crédito. Era quase tudo sobre você.

— Eu não continuei a escrever os comentários com o objetivo de dar prosseguimento ao seu trabalho. Eu não escrevi de coração. Você fez da sua obsessão a minha obsessão. Você era um fantasma e não queria admitir o que tinha feito, então eu arranquei as folhas do livro. Ren jamais irá encontrá-las.

Tentei mais uma vez fazer com que ela enxergasse a verdade.

— Eu queria que você fosse feliz.

— Então usou o meu corpo.

— Eu fiquei feliz quando você engravidou.

— Aquele filho não era meu!

— É claro que era seu.
— Não! Você trouxe Ren para a minha cama, noite após noite, contra a minha vontade. Você me obrigou a fazer coisas... — Ela estremeceu de raiva e nojo. — E então pôs aquele bebê dentro de mim.
— Você está enganada. Eu não o coloquei lá. Eu só cuidei para que ele estivesse seguro.
— *Ah!* Você matou a mim e ao bebê também.
— Eu não...
Mas de que adiantava negar suas acusações quando tantas eram verdadeiras? Eu a tinha mantido acordada a noite inteira, primeiro com o marido, depois escrevendo. Eu tinha deixado o quarto dela frio, eu a tinha encerrado no escuro para proteger meus olhos sensíveis, e mandado ventos junto com ela aonde quer que ela fosse. Quando a obriguei a trabalhar no meu projeto, tinha impedido que ela fizesse as refeições junto com o marido e a sogra. Então, quando ela se retirou para o quarto depois de queimar meu trabalho e de dar todo o crédito a Ren, eu não a tinha incentivado a comer porque estava desanimada demais. Eu sabia muito bem de tudo isso, mesmo tendo negado o que estava vendo e fazendo. Comecei a me sentir mal ao reconhecer a verdade. O que eu tinha feito?
Ela arreganhou os lábios, mais uma vez revelando sua natureza feia. Eu desviei os olhos.
— Você me matou — ela declarou. — Você se escondeu nas vigas, onde achava que ninguém podia vê-la, mas eu a via.
— Como você conseguia me ver? — Toda a minha antiga confiança tinha desaparecido. Agora eu é que estava desamparada.
— Eu estava morrendo! Eu vi você. Tentei fechar os olhos, mas toda vez que eu os abria, você estava lá, olhando para mim com seus olhos mortos. E então você desceu e pôs a mão no meu coração.
Uau! Será que eu tinha mesmo contribuído para a morte dela? Será que a minha obsessão por meu projeto me deixou tão cega que primeiro eu morri e depois matei minha esposa-irmã?

Ao ver o horror da compreensão em meu rosto, ela sorriu triunfante.

— Você me matou, mas eu venci. Você parece ter esquecido a mensagem mais profunda de *O pavilhão de Peônia*. Trata-se de uma história sobre a realização do amor através da morte, e foi exatamente isso que eu fiz. Ren irá se lembrar de mim e irá se esquecer da moça tola em seus aposentos. Você se tornará nada. Seu projeto será esquecido e ninguém – *ninguém* – irá se lembrar de você.

Sem mais palavras, ela se virou, deixou o quarto e saiu vagando.

QUARENTA E NOVE DIAS depois, o pai de Ze chegou para marcar sua tábua ancestral, que então foi colocada no salão ancestral da família Wu. Como ela havia morrido grávida e casada, uma parte de sua alma foi selada dentro de seu caixão, que ficaria exposto aos elementos até a morte do marido, quando a família seria reunida por meio de um enterro conjunto, como era de praxe. A última parte de sua alma foi arrastada para o Lago do Sangue Derramado, que diziam que era tão largo que ela levaria 840 mil dias para atravessá-lo, onde ela sofreria 120 tipos de tortura, onde teria que beber sangue todos os dias ou ser surrada com varas de ferro. Esta era a sua eternidade, a menos que a família comprasse sua liberdade com rituais religiosos, oferendas de comida para monges e deuses e orações e subornos para os burocratas que governavam os infernos. Só então um barco poderia levá-la do lago de angústia para a margem, onde ela poderia tornar-se um antepassado e renascer numa terra maravilhosa.

Quanto a mim, compreendi que, por ter contribuído para a morte de Tan Ze e seu bebê – conscientemente ou não –, eu não tinha mais noção de moral: nem empatia, nem vergonha, nem noção de certo e errado. Eu pensava ter sido muito esperta e até útil, mas Ze tinha razão. Eu era um fantasma da pior espécie.

PARTE III

Debaixo da ameixeira

Exílio

MAMÃE COSTUMAVA DIZER QUE FANTASMAS E ESPÍRITOS não eram ruins por natureza. Se um fantasma tivesse um lugar para ficar, ele não se tornaria mau. Mas muitos fantasmas são impulsionados a agir pelo desejo de vingança. Até mesmo uma criatura pequena como uma cigarra pode vingar-se com selvageria de quem a maltratou. Eu não tinha tido a intenção de ferir Ze, entretanto, se o que ela disse era verdade, era isso que eu tinha feito. Invadida pelo desejo de punir a mim mesma e com medo de fazer mal ao meu marido acidentalmente, eu me retirei da casa de Ren. No plano terreno, eu tinha vinte e cinco anos e desistira. Eu me transformei em quase nada, como Ze tinha anunciado.

Exílio...

Sem saber para onde ir, contornei o lago na direção do Palacete da Família Chen. A casa, para meu espanto, estava mais bonita do que nunca. Bao tinha acrescentado móveis, porcelanas e estatuetas de jade em cada cômodo. Havia novas tapeçarias de seda nas paredes. Por mais luxuosa que estivesse, contudo, havia um silêncio perturbador em toda parte. Havia muito menos gente morando lá. Meu pai ainda estava na capital. Dois de seus irmãos tinham morrido. As concubinas do meu avô também tinham morrido. Giesta, Lótus e algumas de minhas outras primas tinham se casado. Com menos membros da família Chen na propriedade, os criados haviam sido despedidos. O palacete e os jardins anunciavam beleza, abundância e grande riqueza, mas estavam pobres de sons infantis, de alegria e milagres.

Daquele estranho silêncio, saía o som de uma cítara. Encontrei, então, Orquídea, agora com catorze anos, tocando para minha mãe e para as tias no Salão Flor de Lótus. Ela era uma bela moça, e eu senti um orgulho momentâneo pelo fato de seus pés terem ficado tão bonitos. Sentada ao lado dela, estava minha mãe. Apenas nove anos tinham se passado, mas neste espaço de tempo o cabelo dela ficara grisalho. Uma enorme tristeza enchia seus olhos. Quando eu a beijei, ela estremeceu e os cadeados escondidos nas dobras do seu vestido tilintaram.

O rosto da esposa de Bao espelhava a tristeza da infertilidade. Ela não tinha sido vendida, mas o marido tinha tomado duas concubinas. Elas também eram inférteis. As três mulheres estavam sentadas juntas, não brigando, mas lamentando o que não podiam ter. Eu não vi Bao, mas tive que admitir que talvez estivesse errada a respeito dele. Ele tinha todo o direito de vender aquelas mulheres, mas não o fizera. Nestes últimos anos eu tinha esperado – desejado? – que este filho adotivo fosse arruinar minha família por causa de sua má administração, do jogo e do ópio. Eu tinha imaginado a propriedade arruinada, Bao vendendo os livros do meu pai, suas coleções de chá, de pedras, de antiguidades e de incenso. Em vez disso, tudo isso tinha sido aumentado e melhorado. Bao tinha até substituído os livros que minha mãe tinha queimado. Eu odiei admitir, mas Bao provavelmente tinha encontrado meus poemas ao ler aquele livro sobre construção de represas. Mas por que ele os havia vendido? Ninguém estava precisando de dinheiro.

Fui até o salão ancestral. Os retratos de vovó e vovô ainda estavam pendurados sobre o altar. Eu era um fantasma e prestei homenagem a eles. Depois curvei-me diante das placas ancestrais dos meus outros parentes. Depois disso, fui até o depósito onde minha placa tinha sido escondida. Eu não pude entrar porque os cantos eram apertados, mas vi a ponta empoeirada dela numa prateleira cheia de cocô de rato. Embora minha mãe lamentasse a minha morte, eu fora esquecida pelo resto da família. Eu não desejei mal a ninguém, mas não havia nada ali para mim.

Exílio...

Precisava ir para algum lugar. O único lugar diferente em que tinha estado era a Aldeia de Gudang, durante o Festival dos Fantasmas Famintos. A família Qian tinha me alimentado durante dois anos. Talvez eu achasse um lugar para ficar perto deles.

Parti quando a noite cobriu a Terra. Vagalumes voavam ao meu redor, iluminando o caminho. Era uma longa distância para quem não era levada pela fome e só tinha remorsos por companhia. Meus pés doíam, minhas pernas doíam e meus olhos ardiam quando o dia clareou. Eu cheguei à casa dos Qian quando o sol atingiu o ponto mais alto do céu. As duas filhas mais velhas estavam trabalhando do lado de fora, debaixo de um toldo, cuidando de bandejas de bichos-da-seda que comiam folhas de amora recém-cortadas. As outras duas filhas estavam num barracão com mais uma dezena de meninas, as mãos mergulhadas em água quente, lavando os casulos e puxando e enrolando o fio de seda em novelos. Madame Qian estava dentro de casa, preparando o almoço. Yi, a criança que eu tinha visto bebê nos braços da mãe, estava agora com três anos. Ela era uma criaturinha doente, magra e pálida. Ela estava numa plataforma de madeira na sala principal, onde sua mãe podia vigiá-la. Eu me sentei ao lado dela. Quando ela se mexeu, eu pus a mão em seu tornozelo. Ela riu baixinho. Não parecia possível que ela chegasse aos sete anos.

Mestre Qian, embora fosse difícil para mim pensar neste fazendeiro como mestre de alguma coisa, veio do bosque de amoras e todo mundo se sentou para almoçar. Ninguém deu nada a Yi; ela era apenas mais uma boca para alimentar até morrer.

Assim que a refeição terminou, Mestre Qian fez sinal para as filhas mais velhas.

– Bichos famintos não produzem seda – ele disse a elas. Com isso, elas se levantaram e voltaram para o quintal com seus pés grandes batendo no chão, para continuar com o trabalho. Madame Qian serviu chá para o marido, tirou a mesa e carregou Yi de volta para a plataforma. Ela pegou uma cesta e entregou à criança um pedaço de pano e uma agulha com linha.

— Ela não precisa aprender a bordar — o pai da menina disse com desprezo. — Só precisa ficar forte para me ajudar.

— Ela não vai ser a filha de que você precisa — Madame Qian disse. — Acho que ela saiu à mãe.

— Você foi barata, mas me custou muito caro. Só meninas...

— E não presto com os bichos — ela concluiu para ele.

Estremeci, revoltada. Devia ser difícil para uma mulher tão refinada ter decaído tanto.

— Com Yi desse jeito, eu não vou conseguir casá-la — ele reclamou. — Que família iria querer uma esposa inútil? Nós devíamos ter deixado ela morrer quando nasceu.

Ele tomou um último gole de chá e saiu. Depois que ele saiu, Madame Qian deu toda a atenção a Yi, ensinando-a a bordar um morcego, o símbolo da felicidade.

— Meus pais um dia foram membros da aristocracia — Madame Qian disse, sonhadoramente, para a filha. — Nós perdemos tudo no Cataclismo. Passamos anos vivendo como mendigos. Eu tinha treze anos quando cheguei nesta aldeia. Os pais do seu pai me compraram por piedade. Eles não tinham muito, mas você não percebe? Se eu tinha vivido tanto tempo na rua, eu tinha que ser forte. Eu era forte.

Meu desespero aumentou. Será que toda menina sofria?

— Meus pés contidos não permitiram que eu trabalhasse ao lado do seu pai, mas eu trouxe prosperidade para ele de outras maneiras — Madame Qian continuou. — Eu sei fazer colchas, sapatos e roupas tão bonitas que podem ser vendidas em Hangzhou. Suas irmãs vão fazer trabalho braçal a vida inteira. Eu imagino o sofrimento delas, mas não há nada que eu possa fazer por elas.

Ela baixou a cabeça. Lágrimas de vergonha caíram de seus olhos e molharam sua saia simples de algodão. Eu não podia tolerar mais tristezas. Saí da casa e me afastei da fazenda, envergonhada da minha fraqueza e com medo do mal que poderia fazer àquela família, mesmo sem querer, quando eles já eram tão infelizes.

Exílio...

Sentei-me à beira da estrada. Para onde eu poderia ir? Pela primeira vez em muitos anos, pensei na minha antiga criada,

Salgueiro, mas eu não tinha como achá-la. E mesmo que eu pudesse achá-la, o que ela poderia fazer por mim? Eu pensava que ela fosse minha amiga, mas, depois de nossa última conversa, eu vi que ela nunca tinha sentido o mesmo por mim. Eu não tinha tido uma única amiga na vida, e, na morte, eu tinha tido a esperança de ser incluída no círculos das donzelas doentes de amor. Eu tinha tentado ser uma boa esposa-irmã para Ze, e tinha fracassado. Minha vinda até aqui também tinha sido um erro. Eu não fazia parte dos Qian e eles não tinham nada a ver comigo. Talvez eu tenha estado no exílio durante toda a vida... e a morte.

Eu tinha que achar um lugar para morar onde tivesse certeza de que não iria prejudicar ninguém. Voltei para Hangzhou. Passei vários dias vagando pela beira do lago, mas muitos outros espíritos já moravam nas cavernas ou tinham encontrado abrigo atrás de rochas ou nas raízes das árvores. Vaguei sem destino. Quando cheguei à ponte Xiling, atravessei-a e fui até a Ilha Solitária, para onde Xiaoqing fora banida tanto tempo atrás para ficar a salvo de uma esposa ciumenta. Era um lugar silencioso e remoto, perfeito para curtir minha tristeza e remorso. Procurei até achar o túmulo de Xiaoqing, escondido entre o lago e o pequeno poço onde ela havia contemplado seu frágil reflexo. Eu me enrosquei na entrada do túmulo, ouvindo os papa-figos cantar nas copas das árvores, e refleti sobre o que tinha feito a uma esposa inocente.

ENTRETANTO, NOS DOIS anos seguintes, eu raramente fiquei sozinha. Quase diariamente, mulheres e meninas deixavam seus aposentos e vinham até o túmulo de Xiaoqing para benzer o lugar com vinho, ler poemas e conversar sobre amor, tristeza e arrependimento. Parecia que eu era apenas uma entre centenas de mulheres que sofriam por amor, que pensavam no amor, que desejavam o amor. Elas não tinham sido tão atingidas quanto as donzelas doentes de amor – como Xiaoqing e eu – que haviam morrido de excesso de *qing*, mas queriam ser. Cada uma delas desejava o amor de um homem ou sofria pelo amor de um homem.

Então, um dia, os membros do Banana Garden Five vieram até o túmulo para prestar suas homenagens. Elas eram mulheres muito famosas. Cinco mulheres que gostavam de se reunir, de viajar e de escrever poesia. Elas não queimavam seus manuscritos por duvidar de si mesmas ou por modéstia. Eles eram publicados – não por suas famílias, como recordações, mas por editoras comerciais que vendiam o trabalho delas em todo o país.

Pela primeira vez em dois anos, a curiosidade me fez deixar a segurança do túmulo de Xiaoqing. Segui as mulheres enquanto elas passeavam pelas trilhas ladeadas de árvores da Ilha Solitária, visitavam os templos e quando se sentaram num pavilhão para tomar chá e comer sementes de girassol. Quando elas entraram em seu barco, eu me juntei a elas no convés. Elas riam e tomavam vinho. Faziam brincadeiras, desafiando umas às outras a compor poemas sob o céu, em plena luz do dia. Quando o passeio terminou e elas voltaram para casa, eu fiquei no barco. Quando elas se reuniram no lago novamente, eu estava lá, aliviando o meu castigo, pronta para ir para onde elas quisessem.

Quando estava viva, eu queria muito viajar. Logo que morri, vaguei sem destino. Agora eu passava dias sentada na beirada de um barco de passeio, ouvindo e aprendendo enquanto passávamos por palacetes, hospedarias, restaurantes e casas de canto. Parecia que o mundo todo vinha para a minha cidade. Eu ouvia diferentes dialetos e via todo tipo de gente: comerciantes que desfilavam sua riqueza; artistas que eram imediatamente identificados por seus pincéis, tintas e rolos de seda e papel; fazendeiros, açougueiros e peixeiros que vinham vender seus produtos. Todo mundo queria comprar ou vender alguma coisa: cortesãs com pezinhos mínimos e vozes cantantes vendiam suas partes íntimas para construtores de navios, mulheres artistas profissionais vendiam suas pinturas e poemas para colecionadores, mulheres arqueiras vendiam suas habilidades para divertir compradores de sal, e artesãs vendiam tesouras e sombrinhas para as esposas e filhas de famílias finas que tinham vindo para a minha bela cidade em busca de lazer, entretenimento e, principalmente, diversão. O Lago Ocidental era o ponto de encontro de lenda, mitos e vida comum, onde a beleza natural e o silêncio das moitas de bambu e das enormes canforeiras colidiam com a barulhenta civilização, onde homens do mundo exterior e mulheres libertadas do mundo interior conversavam, sem estarem separados por portão, muro, biombo ou véu.

Nos dias quentes, muitos barcos de passeio, pintados com cores alegres e toldos enfeitados cobrindo o convés, trilhavam as águas. Eu via mulheres luxuosamente vestidas de gaze e seda, com longas caudas, brincos de ouro e jade e tiaras de penas. Elas ficavam olhando para nós. As mulheres do meu barco não eram de má fama, não tinham enriquecido recentemente, nem tinham muito dinheiro. Elas eram burguesas, como minha mãe e minhas tias. Eram grandes damas, que dividiam papel, pincéis e tinta. Elas se vestiam e se penteavam com simplicidade. Elas inspiravam e expiravam palavras, que flutuavam no ar como fiapos de seda.

Os filósofos nos dizem para nos afastarmos das coisas mundanas. Eu não podia consertar todo o mal que tinha causado, mas as Banana Garden Five me ajudaram a entender que toda a saudade que sentia e todo o sofrimento que tinha experimentado me haviam libertado de tudo o que era material e mundano. Mas enquanto eu me livrava das minhas cargas, uma espécie de desespero tomava conta das atividades das Banana Garden Five. Os manchus tinham desmanchado a maioria dos clubes de poesia dos homens, mas ainda não haviam encontrado os grupos de mulheres.

– Nós temos que continuar nos reunindo – disse ansiosamente Gu Yurei, sobrinha da brilhante Gu Ruopu, um dia, enquanto servia chá para as demais.

– Nós continuamos legalistas, mas, para os manchus, somos insignificantes – Lin Yining respondeu, despreocupada. – Somos apenas mulheres. Não podemos derrubar o governo.

– Mas, Irmã, nós somos um problema – Gu Yurei insistiu. – Minha tia costumava dizer que a liberdade das mulheres escritoras tinha mais a ver com a liberdade de suas idéias do que com a localização física de seus corpos.

– E ela inspirou todas nós – Lin Yining concordou, fazendo um gesto na direção das outras, que eram diferentes das mulheres da minha família, que seguiam o cão-guia com rostos sorridentes porque eram obrigadas, e diferentes das donzelas apaixonadas, que tinham sido reunidas por uma obsessão seguida de morte prematura. Os membros das Banana Garden Five tinham se juntado por escolha. Elas não escreviam sobre borboletas e flores, essas coisas elas podiam ver em seus jardins. Elas escreviam sobre literatura, arte, política e sobre o que viam e faziam no ambiente externo. Por meio da palavra escrita, elas encorajavam seus maridos e filhos a perseverar sob o novo regime. Elas exploravam corajosamente emoções profundas, mesmo quando estas eram melancólicas: a solidão de um pescador no lago, a melancolia de uma mãe separada da filha, o desespero de uma moça vivendo na rua. Elas tinham formado uma irmandade de amizade e literatura, e então construíram uma comunidade intelectual e emocional de mulheres por todo o país por meio da leitura. Em busca de abrigo, dignidade e reconhecimento, elas levaram suas indagações a outras mulheres que ainda viviam atrás de portões trancados ou que estavam sendo empurradas para dentro pelos manchus.

— Por que o fato de ter filhos e cuidar da casa deveria nos impedir de pensar em assuntos públicos e no futuro do nosso país? — Lin Yining continuou: — Casar e ter filhos não são a única maneira de uma mulher ter dignidade.

— Você diz isso porque gostaria de ser homem — Gu Yurei disse, brincando.

— Eu fui educada pela minha mãe, então como poderia desejar isso? — Yining respondeu, arrastando os dedos na água, formando ondinhas no lago. — E eu também sou esposa e mãe. Mas se eu fosse homem, teria mais sucesso.

— Se nós fôssemos homens — uma das outras disse —, os manchus talvez não permitissem que escrevêssemos e publicássemos.

— Eu só estou dizendo que também ponho filhos no mundo por meio dos meus livros — Yining continuou.

Pensei no meu projeto fracassado. Ele não tinha sido como um filho que eu estava tentando pôr no mundo para me unir a Ren? Estremeci ao pensar nisso. Meu amor por ele nunca tinha desaparecido, tinha apenas mudado, tornando-se mais profundo, como vinho fermentando ou picles curando no vinagre. Ele ia penetrando em mim como água se infiltrando até o centro de uma montanha.

Em vez de permitir que minhas emoções continuassem a torturar-me, comecei a usá-las positivamente. Quando alguém tinha dificuldade para compor um poema, eu ajudava. Quando Lin Yining começava um verso do tipo "Sinto identidade com...", eu completava com "brumas e nevoeiro". Luas novas podiam ser fantásticas lá no alto, além das nuvens, mas também podiam levar-nos a um estado de melancolia e lembrar-nos da nossa impermanência. Sempre que mergulhávamos na tristeza, essas poetas relembravam as vozes das mulheres desesperadas que tinham escrito nas paredes durante o Cataclismo.

"*Meu coração está vazio e minha vida não tem mais valor. Cada momento vale mil anos*", Gu Yurie recitou um dia, recordando o poema que parecia falar da tristeza da existência.

Os membros das Banana Garden Five podiam brincar a respeito do relativo desinteresse que despertavam nos manchus, mas, sem dúvida, elas estavam perturbando a ordem moral. Quanto tempo os manchus, e aqueles que os seguiam, levariam para mandar todas as mulheres – desde as que navegavam no lago num dia quente de primavera até aquelas que simplesmente liam para expandir seus corações – de volta, permanentemente, para seus aposentos interiores?

Amor de mãe

Durante três anos, eu tive medo de ver Ren. Mas, com a aproximação do Festival do Duplo Sete, eu me vi pensando na Tecelã e no Vaqueiro e em todas as gralhas da Terra que formavam uma ponte para que eles pudessem se encontrar nesta noite especial. Eu e Ren também não podíamos ter uma noite para nos encontrar? Eu já tinha aprendido bastante; não iria prejudicá-lo. Então, dois dias antes do Festival do Duplo Sete – e décimo segundo aniversário do meu primeiro encontro com Ren – eu saí da Ilha Solitária e deslizei sobre a Montanha Wushan até chegar à casa dele.

Esperei do lado de fora do portão até ele sair da propriedade. Para mim, ele era o mesmo: um belo homem. Eu me deliciei com seu perfume, com sua voz, com sua presença. Agarrei-me nos seus ombros para poder ser levada quando ele entrou numa livraria e deu uma palestra para um grupo de homens. Depois, ele ficou inquieto e nervoso. Passou o resto da noite bebendo e jogando. Eu o segui quando ele foi para casa. Seu quarto estava intocado desde a morte de Ze. Sua cítara estava no suporte, num canto do quarto. Seus perfumes, escovas e enfeites de cabelo estavam juntando poeira e teias de aranha sobre a penteadeira. Ele ficou acordado até tarde, tirando os livros dela da estante e os abrindo. Ele estaria pensando nela ou em mim ou em nós duas?

Ren dormiu até depois do almoço, e repetiu o que tinha feito no dia anterior. Então, no Duplo Sete, que seria o meu vigésimo oitavo aniversário, Ren passou a tarde com a mãe. Ela leu poesia para ele. Serviu-lhe chá. Acariciou seu rosto triste. Tive certeza de que ele estava se lembrando de mim.

Depois que a mãe foi dormir, Ren tornou a olhar os livros de Ze. Voltei para o meu antigo lugar nas vigas do teto, onde meus sentimentos de tristeza e remorso em relação a Ren, a Ze e à minha própria vida e morte me invadiram em ondas. Eu tinha fracassado sob tantos aspectos, e agora, ver o meu poeta assim – abrindo um livro atrás do outro, pensando no passado – doeu tremendamente. Fechei os olhos para me proteger da dor do que estava vendo, tapei os ouvidos, que nunca tinham se acostumado aos sons da Terra, mas ainda podia ouvir as páginas sendo viradas, cada uma delas um lembrete do que Ren e eu tínhamos perdido.

Quando ele gemeu lá embaixo, o som me dilacerou o coração. Abri os olhos e olhei para baixo. Ren estava sentado na beira da cama, segurando duas folhas de papel, e ao lado dele, aberto, o livro de onde elas tinham saído. Escorreguei e fui ficar ao lado dele. Ele estava segurando as duas folhas que Ze tinha arrancado cruelmente do nosso exemplar de *O pavilhão de Peônia*, que descreviam como os nossos comentários tinham sido escritos. Ali estava a prova de que Ren precisava para saber que Ze e eu tínhamos trabalhado juntas. Fiquei encantada, mas Ren não parecia alegre nem aliviado.

Ele dobrou os papéis, enfiou-os dentro da túnica e saiu para a noite comigo pendurada em seus ombros. Ele caminhou até chegar a uma casa que eu não conhecia. Entrou e foi levado para uma sala cheia de homens, que estavam esperando suas esposas terminarem seus jogos e rituais do Duplo Sete para cearem todos juntos. O ar estava carregado de fumaça e incenso, e, a princípio, Ren não reconheceu ninguém. Então, Hong Sheng, que tinha estado na casa da sobrinha de Ren no dia em que eu tinha viajado pela primeira vez, se levantou e se aproximou dele. Ao ver que Ren não estava lá para a festa, Hong Sheng pegou um lampião a óleo com uma das mãos e duas taças e uma garrafa de vinho com a outra, e os dois homens saíram e foram para um pavilhão no jardim da propriedade e se sentaram.

— Você já comeu? — Hong Sheng perguntou.
Ren recusou educadamente e disse:
— Eu vim...
— Papai!
Uma meninazinha, tão pequena, cujos pés ainda não tinham passado pela bandagem, entrou correndo no pavilhão e subiu no colo de Hong Sheng. Eu tinha visto a esposa do poeta grávida desta criança.
— Você não devia estar com sua mãe e as outras mulheres? — Hong Sheng perguntou.
A criança contorceu-se para mostrar sua indiferença pelos jogos dos aposentos internos. Ela abraçou o pescoço do pai e enterrou a cabeça no ombro dele.
— Tudo bem — Hong Sheng disse —, você pode ficar, mas precisa ficar quieta, e, quando sua mãe chegar, você vai ter que ir com ela. Sem discussão. Sem choro.
Quantas vezes eu tinha buscado refúgio no colo do meu pai? Esta menina estaria tão errada a respeito do pai quanto eu tinha estado a respeito do meu?
— Você se lembra de quando estivemos juntos na casa da minha prima, alguns anos atrás? — Ren perguntou. — A Prima Shen e as outras tinham lido os comentários acerca de *O pavilhão de Peônia*.
— Eu também tinha lido. Fiquei muito impressionado com o seu trabalho. Ainda estou.
— Naquele dia eu disse a todo mundo que não tinha escrito aqueles comentários.
— Você continua modesto. É uma boa qualidade.
Ren tirou as duas folhas de papel e as entregou ao amigo. O poeta as virou na direção da luz e leu. Quando terminou, levantou os olhos e disse:
— Isto é verdade?
— Sempre foi verdade, mas ninguém quis acreditar. — Ren baixou a cabeça. — Agora eu quero contar a todo mundo.
— De que adianta mudar sua história agora? — Hong Sheng perguntou. — Na melhor das hipóteses, você vai parecer um tolo,

e, na pior delas, um homem que está tentando promover a fama de mulheres.

Hong Sheng tinha razão. O que eu achei que tinha sido uma descoberta maravilhosa fez Ren mergulhar ainda mais no desespero e na tristeza. Ele pegou a garrafa de vinho, serviu uma dose e bebeu. Quando tornou a pegar a garrafa, Hong Sheng tirou-a da mão dele.

— Meu amigo, você precisa voltar ao trabalho. Precisa esquecer seu sofrimento e as tragédias que ocorreram com aquela moça e com sua esposa.

Se Ren esquecesse, o que aconteceria comigo? Mas permanecendo em seu coração, eu o estava torturando. Isto estava claro em sua solidão, na forma como bebia, como manuseava com tanto carinho os livros de Ze. Ren tinha que superar a dor e se esquecer de nós. Saí do pavilhão, imaginando se algum dia tornaria a vê-lo.

Havia um pedacinho de lua no céu. O ar estava úmido e quente. Caminhei durante muito tempo, achando que cada passo me conduzia mais para o exílio. Contemplei o céu a noite inteira, e não vi o encontro da Tecelã com o Vaqueiro. E tampouco sei o que Ren fez com aquelas duas folhas de papel.

APENAS UMA SEMANA depois, chegou o Festival dos Fantasmas Famintos. Depois de tantos anos, eu sabia quem eu era e o que tinha que fazer. Abri caminho aos empurrões. Enfiei na boca tudo o que consegui agarrar. Fui de casa em casa. E, como sempre, como se eu pudesse evitar tomar aquele rumo mesmo que quisesse, encontrei-me diante do Palacete da Família Chen. Eu estava com a cara enfiada numa tigela cheia de rodelas de melão, mole e pegajoso de tão velho, quando ouvi alguém dizer meu nome. Eu me virei e dei de cara com minha mãe.

Seu rosto estava pintado de branco e ela estava vestida com camadas da mais pura seda. Ela recuou quando viu que era mesmo eu. Seus olhos encheram-se de horror. Ela atirou dinheiro para mim e deu vários passos para trás, tropeçando na cauda do vestido.

– Mamãe! – Corri para ela e a ajudei a se levantar. Como ela conseguia me ver? Teria havido um milagre?

– Fique longe de mim! – Ela atirou mais dinheiro para mim, que as outras criaturas correram para pegar.

– Mamãe, mamãe...

Ela começou a se afastar, mas eu fiquei junto dela. Ela apoiou as costas no muro da propriedade, do outro lado da rua. Olhou de um lado para outro, tentando encontrar um jeito de escapar, mas estava cercada por aqueles que queriam mais dinheiro.

– Dê a eles o que querem – eu disse.

– Não tenho mais nada.

– Então mostre a eles.

Mamãe estendeu as mãos vazias, então enfiou as mãos sob a roupa para mostrar que não tinha nada escondido ali, exceto dois cadeados em forma de peixe. Os outros fantasmas e criaturas, movidos pela fome, voltaram correndo para o altar.

Estendi a mão para tocar no rosto dela. Era macio e frio. Ela fechou os olhos. Seu corpo todo tremia de medo.

– Mamãe, o que você está fazendo aqui fora?

Ela abriu os olhos e olhou espantada para mim.

– Venha comigo – eu disse.

Eu a levei pelo braço até a esquina da propriedade. Olhei para baixo. Nenhuma de nós tinha sombra, mas eu me recusei a compreender. Eu fiz uma curva larga para ultrapassar a esquina. Quando vi que nossos pés não deixavam marcas na lama e que nossas saias não ficavam sujas, fechei meu coração para o que estava vendo. Só quando percebi que mamãe não conseguia dar mais de dez passos sem vacilar foi que aceitei a verdade. Minha mãe estava morta e vagando, só que não sabia disso.

Nós chegamos ao Pavilhão de Ver a Lua da minha família, eu a ajudei a subir e depois juntei-me a ela.

– Eu me lembro deste lugar. Eu costumava vir aqui com seu pai – mamãe disse. – Mas você não deveria estar aqui, e eu deveria voltar. Preciso preparar as oferendas de Ano-Novo. – Mais uma vez, seu rosto ficou confuso. – Mas elas são para os antepassados e você é...

— Um fantasma. Eu sei, mamãe. E nós não estamos no Ano-Novo. — Ela devia ter morrido muito recentemente, porque sua confusão ainda era total.

— Como pode ser? Você tem uma placa ancestral. Seu pai mandou fazer uma, embora fosse contra a tradição.

Minha placa...

Vovó tinha dito que eu não podia fazer nada para que ela fosse marcada, mas talvez minha mãe pudesse me ajudar.

— Quando você a viu pela última vez? — perguntei, mantendo um tom de voz neutro.

— Seu pai a levou consigo para a capital. Ele não agüentou separar-se de você.

Eu quase disse a ela o que tinha realmente acontecido, porém, por mais que tentasse, as palavras não saíam da minha boca. Fui tomada por uma terrível sensação de impotência. Eu podia fazer muitas coisas, mas não isso.

— Você está igualzinha — mamãe disse, após um longo intervalo —, mas estou vendo tanta coisa em seus olhos. Você cresceu. Está diferente.

Eu também via muita coisa nos olhos dela: tristeza, resignação e culpa.

NÓS FICAMOS TRÊS DIAS no Pavilhão de Ver a Lua. Mamãe não falou muito, nem eu. Seu coração precisava de sossego para ela entender que estava morta. Aos poucos, ela lembrou que estava preparando o banquete para os fantasmas famintos e que desfaleceu no chão da cozinha. Lentamente, ela percebeu a existência das outras duas partes da sua alma, uma esperando para ser enterrada, outra viajando para o outro mundo. A terceira, que estava comigo, estava livre para vagar, mas mamãe hesitava em deixar o Pavilhão de Ver a Lua.

— Eu não costumo sair — ela disse na terceira noite, quando as sombras das flores tremulavam ao redor de nós —, e você também não devia. Você deve ficar em casa, onde está segura.

— Mamãe, já faz muito tempo que eu estou vagando. Nada — pesei cuidadosamente minhas palavras — de ruim aconteceu comigo fisicamente.

Ela me olhou espantada. Ela ainda era bonita: magra, elegante, refinada, mas tocada por uma tristeza tão grande que lhe dava graça e dignidade. Como eu tinha deixado de ver isto quando estava viva?

— Eu fui até Gudang para ver as plantações de amora — eu disse. — Fiz várias excursões. Cheguei a entrar para um clube de poesia. Você já ouviu falar nas Banana Garden Five? Nós temos passeado de barco no lago. Eu as tenho ajudado com seus textos.

Eu podia ter contado a ela sobre meu projeto, quanto eu tinha trabalhado nele e que, graças a ele, meu marido tinha ficado famoso. Mas ela não tinha tomado conhecimento dele enquanto eu estava viva e, na morte, eu me dedicara tanto a ele que tinha causado a morte de Ze. Mamãe não ficaria orgulhosa de mim, ela ficaria zangada e envergonhada.

Mas foi como se ela não tivesse ouvido uma palavra do que eu disse, porque falou:

— Eu nunca quis que você saísse. Tentei proteger você a todo custo. Havia tanta coisa que eu não queria que você soubesse. Seu pai e eu não queríamos que ninguém soubesse.

Ela enfiou a mão na roupa e mexeu nos cadeados. Minhas tias devem tê-los colocado lá quando a estavam preparando para ser enterrada.

— Antes mesmo de você nascer, eu sonhava com você e com a pessoa que você seria — ela continuou. — Aos sete anos, você escreveu seu primeiro poema, e ele era lindo. Eu queria que seu talento voasse como um pássaro, mas quando isso aconteceu eu fiquei com medo, preocupada com o que iria acontecer com você. Eu vi que você tinha as emoções à flor da pele, e soube que teria poucas alegrias na vida. Foi quando entendi qual era a verdadeira lição da Tecelã e do Vaqueiro. A inteligência e a habilidade da Tecelã não puseram fim ao seu sofrimento, mas o causaram. Se ela não tecesse tão bem os tecidos dos deuses, poderia ter vivido para sempre na Terra com o Vaqueiro.

— Eu sempre achei que você contava essa história porque ela era romântica. Eu não entendi.

Seguiu-se um longo silêncio. Sua interpretação da história era sombria e negativa. Havia tanta coisa sobre ela que eu não sabia.

— Mamãe, por favor. O que aconteceu com você?

Ela desviou os olhos.

— Estamos seguras agora — eu disse e fiz um gesto ao redor. Estávamos no Pavilhão de Ver a Lua da nossa família, os grilos cantavam, e o lago se estendia, calmo e silencioso, diante de nós.

— Nada de ruim pode nos acontecer aqui.

Mamãe sorriu ao ouvir isto, e então começou a falar. Ela recordou seu casamento com um membro da família Chen, os passeios com a sogra, o quanto ela gostava de escrever e de colecionar as obras de poetisas, esquecidas, que escreviam desde o início da história do país. Eu via e sentia tudo enquanto mamãe falava.

— Nunca deixe que lhe digam que as mulheres não escreviam. Elas escreviam, sim. Você pode voltar mais de dois mil anos até o *Livro de cânticos* e ver que muitos dos poemas foram escritos por mulheres. Devemos achar que elas produziram esses poemas simplesmente abrindo a boca e despejando as palavras? É claro que não. Os homens buscam fama por meio das palavras, escrevendo discursos, registrando a história, dizendo-nos como viver, mas nós somos as únicas que lidamos com as emoções, que recolhemos as migalhas de dias aparentemente insignificantes, que revemos os ciclos da vida para relembrar o que aconteceu em nossas famílias. Eu pergunto a você, Peônia, isso não é mais importante do que escrever um ensaio de oito páginas para o imperador?

Ela não esperou a resposta. Acho que ela nem queria uma resposta.

Falou sobre os dias que antecederam o Cataclismo e o que aconteceu quando ele ocorreu, e tudo combinava com o que minha avó havia contado. Mamãe parou no ponto em que elas tinham chegado no pavilhão de observação das moças e ela havia recolhido todas as jóias e prata das outras mulheres.

— Nós estávamos tão contentes por ter saído — mamãe disse —, mas não compreendemos que existe uma grande diferença entre escolher sair dos nossos aposentos internos e ser forçada a isto. Ensinam-nos muitas coisas sobre como devemos nos comportar e o que devemos fazer: que devemos ter filhos homens, que devemos nos sacrificar por nossos maridos e filhos, que é melhor morrer do que envergonhar a família. Eu acreditava em tudo isso. E ainda acredito.

Ela pareceu aliviada por ter sido capaz, finalmente, de falar sobre isso, mas ela ainda não tinha revelado o que eu queria saber.

– O que aconteceu depois que você saiu do pavilhão? – perguntei delicadamente. Segurei a mão dela e apertei-a. – Não importa o que você diga ou o que tenha feito, você é minha mãe, eu sempre a amarei.

Ela olhou na direção do lago, para o ponto em que ele se dissolvia na névoa e na escuridão.

– Você nunca se casou – ela disse finalmente –, então não sabe nada sobre nuvens e chuva. Era lindo com seu pai, as nuvens surgindo, a chuva caindo, o modo como nos uníamos como um só espírito, não dois.

Eu sabia mais sobre nuvens e chuva do que confessaria à minha mãe, mas não entendi o que ela estava dizendo.

– O que os soldados fizeram comigo não foi nuvens e chuva – ela disse. – Foi brutal, sem sentido, insatisfatório até para eles. Você sabia que eu estava grávida nessa época? Você não podia saber. Eu nunca contei a ninguém, exceto a seu pai. Eu estava no quinto mês. Minha barriga não aparecia por baixo da túnica e das saias. Seu pai e eu quisemos fazer esta última viagem antes do parto. Na nossa última noite em Hangzhou, iríamos contar aos seus avós. Isso nunca aconteceu.

– Porque os manchus chegaram.

– Eles queriam destruir tudo que era precioso para mim. Quando levaram seu pai e seu avô, eu soube qual era o meu dever.

– Dever? O que você devia a eles? – perguntei, recordando a amargura da minha avó.

Ela me olhou espantada.

– Eu os amava.

Tive que fazer um esforço para acompanhar os pensamentos dela. Ela ergueu o queixo e disse:

– Os soldados se apossaram das jóias e de mim. Eu fui estuprada muitas vezes, por muitos homens, mas isso não foi o bastante para eles. Eles me bateram com os lados de suas espadas até rasgar minha pele. Eles me chutaram no estômago, tomando cuidado para não deixar marcas no meu rosto.

Enquanto ela falava, a névoa sobre o lago se transformou em chuvisco e, finalmente, em chuva. Vovó devia estar escutando no Mirante.

– Parecia que mil demônios estavam me arrastando para a morte, mas eu engoli a dor e ocultei as lágrimas. Quando comecei a sangrar, eles recuaram e eu me arrastei para o mato. Depois disso, eles me deixaram em paz. A agonia era tão grande que superava o ódio e o medo. Quando meu filho saiu de dentro de mim, três dos homens que me haviam atacado se aproximaram. Um deles cortou o cordão e levou embora o meu bebê. Outro ergueu o meu corpo durante as contrações para expelir a placenta. E o último segurou a minha mão e sussurrou no seu dialeto bárbaro. Por que eles não me mataram? Eles já tinham matado tanta gente, que diferença fazia uma mulher a mais?

Tudo isso tinha acontecido na última noite do Cataclismo, quando os homens, de repente, começaram a lembrar quem eram. Os soldados queimaram algodão e ossos humanos e usaram as cinzas para tratar das feridas de minha mãe. Depois eles a vestiram com uma roupa limpa de seda e pegaram panos nas pilhas de coisas saqueadas para colocar entre as pernas dela. Mas eles não eram tão puros de coração.

– Eu achei que eles tinham pensado em suas mães, irmãs, esposas e filhas. Mas não, eles estavam pensando em mim como um prêmio. – Os cadeados tilintaram dentro das roupas de mamãe. – Eles discutiram para ver quem ficaria comigo. Um deles queria vender-me para a prostituição. Outro queria manter-me como escrava. Outro queria transformar-me em concubina. "Ela não é repulsiva", o homem que queria vender-me disse. "Eu lhe dou vinte onças de prata se me deixar ficar com ela." "Eu não a deixo ir por menos de trinta", o que me queria como escrava esbravejou. "Ela parece que nasceu para cantar e dançar e não para fiar e tecer", o primeiro homem argumentou. E assim foi. Eu só tinha dezenove anos, e depois de tudo que tinha acontecido e de tudo que ainda iria acontecer, este foi o pior momento da minha vida. Sob que aspecto o fato de me vender como noiva de dez mil homens era diferente do comércio generalizado de mulheres como esposas, concubinas ou criadas? Vender-me ou surrar-me era diferente de negociar sal? Sim, porque, como mulher, eu tinha ainda menos valor que o sal.

Na manhã seguinte, um general manchu de alta patente, vestido de vermelho, com um florete na cintura, chegou com uma mulher manchu de pés grandes, cabelos presos num coque atrás da cabeça e uma flor presa na têmpora. Os dois eram observadores de um príncipe manchu. Eles tiraram mamãe das mãos dos soldados, levaram-na de volta para a propriedade onde ela fora apanhada na noite anterior, junto com a sogra, as concubinas e todas as outras mulheres que tinham sido separadas das famílias.

– Depois de quatro dias de chuva e matança – mamãe disse –, o sol apareceu e cozinhou a cidade. O fedor dos cadáveres era terrível, mas o céu era de um azul sem nuvens. Eu esperei a minha vez de ser examinada. À minha volta, as mulheres choravam. Por que nós não nos suicidamos? Porque não tínhamos nem corda nem facas nem penhascos. Então eu fui levada à presença daquela mesma mulher manchu. Ela examinou meu cabelo, meus braços, as palmas das minhas mãos, meus dedos. Ela apalpou meus seios por cima da roupa e apertou minha barriga inchada. Ergueu minha saia e olhou para meus pés de lírio, que diziam quem eu era. "Estou vendo quais são os seus talentos", ela disse com desprezo. "Você vai servir." Como uma mulher podia fazer isso a outra mulher? Eu fui levada e deixada, sozinha, em outro cômodo.

Mamãe achou que esta poderia ser sua chance de se matar, mas não encontrou nada que pudesse usar para cortar a garganta. Ela estava no primeiro andar, então não podia atirar-se pela janela.

Não esperava achar uma corda, mas tinha seu vestido. Ela se sentou e rasgou a bainha. Fez várias tiras de pano e as amarrou umas nas outras.

– Finalmente eu estava pronta, mas ainda precisava fazer uma coisa. Encontrei um pedaço de carvão perto do braseiro, testei-o na parede e então comecei a escrever.

Quando minha mãe começou a recitar o que tinha escrito, foi como se meu coração tivesse sido atravessado por uma lança.

"As árvores estão nuas.
Ao longe, os lamentos dos gansos.
Se ao menos minhas lágrimas de sangue pudessem tingir de
	vermelho as flores da ameixeira.
Mas eu não viverei até a primavera..."

Eu recitei junto com ela os dois últimos versos.

"Meu coração está vazio e minha vida não tem mais valor.
Cada momento é feito de mil lágrimas."

Vovó tinha dito que mamãe era ótima poetisa. Eu não sabia que ela era a poetisa mais famosa de todas – aquela que tinha deixado este trágico poema na parede. Olhei maravilhada para a minha mãe. Seu poema tinha aberto a porta para o tipo de imortalidade que Xiaoqing, Tang Xianzu e outras grandes poetisas tinham alcançado. Não era de espantar que papai tivesse permitido a mamãe ficar com minha placa ancestral. Ela era uma mulher de grande distinção e teria sido uma honra ter minha placa marcada por ela. Tantos erros, tantos mal-entendidos.

– Quando escrevi essas palavras, eu não sabia que iria viver nem que outros viajantes, na maioria homens, iriam encontrá-las, copiá-las, publicá-las e distribuí-las – mamãe disse. – Eu nunca desejei ser reconhecida por elas. Eu nunca desejei ser rotulada de caçadora de fama. Ah, Peônia, quando ouvi você recitar o poema aquele dia no Salão Flor-de-Lótus, mal pude respirar. Você era minha única veiazinha de sangue, minha única filha, e eu achei que você sabia por que você e eu, como mãe e filha, éramos tão unidas. Achei que você tinha vergonha de mim.

– Eu jamais teria recitado o poema se soubesse. Eu jamais a teria magoado daquele jeito.

– Mas eu tive tanto medo que tranquei você em seu quarto. Sinto remorsos desde então.

Eu não pude evitar, culpei meu pai e meu avô pelo que aconteceu em Yangzhou. Eles eram homens. Deviam ter feito alguma coisa.

– Como você pôde voltar para papai depois de ele ter deixado que você o salvasse e depois que vovô usou vovó para salvar a ambos?

Mamãe franziu a testa.

– Eu não voltei para o seu pai; ele foi me buscar. Ele foi o motivo de eu viver e vir a ser sua mãe. Eu terminei meu poema, passei a corda que tinha feito por cima da viga e a amarrei em volta do pescoço, mas aí a mulher manchu apareceu. Ela ficou furiosa e me bateu com força, mas eu não desisti do meu plano. Eu sabia que mais tarde teria uma chance. Se fossem me entregar a algum príncipe manchu, eu ia ter que ser vestida, abrigada, alimentada. Eu sempre seria capaz de improvisar uma arma.

A mulher levou mamãe de volta à sala principal. O general estava sentado na escrivaninha. Meu pai estava de joelhos, com a testa encostada no chão, esperando.

– Primeiro, eu achei que eles tinham prendido o seu pai e que iam decepar a cabeça dele – mamãe prosseguiu. – Tudo que eu tinha feito e tudo por que tinha passado havia sido inútil. Mas ele tinha voltado para me buscar. Terminados os dias de horror e matança, os manchus estavam tentando provar que eram civilizados. Eles já estavam querendo criar ordem a partir do caos. Eu os ouvi negociando. Eu estava tão cheia de sofrimento e dor que levei muito tempo para conseguir falar. "Marido", eu disse, "e, você não pode me aceitar de volta. Eu estou desgraçada." Ele entendeu o que eu estava dizendo, mas não voltou atrás. "E eu perdi nosso filho", confessei. Lágrimas rolaram pelo rosto do seu pai. "Eu não me importo", ele disse. "Não quero que você morra e não quero perdê-la." Está vendo, Peônia, ele ficou comigo depois do que aconteceu. Eu estava tão destruída que ele poderia ter me vendido ou me trocado, como aqueles homens que me violentaram queriam fazer, ou ele poderia ter me abandonado completamente.

Será que vovó estava ouvindo isso? Ela havia impedido que nossa família tivesse filhos homens para punir meu pai e meu avô. Será que agora ela compreendia que estava errada?

– Como podemos culpar os homens quando nós fizemos nossas próprias escolhas, sua avó e eu? – mamãe perguntou, como se estivesse lendo meus pensamentos. – Seu pai me salvou de um destino terrível que teria terminado em suicídio.

– Mas papai foi trabalhar para os manchus. Como ele pôde fazer isso? Ele esqueceu o que aconteceu com você e vovó?

– Como ele poderia esquecer? – mamãe perguntou, e sorriu pacientemente para mim. – Ele nunca conseguiu esquecer. Ele raspou a testa, trançou o cabelo e vestiu roupas manchus. Isto era apenas um disfarce, uma fantasia. Ele tinha provado para mim quem ele era: um homem leal à família acima de tudo.

– Mas ele foi para a capital depois que eu morri. Ele a deixou sozinha. Ele... – Eu devia estar chegando muito perto do tema da minha placa ancestral, porque não pude continuar.

– Esse era um plano antigo. – Mamãe voltou no tempo, para antes da minha morte. – Você ia se casar. Ele a amava muito. Não podia suportar a idéia de que iria perdê-la, então decidiu aceitar o posto na capital. Depois da sua morte, o desejo dele de se afastar de tudo que lembrava você foi maior ainda.

Durante muito tempo eu tinha pensado que ele não era um homem íntegro. Eu estava errada; aliás eu estava errada sobre muitas coisas.

Mamãe suspirou e mudou abruptamente de assunto.

– Eu não sei o que vai acontecer com a nossa família se Bao não tiver logo um filho homem.

— Vovó não vai permitir.
Mamãe assentiu.
— Eu amava a sua avó, mas ela era muito vingativa. Entretanto, quanto a isto, ela está errada. Ela morreu em Yangzhou e não viu o que aconteceu comigo, e não estava aqui na Terra na época em que você estava viva. Seu pai a adorava. Você era uma jóia em sua mão, mas ele precisava de um filho homem para tomar conta dos antepassados. O que sua avó acha que vai acontecer com ela e com todos os outros antepassados da família Chen se não tivermos filhos, netos e bisnetos para executar os ritos? Só filhos homens podem fazer isso. Ela sabe.

— Papai *adotou* aquele homem, aquele Bao — eu disse, sem disfarçar a decepção que ainda sentia pelo fato de meu pai ter me substituído com tanta facilidade em seu coração.

— Ele levou algum tempo para aprender nossos hábitos, mas Bao tem sido bom para nós. Veja como ele cuida de mim agora. Estou vestida para enfrentar qualquer situação na eternidade. Fui alimentada. E ganhei bastante dinheiro para a minha viagem...

— Ele achou os meus poemas — eu a interrompi. — Procurou Ren para vendê-los.

— Você fala como uma irmã ciumenta — mamãe disse. — Não fique assim. — Ela tocou o meu rosto. Já fazia muito tempo que eu não recebia nenhuma demonstração física de afeto. — Eu achei seus poemas por acaso, quando estava reorganizando as estantes do seu pai. Quando os li, pedi a Bao que os levasse para o seu marido. Disse a Bao para exigir que Ren pagasse por eles. Eu queria lembrá-lo do seu valor.

Ela pôs o braço em volta de mim.

— Os manchus vieram para a nossa região porque, sendo a parte mais rica do país, havia muita coisa vulnerável à destruição — ela disse. — Eles sabiam que nós seríamos o melhor exemplo, mas que também teríamos mais recursos para nos recuperarmos. Sob muitos aspectos eles estavam certos, mas como poderíamos recuperar o que tinha sido perdido em nossas famílias? Eu fui para casa e fechei a porta. Agora, quando olho para você, sei que, por mais que uma mãe tente, ela não pode proteger a filha. Eu a mantive trancada em casa desde que você nasceu, mas isso não evitou que você morresse cedo demais. E veja agora: você tem passeado de barco, tem viajado...

— E tenho causado muito mal — confessei. Depois de tudo que ela tinha me contado, eu achei que tinha obrigação de contar o que eu tinha feito com Tan Ze. — Minha esposa-irmã morreu por minha causa.

— Eu ouvi uma história diferente — mamãe disse. — A mãe de Ze acusou a filha de não cumprir suas obrigações de esposa. Ela era do tipo que fazia o marido ir buscar água, não era?

Quando eu assenti, ela continuou:

— Você não pode culpar a si mesma pela greve de fome de Ze. Esta estratégia é tão velha quanto a humanidade. Nada é mais forte ou cruel do que uma mulher obrigar o marido a assistir à sua morte. — Ela segurou o meu rosto e olhou dentro dos meus olhos. — Você é minha filha amada, não importa o que ache que tenha feito.

Mas mamãe não sabia de tudo.

— Além disso, que escolha você tinha? Sua mãe e seu pai falharam com você. Eu me sinto especialmente responsável. Eu queria que você fosse excelente em bordado, pintura e cítara. Eu queria que ficasse de boca fechada, pusesse um sorriso no rosto e aprendesse a obedecer. Mas veja o que aconteceu. Você saiu voando do palacete. Encontrou liberdade aqui — ela apontou para o meu coração — no centro da sua consciência.

Enxerguei a verdade em suas palavras. Minha mãe cuidou para que eu tivesse uma ótima educação para me tornar uma boa esposa, mas neste processo ela me inspirou a me afastar do modelo comum de moça às vésperas do casamento.

— Você tem um bom coração — mamãe continuou. — Não tem que se envergonhar de nada. Pense nos seus desejos, no seu conhecimento e no que está aqui, no seu coração. Mencius foi claro quanto a isso: sem piedade, uma pessoa não é humana; sem vergonha, uma pessoa não é humana; sem honra, uma pessoa não é humana; sem a noção de certo e errado, uma pessoa não é humana.

— Mas eu não sou humana. Eu sou um fantasma faminto.
Pronto. Eu tinha dito a ela, mas ela não perguntou como isso aconteceu. Talvez fosse demais para ela, porque ela perguntou:
— Mas você sentiu tudo isso, não foi? Você sentiu piedade, vergonha, remorso e tristeza por tudo o que aconteceu com Tan Ze, certo?
É claro que sim. Eu tinha me exilado como castigo pelo que tinha feito.
— Como alguém pode ser testado para saber se é humano? — Mamãe perguntou. — Pelo fato de ter ou não uma sombra ou deixar pegadas na areia? Tang Xianzu forneceu estas respostas na ópera que você tanto ama, quando escreveu que ninguém existe sem alegria, raiva, tristeza, medo, amor, ódio e desejo. Portanto, segundo o *Livro dos ritos*, segundo *O pavilhão de Peônia* e segundo eu são as Sete Emoções que nos tornam humanos. Você ainda tem essas emoções dentro de você.
— Mas como posso consertar os erros que cometi?
— Não acredito que você tenha cometido erros. Mas se tiver, você precisa usar todos os seus atributos de fantasma a favor de uma boa causa. Você precisa encontrar outra moça cuja vida você possa consertar.
A moça me veio imediatamente à cabeça, mas eu precisava da ajuda de mamãe.
— Você iria até lá comigo? — perguntei. — É muito longe...
Ela deu um sorriso radiante, que iluminou a superfície escura do lago.
— Isso seria muito bom. Eu devia estar vagando por aí.
Ela se levantou e deu uma última olhada no Pavilhão de Ver a Lua. Eu a ajudei a saltar o parapeito e descer até a margem do lago. Ela enfiou a mão dentro da túnica e tirou os cadeados em forma de peixe. Atirou-os no lago, um após o outro, e eles caíram na água sem fazer ruído e quase sem perturbar a superfície calma.
Nós começamos a andar. Fui guiando mamãe pela cidade, com suas saias arrastando pelo chão. De manhã, nós chegamos ao campo, e as plantações se estendiam à nossa volta como um tecido

de brocado. As amoreiras estavam cobertas de folhas. Mulheres de pés grandes, com chapéus de palha e roupas de um azul desbotado, subiam nos galhos para cortar as folhas. Embaixo, outras mulheres – queimadas de sol e fortes por causa do trabalho pesado – aravam o solo ao redor das raízes ou carregavam cestas de folhas.

Mamãe não estava mais com medo. Seu rosto espelhava paz e alegria. Muito tempo antes, ela percorrera esta região, várias vezes com meu pai, e ficou feliz de rever a paisagem. Nós trocamos confidências, compaixão e amor – todas essas coisas que só mãe e filha podem partilhar.

Eu tinha desejado por tanto tempo fazer parte de uma irmandade. Não a havia encontrado junto às minhas primas quando estava viva, porque elas não gostavam de mim. Não a havia encontrado no Mirante junto às outras donzelas doentes de amor, porque a doença delas era diferente da minha. Não a havia encontrado junto aos membros das Banana Garden Five, porque elas não sabiam da minha existência. Mas eu a havia encontrado junto à minha mãe e à minha avó. Apesar de nossas fraquezas e fracassos, estávamos unidas por um elo muito forte: minha avó, confusa; minha mãe, alquebrada; e eu, um patético fantasma faminto. Enquanto mamãe e eu caminhávamos na escuridão da noite, compreendi finalmente que não estava sozinha.

O destino de uma filha

Chegamos a Gudang na manhã seguinte bem cedo e nos dirigimos à casa do capataz. Eu já tinha vagado tanto que essas longas distâncias já não me afetavam, mas mamãe teve que sentar e massagear os pés. Uma criança gritou e saiu correndo de casa, descalça. Era Qian Yi. Seu cabelo tinha sido preso em pequenos tufos, dando-lhe uma vivacidade que não combinava com seu corpo frágil e seu rosto pálido.

– É ela? – mamãe perguntou com ar cético.
– Vamos entrar. Quero que você veja a mãe.

Madame Qian estava sentada num canto, bordando. Mamãe examinou o bordado, me olhou espantada e disse:

– Ela pertence à nossa classe social. Veja as mãos dela. Mesmo neste lugar elas continuam macias e brancas. E seus pontos são delicados. Como ela veio parar aqui?

– O Cataclismo.

O espanto de mamãe se transformou em preocupação quando ela imaginou o que poderia ter acontecido. Ela enfiou a mão sob a túnica para procurar os cadeados que lhe davam segurança. Não achando nada, ela juntou as mãos.

– Veja essa menina, mamãe – eu disse. – Ela também deveria sofrer?

– Talvez ela esteja pagando por algum erro de uma vida passada – mamãe disse. – Talvez este seja o destino dela.

Eu franzi a testa.

– E se for seu destino que possamos interferir a favor dela?

Mamãe pareceu indecisa.
– Mas o que podemos fazer?
Respondi a pergunta com outra.
– Lembra quando você me disse que a contenção dos pés era um ato de resistência contra os manchus?
– Era. E ainda é.
– Mas não aqui. Esta família precisa que as filhas tenham pés grandes para poder trabalhar. Mas esta menina não vai ser capaz de trabalhar.
Mamãe concordou com minha avaliação.
– Estou surpresa por ela ter vivido tanto. Mas como você pode ajudá-la?
– Eu gostaria de conter seus pés.
Madame Qian chamou a filha. Yi obedeceu e se aproximou da mãe.
– Contenção dos pés apenas não irá mudar o destino dela – mamãe disse.
– Se eu preciso expiar meus pecados – eu disse – não posso escolher uma coisa fácil.
– Sim, mas...
– A mãe desceu de padrão com o Cataclismo. Por que Yi não pode subir na vida?
– Subir até onde?
– Não sei. Mas mesmo que seu destino seja ser vendida, não seria melhor do que ficar aqui? Se ela tiver os pés contidos poderá encontrar uma casa melhor.
Mamãe olhou em volta, para a sala modesta, depois tornou a olhar para Madame Qian e sua filha. Quando ela disse:
– Esta não é a estação certa para conter os pés. Está muito calor – eu soube que tinha vencido.
Pôr esta idéia na cabeça de Madame Qian foi fácil, mas conseguir que o marido concordasse foi outra coisa muito diferente. Ele listou suas razões contra isso: Yi não ia poder ajudá-lo a criar bichos-da-seda (o que era verdade), e nenhum camponês iria querer se casar com uma mulher inútil, de pés contidos (o que era um insulto dirigido diretamente à esposa).

Madame Qian ouviu pacientemente, aguardando a vez de falar. Quando teve oportunidade, disse:

— Você parece esquecer, Marido, que vender uma filha pode trazer uma pequena fortuna.

No dia seguinte, mesmo minha mãe tornando a dizer que aquela não era a época certa, Madame Qian juntou alume, loção adstringente, ataduras, tesoura, cortador de unha, agulha e linha. Mamãe ajoelhou-se ao meu lado enquanto eu punha minhas mãos frias sobre as de Madame Qian e a ajudava a lavar os pés da filha e colocá-los de molho num banho de ervas. Depois nós cortamos as unhas de Yi, passamos loção adstringente em seus pés, dobramos os dedos para baixo, passamos as ataduras por cima e por baixo do pé e, finalmente, costuramos as ataduras para que Yi não pudesse se soltar. Mamãe falava baixinho em meu ouvido, encorajando-me, elogiando-me. Ela me deu seu amor de mãe e eu o passei para os pés de Yi através de minhas mãos.

A criança só começou a chorar mais tarde naquela noite, quando seus pés começaram a arder pela falta de circulação e pela pressão constante das ataduras. Nas semanas seguintes, quando apertávamos as ataduras a cada quatro dias e fazíamos Yi caminhar para pressionar os ossos que precisavam quebrar, eu fui em frente com uma determinação inabalável. As noites eram piores, quando Yi soluçava de agonia.

Este seria um processo de dois anos e Yi me inspirou com sua coragem, sua força interior e sua persistência. Assim que seus pés foram contidos, Yi automaticamente subiu um degrau na escala social, acima de seu pai e suas irmãs. Ela não podia mais fugir da mãe nem acompanhar as irmãs, descalça, pelas ruas de terra da aldeia. Ela agora era uma menina de dentro de casa. Sua mãe também compreendeu isto. A casa tinha pouca ventilação, mas a minha condição de fantasma trazia frio para o lugar onde eu estivesse. Mas nos dias mais quentes do verão, quando nem eu conseguia amenizar o calor e a umidade opressivas, o sofrimento de Yi era enorme — mas não tão grande quanto seria dentro de algumas semanas e Madame Qian pegava o *Livro de cânticos*. O sofrimento de Yi diminuía quando sua mãe recitava poemas de amor escritos por mulheres, dezenas de séculos atrás. Mas, após algum tempo, Yi era outra vez vencida pela dor.

Madame Qian levantou-se da cama, foi gingando até a janela nos seus lírios dourados, e ficou bastante tempo contemplando a paisagem. Ela mordeu o lábio e segurou com força o parapeito. Será que ela pensou o mesmo que eu, que isto era um erro terrível? Que ela estava causando sofrimento demais à filha?

Mamãe veio para o meu lado.

– Todas as mães têm dúvidas – ela disse. – Mas lembre-se, esta é a única coisa que uma mãe pode fazer para dar à filha uma vida melhor.

Os dedos de Madame Qian soltaram o parapeito. Ela enxugou as lágrimas, respirou fundo e voltou para a cama. Tornou a abrir o livro.

– Com seus pés contidos, você não é mais como suas irmãs – ela disse –, mas eu tenho um presente ainda mais importante para você. Hoje, pequenina, você vai começar a aprender a ler.

Quando Madame Qian apontava para os caracteres, explicando sua origem, Yi esquecia os pés. Seu corpo relaxava e a dor diminuía. Com seis anos, Yi já tinha passado da idade de começar a aprender, mas eu estava ali para me redimir, e ler e escrever eram coisas que eu sabia muito bem. Com minha ajuda, ela ia recuperar o tempo perdido.

Alguns dias depois, depois de ver a curiosidade e a aplicação de Yi, mamãe anunciou:

– Acho que esta criança vai precisar de um enxoval. Vou poder ajudar quando estiver instalada.

Com nossas energias concentradas em Qian Yi, eu tinha parado de prestar atenção na passagem do tempo. Os quarenta e nove dias de perambulação de mamãe tinham terminado.

– Eu queria que tivéssemos mais tempo – eu disse. – Eu queria que tivesse sido sempre assim. Eu queria...

– Chega de remorsos, Peônia. Prometa-me isso. – Mamãe me abraçou e depois me afastou para poder me olhar bem no rosto. – Em breve, você também irá para casa.

— Para o Palacete da Família Chen? — perguntei, confusa. — Para o Mirante?
— Para a casa do seu marido. Lá é o seu lugar.
— Eu não posso voltar para lá.
— Mostre o seu valor aqui. Depois vá para casa. — Quando ela começou a desaparecer e a entrar na sua placa ancestral, gritou: — Você vai saber quando estiver pronta.

Eu passei os onze anos seguintes em Gudang, dedicando-me a Qian Yi e sua família. Aprendi a controlar meus atributos de fantasma faminto construindo escudos em volta de mim, que podia erguer e baixar à vontade. No verão, eu ia para dentro com a família e esfriava a casa para eles. Quando chegava o outono, eu soprava o carvão no braseiro para deixá-la mais quente, sem queimar minha pele ou chamuscar minhas roupas.

Dizem que uma neve limpa significa prosperidade no ano seguinte. Realmente, durante meu primeiro inverno em Gudang, uma neve limpa cobriu a casa dos Qian e tudo o que havia em volta. No Ano-Novo, quando Bao foi supervisionar as terras do meu pai e incentivar os trabalhadores a aumentar a produção, ele tinha novidades: sua esposa estava grávida e ele não ia aumentar os aluguéis e os impostos devidos à família Chen, como era o costume.

No inverno seguinte, caiu mais neve limpa. Desta vez, quando Bao veio e anunciou que sua esposa tinha tido um filho, eu vi que minha mãe tinha estado muito ocupada no outro mundo. Bao não distribuiu ovos vermelhos para celebrar este milagre. Ele fez algo melhor: deu a cada capataz das aldeias que abrigavam os trabalhadores do meu pai um *mou* de terra. No ano seguinte, outra gravidez, seguida no ano seguinte do nascimento de outro filho homem. Agora que o futuro da família Chen estava garantido, Bao podia ser generoso. Cada vez que nascia um filho homem, ele dava outro *mou* de terra para os capatazes. Assim, a família Qian prosperou. As irmãs mais velhas receberam pequenos dotes e se casaram. Ao mesmo tempo, o pagamento pelas noivas aumentou os bens de Mestre Qian.

Yi cresceu. Seus pés de lírio ficaram lindos: pequenos, cheirosos e com uma forma perfeita. Ela continuou a ser uma moça frágil, embora eu mantivesse a distância espíritos que se aproveitavam da saúde fraca. Com as irmãs fora de casa, eu providenciei para que ela tivesse mais comida, e seu *qi* ficou mais forte. Madame Qian e eu transformamos a menina de um pedaço bruto de jade em algo precioso e refinado. Nós a ensinamos a dançar com seus pés de lírio, de tal modo que ela parecia estar flutuando sobre nuvens. Ela aprendeu a tocar cítara muito bem. Sua estratégia no xadrez tornou-se tão impiedosa quanto a de um pirata. Ela também aprendeu a cantar, bordar e pintar. Mas havia poucos livros. Mestre Qian não os apreciava.

– A educação de Yi faz parte de um investimento a longo prazo – Madame Qian dizia ao marido. – Pense nela como uma bandeja de bichos-da-seda que têm que ser bem cuidados para fabricar seda em seus casulos. Você não se descuidaria disso. Se você cuidar de sua filha, ela também se tornará valiosa.

Mas Mestre Qian não cedeu, então nós fizemos o melhor que foi possível com o *Livro de cânticos*. Yi decorava e recitava, mas não entendia o significado dos poemas.

Em pouco tempo Yi era uma ameixa pronta para ser colhida. Aos dezessete anos, ela era pequena, magra e linda. Suas feições eram delicadas: cabelo negro, uma testa larga que parecia de seda, lábios cor de damasco, e rosto pálido como alabastro. Formavam-se covinhas em seu rosto quando ela sorria. Seus olhos eram brilhantes e atrevidos. Seu nariz era reto e seu olhar inquisidor revelava sua curiosidade, independência e inteligência. O fato de ela ter sobrevivido à doença, à negligência, à contenção dos pés e a uma constituição delicada mostrava tenacidade e força. Ela precisava de um noivo.

Mas suas possibilidades de casamento eram pequenas no campo. Ela não podia fazer trabalho pesado. Ela ainda tinha a saúde frágil, além de ter o hábito desconcertante de dizer o que lhe vinha à cabeça. Ela era educada, mas não à perfeição, portanto, mesmo que pudesse ser encontrada uma família na cidade que se interessasse por uma moça do campo, ela não seria considerada adequada ou pronta. E, mesmo em famílias ricas, esclarecidas, por assim dizer, ninguém queria uma segunda, terceira, quarta e muito menos *quinta* filha, pois isso significava que só meninas nasceriam daquela linhagem. Por todos esses motivos, as casamenteiras declararam que era impossível casar Yi. Eu pensava diferente.

Pela primeira vez em onze anos, troquei Gudang por Hangzhou e fui direto para a casa de Ren. Ele tinha acabado de completar quarenta e um anos. Sob muitos aspectos ele parecia o mesmo. Seu cabelo ainda era preto. Ele ainda era alto, magro e gracioso. Suas mãos ainda me fascinavam. Enquanto eu estive longe, ele tinha parado de beber e de visitar casas de diversão. Ele tinha escrito seus próprios comentários sobre *O palácio eterno*, uma peça escrita por seu amigo Hong Sheng, que foi publicada com grande sucesso. A poesia de Ren tinha sido reunida em edições com os melhores poetas da nossa região. Ele era um crítico de teatro famoso e respeitado. Já fazia alguma tempo que ele era secretário de um intelectual *juren*. Em outras palavras, ele tinha encontrado paz sem mim, sem Tan Ze e sem a companhia de mulheres. Mas ele era solitário. Se eu estivesse viva, teria trinta e nove anos, nós estaríamos casados há vinte e três anos e estaria na hora de eu estar procurando uma concubina para ele. Em vez disso, eu queria dar-lhe uma esposa.

Fui até Madame Wu. Nos éramos "iguais", e ambas amávamos Ren. Ela sempre fora receptiva a mim, então eu sussurrei em seu ouvido:

— O único dever de um filho é dar um filho homem à família. Seu primeiro filho falhou nesta tarefa. Sem um neto, você não terá quem cuide de você no outro mundo e nem os outros antepassados Wu. Só o seu segundo filho pode ajudá-la agora.

Madame Wu passou alguns dias observando Ren cuidadosamente, avaliando seu humor, vendo seu jeito solitário e mencionando que fazia muito tempo que não havia ruído de crianças naquela casa.

Eu abanava minha sogra quando ela descansava do calor do dia.
— Não se preocupe com classe. Ren não era um rapaz de ouro quando ficou noivo da filha de Chen nem quando se casou com a filha de Tan. Ambos os contratos terminaram mal.

Eu demonstrava respeito à minha sogra nunca me sentando em sua presença, mas precisava apressá-la.

— Esta pode ser sua última chance — eu disse. — Você tem que fazer alguma coisa agora, enquanto a sociedade está fluida e antes que o imperador consiga o que quer.

Aquela noite, Madame Wu tocou no assunto de uma nova esposa e o filho não recusou. Depois disso, ela mandou chamar a melhor casamenteira da cidade.

Diversas moças foram mencionadas. Eu me certifiquei de que todas fossem rejeitadas.

— As moças de Hangzhou são muito precoces e muito mimadas — sussurrei no ouvido de Madame Wu. — Nós já tivemos uma pessoa assim em nossa casa antes e não deu certo.

— Você precisa procurar mais longe — Madame Wu instruiu a casamenteira. — Procure alguém de hábitos simples e que possa me fazer companhia na velhice. Não me restam muitos anos.

A casamenteira entrou no palanquim e foi para o campo. Umas poucas pedras colocadas aqui e ali na estrada fizeram seus carregadores seguirem a direção que eu queria, até Gudang. A casamenteira investigou e foi encaminhada à casa de Qian, onde moravam duas mulheres alfabetizadas, de pés contidos. Madame Qian foi muito educada e respondeu com sinceridade a todas as perguntas sobre sua filha. Ela mostrou um cartão que registrava a linhagem materna de Yi por três gerações, incluindo os títulos do seu avô e do seu bisavô.

— O que foi que a moça aprendeu? — a casamenteira perguntou.

Madame Qian listou as prendas da filha, depois acrescentou:

— Eu a ensinei que um marido é o sol e uma esposa é a lua. O sol fica sempre cheio, mas a mulher cresce e míngua. Os homens agem com a razão; as mulheres, com os sentimentos. Os homens tomam a iniciativa e as mulheres agüentam. É por isso que os homens visitam o mundo exterior enquanto as mulheres permanecem dentro de casa.

A casamenteira assentiu, pensativa, e então pediu para ver Yi. Em curto espaço de tempo, Yi foi trazida e examinada, um dote foi negociado e um preço de noiva discutido. Mestre Qian estava disposto a dar cinco por cento da sua colheita de seda durante cinco anos, mais um *mou* de terra. Além disso, a moça iria para a nova casa com diversos baús de lençóis, sapatos, roupas e outros artigos bordados – tudo de seda, tudo feito pela noiva.

Como a casamenteira poderia deixar de ficar impressionada?

– Geralmente é melhor que a esposa tenha menos riqueza e projeção; assim, ela se ajusta mais facilmente à sua nova posição como nora na casa do marido – ela observou.

Quando a casamenteira voltou para Hangzhou, foi diretamente para a propriedade dos Wu.

– Achei uma esposa para o seu filho – ela anunciou para Madame Wu. – Só um homem que já perdeu duas esposas estaria disposto a aceitá-la.

As duas mulheres estudaram o horário de nascimento de Ren e Yi e compararam seus horóscopos, certificando-se de que os Oito Caracteres combinavam. Elas discutiram qual poderia ser o preço da noiva, considerando que o pai dela era apenas um fazendeiro. Então a casamenteira voltou para Gudang. Ela levou prata, jóias, quatro jarras de vinho, duas peças de tecido, chá e uma perna de carneiro para fechar o acordo.

Ren e Yi casaram-se no ano vinte e seis do reinado do Imperador Kangxi. O pai de Yi ficou aliviado por livrar-se de uma filha inútil e indesejada; sua mãe alegrou-se com o reverso da fortuna da sua linhagem familiar. Eu queria dar muitos conselhos a Yi, mas na hora da partida eu deixei a mãe dela falar.

– Seja respeitosa e cuidadosa – ela aconselhou. – Seja trabalhadeira. Vá para a cama cedo e acorde cedo como você sempre fez. Faça chá para sua sogra e trate-a com gentileza. Se houver algum animal doméstico, alimente-o. Cuide bem dos seus pés, vista-se com cuidado e penteie o cabelo. Nunca fique zangada. Se você fizer tudo isso, terá uma boa fama.

Ela abraçou a filha.

– Mais uma coisa – ela disse docemente. – Isto aconteceu muito depressa e nós não sabemos ao certo se a casamenteira foi inteiramente franca. Se o seu marido for pobre, não o culpe. Se ele for manco ou ruim da cabeça, não reclame, não seja desleal, nem mude de idéia. Agora você não tem mais com quem contar a não ser ele. A água foi derramada e você não a pode recolher de volta. Felicidade é uma questão de sorte. – Lágrimas escorreram pelo seu rosto. – Você foi uma boa filha. Tente não se esquecer inteiramente de nós.

Então ela cobriu o rosto de Yi com o véu vermelho opaco e a ajudou a subir no palanquim. Uma pequena banda estava tocando, e o homem local de *feng shui* atirou grãos, vagens, pequenas frutas e moedas de cobre para agradar aos espíritos maus. Mas eu podia ver que não havia nenhum deles ali, só eu, feliz, e as crianças da aldeia que brigavam para levar para casa as guloseimas. Yi, que não teve escolha em nada disso, deixou sua aldeia natal. Ela tinha pouca expectativa de receber amor e afeição, mas levava a coragem da mãe no coração.

A mãe de Ren recebeu o palanquim no portão da frente. Ela não podia ver o rosto da moça, mas examinou seus pés e viu que eles eram mais do que adequados. As duas foram caminhando juntas até o quarto. Lá, Madame Wu pôs o livro confidencial nas mãos da nora.

– Leia isto. Vai ensinar-lhe o que deve fazer esta noite. Eu espero ter um neto dentro de nove meses.

Horas depois, Ren chegou. Eu o vi erguer o véu de Yi e sorrir para a bela moça. Ele estava satisfeito. Eu desejei a eles as Três Abundâncias – sorte, vida longa e filhos homens – e então saí.

Eu não iria cometer os mesmos erros que havia cometido com Ze. Eu não iria morar no quarto de Ren e Yi, onde poderia ser tentada a interferir como fizera no passado. Lembrei que Liniang tinha sido atraída pela ameixeira que vira no jardim:

Eu consideraria uma sorte ser enterrada ao lado dela quando morrer. Ela achava que, lá, poderia abrigar seu espírito das tempestades de verão e fazer companhia às raízes da árvore. Quando ela morreu, os pais cumpriram a vontade dela. Mais tarde, a Irmã Pedra pôs um ramo de ameixeira em flor num vaso e o colocou sobre o altar de Liniang. O fantasma de Liniang respondeu mandando uma chuva de pétalas de flor de ameixeira. Fui até a ameixeira dos Wu, que não havia florido nem dado nenhum fruto desde a minha morte. Seu abandono me era conveniente. Eu me instalei sob as pedras cobertas de musgo que cercavam o tronco da árvore. Dali, eu podia velar por Yi e Ren sem me intrometer demais.

Yi SE ADAPTOU LOGO À VIDA de esposa. Ela era mais rica do que jamais havia sonhado, mas não demonstrou sinal algum de extravagância. Desde a infância que buscava calma interior e não beleza exterior. Agora, como esposa, ela queria ser mais do que um belo vestido. Seu charme era muito particular: sua pele mais lisa que o jade, cada passo que dava com seus pés de lírio era tão delicado que parecia fazer florir outras flores, e seu andar era tão leve que ela parecia deslizar como névoa pelo chão. Ela nunca se queixava, nem quando a saudade da mãe tomava conta dela. Nessas ocasiões, em vez de chorar, de gritar com as criadas ou de atirar um copo no chão, ela passava o dia sentada na janela, praticando o silêncio, tendo por companhia apenas um queimador de incenso e eu.

Ela aprendeu a amar Ren e a respeitar Madame Wu. Não havia conflitos nos aposentos das mulheres, porque Yi fazia tudo para deixar a sogra contente. E Yi não se queixava das mulheres que a haviam precedido. Ela não nos insultava por termos morrido tão jovens. Ela não tentava arranhar a dignidade das nossas lembranças. Preferia distrair o marido e a sogra cantando, dançando e tocando cítara, e eles gostavam do seu jeito inocente e alegre. Seu coração era como uma grande estrada em que havia lugar para todos. Ela tratava bem os criados, tendo sempre uma palavra amável para a cozinheira, e lidava com os vendedores como se eles fossem seus parentes. Por tudo isso, ela era apreciada pela sogra e amada pelo marido. Ela tinha boa comida para comer, roupas bordadas para usar, e uma casa muito melhor para morar. Entretanto, ela ainda não era suficientemente educada para esta família. Agora que eu tinha acesso à biblioteca de Ren, podia instruí-la direito. Mas não estava sozinha nesta tarefa.

Eu me lembrei do modo como meu pai costumava ensinar-me a ler e a compreender o que lia, então, um dia, empurrei Yi para o colo de Ren. Comovido com a inocência e a sinceridade de Yi, Ren ajudava-a, perguntando-lhe sobre o que tinha lido, obrigando-a a pensar e a criticar. Yi tornou-se um elo entre mim e Ren. Ao educá-la, nós éramos um só. Ela se tornou mais do que proficiente nos clássicos, em literatura e matemática. Ren e eu nos orgulhávamos de sua aplicação e resultados.

Mas ainda faltavam a ela algumas habilidades. Yi continuava a manejar com dificuldade o pincel de caligrafia, o que deixava seus traços tremidos e inseguros. Madame Wu interferiu e, através dela, eu passei todas as aulas que Quinta Tia tinha me dado, usando *Retratos de formações de combate do pincel*. Yi melhorou como tinha acontecido comigo tantos anos antes. Quando, às vezes, ela recitava poemas como um papagaio, sem noção de seus significados mais profundos, eu sabia que meus esforços ainda não tinham sido suficientes. Eu me lembrei da prima de Ren. Saí e trouxe Li Shu para casa, e ela se tornou tutora de Yi. Agora, quando Yi recitava, ela abria o coração para as Sete Emoções e nos transportava para lugares imaginários. Todos na casa passaram a amá-la mais ainda.

Eu nunca tive ciúmes dela, nunca tive vontade de comer o coração de Yi nem de arrancar sua cabeça, braços e pernas para Ren achar, e nunca tentei revelar-me para ela ou visitá-la em seus sonhos. Mas eu podia fazer quase tudo. Portanto, quando eles acordavam de manhã, eu esfriava a água com que eles lavavam o rosto. Quando Yi se penteava, eu me tornava os dentes do pente, separando, sem esforço, cada mecha e fio de cabelo. Quando Ren saía, eu abria passagem para ele, eliminava obstáculos e perigos e o trazia de volta para casa são e salvo. Durante os dias quentes de verão, eu incitava um criado a amarrar um melão e baixá-lo até o poço para esfriar. Então eu descia até o fundo do poço para esfriar ainda mais a água. Eu gostava de ver Ren e Yi comendo o melão depois do jantar, sentindo-se refrescados por ele. Era assim que eu agradecia a minha esposa-irmã por ser boa para o meu marido e a Ren por encontrar felicidade e companheirismo depois de tantos anos de solidão. Mas estas eram coisas sem importância.

Eu queria agradecer a eles de um modo que lhes despertasse a felicidade profunda que eu sentia quando via Yi sentada no colo de Ren ou quando o ouvia explicar o sentido oculto de um dos poemas das Banana Garden Five. Qual era o maior desejo deles? O maior desejo de qualquer casal? Um filho homem. Eu não era uma antepassada e achava que não podia dar-lhes isto. Mas, quando a primavera chegou, aconteceu um milagre. A ameixeira ficou coberta de flores. Eu tinha avançado tanto no caminho da sabedoria que fiz com que isso acontecesse. Quando as pétalas caíram e as frutas começaram a crescer, eu soube que poderia fazer com que Yi engravidasse.

Pérolas no meu coração

Permaneci fiel à promessa que tinha feito e ficava fora do quarto quando eles estavam fazendo nuvens e chuva, mas acompanhava o que acontecia no quarto de outra maneira. Certas noites são desaconselháveis e potencialmente perigosas para nuvens e chuva. Em noites excepcionalmente ventosas, nubladas, chuvosas, com muita neblina ou muito quentes, eu fazia Yi mandar Ren visitar os amigos, reunir-se com poetas ou dar uma palestra. Em noites em que havia ameaça de relâmpago, trovão, eclipses ou terremotos, eu fazia Yi ficar com dor de cabeça. Mas essas noites eram raras, então, na maioria das noites, assim que o roçar dos lençóis terminava, eu entrava no quarto por uma fresta da janela.

Eu ficava bem pequena, entrava no corpo de Yi e começava a trabalhar, procurando a semente certa para levar até o ovo. Fazer um bebê não é apenas uma questão de nuvens e chuva, embora pelo risos e gemidos que eu ouvia enquanto esperava do lado de fora da janela, eu sabia que Ren e Yi se divertiam e davam prazer um ao outro. É preciso também a união de duas almas para trazer outra alma de volta do outro mundo para iniciar uma nova vida na Terra. Procurei muito naquele mar agitado até que, depois de vários meses, finalmente encontrei a semente que queria. Eu a guiei até o ovo de Yi. Fiquei menor ainda para poder consolar a nova alma enquanto ela se dirigia à sua casa temporária. Fiquei até ela atravessar a parede do útero de Yi e se instalar lá. Depois que ela estava a salvo, fui tratar de outras questões práticas.

Quando a menstruação de Yi falhou, todos ficaram muito felizes. Mas, junto com a alegria, havia muita preocupação. A última mulher grávida da casa tinha morrido, o que sugeria que espíritos maus a estavam perseguindo. Todo mundo achava que, com sua constituição frágil, Yi era particularmente vulnerável a maldades cometidas por criaturas do mundo dos mortos.

— É preciso tomar muito cuidado com as esposas anteriores — dr. Zhao disse, quando ele e o adivinho vieram para uma de suas consultas regulares.

Eu concordava, mas sabia que Ze estava no Lago do Sangue Derramado. Entretanto, o que o adivinho disse em seguida me deixou apavorada.

— Especialmente quando uma delas não chegou a se casar — ele resmungou, alto o suficiente para todos ouvirem.

Mas eu amava Yi! Jamais faria algo que pudesse prejudicá-la!

Madame Wu torceu as mãos.

— Eu concordo — ela disse. — Também estou preocupada com aquela moça. Ela se vingou em Ze e no bebê. Com razão, talvez, mas foi uma dura perda para o meu filho. Diga-nos o que fazer.

Pela primeira vez em muitos anos, eu ardi de vergonha. Eu não sabia que minha sogra me culpava pelo que tinha acontecido com Ze. Eu precisava recuperar o respeito dela. A melhor maneira de fazer isso era proteger Yi e seu bebê dos temores que infestavam aquela casa. Infelizmente, minha tarefa ficou mais difícil com as instruções que o médico e o adivinho deixaram e porque a paciente era teimosa e pouco cooperativa, apesar da sua fragilidade.

As criadas prepararam feitiços e remédios especiais, mas Yi era humilde demais para aceitar coisas de quem tinha menos do que ela. Madame Wu tentou manter a nora na cama, mas Yi era dedicada e respeitosa demais para desistir de preparar chá e refeições para a sogra, lavar e consertar suas roupas, supervisionar a limpeza do seu quarto, ou trazer água quente para o seu banho. Ren tentou mimar a esposa alimentando-a com seus pauzinhos, massageando suas costas e ajeitando seus travesseiros, mas ela não parava quieta.

Do meu lugar – como um fantasma que vivia no mundo dos demônios e outras criaturas que podiam fazer mal –, eu podia ver que essas coisas não adiantavam para ajudá-la ou protegê-la, mas deixavam Yi envergonhada e ansiosa.

Então, numa tarde no final da primavera, excepcionalmente fria, o adivinho tirou Yi da cama para construir uma barreira entre mim e ela e deixou-a enjoada do estômago queimando incenso demais numa tentativa de me expulsar do quarto. Ainda cutucou a cabeça dela com tanta força para ativar pontos de acupuntura que iriam ajudá-la a se proteger de mim, deixando Yi com uma forte dor de cabeça. Fiquei tão frustrada que gritei, zangada:

– *Aiya!* Por que você simplesmente não sugere um casamento fantasma e a deixa em paz?

Yi levou um susto, piscou várias vezes e olhou em volta. O adivinho, que nunca tinha intuído a minha presença, guardou suas coisas, fez uma reverência e partiu. Fiquei no quarto, perto da janela. Eu planejava ficar de prontidão ali dia e noite para proteger as duas pessoas que amava acima de todas. Durante a tarde, Yi ficou descansando na cama. Ela mexia nervosamente na colcha, refletindo. Quando a criada trouxe o jantar, Yi pareceu chegar a algum tipo de conclusão.

Quando Ren finalmente entrou no quarto, Yi disse:

– Se todo mundo está tão preocupado, achando que a esposa-irmã Tong quer me prejudicar, vocês dois deveriam unir-se num casamento-fantasma, para que ela possa ser reconduzida ao seu lugar de direito como sua primeira esposa.

Fiquei tão espantada que a princípio não entendi o que implicaria suas palavras. Eu tinha feito aquela sugestão num momento de grande aborrecimento. Não me ocorreu que ela iria ouvi-las ou levá-las a sério.

– Um casamento-fantasma? – Ren sacudiu a cabeça. – Eu não tenho medo de fantasmas.

Olhei bem para ele, mas não consegui ver o que se passava em sua cabeça. Catorze anos antes, quando Ze estava morrendo, ele tinha dito que não acreditava em fantasmas. Na época, achei que ele estava tentando acalmar Ze. Mas será que ele não tinha mesmo medo e não acreditava em fantasmas? E quando eu o visitara em sonhos? E quanto eu tinha dado a ele uma boa companheira de cama e uma esposa obediente, no caso de Ze? E como ele achava que sua solidão tinha sido curada? Será que ele achava que o milagre de Yi era uma questão de destino?

Eu podia ter dúvidas quanto a Ren, mas Yi não tinha. Ela sorriu para ele.

– Você diz que não tem medo de fantasmas, mas eu sinto sua apreensão – ela disse. – Eu olho em volta e vejo medo em toda parte.

Ren se levantou e foi até a janela.

– Todo este pânico é ruim para o nosso filho – Yi continuou. – Faça um casamento-fantasma. Isto acalmará os outros. Se todos se acalmarem, eu vou poder cuidar com tranqüilidade da minha gravidez e do nosso bebê.

A esperança me invadiu. Yi, minha linda e boa Yi. Ela estaria sugerindo isso não para si mesma e sim para trazer paz para a casa toda? Nada iria acontecer a este bebê, eu tinha certeza disso. Mas um casamento-fantasma? Será que isto finalmente aconteceria?

Ren segurou com força no parapeito da janela. Ele pareceu pensativo, otimista até. Será que ele sentia a minha presença? Será que ele sabia o quanto eu ainda o amava?

– Acho que você tem razão – ele disse finalmente, com uma voz sonhadora. – Peônia era para ser a minha primeira esposa. – Esta era a primeira vez que ele dizia o meu verdadeiro nome em vinte e três anos. Fiquei atônita, maravilhada. – Depois que ela morreu, nós deveríamos ter nos casado da maneira que você sugeriu. Houve... problemas e esta cerimônia não aconteceu. Peônia... ela era... – Ele tirou a mão do parapeito da janela, virou-se para olhar para a esposa, e acrescentou: – Ela jamais faria mal a você. Eu sei disso, e você também precisa saber. Mas você tem razão quanto aos outros. Vamos realizar um casamento-fantasma e remover os obstáculos que as pessoas acreditam que cercam você.

Cobri o rosto e chorei de gratidão. Eu tinha esperado – *desejado* – um casamento-fantasma desde a hora da minha morte. Se isto acontecesse, minha placa ancestral seria retirada do seu esconderijo. Alguém veria que ela não havia sido marcada e finalmente sanaria o problema. Quando isso acontecesse, eu não seria mais um fantasma faminto. Terminaria a minha viagem para o outro mundo e seria transformada em antepassada, a honrada primeira esposa do segundo filho do clã Wu. O fato de minha esposa-irmã ter sugerido isso me proporcionou grande felicidade. O fato de Ren – meu poeta, meu amor, minha vida – ter concordado foi como ter pérolas derramadas em meu coração.

EU ME AGARREI na casamenteira e fui com ela até o Palacete da Família Chen para observar as negociações para o meu preço de noiva-fantasma. Papai tinha finalmente se aposentado e voltado para casa para aproveitar a companhia dos netos. Ele ainda tinha um ar orgulhoso e seguro, mas percebi que minha morte ainda o atormentava. Embora ele não pudesse me ver, eu me ajoelhei diante dele em sinal de obediência, esperando que alguma parte dele pudesse aceitar minhas desculpas por ter duvidado dele. Quando terminei, afastei-me e ouvi quando ele tentou negociar um novo – e mais alto – preço do que o que tinha acordado quando eu estava viva, o que a princípio eu não entendi. A casamenteira tentou um preço mais baixo, apelando para o seu senso de *qing*.

– Os Oito Caracteres foram combinados para a sua filha e o segundo filho da família Wu. Eles eram um par feito no Céu. O senhor não devia pedir tanto.

– Meu preço é este.

– Mas sua filha está morta – a casamenteira argumentou.

– Considere os juros pelo tempo que passou.

Naturalmente, a negociação não deu certo e fiquei desapontada. Madame Wu também não gostou do relatório da casamenteira.

– Chame um palanquim – ela ordenou. – Nós vamos voltar lá hoje mesmo.

Quando elas chegaram ao Palacete da Família Chen e saltaram dos palanquins e entraram no Salão de Visitas, os criados trouxeram logo chá e panos úmidos para refrescar seus rostos da viagem ao redor do lago. Em seguida, as duas mulheres atravessaram diversos pátios até chegar na biblioteca do meu pai, onde ele estava estirado no sofá com os netos e sobrinhos mais moços subindo por cima dele como filhotes de tigre. Ele despachou as crianças com uma criada, foi até a escrivaninha e se sentou.

Madame Wu sentou-se na mesma cadeira do outro lado da escrivaninha que eu costumava ocupar. A casamenteira ficou bem atrás do ombro direito dela, enquanto um criado se colocou na porta para aguardar as ordens do meu pai. Ele alisou a testa e passou a mão por toda a extensão do cabelo, como fazia quando eu era criança.

– Madame Wu – ele disse. – Já faz muitos anos.

– Eu não saio mais de casa – ela respondeu. – As regras estão mudando, mas, mesmo quando eu saía, você sabia que eu não gostava de me encontrar com homens.

– Você atendeu muito bem ao seu marido e meu amigo neste aspecto.

– Amizade e lealdade são o que me traz aqui hoje. Você parece ter esquecido que prometeu ao meu marido que nossas duas famílias se uniriam.

– Eu nunca esqueci isso. Mas o que podia fazer? Minha filha morreu.

– Eu sei muito bem disso, Mestre Chen. Vi meu filho sofrer por esta perda durante mais de vinte anos. – Ela se inclinou para frente e bateu com um dedo na escrivaninha enquanto falava. – Eu mandei uma mensageira aqui de boa-fé e você a mandou de volta com exigências impossíveis.

Papai se recostou calmamente na cadeira.

– Você sempre soube o que precisava ser feito – ela acrescentou. – Eu o procurei diversas vezes antes para negociar.

Ela fizera isso? Como eu não sabia?

— Minha filha vale mais do que você ofereceu — papai disse. — Se a quiser, vai ter que pagar por ela.

Suspirei, compreendendo. Meu pai ainda me dava valor.

— Tudo bem — Madame Wu disse. Ela apertou os lábios e estreitou os olhos. Eu a tinha visto irritada com Ze, mas as mulheres não podiam ficar zangadas com os homens. — Fique sabendo que desta vez eu não vou embora antes de obter sua concordância. — Ela tomou fôlego e acrescentou: — Se você quiser um preço mais alto, vou precisar de outros itens para o dote.

Era exatamente isso que meu pai queria. Eles negociaram. Discutiram. Ele pediu um preço mais alto pela noiva. Madame Wu respondeu pedindo um ainda mais alto de dote. Ambos pareciam muito à vontade com os lances, o que era chocante porque significava que tinham tido esta conversa várias vezes antes. A coisa toda me chocou, surpreendeu e encantou.

Quando parecia que eles tinham finalmente chegado a um acordo, meu pai fez outra exigência.

— Vinte gansos vivos, entregues dentro de dez dias — ele disse — ou eu não concordarei com o casamento.

Isto não era nada, mas Madame Wu quis algo mais em troca.

— Eu me lembro que sua filha ia levar sua própria criada. Mesmo agora, alguém vai ter que cuidar dela através da placa ancestral, quando ela vier para a minha casa.

Papai deu um sorriso.

— Eu estava esperando você pedir.

Ele fez um sinal para o criado que estava parado na porta. O criado saiu e voltou alguns minutos depois com uma mulher. Ela se aproximou, caiu de joelhos e se curvou diante de Madame Wu. Quando olhou para cima, eu vi um rosto marcado pelas dificuldades da vida. Era Salgueiro.

— Esta criada voltou recentemente para nossa casa. Eu cometi um erro quando a vendi muitos anos atrás. Agora está claro para mim que o destino dela sempre foi tomar conta da minha filha.

— Ela é velha — Madame Wu disse. — O que eu vou fazer com ela?

— Salgueiro tem trinta e nove anos. Ela tem três filhos. Eles ficaram com seu antigo dono. A esposa dele queria filhos homens e ela deu isso a eles. Salgueiro pode não ter boa aparência — papai disse —, mas pode servir como concubina se você precisar. Posso garantir que ela poderá dar-lhe netos homens.

— Por vinte gansos?

Meu pai assentiu.

A casamenteira sorriu. Ela tiraria um bom lucro disto. Salgueiro se arrastou pelo chão e encostou a testa nos pés de lírio de Madame Wu.

— Eu aceito com uma condição — Madame Wu disse. — Quero que você responda a uma pergunta. Por que você não deu à sua filha um casamento fantasma antes? Uma moça morreu por causa da sua recusa. Agora a vida de outra que carrega meu neto na barriga está ameaçada. Isto era fácil de consertar. Um casamento fantasma é uma coisa comum. Ele evita muitos problemas.

— Mas não aliviaria meu coração — papai confessou. — Eu não consegui me separar de Peônia. Durante todo este tempo eu desejei a companhia dela. Mantendo a placa no Palacete da Família Chen, eu achei que continuava ligado a ela.

Mas eu nunca estive aqui com ele!

Uma sombra escureceu os olhos do meu pai.

— Estes anos todos eu tive esperança de sentir a presença dela, mas nunca senti. Quando você mandou a casamenteira aqui hoje, eu decidi que estava na hora de deixar minha filha partir. Peônia devia ficar com o seu filho. E agora... É estranho, mas sinto que ela está aqui comigo, finalmente.

Madame Wu fez um muxoxo.

— Você tinha que fazer o que era certo para a sua filha, mas não fez. Vinte e três anos é muito tempo, Mestre Chen, muito tempo.

Com isso, ela se levantou e saiu da sala. Fiquei para me preparar.

Casamentos-fantasma não são tão enfeitados, complicados e demorados quanto um casamento entre vivos. Papai providenciou a transferência de mercadorias, dinheiro e comida para o meu dote. Madame Wu fez o mesmo em relação a tudo que tinha sido combinado como pagamento pela noiva. Escovei o cabelo, prendi-o e ajeitei minhas roupas velhas e rasgadas. Eu queria amarrar meus pés em ataduras limpas, mas não tinha ataduras novas desde que saíra do Mirante. Eu estava o mais preparada possível.

O único desafio era encontrar minha placa ancestral. Sem ela, não podia haver noiva-substituta e eu não poderia casar-me. Mas minha placa estava escondida havia tanto tempo que ninguém sabia o que tinha sido feito dela. De fato, só uma pessoa sabia onde ela estava: Shao, a velha ama-de-leite da minha família. Naturalmente, ela não era mais uma ama-de-leite; não era mais nem uma ama. Ela tinha perdido todos os dentes, quase todo o cabelo e boa parte da memória. Era velha demais para ser vendida e barata demais para ser aposentada. Ela não conseguiu localizar a minha placa.

– Aquela coisa feia foi jogada fora há muito tempo – ela disse. Uma hora depois, ela mudou de idéia. – Está no salão ancestral, ao lado da placa da mãe dela. – Duas horas depois, a história era outra. – Eu a coloquei debaixo da ameixeira, como em *O pavilhão de Peônia*. Era lá que Peônia ia gostar de ficar. – Três dias mais tarde, depois que diversas criadas, Bao e até meu pai tinham pedido, ordenado e exigido que Shao dissesse onde estava a placa, ela chorou, assustada, e acrescentou: – Eu não sei onde ela está. Por que vocês querem saber daquela coisa feia?

Se ela não conseguia lembrar onde tinha escondido minha placa, com certeza não iria lembrar que tinha sido culpada por ela não ter sido marcada. Eu já tinha chegado até ali. Não podia deixar que tudo fracassasse porque uma velha não conseguia lembrar que tinha escondido uma coisa feia num depósito, numa prateleira alta, atrás de um pote de nabos em conserva.

Fui até o quarto de Shao. Era de tarde e ela estava dormindo. Fiquei parada ao lado da cama, olhando para ela. Estendi a mão para acordá-la, mas meus braços se recusaram a tocar nela. Mesmo agora, quando estava tão perto de resolver meu problema de fantasma, não podia fazer nada para ajudar a conseguir que minha placa fosse marcada. Tentei, mas não consegui.

Então senti uma mão no meu ombro.

– Vamos fazer isso – uma voz disse.

Eu me virei e vi minha mãe e minha avó.

– Vocês vieram! – exclamei. – Mas como?

– Você é carne da minha carne – mamãe respondeu. – Como eu podia deixar fracassar o casamento da minha filha?

– Nós pedimos aos burocratas do mundo dos mortos e recebemos licenças para retornar à Terra – minha avó explicou.

Mais pérolas encheram meu coração.

Nós esperamos Shao acordar. Então minha avó e minha mãe ficaram de cada lado dela, segurando-a pelos cotovelos, e a levaram até o depósito, onde Shao encontrou a placa ancestral. Mamãe e vovó a largaram e se afastaram. A velha limpou-a. Embora sua vista estivesse ruim, eu achei que ela ia notar que a placa não estava marcada e iria levá-la direto para o meu pai. Como isso não aconteceu, eu olhei para mamãe e vovó.

– Ajudem-me a fazê-la enxergar – supliquei.

– Nós não podemos – mamãe disse, com muita pena. – Só temos permissão para fazer isto.

Shao levou a placa para o meu antigo quarto. No chão, no meio do quarto, estava uma boneca feita de palha, papel, madeira e pano que as criadas tinham feito para me representar no dia do casamento. Ela estava deitada de costas, com a barriga exposta. Salgueiro pintou dois olhos, um nariz e uma boca num pedaço de papel e prendeu o papel no rosto da noiva com pasta de arroz. Shao ficou de joelhos e enfiou a placa dentro da boneca com tanta rapidez que Salgueiro não viu. Minha antiga criada enfiou uma agulha e costurou a barriga. Quando terminou, foi até um baú e o abriu. Lá dentro estava meu vestido de noiva. Ele deveria ter sido jogado fora junto com o resto dos meus pertences.

— Você guardou meu vestido de noiva? – perguntei à minha mãe.

— É claro que sim. Eu tinha que acreditar que um dia as coisas seriam consertadas.

— E também compramos alguns presentes – vovó acrescentou.

Ela enfiou a mão dentro do vestido e tirou ataduras limpas e sapatos novos. Mamãe abriu uma sacola e tirou uma saia e uma túnica. As roupas eram lindas e, enquanto elas me vestiam, as criadas faziam o mesmo com a boneca, vestindo-a com uma anágua, depois com a saia de seda vermelha com preguinhas na forma de flores, nuvens e símbolos de boa sorte. Depois enfiaram a túnica e fecharam as presilhas em forma de sapo. Elas envolveram os pés de palha cobertos de gaze em longas ataduras, apertando bem até os pés ficarem pequenos o suficiente para caber nos meus sapatos vermelhos. Então eles encostaram a boneca na parede, arrumaram a tiara e cobriram seu rosto grotesco com o véu opaco vermelho. Se minha placa ancestral tivesse sido marcada, eu poderia entrar completamente na boneca.

As criadas saíram. Eu me ajoelhei ao lado da boneca. Acariciei a seda e toquei nas folhas douradas da tiara. Eu devia estar feliz, mas não estava. Eu estava tão perto de endireitar meu caminho, mas com a placa sem marcas, a cerimônia seria inútil.

— Agora eu sei de tudo – mamãe disse – e sinto muito. Sinto muito por não ter marcado sua placa. Eu estava tão desesperada que deixei Shao tirá-la de mim. Sinto muito por nunca ter perguntado ao seu pai sobre ela. Achei que ele tinha levado sua placa com ele...

— Ele não levou.

— Ele não me contou, eu não perguntei e você não me contou quando eu morri. Descobri quando cheguei ao Mirante. Por que você não me contou?

— Não consegui. Você estava confusa. E Shao é que tinha...

— Você não pode culpá-la – mamãe disse, como se esta fosse uma idéia ridícula. – Seu pai e eu nos penalizamos tanto com a sua morte que descuidamos de nossas responsabilidades. Seu pai se

sentiu culpado por sua doença e sua morte. Se ele não tivesse plantado a idéia de mal de amor em sua mente com toda aquela conversa sobre Liniang e Xiaoqing... se ele não a tivesse incentivado a ler, pensar, escrever.
— Mas essas coisas me fizeram ser quem sou — eu disse.
— Exatamente — vovó disse.
— Fique quieta — mamãe ordenou, e não com muita gentileza.
— Você já causou muita confusão e sofrimento a esta menina.
Vovó fechou a cara, desviou os olhos e disse:
— E sinto muito por isso. Eu não sabia...
Mamãe tocou na manga da sogra para evitar que ela dissesse mais alguma coisa.
— Peônia — mamãe continuou —, se você tivesse escutado apenas a mim, não seria a filha de quem tanto me orgulho hoje. Toda mãe teme por sua filha, mas eu estava apavorada. Só conseguia pensar nas coisas terríveis que poderiam acontecer. Mas qual era a pior coisa que poderia acontecer? O que aconteceu comigo em Yangzhou? Não. A pior coisa foi perder você. Mas veja o que você fez nestes últimos anos. Veja o que o amor por Ren fez florescer em você. Eu escrevi um poema numa parede por medo e tristeza. Ao fazer isso, fechei o coração para todas as coisas que me faziam feliz. Sua avó e eu, e muitas outras mulheres, quiseram ser ouvidas. Nós saímos de casa e as coisas começaram a acontecer para nós. Então, na única vez em que eu fui realmente ouvida, o poema na parede, eu queria morrer. Mas você é diferente. Na morte, você se tornou uma mulher admirável. E você ainda tinha o seu projeto.
Eu me encolhi instintivamente. Ela tinha queimado meus livros e odiado meu amor por *O pavilhão de Peônia*.
— Você não me contou tantas coisas, Peônia. — Ela suspirou tristemente. — Nós perdemos tanto tempo.
Era verdade, e nunca conseguiríamos recuperar o tempo perdido. Lágrimas de remorso encheram meus olhos. Mamãe apertou minha mão, consolando-me.
— Quando eu ainda estava viva, ouvi falar nos comentários de Ren acerca de *O pavilhão de Peônia* — ela disse. — Quando li os

comentários, parecia estar ouvindo a sua voz. Eu sabia que isso era impossível, então disse a mim mesma que eu era apenas uma mãe enlutada. Só quando sua avó se encontrou comigo no Mirante foi que eu soube da verdade, toda a verdade. E, é claro, ela também teve que saber de algumas coisas por meu intermédio.

— Continue — vovó disse. — Diga a ela por que nós estamos aqui.

Mamãe respirou fundo.

— Você precisa terminar o seu projeto — ela disse. — Não serão as linhas desesperadas de uma mulher numa parede. Seu pai e eu, sua avó, a família inteira, aqueles que estão aqui na Terra e todas as gerações de antepassados que velam por você, todos ficarão muito orgulhosos de você.

Pensei no que minha mãe disse. Minha avó quis ser ouvida e apreciada pelo marido, mas foi relegada a um falso martírio. Mamãe quis ser ouvida, mas se perdeu. Eu quis ser ouvida, mas só por um homem. Ren tinha pedido isso no Pavilhão de Ver a Lua. Ele *queria* isso de mim. Ele tinha criado essa possibilidade para mim quando o mundo, a sociedade e até minha mãe preferiam que eu me calasse.

— Mas como eu posso retomá-lo depois de tudo?

— Quase morri para escrever meu poema; você morreu escrevendo seus comentários — mamãe disse. — Eu tive que ser rasgada e penetrada por muitos homens para escrever aquelas palavras na parede. Eu vi você definhar enquanto as palavras enfraqueciam o seu *qi*. Durante muito tempo, eu pensei, Talvez este sacrifício seja necessário. Só depois de observar você nestes últimos anos, vendo o que você fez com Yi, foi que compreendi que, talvez, escrever não exija nenhum sacrifício. Talvez seja um dom o fato de experimentar emoções através de pincéis, tinta e papel. Eu escrevi motivada por dor, medo e ódio. Você escreveu motivada por desejo, alegria e amor. Nós duas pagamos um preço alto por dizer o que pensávamos, por revelar nossos sentimentos, por tentar criar, mas valeu a pena, não foi, filha?

Eu não tive chance de responder. Ouvi risos no corredor. A porta abriu e minhas quatro tias entraram, acompanhadas de Giesta, Orquídea, Lótus e as filhas delas. Elas tinham sido trazidas por meu pai para que eu fosse tratada como uma noiva de verdade. Elas arrumaram a boneca, ajeitando as pregas da saia, alisando a seda da túnica e usando alguns grampos de penas para manter a tiara no lugar.

– Rápido! – vovó disse quando os pratos e os tambores soaram. – Você precisa se apressar.

– Mas minha placa...

– Não pense nisso agora – vovó disse. – Aprecie seu casamento o melhor que puder, porque ele não acontecerá de novo, pelo menos não do modo como você imaginou quando estava sozinha em sua cama, tantos anos atrás. – Ela fechou os olhos por um momento e sorriu para si mesma. Então, abriu os olhos e bateu palmas. – Depressa!

Recordei tudo o que precisava fazer. Fiz três reverências diante da minha mãe, agradecendo por tudo o que ela tinha feito por mim. Fiz três reverências diante da minha avó e agradeci a ela. Mamãe e vovó me beijaram, depois me levaram até a boneca. Como a minha placa não estava marcada, eu não pude entrar na boneca, então me enrosquei em volta dela.

Vovó tinha razão. Eu precisava apreciar meu casamento o melhor que pudesse, e não foi difícil. Minhas tias disseram que eu estava linda. Minhas primas se desculparam pelas bobagens infantis. As filhas delas me disseram que sentiam muito por não ter me conhecido. Segunda Tia e Quarta Tia me pegaram, me colocaram numa cadeira e me carregaram para fora do quarto. Mamãe e vovó juntaram-se à procissão das mulheres da família Chen que atravessou os corredores, passou por pavilhões, lagos e pedras, até chegar no salão ancestral. Sobre o altar, ao lado dos retratos de meus avós, estava pendurado um retrato de minha mãe. Sua pele tinha sido pintada em estilo translúcido, seu cabelo estava preso para cima como o de uma noiva, seus lábios estavam cheios e alegres. Ela devia ter esta aparência quando se casou com meu pai. Talvez ela não assustasse ninguém com seus ensinamentos sobre boa conduta, mas serviria de inspiração.

Sobre o altar, tudo tinha sido agrupado em pilhas desiguais para significar que este não era um casamento típico. Sete pauzinhos de incenso estavam enfiados em cada um dos três braseiros. As mãos de papai tremiam quando ele serviu nove taças de vinho para diversos deuses e deusas, e depois três taças de vinho para cada um dos meus antepassados. Ele serviu cinco pêssegos e onze melões.

Então minha cadeira foi erguida e fui carregada até o portão de vento e fogo. Eu tinha desejado por tanto tempo passar por aquele portão para ir para a casa do meu marido, e agora isto estava acontecendo. Numa tradição restrita a casamentos fantasmas, Salgueiro segurou uma cesta de peneirar arroz sobre minha cabeça para que o céu não me visse. Eu fui colocada num palanquim verde e não vermelho. Condutores carregaram-me ao redor do lago, subiram a Montanha Wushan e passaram pelo templo, até a casa do meu marido. A porta do palanquim foi aberta e eu desci com a ajuda de Madame Wu, que me cumprimentou da forma tradicional. Depois, ela se virou para cumprimentar meu pai. Em casamentos-fantasma, os pais normalmente ficam tão felizes em ver a coisa feia sair de casa que ficam para trás para comemorar em particular, mas meu pai tinha vindo comigo, acompanhando meu palanquim verde num dos seus, deixando que todos em Hangzhou soubessem que sua filha – a filha de uma das famílias mais ricas e respeitadas do lugar – estava finalmente se casando. Quando entrei na casa dos Wu, meu coração estava tão cheio que as pérolas transbordaram e encheram a propriedade dos Wu com minha felicidade.

A procissão dos vivos e dos mortos entrou no salão ancestral da família Wu, onde as sombras de velas vermelhas manchavam as paredes. Ren estava esperando lá, e quando o vi, fui tomada de intensa emoção. Ele estava usando as roupas de casamento que eu tinha feito para ele. Ele representava, a meus olhos, o padrão masculino de beleza. A única coisa que o distinguia de outros noivos eram as luvas pretas, que lembravam a todos os presentes que esta cerimônia – por mais alegre que fosse para mim – estava associada a escuridão e segredo.

A cerimônia foi realizada. Criados ergueram minha cadeira e a inclinaram para que eu pudesse acompanhar meu marido na reverência diante dos antepassados. Com isso, deixei oficialmente a minha família de nascimento e entrei para a família do meu marido. Foi servido um banquete suntuoso. Não foram poupadas despesas. Minhas tias e tios, suas filhas e os maridos e filhos delas chegaram e foram tomando os lugares às mesas. Bao, ainda gordo e de olhinhos miúdos, sentou-se com a esposa e os filhos, que também eram gordinhos e com os olhos muitos juntos um do outro. Até as concubinas da família Chen compareceram, embora tenham sido relegadas a uma mesa no fundo da sala. Elas ficaram fofocando entre elas, contentes com o passeio. Fiquei no lugar de honra, entre meu marido e meu pai.

– Houve época em que pessoas da minha família acharam que eu estava casando minha filha com alguém de nível social inferior – meu pai disse a Ren quando o último dos treze pratos foi servido. – E é verdade que o dinheiro e o status não eram semelhantes, mas eu amava e respeitava seu pai. Ele era um bom homem. Ao observar você e Peônia crescendo, compreendi que formavam um par perfeito. Ela teria sido feliz com você.

– Eu também teria sido feliz com ela – Ren respondeu. Ele ergueu a taça e bebeu um gole antes de continuar: – Agora ela estará comigo para sempre.

– Tome conta dela.

– Eu tomarei.

Depois do banquete, Ren e eu fomos levados para o quarto nupcial. Minha réplica foi colocada na cama e todo mundo saiu. Nervosa, eu me deitei ao lado da boneca e vi Ren tirar a roupa. Ele ficou um longo tempo contemplando o rosto pintado da boneca, depois juntou-se a nós na cama.

– Eu nunca deixei de pensar em você – ele murmurou. – Nunca deixei de amá-la. Você é a esposa do meu coração.

Então ele abraçou a boneca e a puxou para junto dele.

DE MANHÃ, Salgueiro bateu de leve à porta. Ren, que estava sentado perto da janela, mandou que ela entrasse. Ela entrou, seguida da minha mãe e da minha avó. Salgueiro depositou sobre a mesa uma bandeja com chá, xícaras e uma faca. Ela serviu chá para Ren, e então foi até a cama. Ela se inclinou sobre a boneca e começou a desabotoar sua túnica.

Ren deu um salto.

– O que você está fazendo?

– Eu vim retirar a placa da Senhorinha – Salgueiro disse timidamente, com a cabeça baixa. – Ela precisa ser levada para o altar da sua família.

Ren atravessou o quarto, pegou a faca e guardou no bolso.

– Eu não quero que ela seja cortada. – Ele olhou para a boneca. – Esperei muito tempo para ter Peônia comigo. Quero que ela fique como está. Prepare um quarto. Nós a homenagearemos lá.

Fiquei comovida com a idéia dele, mas isto não podia acontecer. Eu me virei para minha mãe e minha avó.

– E quanto à placa? – perguntei.

Elas ergueram as mãos, impotentes, e desapareceram. E assim, meu casamento e meu momento de maior felicidade terminaram.

Como Yi previu, o casamento fantasma acalmou os temores da casa. Todo mundo voltou à rotina habitual, deixando Yi em paz para prosseguir em sua gravidez. Ren preparou um belo quarto com vista para o jardim para a minha boneca, e Salgueiro cuidava dela lá. Ele a visitava diariamente, às vezes permanecendo por uma ou duas horas, lendo ou escrevendo. Yi seguiu todos os costumes e tradições, tratando-me como a primeira esposa oficial, fazendo oferendas e recitando orações, mas por dentro eu sofria em silêncio. Eu amava esta família e eles tinham realizado meu desejo de ter um casamento fantasma, mas sem minha placa – a coisa feia – marcada, eu ainda era apenas um fantasma faminto com roupas, sapatos e ataduras novas que minha mãe e minha avó tinham me dado. E eu não pensei no pedido feito por minha mãe e minha avó de terminar meu projeto, não pensaria nisso enquanto Yi não tivesse seu filho.

O ÚLTIMO MÊS de gravidez chegou. Yi se absteve de lavar o cabelo durante os vinte e oito dias, conforme era recomendado. Providenciei para que ela ficasse bem relaxada, não subisse escadas e comesse apenas alimentos leves. Quando sua hora se aproximou, Madame Wu realizou uma cerimônia especial para agradar aos demônios que gostam de destruir a vida de uma mulher no momento do parto. Ela depositou travessas de comida, incenso, velas, flores, dinheiro e dois caranguejos vivos numa mesa, e recitou feitiços protetores. Quando a cerimônia terminou, Madame Wu fez Salgueiro levar os caranguejos e atirá-los na rua, sabendo que, quando eles se afastassem, levariam os demônios junto com eles. A cinza do incenso foi embrulhada em papel e pendurada sobre a cama de Yi, onde ficaria por trinta dias depois que o bebê nascesse, para evitar que ela fosse para o Lago do Sangue Derramado. Apesar de tudo isso, o trabalho de parto de Yi não foi fácil.

– Um espírito mau está impedindo a criança de vir ao mundo – a parteira disse. – Este é um tipo especial de demônio, talvez alguém de uma vida anterior que voltou para cobrar uma dívida que não foi paga.

Saí do quarto com medo de ser eu, mas, quando os gritos de Yi se intensificaram, voltei. Ela se acalmou assim que eu entrei no quarto. Enquanto a parteira enxugava a testa de Yi, procurei por toda parte. Não achei nada nem ninguém, mas senti alguma coisa – maligna e fora do meu alcance.

Yi estava ficando fraca. Quando ela começou a chamar pela mãe, Ren foi buscar o adivinho, que observou o cenário – roupas de cama amassadas, sangue nas coxas de Yi, e a parteira sem saber o que fazer – e ordenou que outro altar fosse armado. Ele pegou três encantamentos em papel amarelo, com sete centímetros de largura e quase um metro de comprimento. Um deles, ele pendurou na porta do quarto para afastar os maus espíritos; outro, ele pendurou em volta do pescoço de Yi; o terceiro, ele queimou, misturou as cinzas com água e fez Yi beber a mistura. Então ele queimou dinheiro para os espíritos, recitou e batucou na mesa por meia hora.

Mas o bebê continuava sofrendo. Ele estava sendo impedido de sair por algo que nenhum de nós conseguia ver ou afastar. Eu tinha tentado tanto dar este presente ao meu marido. Eu tinha feito tudo o que era possível, não tinha?
Quando o adivinho disse:
– O bebê está agarrado nos intestinos da mãe. Ele é um espírito mau que está tentando tirar a vida da sua esposa. – As mesmas palavras que tinha pronunciado na cabeceira de Ze, eu soube que tinha que tentar algo drástico e perigoso. Mandei o adivinho renovar seus cânticos e feitiços, mandei Madame Wu esfregar a barriga de Yi com água quente, Salgueiro sentar-se atrás de Yi para erguê-la e a parteira massagear o canal de parto para abri-lo. Então entrei no canal até ficar cara a cara com o filho de Ren. O cordão estava enrolado no pescoço dele. A cada contração, ele ia ficando mais apertado. Peguei uma ponta do cordão e puxei para soltá-lo, algo puxou de volta e o corpo do bebê sacudiu com o impacto. Estava frio ali, não estava quente nem hospitaleiro. Escorreguei para baixo do cordão, aliviando a pressão no pescoço do bebê, e então agarrei a ponta do cordão e puxei com força para soltá-lo. Nós começamos a nos movimentar lentamente na direção da abertura. Absorvi cada nova contração, protegendo o filho de Ren, até chegarmos nas mãos da parteira. Mas nossa alegria não foi completa.

Mesmo depois que o bebê respirou pela primeira vez e foi colocado no peito da mãe, ele ainda estava azul e letárgico. Não havia dúvida em minha mente de que ele tinha sido exposto a elementos nocivos e tive medo de que ele não fosse sobreviver. Eu não fui a única a ficar preocupada. Madame Wu, Salgueiro e a casamenteira ajudaram o adivinho a realizar mais quatro ritos protetores. Madame Wu apanhou um par de calças do filho e pendurou-o no pé da cama. Depois sentou-se à mesa e escreveu quatro caracteres que significavam *todas as influências nocivas devem ir para a calça* num pedaço de papel vermelho e enfiou-o na calça.

Depois disso, Madame Wu e a parteira amarraram os pés e as mãos do bebê em um cordão vermelho com uma moeda amarrada no meio. A moeda servia de talismã contra o mal, e o fato de estar amarrado evitava que o bebê se tornasse levado ou desobediente nesta e em todas as vidas futuras. Salgueiro tirou o papel amarelo que estava amarrado no pescoço de Yi e usou-o para fazer um chapéu, que pôs na cabeça do bebê para continuar a proteção de mãe para filho. Enquanto isso, o adivinho tirou o papel da porta, queimou-o e misturou as cinzas com água. Três dias depois, aquela água foi usada para lavar o bebê pela primeira vez. Quando ele foi purificado, a cor azul finalmente desapareceu, mas sua respiração continuou ofegante. O filho de Ren precisava de mais encantamentos, e eu providenciei para que eles fossem reunidos, amarrados num saquinho e pendurados do lado de fora da porta: cabelo varrido de cantos escuros para evitar que o som de cães e gatos o amedrontassem, carvão para deixá-lo forte, cebolas para deixá-lo inteligente, o miolo de uma laranja para trazer sucesso e sorte.

Mãe e filho sobreviveram as primeiras quatro semanas e uma grande festa foi realizada para comemorar um mês, com grandes quantidades de ovos vermelhos e bolos. As mulheres maravilharam-se diante do bebê. Os homens bateram nas costas de Ren e beberam taças de vinho forte. Foi servido um banquete, e então as mulheres se retiraram para os aposentos internos, onde reuniram-se ao redor de Yi e do bebê e cochicharam sobre a primeira visita do Imperador Kangxi a Hangzhou.

— Ele quis impressionar a todos com seu amor pelas artes, mas cada centímetro da sua viagem custou ao povo do país um centímetro de prata — Li Shu reclamou. — A estrada por onde ele passou foi pavimentada de amarelo imperial. Os muros e parapeitos de pedra foram esculpidos com dragões.

— O imperador promoveu uma apresentação — Hong Zhize disse. Eu fiquei contente de ver que a filha de Hong Sheng tinha se tornado uma moça bonita e uma boa poetisa. — Ele galopou pelos campos, atirando flechas. Todas elas acertaram o alvo. Isto excitou o meu marido. Naquela noite, as flechas do meu marido também acertaram o alvo.

Isso inspirou outras mulheres a confidenciar que os feitos do imperador tinham mudado seus maridos também.

– Não se surpreendam se houver uma porção de festas de um mês daqui a dez meses – uma das mulheres disse, e as outras concordaram.

Li Shu ergueu as mãos para interromper as risadas. Ela se inclinou para frente, baixou a voz e disse:

– O imperador disse que este é o começo de uma era de prosperidade, mas eu estou preocupada. Ele é contra *O pavilhão de Peônia*. Diz que a peça é prejudicial à moral das moças e que põe ênfase demais no *qing*. Os moralistas se agarraram a isso e estão emporcalhando as ruas com seus excrementos.

As mulheres tentaram animar umas às outras com palavras de encorajamento, mas suas vozes tremiam de insegurança. O que tinha começado como um comentário aqui e ali de um marido ou de outro estava se tornando uma política imperial.

– Eu digo que ninguém pode nos impedir de ler *O pavilhão de Peônia* ou qualquer outra coisa – Li Shu disse, com uma convicção que soou falsa.

– Mas por quanto tempo? – Yi perguntou. – Eu ainda não li a peça.

– Você vai ler. – Ren estava parado na porta. Ele atravessou o quarto, tirou o filho dos braços da esposa, segurou-o por um momento e depois aninhou-o em seus braços. – Você tem se esforçado muito para ler e entender as coisas de que eu gosto – ele disse – e agora me deu um filho. Como eu poderia deixar de compartilhar com você algo que significa tanto para mim?

O Salão das Nuvens

As palavras de Ren reacenderam meu desejo de terminar meu projeto, mas eu ainda não estava pronta e nem Yi. Fazia quinze anos que eu tinha assistido a ópera. Durante aquele tempo, eu achei que tinha controlado meus atributos perigosos, mas com o novo bebê na casa eu tinha que ter certeza. Além disso, Yi precisava estudar mais antes de poder compreender *O pavilhão de Peônia*. Envolvi Li Shu, Ren e Madame Wu nesta tarefa. Então, passados mais dois anos, durante os quais eu cuidei da família sem incidentes, finalmente permiti que meu marido desse a Yi o exemplar de *O pavilhão de Peônia* em que Ze e eu tínhamos trabalhado.

Todas as manhãs, depois que Yi se vestia, ela ia até o jardim para colher uma peônia. Depois parava na cozinha para pegar um pêssego, uma tigela de cerejas ou um melão. Depois de deixar instruções para a cozinheira, ela levava suas oferendas para o salão ancestral. Primeiro ela acendia incenso e prestava homenagem aos antepassados Wu, e depois colocava as frutas diante da placa ancestral de Ze. Depois de concluídas estas obrigações, ela ia para o quarto onde ficava a minha réplica e punha a peônia num vaso. Ela falava com a placa ancestral guardada dentro da boneca sobre o que esperava para o filho e sobre seu desejo de que o marido e a sogra permanecessem saudáveis.

Então nós íamos para o Pavilhão de Ver a Lua, onde Yi abria *O pavilhão de Peônia* e consultava todas as anotações sobre o amor que tinham sido escritas nas margens. Ela lia até o final da tarde – o cabelo solto, caindo nas costas, o vestido solto ao redor do corpo, o rosto sério e pensativo. Às vezes ela parava numa linha, fechava os olhos e ficava imóvel, como se penetrasse mais fundo na história. Recordei que, quando assisti a ópera, Liniang fez a mesma coisa, usando o silêncio como uma maneira de permitir que a platéia se voltasse para dentro de si mesma, em busca de suas emoções mais profundas. Sonhando, sonhando, sonhando – não eram os nossos sonhos que nos davam força, esperança e desejo?

Às vezes, eu fazia Yi largar o livro e caminhar até encontrar Ren, Li Shu ou Madame Wu. Então eu a fazia perguntar-lhes sobre a ópera, sabendo que quanto mais ela aprendesse, mais sua mente se abriria. Eu a fazia perguntar sobre outros comentários escritos por mulheres, mas quando ela ouvia que estes escritos tinham sido perdidos ou destruídos, ela ficava pensativa.

– Por que será – ela perguntou a Li Shu – que tantos pensamentos femininos têm sido como flores ao vento, deslizando com a correnteza e desaparecendo sem deixar vestígio?

Sua pergunta me surpreendeu, mostrando o quanto ela tinha avançado.

A curiosidade de Yi nunca a fazia ser autoritária, revoltada ou negligente nos seus deveres de esposa, nora e mãe. Ela era apaixonada pela ópera, mas eu tomava cuidado para que isso não se transformasse numa obsessão. Por meio dela, aprendi muito mais sobre a vida e o amor do que quando estava viva ou quando orientava minha primeira esposa-irmã. Minhas idéias da juventude sobre amor romântico e minhas idéias posteriores sobre amor sexual tinham desaparecido. Com Yi, aprendi a apreciar o amor profundo.

Eu o vi quando Yi sorriu com indulgência ao ouvir Ren dizer que não tinha medo de fantasmas, como forma de acalmar seus temores durante a gravidez. Eu o via no modo como ela olhava para Ren quando ele segurava o filho no colo, fazia pipas junto com ele e o ensinava a ser o tipo de homem capaz de cuidar da mãe em sua viuvez. Eu o via quando Yi elogiava o marido por suas realizações, por menores que fossem. Ele não era o grande poeta que eu imaginava quando era menina, nem era o homem medíocre que Ze havia humilhado. Ele era apenas um homem, com qualidades boas e más. Por meio de Yi, percebi que amor profundo significa amar alguém apesar de suas limitações, ou por causa delas.

Um dia, após meses de leitura e reflexão, Yi se aproximou da ameixeira onde eu vivia. Ela despejou uma oferenda sobre as raízes e disse:

– Esta árvore é um símbolo de Du Liniang e eu lhe dou meu coração. Por favor, me aproxime de minhas duas esposas-irmãs.

Liniang respondeu a esta gentileza com uma chuva de pétalas; eu era cuidadosa demais para tentar algo tão chamativo, mas a oferenda de Yi provou que ela estava pronta para começar a escrever. Eu a guiei pelo corredor até o Salão das Nuvens. Era um cômodo pequeno e bonito, com as paredes pintadas da cor do céu. As janelas tinham vidros azuis. Um vaso amarelo com íris brancas estava pousado sobre a mesa. Yi sentou-se com nosso exemplar de *O pavilhão de Peônia*, misturou tinta e pegou o pincel de caligrafia. Espiei por cima do seu ombro. Ela abriu o livro na cena em que o fantasma de Liniang seduz Mengmei e escreveu:

O caráter de Liniang é mostrado por meio da melancolia que ela sente ao se aproximar do estudante. Ela pode ser um fantasma, mas é casta por natureza.

Eu juro que não soprei estas palavras. Ela as escreveu sozinha, mas elas refletiam o que eu passara a acreditar. O que ela escreveu em seguida, no entanto, convenceu-me de que suas preocupações eram muito diferentes das que tinham enchido minha mente tantos anos antes:

Uma mãe tem que ser muito cuidadosa quando a filha começa a pensar em nuvens e chuva.

Depois ela voltou aos seus sonhos de menina e à realidade estressante de ser uma mulher:

Liniang se mostra tímida e acanhada ao dizer, "Um fantasma pode ceder à paixão; uma mulher deve cumprir os ritos." Ela não é uma devassa. É uma mulher de verdade que quer ser amada como esposa.

Como estas palavras refletiam meus pensamentos! Eu tinha morrido jovem, mas, no tempo em que fiquei vagando, vim a entender o que significava ser uma esposa e não apenas uma garota sonhando sozinha em seu quarto.
Tan Ze tinha o mesmo estilo de caligrafia que eu. E como não teria se era eu quem guiava quase sempre sua mão? Eu queria que, ao ver o texto como se tivesse sido escrito por uma única mão, Ren entendesse que todas as palavras eram minhas. Agora eu não estava preocupada com isso. Queria que Yi tivesse orgulho do que estava fazendo.
Ela escreveu mais um pouco e assinou seu nome. Assinou seu nome! Eu nunca tinha feito isso. Nunca tinha deixado Ze fazer isso.
Nos meses seguintes, Yi ia diariamente ao Salão das Nuvens para acrescentar mais comentários nas margens. Vagarosamente, algo começou a acontecer. Eu entrei numa espécie de diálogo com ela. Eu sussurrava e ela escrevia:

O lamento dos pássaros e insetos, o sussurro do vento carregando a chuva. A sensação sobrenatural causada pelas palavras e pelas entrelinhas é avassaladora.

Depois que meu pensamento estava completo, ela mergulhava o pincel na tinta e acrescentava suas próprias palavras:

Ler isto sozinha, numa noite de tempestade, é assustador.

Ela recorreu à própria experiência quando escreveu:

Hoje, muitos casamentos são adiados porque as pessoas são exigentes em termos de status familiar e insistem em conseguir bons dotes. Quando isto irá mudar?

Como ela não entendia que o amor – não dinheiro, status ou relações familiares – era o mais importante num casamento, quando estava vivendo isto?

Às vezes, suas palavras eram como flores saindo do seu pincel:

Mengmei mudou de nome por causa de um sonho. Liniang adoeceu por causa de um sonho. Cada um teve uma paixão. Cada um teve um sonho. Eles trataram seus sonhos como se fossem realidade. Um fantasma é simplesmente um sonho e um sonho não é mais do que um fantasma.

Ao ler isto, esqueci meus anos de obsessão e me senti orgulhosa da percepção e da persistência de Yi.

Yi respondia a coisas que eu tinha escrito e, às vezes, a coisas que tinham saído do pincel de Ze. Ao longo do caminho, eu consegui ouvir a voz de Ze em certos trechos, tão claramente como se ela ainda estivesse entre nós. Depois de todos esses anos, eu vi que ela tinha contribuído muito mais do que eu havia imaginado. Embora Yi não mostrasse nenhuma inclinação para se juntar a nós em nosso mal de amor, era como se ela estivesse nos chamando. E nós respondíamos com nossos pensamentos, que ela lia nas folhas do livro.

Eu me alegrava com os sucessos de Yi e ajudava o máximo que podia. À noite, quando Yi ficava acordada, lendo, eu tornava a luz da vela mais brilhante para ela não forçar a vista. Quando seus olhos ficavam cansados, lembrava a ela de fazer compressas de chá-verde nos olhos para acalmá-los e tirar sua vermelhidão. A cada trecho compreendido, a cada imitação revelada, a cada emoção sentida e anotada, eu premiava minha esposa-irmã. Tomava conta do filho dela quando ele passeava no jardim, evitando que ele caísse das pedras, fosse picado por insetos ou fugisse pelo portão. Eu alertava aos espíritos da água para que eles não o atraíssem para o lago e ele se afogasse, e aos espíritos das árvores para não permitirem que ele tropeçasse em suas raízes.

Também comecei a mudar e proteger toda a propriedade. Quando Ze era viva, eu só conhecia o quarto. Naquela época, eu tinha comparado a casa, desfavoravelmente, com o Palacete da Família Chen. Mas o que eu achava bonito na casa da minha família era, na realidade, a frieza e a distância causadas pela riqueza – gente demais, falta de privacidade, barulho, fofocas e brigas por posição. Esta, no entanto, era a casa de um verdadeiro artista. E era também a casa de uma escritora. Aos poucos, Yi transformou o Salão das Nuvens num aposento onde ela podia se refugiar das exigências da casa, escrever em paz, e convidar o marido para passar uma noite calma. Eu fazia o que podia para tornar a sala ainda mais agradável, mandando fragrância de jasmim pela janela, soprando sobre os vidros azuis das janelas para que eles ficassem ainda mais frios, e passando os dedos sobre as flores do jardim para que suas pétalas cobrissem as paredes de sombras tremulantes.

Eu fazia o mundo natural se abrir e se curvar diante de mim. Eu expressava meus sentimentos através da abundante floração de peônias na primavera, esperando que a família Wu se lembrasse de mim ao ver sua beleza e sentir seu perfume; da neve que caía sobre as árvores no inverno, a época do ano em que eu tinha morrido; da brisa sutil que soprava nos salgueiros, lembrando Ren de que, para mim, ele seria eternamente como Liu Mengmei; e das frutas que enchiam a ameixeira, porque, com certeza, eles apreciavam este milagre. Estes eram meus presentes para Ren, Yi e o filho deles. Uma oferenda feita tinha que ser retribuída e honrada.

UM DIA, enquanto Yi arejava os livros na biblioteca de Ren, algumas folhas de papel caíram de um dos volumes. Yi pegou as folhas velhas e quebradiças e leu alto: *"Eu aprendi a usar desenhos de borboletas e flores em meus bordados..."*

Eu tinha escrito o poema pouco antes de morrer e o havia escondido junto com os outros na biblioteca do meu pai. Bao os tinha vendido para Ren quando Ze estava à beira da morte.

Minha esposa-irmã leu as outras folhas, todas amareladas e frágeis da idade. Ela chorou, e eu pensei em quanto tempo eu já estava morta. As folhas quebradiças me lembraram de que, em algum lugar, meu corpo também estava apodrecendo.

Ela levou os poemas para a mesa, onde tornou a lê-los. Aquela noite, ela os mostrou a Ren.

– Acho que entendo minha esposa-irmã Tong agora. Ah, Marido, eu li as palavras dela e sinto que a conheço, mas falta tanta coisa.

Ren, que na época em que comprou os poemas do meu irmão adotivo tinha outras preocupações na cabeça, agora pôde lê-los. Eles eram infantis e imaturos, mas seus olhos se encheram d'água e brilharam pensando em mim.

– Você teria gostado dela – ele disse, o que foi o mais perto que ele chegou de admitir para alguém que nós tínhamos nos conhecido. Eu fiquei radiante.

No dia seguinte, Yi transcreveu meus poemas em outro papel, adicionando alguns versos próprios àqueles que tinham desbotado. Assim, nós nos tornamos uma só.

Enquanto ela estava fazendo isso, um livro caiu da prateleira, dando um susto em nós duas. Ele ficou aberto no chão, com papéis saindo de dentro dele. Yi pegou os papéis. Ali estava a história "verdadeira" dos comentários que eu tinha obrigado Ze a escrever e que ela tinha arrancado e escondido, e depois Ren os havia encontrado e escondido de novo. Estes papéis não eram velhos nem estavam se desintegrando. Eles ainda pareciam novos. Quando Yi os entregou a Ren, meus poemas foram esquecidos e a dor invadiu o coração dele e escorreu dos seus olhos.

Naquele instante, compreendi: eu tinha que publicar meu projeto. As mulheres escritoras que haviam sido colecionadas mil anos antes, as mulheres escritoras que meus pais tinham juntado na nossa biblioteca, e as mulheres do Banana Garden Five eram lembradas e honradas porque seus trabalhos tinham sido publicados. Cochichei minha idéia para Yi e esperei.

Alguns dias depois, ela juntou as jóias que tinha recebido de presente ao se casar e as embrulhou numa echarpe de seda. Então foi até a biblioteca de Ren, pôs a echarpe sobre a mesa e esperou que ele olhasse para ela. Quando ele ergueu os olhos, viu seu rosto entristecido. Preocupado, ele perguntou qual era o problema e como poderia ajudar.

– A esposa-irmã Tong escreveu um comentário sobre a primeira parte da ópera e a esposa-irmã Ze escreveu sobre a segunda. Você ficou famoso por causa das palavras delas. Eu sei que você tentou negar ter escrito os comentários, mas os nomes delas permaneceram ocultos e esquecidos. Se não revelarmos a verdade e tornarmos minhas esposas-irmãs conhecidas do público, elas não se sentirão frustradas no outro mundo?

– O que você gostaria que eu fizesse? – Ren perguntou cautelosamente.

– Que me desse permissão para publicar os comentários completos.

Ren não foi tão positivo quanto eu esperava.

– Isso vai custar caro – ele disse.

– É por isso que vou usar minhas jóias para pagar pela impressão – Yi respondeu. Ela abriu a echarpe para mostrar seus anéis, colares, brincos e pulseiras.

– O que você vai fazer com isso? – Ren perguntou.

– Vou levar para uma loja de penhores.

Não ficava bem ela ir a um lugar daqueles, mas eu estaria com ela, guiando-a e protegendo-a.

Ren coçou o queixo, pensativo, e então disse:

– O dinheiro ainda não vai ser suficiente.

– Então eu vou penhorar meus presentes de casamento também.

Ele tentou demovê-la da idéia. Tentou ser um marido severo e autoritário.

– Eu não quero que você e nenhuma das minhas esposas seja rotulada de caçadora de fama – Ren disse. – O talento feminino pertence aos aposentos interiores.

Comentários como este não eram típicos dele, mas Yi e eu permanecemos firmes.

– Não me importo que me chamem de caçadora de fama porque eu não sou – ela disse. – Estou fazendo isso por minhas esposas-irmãs. Elas não merecem ser reconhecidas?

– Mas elas nunca buscaram fama! Peônia não deixou nada que sugerisse que ela queria que suas palavras fossem lidas por gente de fora. E Ze não queria nenhum reconhecimento. – Ele acrescentou, tentando manter um ar superior: – Ela conhecia o seu lugar de esposa.

– E como deve estar arrependida agora.

Ren e Yi continuaram a discutir o assunto. Yi ouvia pacientemente o que ele dizia, mas não mudava de opinião. Ela estava tão decidida que ele finalmente revelou sua verdadeira preocupação.

– Os comentários levaram Peônia e Ze a um fim triste. Se algo acontecesse com você...

– Você se preocupa demais comigo. Você já devia saber que eu sou mais forte do que pareço.

– Mas eu me preocupo assim mesmo.

Entendi o motivo e também fiquei preocupada com Yi, mas precisava disso. E Yi também precisava. Durante todos os anos em que a conhecia, ela nunca tinha pedido nada para si mesma.

– Por favor, diga que sim, Marido.

Ren tomou as mãos de Yi e olhou-a nos olhos. Finalmente, ele disse:

– Eu direi sim com duas condições: que você se alimente direito e durma bastante. Se você começar a adoecer, vai ter que desistir na mesma hora.

Yi concordou e começou a trabalhar imediatamente, copiando tudo da edição de Shaoxi num outro exemplar de *O pavilhão de Peônia* para entregar aos impressores. Eu me insinuei na tinta e usei meus dedos como pêlos do seu pincel de caligrafia para desenhar os caracteres nas folhas.

Numa noite, no início do inverno, nós terminamos. Yi convidou Ren a juntar-se a ela no Salão das Nuvens para comemorar. Mesmo com o braseiro aceso, a sala estava fria. Do lado de fora, o junco balançava ao vento e uma chuva fina começou a cair. Yi acendeu uma vela e aqueceu vinho. Então os dois compararam as novas páginas com o original. O trabalho tinha sido meticuloso, mas eu observei – fascinada e ofegante – Ren virar as páginas, parando de vez em quando para ler minhas palavras. Ele sorriu várias vezes. Estaria recordando nossa conversa no Pavilhão de Ver a Lua? Mais de uma vez seus olhos ficaram embaçados. Estaria pensando em mim, sozinha na cama, desesperada de saudade?

Ele respirou fundo, ergueu o queixo e alargou o peito. Seus dedos pousaram nas últimas palavras que eu tinha escrito em vida: *Quando as pessoas estão vivas, elas amam. Quando morrem elas continuam amando.* E ele disse para Yi:

– Estou orgulhoso de você por ter completado este trabalho. – Quando seus dedos acariciaram minhas palavras, eu soube que ele tinha, finalmente, me ouvido. Recompensa, afinal. Euforia, deslumbramento, êxtase.

Ao contemplar Yi e Ren, vi que eles estavam tão felizes quanto eu.

Algumas horas depois, Yi disse:

– Deve ter começado a nevar. – Ela foi até a janela. Ren pegou o novo exemplar e se juntou a ela. Juntos, eles abriram a janela. Uma neve pesada cobria os galhos, parecendo jade branco. Ren deu um grito de alegria, então agarrou a esposa e correu com ela para o jardim, onde eles dançaram e riram e se jogaram na neve. Ri junto com eles, contente de vê-los tão felizes.

Alguma coisa fez com que eu me virasse bem a tempo de ver centelhas voarem de uma vela e caírem sobre a edição de Shaoxi.

Não! Voei pela sala, mas cheguei tarde. As páginas pegaram fogo. Saía fumaça de dentro da sala. Yi e Ren chegaram correndo.

Ele agarrou a jarra de vinho e atirou o líquido no fogo, o que só piorou as coisas. Eu estava aflita, horrorizada. Não sabia o que fazer. Yi agarrou uma colcha e apagou o fogo.

A sala ficou escura. Yi e Ren caíram no chão, ofegantes com o esforço, paralisados de horror. Ren abraçou a esposa, que soluçava. Eu me deixei cair ao lado deles e me enrosquei em volta de Ren, também buscando seu conforto e proteção. Ficamos assim por vários minutos. Então, devagar, Ren foi tateando, achou a vela e a acendeu. A escrivaninha laqueada estava chamuscada. Havia vinho derramado por toda parte. O ar estava pesado com cheiro de álcool, fumaça e madeira queimada.

– Será que minhas duas esposas-irmãs não querem que seus textos permaneçam no mundo dos vivos? – Yi perguntou, com a voz trêmula. – Foram seus espíritos que causaram isto? Existe alguma criatura demoníaca cuja inveja queira destruir o projeto?

Marido e mulher se entreolharam, desanimados. Pela primeira vez desde o casamento deles, eu subi para o teto, onde me pendurei numa viga e fiquei tremendo de infelicidade e desespero. Eu tinha permitido a mim mesma ter esperanças, e agora estava abalada.

Ren ajudou Yi a se levantar e a fez sentar-se numa cadeira.

– Espere aqui – ele disse, e entrou.

Voltou segundos depois com algo nas mãos. Eu desci do teto para ver o que era. Ele segurava a nova cópia dos comentários que Yi tinha preparado para a gráfica.

– Eu deixei cair isto quando vimos o fogo – ele disse, mostrando para Yi. Ela se aproximou dele e, juntos, nós observamos ansiosamente enquanto ele limpava a neve da capa e abria o livro para ter certeza de que estava intacto. Yi e eu suspiramos aliviadas. Estava perfeito. – Talvez o fogo tenha sido uma bênção e não um mau presságio. Nós perdemos o original dos textos de Peônia num incêndio, muito tempo atrás. E agora o volume que comprei para Ze foi destruído. Não está vendo, Yi? Agora vocês três estarão juntas num único livro. – Ele tomou fôlego e acrescentou: – Vocês trabalharam tanto. Nada impedirá que isto seja publicado agora. Vou tomar providências para isso.

Lágrimas de agradecimento de um fantasma misturaram-se às lágrimas de sua esposa-irmã.

Na manhã seguinte, Yi mandou um criado cavar um buraco sob a ameixeira. Ela juntou as cinzas e os fragmentos queimados da edição de Shaoxi, embrulhou tudo num pano de seda e enterrou sob a árvore, onde tudo isso se juntou a mim e serviu como lembrete do que tinha acontecido e do quanto eu – *nós* – precisávamos ser cautelosos.

ACHEI QUE seria uma boa idéia algumas pessoas lerem o que nós tínhamos escrito antes de mandar para fora. Os leitores em que eu mais confiava – e os únicos que conhecia – eram as Banana Garden Five. Saí da propriedade, fui até o lago e me juntei a elas pela primeira vez em dezesseis anos. Eram ainda mais famosas do que quando eu tinha me agarrado a elas durante meu exílio. O interesse delas nos textos de outras mulheres havia aumentado com o sucesso. Então não foi difícil para mim cochichar em seus ouvidos a respeito de uma mulher que morava na Montanha Wushan, que tinha um projeto único que estava querendo publicar. Sabia que elas reagiriam com entusiasmo e curiosidade. Alguns dias depois, chegou um convite para Yi juntar-se às Banana Garden Five num dos seus passeios de barco.

Yi nunca tinha saído para passear nem conhecido mulheres tão reconhecidas e respeitadas. Ela ficou apreensiva. Ren estava otimista, e eu estava ansiosa. Fiz o possível para que Yi fosse recebida de forma positiva. Eu a ajudei a se vestir de um modo simples e recatado, e então me pendurei no seu ombro e saímos da propriedade.

Quando íamos tomar o palanquim que nos levaria até o lago, Ren disse:

– Não fique nervosa. Elas vão achar você encantadora.

E foi o que aconteceu.

Yi contou às mulheres do Banana Garden Five sobre sua dedicação e convicção, e em seguida leu os poemas que eu tinha escrito e mostrou a cópia de *O pavilhão de Peônia* que tinha nossos comentários nas margens.

– Temos a sensação de conhecer Chen Tong – disse Gu Yurei.

– Como se já tivéssemos escutado sua voz antes – acrescentou Lin Yining.

As mulheres no barco até choraram por mim, a donzela doente de amor que não sabia que estava morrendo.

– Vocês gostariam de escrever alguma coisa que eu pudesse incluir nas páginas finais do meu projeto? – Yi perguntou.

Gu Yurei sorriu e disse:

– Eu adoraria escrever um colofão para você.

– E eu também – disse Lin Yining.

Fiquei encantada.

Yi e eu as visitamos mais algumas vezes, para que as mulheres tivessem uma chance de ler e debater o que eu tinha escrito junto com minhas esposas-irmãs. Eu não interferi de forma alguma, desejando que a interpretação fosse unicamente delas. Finalmente, chegou o dia em que as mulheres pegaram tinta, papel e pincéis.

Gu Yurei olhou para as flores de lótus do outro lado do lago e então escreveu:

Muitas leitoras nos aposentos femininos, como Xiaoqing, tiveram verdadeiros insights ao ler *O pavilhão de Peônia*. Lamento que nenhum dos seus comentários tenha sido transmitido para o mundo. Agora nós temos os comentários de três esposas da família Wu. Elas explicam a peça de uma maneira tão completa que até mesmo os sentidos ocultos nas entrelinhas são revelados. Não é uma sorte? Tantas mulheres gostariam de encontrar uma comunidade – uma irmandade – de mulheres iguais a elas. Que sorte tiveram estas três mulheres de encontrar isso em seus textos.

Eu me aproximei então de Lin Yining e a vi escrever:

Nem o próprio Tang Xianzu teria comentado tão bem a sua peça.

Respondendo àqueles que achavam que Liniang tivera uma conduta imprópria e deu um mau exemplo para as jovens mulheres, ela acrescentou:

Graças ao trabalho das três esposas, o nome de Liniang foi inocentado. Ela se comportou com propriedade e seu elegante legado continua vivo.

Para aqueles que talvez não concordassem, ela disse palavras duras:

Gente grosseira não merece resposta.

E ela também não tinha muita paciência com aqueles que queriam que as mulheres voltassem para seus aposentos interiores, onde não podiam ser ouvidas.

Aqui temos três esposas, todas talentosas, que se sucederam nestes comentários tão formidáveis que, de agora em diante, qualquer pessoa neste vasto mundo que queira apreciar a sabedoria ou dominar teorias literárias terá que começar com este livro. Esta obra grandiosa durará por toda a eternidade.

Imaginem o que senti ao ler isso!

NAS SEMANAS SEGUINTES, Yi e eu levamos nosso exemplar de *O pavilhão de Peônia* com as notas nas margens para outras mulheres como Li Shu e Hong Zhize. Elas também decidiram pegar papel e pincel para registrar suas idéias. Li Shu escreveu que derramou lágrimas ao ler os comentários. Hong Zhize recordou o tempo em que era uma garotinha, sentada no colo do pai, quando ouviu Ren confessar que não havia escrito a primeira versão dos comentários, mas que estava tentando salvar as esposas de críticas. Ela acrescentou:

Lamento ter nascido tarde e não ter conhecido as duas primeiras esposas.

Agora que Yi e eu estávamos saindo para passear, eu vi o quanto essas escritoras eram corajosas em reconhecer e defender nosso projeto. O mundo havia mudado. A maioria dos homens havia determinado que escrever era ao mesmo tempo um perigo e uma atividade imprópria para mulheres. Poucas famílias se orgulhavam de ver os textos de suas mulheres serem publicados. Mas Yi e eu não só estávamos insistindo, como estávamos conseguindo o apoio de outras mulheres.

Encontramos uma artista para fazer as ilustrações e Yi pediu a Ren para escrever um prefácio e uma parte de perguntas e respostas sobre o projeto, na qual ele contava a verdade segundo ele. A cada palavra que ele escrevia, eu via que ele ainda me amava. Depois, Yi copiou meus poemas nas margens do texto de Ren.

Sinto-me tão comovido por estes versos que os incluo aqui, esperando que futuros colecionadores de textos femininos se beneficiem de seu bálsamo e perfume.

Assim, Yi me colocou ao lado do meu marido para sempre, outro presente, tão imenso que eu não sabia como poderia retribuir.

A essa altura, Ren já tinha se apaixonado pelo projeto. Ele começou a nos acompanhar quando íamos nos encontrar com diferentes fornecedores. Que alegria estarmos os três juntos, mas, na realidade, nós não precisávamos da ajuda dele.

– Eu quero blocos de madeira delicadamente entalhados para o texto – Yi disse ao quinto comerciante que visitamos.

Ele nos mostrou o que queríamos, mas eu me senti desconfortável com o preço. Cochichei no ouvido de Yi, ela balançou a cabeça e então perguntou:

– O que vocês têm de segunda mão que possamos usar de novo?

O comerciante olhou com admiração para Yi, e nos levou para uma sala nos fundos.

– Estes blocos estão praticamente novos – ele disse.

– Ótimo – Yi disse, depois de examiná-los. – Vamos economizar sem sacrificar a qualidade. – Foi isto que eu a mandei dizer, mas ela acrescentou algo novo: – Eu estou pensando também em durabilidade. Quero produzir mil exemplares.

– Madame – o comerciante disse, sem nem tentar esconder sua complacência –, a senhora, provavelmente, não venderá nenhum exemplar.

– Estou esperando várias edições com muitos leitores – ela respondeu, zangada.

O comerciante apelou para nosso marido.

– Mas, senhor, há outros projetos importantes que poderiam usar este blocos. Não seria mais prudente reservá-los para o *seu* trabalho?

Mas Ren não estava preocupado com seu novo volume de poesia nem com a crítica que viria em seguida.

– Faça bem o seu trabalho e voltaremos para a próxima edição – ele disse. – Se não fizer, outra firma irá nos atender.

A negociação foi intensa, um bom preço foi acordado, e então fomos achar uma gráfica, escolher boas tintas e decidir sobre o *layout*. Tudo que tinha sido escrito nas margens ou nas entrelinhas foi transferido para o alto da página, com o texto da ópera abaixo. Quando os blocos ficaram prontos, todo mundo – inclusive o filho de Ren – participou da verificação. Depois que tudo foi mandado para a gráfica, só me restou esperar.

O vento leste

"O VENTO LESTE TRAZ TRISTEZAS DE NOVO", LINIANG cantou e agora ele as traz para a família Wu. Yi era fisicamente frágil, e tinha trabalhado duro por muitos meses. Embora eu tivesse cuidado dela, e Ren a tivesse obrigado a se alimentar direito, ela ficou doente. Retirou-se para o seu quarto. Não recebia visitas. Perdeu o apetite, o que a fez perder peso e energia. Bem depressa – depressa demais – ela não tinha mais forças para se sentar numa cadeira; ficava deitada na cama, pálida, exausta. Era verão e fazia muito calor.

– É mal de amor? – Ren perguntou, depois que o dr. Zhao examinou a paciente.

– Ela está com febre e com uma tosse feia – o médico disse, com ar grave. – Pode ser água no pulmão ou pneumonia.

Ele preparou uma infusão de amoras secas, que Yi bebeu. Como isso não melhorou seus pulmões, ele despejou pó de pardal na garganta dela para afugentar os venenos *yin* que se escondiam lá, mas Yi continuou a piorar. Eu a incentivei a apelar para sua força interior, que a tinha conservado viva todos esses anos, mas o médico foi ficando cada vez mais pessimista.

– Sua esposa está sofrendo de congestão do *qi* – ele disse. – A opressão no peito a está fazendo sufocar aos poucos e perder o apetite. Essas coisas precisam ser corrigidas imediatamente. Se ela ficar zangada, seu *qi* será estimulado e vencerá a congestão.

Dr. Zhao tinha tentado isso comigo muitos anos antes e não havia funcionado, então eu assisti, consternada, quando eles arrancaram Yi da cama e berraram em seus ouvidos que ela era uma esposa má, uma mãe incompetente e cruel com os criados. Suas pernas pendiam, bambas. Seus pés deslizavam pelo chão enquanto eles a empurravam e puxavam, tentando irritá-la até ela gritar para eles pararem. Ela não reagiu. Não conseguia. Era boa demais para isso. Quando ela começou a vomitar sangue, eles a puseram de volta na cama.

— Eu não posso perdê-la — Ren disse. — Nós deveríamos envelhecer juntos, passar cem anos juntos, compartilhar o mesmo túmulo.

— Tudo isso é muito romântico, mas não é prático — o médico argumentou. — O senhor deve lembrar, Mestre Wu, que nada no mundo é permanente. A única coisa permanente é a impermanência.

— Mas ela só viveu vinte e três anos — Ren gemeu, desesperado. — Eu tinha esperança de que seríamos como dois pássaros voando juntos por muitos anos.

— Ouvi dizer que sua esposa tem se dedicado à leitura de *O pavilhão de Peônia*. É verdade? — dr. Zhao perguntou. Quando soube que era verdade, ele suspirou. — Tenho tido problemas causados por essa ópera há muitos anos. E por muitos anos venho perdendo mulheres para a doença que sai dessas páginas.

A família inteira observou restrições alimentares. O adivinho escreveu encantamentos, que foram queimados. As cinzas foram entregues a Salgueiro, que as levou para a cozinheira. Juntas, elas prepararam um caldo feito de nabo cozido e metade das cinzas para aliviar a tosse de Yi. Um segundo caldo foi feito com milho roído por besouro e a outra metade das cinzas para baixar a febre de Yi. Madame Wu acendeu incenso, fez oferendas, e rezou. Se fosse inverno, Ren teria deitado na neve para esfriar o corpo e se deitado ao lado de Yi para esfriar o corpo dela. Mas era verão, então ele fez o que pôde. Saiu para procurar um cachorro e o colocou na cama de Yi para extrair a doença. Nada disso funcionou.

Então, estranhamente, o quarto foi ficando cada vez mais frio. Uma névoa fina se concentrava nas paredes e sob as janelas. Ren,

Madame Wu e as criadas penduraram colchas nos ombros para se aquecer. O fogo foi aceso, mas a respiração de Ren saía em nuvens brancas de sua boca, enquanto apenas um leve vapor saía da boca de Yi. Ela parou de se mexer. Não abriu mais os olhos. Parou até de tossir. *Longos eram seus cochilos; profunda, sua agitação.* Mesmo assim, sua pele queimava.

Mas era verão. Como podia estar tão frio? Na vigília da morte, suspeita-se de fantasmas, mas eu sabia que não estava causando nenhum problema. Eu vivia com Yi desde que ela tinha seis anos e, fora o período de sua contenção de pés, eu nunca tinha causado nenhuma dor, sofrimento ou desconforto a ela. Pelo contrário, eu a tinha protegido e fortalecido. Perdi todo o otimismo e mergulhei no desespero.

– Eu gostaria de poder dizer que espíritos de raposa estão protegendo sua esposa – dr. Zhao disse, resignado. – Ela precisa da alegria do calor e da sabedoria deles. Mas os fantasmas já se reuniram para levá-la. Estes espíritos são cheios de doença, melancolia e excesso de *qing*. Eu ouço a presença deles no pulso errático da sua esposa. Ele está totalmente desordenado. Sinto a presença deles em sua febre alta, enquanto eles fervem seu sangue como se ela já estivesse num dos infernos. As flutuações do seu coração e seu *qi* ardente são sinais seguros de ataque fantasma. – Ele baixou a cabeça, respeitosamente, antes de acrescentar: – Tudo o que podemos fazer é esperar.

Espelhos e uma peneira foram pendurados no quarto, limitando meus movimentos. Salgueiro e Madame Wu se revezavam varrendo o chão, enquanto Ren balançava uma espada para afugentar fantasmas vingativos que estivessem à espreita, esperando para roubar a vida de Yi. Suas ações me mantiveram no teto, mas quando eu varria o quarto com os olhos, não via nenhuma criatura. Desci para a cama de Yi, evitando a espada, as mulheres varrendo, e os reflexos do espelho. Pus a mão na testa dela. Estava mais quente do que carvão em brasa. Deitei-me ao lado dela, baixei os escudos protetores que havia construído em volta de mim nos últimos anos, e deixei que o frio que tinha dentro de mim viesse à superfície e penetrasse nela, numa tentativa de baixar sua febre.

Eu a abracei. Lágrimas rolaram dos meus olhos e esfriaram seu rosto. Eu a tinha criado, contido seus pés, cuidado dela quando ela estava doente, arranjado seu casamento e trazido seu filho ao mundo, e ela tinha me honrado de várias maneiras. Eu tinha tanto orgulho dela, por ser uma esposa dedicada, uma mãe carinhosa, uma...

– Eu amo você, Yi – murmurei em seu ouvido. – Você tem sido não só uma maravilhosa esposa-irmã, mas você me salvou e garantiu que eu fosse ouvida. – Hesitei, enquanto meu coração quase explodia de dor e de amor materno, e então abri meu coração. – Você tem sido a alegria da minha vida. Eu a amo como se você fosse minha filha.

– *Ha!*

O som foi cruel, triunfante e, definitivamente, não humano.

Eu me virei, tomando cuidado para evitar a espada, e lá estava Tan Ze. Os anos passados no Lago do Sangue Derramado a tinham deixado medonha e deformada. Ao ver meu olhar horrorizado, ela riu, o que fez com que Salgueiro, Ren e sua mãe ficassem imóveis, tremendo de medo e o corpo de Yi estremecesse com um brutal ataque de tosse.

Fiquei tão atônita que, por alguns instantes, não consegui dizer nada, apavorada demais para pensar depressa.

– Como você chegou aqui? – Uma pergunta estúpida, mas minha mente estava perturbada, tentando imaginar o que fazer.

Ela não respondeu, mas nem precisava. O pai dela conhecia os ritos e era rico e poderoso. Ele devia ter contratado padres para rezar por ela e dado a eles muito dinheiro para ser oferecido aos burocratas que cuidavam do Lago do Sangue Derramado. Uma vez solta, ela poderia ter se tornado uma antepassada, mas, obviamente, tinha escolhido outro caminho.

Um golpe da espada de Ren cortou um pedaço da minha roupa. Yi gemeu.

A raiva borbulhou dentro de mim.

– Você me prejudicou a vida inteira – eu disse. – Mesmo depois que eu morri, você continuou a me causar problemas. Por que você fez isso? Por quê?

– *Eu* causei problemas para *você*? – A voz de Ze parecia uma dobradiça enferrujada.

– Sinto muito por ter assustado você – eu disse. – Sinto muito por ter matado você. Eu não sabia o que estava fazendo, mas não posso aceitar toda a culpa. Você se casou com Ren. O que você achava que iria acontecer?

– Ele era meu! Eu o vi na noite da ópera. Eu disse que o havia escolhido. – Ela apontou para Yi. – Assim que ela se for, eu finalmente o terei só para mim.

Com isso, muitos dos acontecimentos dos últimos meses ficaram claros. Ze já estava ali havia algum tempo. Depois que Yi encontrou meus poemas, Ze deve ter feito cair da estante o livro onde estavam escondidas as folhas que ela tinha arrancado, com os comentários escritos, atraindo a atenção de Ren para ela e tirando minha poesia dos olhos dele. Ela deve ter levado Yi a comentar o que ela tinha escrito nas margens da ópera. As temperaturas geladas no dia em que a edição de Shaoxi pegou fogo também devem ter sido causadas por Ze, mas eu não tinha compreendido o que estava vendo, porque estava fascinada por Ren e Yi dançando na neve. O frio no quarto de Yi... a doença de Yi... e mesmo antes, quando o menino nasceu. Ze não estaria dentro de Yi, tentando estrangular o menino com o cordão, apertando o cordão cada vez mais em volta do pescoço dele, mesmo enquanto eu tentava soltá-lo?

Tirei os olhos de Ze, tentando imaginar onde ela teria ficado escondida aquele tempo todo. Num vaso, debaixo da cama, nos pulmões de Yi, em seu útero? No bolso do médico, num dos sapatos de Salgueiro, no caldo de milho roído por besouros e cinzas usado para baixar a febre de Yi? Ze poderia ter estado em qualquer um desses lugares e eu não teria sabido, porque não estava procurando por ela.

Ze tirou vantagem da minha distração e se sentou sobre o peito de Yi.

– Você se lembra quando me fez isto? – ela perguntou.
– Não! – exclamei. Agarrei Ze e a puxei para cima.
Salgueiro deixou cair a vassoura e cobriu os ouvidos. Ren virou-se e acertou na perna de Ze com a espada. Sangue de fantasma encheu o quarto.
– Ren amava você – Ze disse. – Vocês dois nunca se conheceram, mas ele a amava.
Eu deveria contar a verdade a ela? De que adiantaria agora?
– Você estava sempre no pensamento dele – ela prosseguiu impiedosamente. – Você era o sonho do que eu poderia ter sido. Então eu tive que ser você. Eu me lembrei de ter ouvido sobre seu mal de amor e sobre como você se recusava a comer... Mas eu não devia ter parado de comer! Este foi um erro terrível.
Mas enquanto eu falava, uma lembrança inteiramente diferente me veio à mente. Eu sempre tinha considerado o dr. Zhao estúpido, mas ele estava certo o tempo todo. Ze estava com ciúmes. Ele devia tê-la obrigado a tomar a sopa de curar ciúme. E então eu recordei um trecho da ópera: *Apenas mulheres rancorosas são ciumentas; só as ciumentas são rancorosas.*
– Eu me lembro – Ze continuou. – Eu me lembro de tudo. Você me ensinou quais eram as conseqüências de não comer. Então eu definhei para me tornar você...
– Mas por quê?
– Ele era *meu*! – Ela se afastou, enterrou as unhas negras na viga do teto, e ficou pendurada ali como uma criatura nojenta. Ela *era* uma criatura nojenta. – Eu o vi primeiro!
Ren caiu de joelhos ao lado da cama de Yi. Ele segurou a mão dela e chorou. Ela logo estaria voando pelo céu. Finalmente, eu compreendi o sacrifício que minha mãe tinha feito por meu pai. Eu faria qualquer coisa para salvar minha filha de coração.
– Não castigue esta esposa insignificante – eu disse. – Castigue a mim.
Eu me aproximei de Ze, esperando que ela se esquecesse de Yi e viesse atrás de mim. Ela afrouxou a mão na viga e soprou uma nuvem de sujeira no meu rosto.

— Como eu poderia castigá-la melhor? — Na voz dela, ouvi a menina egoísta e não insegura, eu percebia agora, tarde demais, que não podia deixar ninguém falar por medo de que isto desviasse a atenção dela.

— Desculpe por ter esquecido de deixar você comer — tentei de novo, desesperada.

— Você não está ouvindo o que estou dizendo. Você não me matou — ela disse. — Você não me esmagou. Você não roubou minha respiração. Eu parei de comer, e pela primeira vez tive controle total sobre o meu destino. Eu queria matar de inanição aquela coisa que você pôs na minha barriga.

Levei um choque com as palavras dela.

— Você matou o seu bebê? — Quando vi um sorriso de satisfação em seu rosto, eu disse: — Mas ele não fez nada a você.

— Eu fui para o Lago do Sangue Derramado pelo que fiz — ela admitiu —, mas valeu a pena. Eu a odiava e disse a você aquilo que mais a machucaria. Você acreditou e veja o que se tornou. Fraca! Humana!

— Eu não a matei?

Ela tentou rir de novo da minha ignorância, mas a tristeza escorreu da sua boca.

— Você não me matou. Você não sabia como.

Anos de tristeza, de culpa e remorso saíram de mim e desapareceram no ar frio que nos rodeava.

— Eu nunca tive medo de você — ela continuou, aparentemente sem perceber o quanto eu me sentia leve de repente. — Era a sua *lembrança* que me dava medo. Você era um fantasma no coração do meu marido.

Desde a primeira vez que eu vira Ze, uma parte minha tinha sentido pena dela. Ela tinha tudo e não tinha nada. O seu vazio a tinha deixado incapaz de captar coisas boas — do marido, do pai, da mãe ou de mim.

— Mas você também tem sido um fantasma no coração dele. — Mais uma vez eu me aproximei dela. Se ela me odiava tanto, alguma hora ela iria me atacar. — Ele não conseguiu abandonar nenhuma de nós porque nos amava. Seu amor por Yi é apenas uma continuação disso. Veja como ele olha para ela. Ele está imaginando como devia ser minha aparência quando eu estava sozinha, doente de amor, e se lembrando de você em seu leito de morte.

Mas Ze não estava interessada em pensar, e não estava ligando para o que poderia ver com seus próprios olhos, caso decidisse olhar. Nós duas tínhamos sofrido a maldição de nascer mulheres. Nós duas tínhamos nos equilibrado no precipício entre não valer nada ou valer apenas como um bem material. Nós éramos duas criaturas patéticas. Eu não tinha matado Ze – que alívio! – e não acreditava que ela quisesse realmente matar Yi.

– Olhe para ele, Ze. Você quer mesmo feri-lo de novo?

Ela curvou os ombros.

– Eu deixei nosso marido ficar com o crédito pelo que nós fizemos com *O pavilhão de Peônia* – ela admitiu – porque eu queria que ele me amasse.

– Ele amava você. Você devia ter visto o quanto ele lamentou a sua morte.

Mas ela não estava escutando.

– Eu achei que poderia vencê-la na morte. Meu marido e nossa nova esposa-irmã fizeram oferendas para mim, mas você sabe que esta família sempre foi insignificante. – Eu esperei, sabendo que palavra ela usaria em seguida. – Medíocre. Felizmente, eu tinha meu pai para comprar a minha saída do Lago do Sangue Derramado, mas assim que fiquei livre, o que foi que encontrei? – Ela puxou os cabelos. – Uma nova esposa.

– Veja o que ela fez por você, por nós duas. Ela ouviu nossas palavras. Você estava, tanto quanto eu, nas margens de *O pavilhão de Peônia*. E você ajudou Yi na segunda parte. Não negue. – Eu me aproximei mais de Ze. – Nossa esposa-irmã ajudou Ren a ver que podia amar todas nós, de forma diferente mas completa. Nosso projeto vai ser publicado. Não é um milagre? Nós *todas* vamos ser lembradas e honradas.

Quando as lágrimas de Ze começaram a escorrer, a feiúra dos anos passados no Lago do Sangue Derramado desapareceu, bem como sua raiva, sua amargura, sua inveja e seu egoísmo. Essas emoções – tão fortes e persistentes – a haviam acompanhado na morte. Elas tinham disfarçado sua enorme infelicidade. Agora, derrota, tristeza e solidão saíam dela como minhocas do chão depois de uma chuva de primavera, até que a verdadeira essência de Ze – a menina bonita que habitava seus sonhos e que queria ser amada – apareceu. Ela não era nem demônio nem fantasma. Ela era ao mesmo tempo um antepassado infeliz e uma donzela doente de amor.

Apelei para a força interior da minha mãe e da minha avó e abracei Ze. Não a deixei argumentar. Apenas puxei-a para fora, junto comigo, evitando a vassoura de Salgueiro, os espelhos e a peneira. Ze e eu saímos e então eu a soltei. Ela flutuou sobre mim por alguns segundos; então virou o rosto para cima e desapareceu lentamente.

Voltei para dentro e vi, com grande alegria, os pulmões de Yi ficarem limpos de secreção, ela respirar e Ren chorar de gratidão.

Luz cintilante

OS COMENTÁRIOS DAS TRÊS ESPOSAS FORAM PUBLICADOS no final do inverno, no trigésimo segundo ano do reinado do imperador Kangxi, no que teria sido meu quadragésimo quinto ano na Terra. Foi um sucesso enorme e imediato. Para meu espanto e alegria, meu nome, e os de minhas esposas-irmãs, tornou-se conhecido em todo o país. Colecionadores, como meu pai, buscavam meu livro como algo único e especial. Bibliotecas o compravam para seu acervo. Ele entrou na casa das elites, onde as mulheres o liam várias vezes. Elas choravam por minha solidão e meus insights. Elas choravam por suas próprias palavras perdidas, queimadas ou esquecidas. Elas suspiravam pelas coisas que gostariam de ter escrito, acerca de amor de primavera e remorsos de outono.

Em pouco tempo, seus maridos, irmãos e filhos começaram a ler o livro também. A interpretação e a experiência deles eram completamente diferentes. O que podia fazer com que um homem se sentisse mais homem do que a idéia de que a obra de outro homem tinha atraído e fascinado mulheres – não só nós três, mas todas as donzelas apaixonadas – a tal ponto que nós tínhamos parado de comer, definhado e morrido? Isto os fazia sentirem-se superiores e fortes e ajudava a devolver a eles mais de sua masculinidade perdida.

Quando o Ano-Novo chegou, Yi juntou a família para limpar a casa, fazer oferendas e pagar dívidas, mas eu podia ver que seu pensamento estava em outro lugar. Assim que essas obrigações foram concluídas, ela correu até o quarto onde minha réplica ficava guardada. Ela entrou no quarto, hesitou um instante, depois tirou uma faca de dentro da roupa – um objeto proibido nos dias que antecediam o Ano-Novo – e se ajoelhou ao lado da boneca. Fiquei olhando, chocada, enquanto ela tirava a cabeça da boneca. Ela removeu as roupas, colocou-as numa pilha e então abriu cuidadosamente o estômago da boneca.

Minhas emoções ficaram tumultuadas: eu não sabia por que ela quis estragar minha boneca, e Ren ficaria furioso se descobrisse, mas se ela tirasse minha placa ancestral, veria o que estava faltando. Flutuei perto dela, cheia de esperança. Ela limpou rapidamente a palha e saiu do quarto com minha placa e o rosto pintado. Mas ela não tinha *olhado* para a placa.

Ela saiu para o jardim e então foi até a ameixeira onde eu morava. Colocou a placa no chão e voltou para seu quarto. Retornou com uma mesinha. Tornou a sair. Desta vez voltou com um dos exemplares de *Os comentários das três esposas*, um vaso e alguns outros itens. Ela pôs minha placa e meu retrato sobre a mesa, acendeu velas e então fez oferendas com o *Comentário*, frutas e vinho. E me homenageou como antepassada.

O que quero dizer é que eu *achei* que ela estava me homenageando como antepassada.

Ren saiu para a sacada e viu a esposa realizando o ritual.

– O que você está fazendo? – perguntou.

– Estamos no Ano-Novo. Fizemos oferendas para a família. Eu queria agradecer a Liniang. Pense no quanto ela me inspirou... e às suas outras esposas.

Ele riu do jeito simples dela.

– Você não pode venerar um personagem imaginário!

Ela se encrespou.

– O espírito do cosmos está em toda parte. Até uma pedra serve de morada para uma criatura; até uma árvore pode servir de morada para um espírito.

— Mas o próprio Tang Xianzu disse que Liniang nunca existiu. Então, por que você está lhe fazendo oferendas?

— Como é que eu ou você podemos julgar se Liniang existiu ou não?

Era véspera de Ano-Novo, uma época em que não se discutia para não aborrecer os antepassados, então ele cedeu.

— Você tem razão. Eu estou errado. Agora venha tomar chá aqui comigo. Eu quero ler para você o que escrevi hoje.

Ele estava longe demais para ver o rosto pintado no pedaço de papel ou o que estava escrito na minha placa, e não perguntou onde ela havia achado aqueles objetos para usar em lugar de Liniang.

Mais tarde, Yi voltou à ameixeira para guardar as coisas que tinha trazido. Observei tristemente enquanto ela costurava cuidadosamente a minha placa, vestia a boneca e arrumava o rosto de papel para que tudo ficasse exatamente como estava antes da cerimônia. Tentei lutar contra a minha decepção, mas estava devastada... de novo.

Estava na hora dela tomar conhecimento de mim. Era eu quem a tinha ajudado, não Liniang. Eu me lembrei do que Yi tinha escrito nas margens da ópera: *Um fantasma é apenas um sonho e um sonho não passa de um fantasma.* Este sentimento me convenceu de que a única maneira de não assustá-la era encontrar-me com ela num sonho.

Naquela noite, assim que Yi adormeceu e começou a vagar, eu entrei no seu jardim de sonhos, que reconheci instantaneamente como sendo o do sonho de Liniang. Havia peônias por toda parte. Caminhei até o Pavilhão de Peônia e esperei. Quando Yi chegou e eu me revelei a ela, ela não gritou nem fugiu. Aos olhos dela, eu era linda.

— Você é Liniang? — ela perguntou.

Sorri para ela, mas, antes que pudesse dizer quem eu era, uma nova figura apareceu. Era Ren. Nós não nos encontrávamos assim desde a minha morte. Olhamos um para o outro, sem conseguir dizer nada, vencidos pela emoção. Era como se o tempo não tivesse passado. Meu amor por ele enchia o ar ao redor, mas Yi estava lá e eu tive medo de falar. Ele olhou para minha esposa-irmã e depois tornou a olhar para mim. Ele também hesitava em dizer alguma coisa, mas seus olhos estavam cheios de amor.

Peguei um galhinho de ameixeira e entreguei a ele. Lembrando-me de como tinha terminado o sonho de Liniang, eu dei um giro rápido, arrebanhando todas as pétalas do jardim e as deixando cair em cascata sobre Ren e Yi. Amanhã à noite, eu tornaria a entrar no sonho de Yi. Estaria preparada para a chegada de Ren. Encontraria minha voz e diria a ele...

No plano terreno, Ren acordou. Ao lado dele, Yi respirava ofegante. Ele a sacudiu pelos ombros.

– Acorde! Acorde!

Yi abriu os olhos, mas antes que ele pudesse dizer alguma coisa, ela contou seu sonho a ele.

– Eu disse que Liniang existia – ela disse, contente.

– Eu acabei de ter o mesmo sonho – ele disse. – Mas aquela não era Liniang. – Ele segurou a mão dela e perguntou com ansiedade: – Onde foi que você conseguiu a placa que usou na sua cerimônia, ontem?

Ela sacudiu a cabeça e tentou retirar a mão, mas ele segurou com força.

– Eu não vou ficar zangado – ele disse. – Diga-me.

– Eu não a tirei do altar da sua família – ela admitiu baixinho. – Não era nenhuma de suas tias nem...

– Yi, por favor! Diga-me!

– Eu queria usar a placa de alguém que eu achei que pudesse representar Liniang e seu mal de amor. – Ao ver a ansiedade dele, Yi mordeu o lábio. Então, finalmente, confessou: – Eu tirei a placa da sua Peônia. Mas já a pus de volta no lugar. Não fique zangado comigo.

– Era Peônia, no seu sonho – ele disse, pulando da cama e pegando um roupão. – Você a invocou.

– Marido...

– Estou dizendo que era ela. Ela não poderia visitar você desse jeito se fosse uma antepassada. Ela tem que ser...

Yi fez menção de sair da cama.

– Fique aqui – ele ordenou.

Sem mais palavras, ele saiu do quarto e correu pelo corredor até o quarto que abrigava a minha réplica. Ele se ajoelhou ao lado dela e pôs a mão sobre o lugar onde estaria meu coração. Ficou assim por um longo tempo e então, vagarosamente – como um noivo em sua noite de núpcias – ele desabotoou os sapos que fechavam minha túnica. Ele não afastou os olhos dos olhos da boneca, e eu não tirei os olhos dele uma única vez. Ele estava mais velho agora. Suas têmporas estavam grisalhas e rugas marcavam a pele ao redor dos seus olhos, mas, para mim, ele seria sempre o mais bonito dos homens. Suas mãos ainda eram longas e finas. Seus movimentos lânguidos e graciosos. Eu o amava pela felicidade que ele tinha me proporcionado quando eu era uma menina que morava no Palacete da Família Chen e pelo amor e lealdade que ele tinha demonstrado em relação a Ze e Yi.

Quando o corpo da boneca ficou exposto, ele descansou sobre os tornozelos, olhou em volta, mas não viu o que precisava. Apalpou os bolsos mas não achou nada. Respirou fundo e rasgou o estômago da boneca. Tirou minha placa lá de dentro, segurou-a por um momento, e então umedeceu o polegar com a língua e limpou a sujeira da placa. Quando viu que não havia nenhuma marca, ele apertou a placa de encontro ao peito e baixou a cabeça. Eu me ajoelhei diante dele. Eu tinha sofrido vinte e nove anos na condição de fantasma faminto, e agora, olhando para ele, eu via esses anos marcarem suas feições em segundos, pois ele adivinhara as torturas da minha existência.

Ele se levantou, levou a placa para a biblioteca e chamou Salgueiro.

– Diga à cozinheira para matar um galo – ele ordenou bruscamente. – Quando ela tiver terminado, traga-me o sangue imediatamente.

Salgueiro não fez comentário algum. Quando passou por mim, saindo da sala, eu comecei a chorar de alívio e gratidão. Eu tinha esperado tanto tempo para ter minha placa marcada, tinha desistido de acreditar que, algum dia, isso fosse acontecer.

Salgueiro voltou dez minutos depois com uma tigela de sangue quente. Ren pegou a tigela e mandou que ela se retirasse. Então, foi até a mesa, pousou a tigela e prestou homenagem à minha placa. Quando ele fez isso, algo começou a se agitar dentro de mim e um perfume celestial inundou o aposento. Os olhos dele encheram-se de lágrimas quando ele molhou o pincel no sangue. Sua mão estava firme quando marcou minha placa, do mesmo modo que Mengmei tinha feito para provar seu amor por Liniang.

Na mesma hora, deixei de ser um fantasma faminto. A alma que estava abrigada na minha forma de fantasma se dividiu ao meio. Uma parte encontrou seu lugar na placa. Dali, eu poderia velar de perto pela minha família. A outra parte ficou livre para prosseguir sua jornada para o outro mundo. Eu tinha sido ressuscitada – não para a vida, mas para ser, *finalmente,* a primeira esposa de Ren. Eu tinha recuperado o meu lugar de direito na sociedade, na minha família e no cosmo.

Brilhei com uma luz cintilante – que fez toda a propriedade brilhar de felicidade. E então saí flutuando para completar minha viagem para me tornar uma antepassada. Olhei para trás para fitar Ren pela última vez. Ainda faltavam muitos anos para que meu belo poeta se juntasse a mim nas planícies do outro mundo. Até lá, eu viveria para ele nos meus textos.

Nota da Autora

EM 2000, ESCREVI UM TEXTO CURTO PARA A REVISta *Vogue* sobre a produção completa de *O pavilhão de Peônia*, no Lincoln Center. Enquanto pesquisava para escrever esse artigo, encontrei referências às donzelas doentes de amor. Elas me intrigaram e eu continuei pensando nelas, muito depois de já ter terminado o artigo. É comum ouvirmos dizer que, no passado, não havia mulheres escritoras, nem artistas, nem historiadoras, nem chefes de cozinha, mas é claro que as mulheres faziam tudo isso. Só que, quase sempre, o trabalho delas foi perdido, esquecido ou deliberadamente disfarçado. Então, sempre que eu tinha tempo, pesquisava o que podia sobre as donzelas doentes de amor, e descobri que elas fizeram parte de um fenômeno muito maior.

Em meados do século XVII, mais escritoras estavam tendo suas obras publicadas no delta do Yangzi, na China, do que em todo o resto do mundo. Isso significa que *milhares* de mulheres – de pés com bandagens, famílias reais vivendo geralmente reclusas – estavam tendo suas obras publicadas. Algumas famílias publicavam um único poema escrito por uma mãe ou filha que elas queriam homenagear, mas havia outras mulheres – escritoras profissionais – que não só escreviam para o público em geral como também sustentavam suas famílias com seu trabalho. Como é que tantas mulheres tinham feito algo tão extraordinário e eu não sabia nada a respeito? Por que isso não era do conhecimento de *todos*?

Então descobri *Os comentários das três esposas* – o primeiro livro do gênero, escrito por mulheres, a ser publicado no mundo. E então o meu interesse se transformou em obsessão.

Há vários elementos aqui – a ópera de Tang Xianzu, as donzelas doentes de amor, a história de *Os comentários das três esposas* e as mudanças na sociedade que permitiram que o livro fosse escrito. Eu sei que eles são bastante complicados e que se sobrepõem um pouco, então, por favor, tenham paciência comigo.

TANG XIANZU SITUOU *O pavilhão de Peônia* na dinastia Song (960-1127), mas ele estava escrevendo sobre a dinastia Ming (1368-1644), uma época de agitação artística bem como de tumulto político e corrupção.

Em 1598, terminada a ópera, Tang tornou-se um dos promotores mais importantes do *qing* – emoções profundas e amor romântico. Como todos os bons escritores, Tang escreveu o que sabia, mas isso não significava que o governo quisesse, necessariamente, ouvir. Quase que imediatamente, diferentes grupos pediram que a ópera fosse censurada, porque foi considerada demasiadamente política e sensual. Novas versões apareceram em rápida sucessão, até que apenas oito das cinqüenta e cinco cenas originais foram encenadas. O texto sofreu um tratamento ainda pior. Algumas versões eram abreviadas, outras revisadas ou inteiramente reescritas para agradar à moral vigente.

Em 1780, durante o reinado de Qianlong, cresceu a oposição à ópera e ela foi considerada "profana". Mas foi só em 1868 que o imperador Tongzhi a baniu oficialmente, acusando *O pavilhão de Peônia* de depravação, e ordenando que todos os exemplares fossem queimados e sua reprodução proibida.

A censura à ópera permanece até hoje. A produção do Lincoln Center foi adiada temporariamente quando o governo chinês descobriu o conteúdo das cenas restauradas e impediu que os atores, o figurino e os cenários deixassem o país, mostrando, mais uma vez, que, quanto mais as coisas mudam, mais elas permanecem iguais.

Exceto pelas relações sexuais entre duas pessoas solteiras e a crítica ao governo – ambas sérias a seu modo, eu acho – por que a ópera causou tanto nervosismo? *O pavilhão de Peônia* foi a primeira obra de ficção na história da China em que a heroína – uma moça de dezesseis anos – escolheu o próprio destino, e isso foi ao mesmo tempo chocante e fascinante. As mulheres, que, com raras exceções, só tinham permissão para ler a ópera, nunca para vê-la ou ouvi-la, ficaram fascinadas. A paixão despertada por esta obra foi comparada ao fanatismo pelo *Werther* de Goethe na Europa do século XVIII ou, mais recentemente, por *E o vento levou*, nos Estados Unidos. Na China, jovens instruídas, de famílias ricas – entre treze e dezesseis anos e com seus casamentos já contratados – eram particularmente sensíveis à história. Acreditando que a vida imita a arte, elas imitavam Liniang. Paravam de comer, definhavam e morriam, na esperança de que, na morte, pudessem escolher seus destinos, assim como o fantasma de Liniang tinha escolhido o dela.

Ninguém sabe ao certo o que matava as donzelas apaixonadas, mas talvez fosse anorexia. Tendemos a achar que a anorexia é um problema moderno, mas não é. Desde as santas da Idade Média, as donzelas doentes de amor na China do século XVII, até as adolescentes de hoje, as mulheres sempre sentiram a necessidade de ter alguma autonomia. Como explicou o especialista Rudolph Bell, ao jejuar, as jovens mulheres são capazes de transferir a disputa do mundo externo – no qual elas não têm controle sobre seus destinos e se vêem diante de uma derrota quase certa – para uma luta interna em que buscam adquirir controle sobre si mesmas e sobre suas necessidades corporais. Quando as donzelas doentes de amor estavam morrendo, muitas delas – inclusive Xiaoqing e Yu Niang, que aparecem nesta história – escreveram poemas que foram publicados após suas mortes.

Estas escritoras, no entanto – fossem donzelas doentes de amor ou membros do Banana Garden Five –, não apareceram simplesmente e desapareceram mais tarde, num vácuo. A China sofreu uma mudança dinástica em meados do século XVII, quando a dinastia Ming caiu e os invasores manchus, vindos do norte, estabeleceram a dinastia Qing. Por cerca de trinta anos, o país foi um caos. O velho regime tinha sido corrupto. A guerra tinha sido brutal. (Em Yangzhou, onde a avó de Peônia morreu, dizem que 80 mil pessoas foram assassinadas.) Muitas pessoas perderam suas casas. Homens foram humilhados e obrigados a raspar as testas como um símbolo de subserviência ao novo imperador. Sob o novo regime, o sistema imperial acadêmico fracassou, de forma que a maneira tradicional que os homens tinham de obter prestígio, riqueza e poder perdeu, subitamente, o valor. Homens dos níveis mais elevados da sociedade retiraram-se do governo e da vida acadêmica e se dedicaram a colecionar pedras, escrever poesia, tomar chá e queimar incenso.

As mulheres, que, para início de conversa, já eram muito inferiores na escala social, sofreram enormes dificuldades. Algumas foram vendidas "a quilo, como peixes", e, em termos de peso, tinham menos valor que o sal. Muitas – como a verdadeira Xiaoqing ou como Salgueiro, no romance – tornaram-se "cavalos magros" e foram vendidas como concubinas. Mas algumas mulheres tiveram destinos muito diferentes e muito melhores. Com tanto com que se preocupar, os homens deixaram o portão aberto e as mulheres, que viviam reclusas havia tanto tempo, saíram de casa. Elas se tornaram escritoras, artistas, arqueiras, historiadoras e aventureiras. Outras mulheres, no que se pode considerar uma forma primitiva de clube do livro, juntaram-se para escrever poesia, ler livros e debater idéias. Os membros do Banana Garden Five (e mais tarde Seven), por exemplo, saíam em excursões, escreviam o que viam e sentiam, e eram consideradas mulheres finas, nobres, orgulhosas e importantes. Seu sucesso não teria acontecido sem que mais mulheres aprendessem a ler e escrever, sem uma economia saudável, sem condições de impressão em grande quantidade, e sem uma população masculina que estivesse preocupada com outras coisas.

Mas nem todos os textos eram alegres ou comemorativos. Algumas mulheres, como a mãe de Peônia, deixaram poemas em paredes que se tornaram populares entre os intelectuais por sua tristeza e pela curiosidade voyeurística de ler os pensamentos de alguém perto do momento da morte. Estes, junto com os textos das donzelas doentes de amor, estavam impregnados de um romantismo que combinava ideais de *qing* com a sedução de uma mulher definhando de doença ou de febre puerperal, sendo torturada ou morrendo sozinha num quarto vazio, com saudades do amante.

Chen Tong, Tan Ze e Qian Yi foram mulheres reais. (O nome de Chen Tong foi mudado porque era igual ao da futura sogra; o nome delas não sobreviveu.) Tentei permanecer o mais fiel possível à história delas – tão fiel que fiquei, muitas vezes, presa a fatos que pareciam fantásticos e coincidentes demais para serem verdadeiros. Por exemplo, Qian Yi usou uma placa ancestral da família para realizar uma cerimônia sob uma ameixeira para homenagear o personagem ficcional de Du Liniang, que então visitou Ren em sonhos. Mas, até onde sei, Chen Tong nunca conheceu o futuro marido, nem voltou à Terra como um fantasma faminto.

Wu Ren queria que suas três esposas fossem reconhecidas, mas também preocupou-se em protegê-las, então a capa do livro dizia *Comentários das três esposas de Wu Wushan acerca de O pavilhão de Peônia*. Wushan era um dos nomes que ele usava para escrever. Os nomes Tan Ze, Qian Yi e Chen Tong não apareciam, a não ser na folha de rosto e no material suplementar.

O livro fez grande sucesso e foi amplamente lido. Com o tempo, entretanto, a maré virou e os elogios foram substituídos por críticas cada vez mais severas. Wu Ren foi acusado de ser um imbecil, tão ansioso em promover suas esposas que perdeu de vista a noção de conveniência. Os moralistas, que há anos se opunham a *O pavilhão de Peônia*, defendiam a censura da ópera por meio de repreensões familiares, princípios religiosos e proibições oficiais. Eles propuseram que todos os exemplares de *O pavilhão de Peônia* fossem queimados, junto com todas as obras complementares como *Os comentários*, como a forma mais eficaz de eliminar as palavras ofensivas de uma vez por todas. Eles diziam que a leitura desses livros podia tornar as mulheres – que eram tolas e sem sofisticação por natureza – dissolutas e sem coração. Mas, principalmente, eles lembravam que só uma mulher ignorante podia ser considerada uma boa mulher. Os moralistas diziam aos homens para lembrar às suas mães, esposas, irmãs e filhas que não havia "escrever" nem "ego" nas Quatro Virtudes. Exatamente aquilo que tinha inspirado as mulheres a escrever, a pintar e a sair de casa foi usado contra elas. A volta ao ritual significava uma única coisa: uma volta ao silêncio.

Então os argumentos tornaram a mudar, direcionando-se outra vez a *Os comentários das três esposas*. Como é que três mulheres – *esposas*, ainda por cima – tinham tido aqueles insights sobre o amor? Como tinham conseguido escrever algo tão erudito? Como elas tinham conseguido reunir todas as edições da ópera para compará-las? Por que o manuscrito original, escrito por Chen Tong e Tan Ze tinha sido perdido num incêndio? Isto parecia muito conveniente, já que os estilos de caligrafia das três esposas não podiam ser comparados. Nos materiais suplementares, Qian Yi escreveu que tinha feito uma oferenda às duas antecessoras sob uma ameixeira. Ela e o marido também descreveram um sonho em que haviam se encontrado com Du Liniang. E se eles dois não soubessem separar fato de ficção, vivos e mortos, ou sonho e realidade? As pessoas só poderiam chegar a uma conclusão: Wu Ren tinha escrito aqueles comentários. A resposta dele: "Aqueles que acreditam, que acreditem. Aqueles que duvidam, que duvidem."

Enquanto isso, a ordem precisava ser restaurada no império. O imperador lançou diversos manifestos, todos com o objetivo de recuperar o controle da sociedade. Anunciou-se que nuvens e chuva só podiam ocorrer entre marido e mulher, e tendo como base o *li* e não o *qing*. Não se produziriam mais livros confidenciais para mulheres, então, quando uma moça fosse para a casa do marido para se casar, ela não receberia instrução alguma sobre o que ocorreria na noite de núpcias. O imperador também deu aos pais o controle total sobre suas filhas: se uma filha envergonhasse seus antepassados, o pai tinha o direito de matá-la. Rapidamente, as mulheres foram arrastadas para dentro de casa, e permaneceram lá até a queda da dinastia Qing e a formação da República da China, em 1912.

EM MAIO DE 2005, dez dias antes de eu ir para Hangzhou para pesquisar a respeito das três esposas, recebi um telefonema da revista *More*, perguntando se eu poderia escrever um artigo para eles sobre a China. O *timing* foi perfeito. Além de ir a Hangzhou, visitei pequenas cidades costeiras do delta do Yangzi (muitas das quais pareciam congeladas no tempo, cem anos atrás), lugares que são citados no romance (as fazendas de chá de Longjing e diversos templos), e fui a Suzhou (para me inspirar nos imensos jardins).

A motivação do artigo teve a ver com a descoberta da minha donzela apaixonada interior. Devo admitir que isto não foi muito difícil, porque vivo obcecada a maior parte do tempo, mas a encomenda me obrigou a olhar para dentro e a examinar o que eu sentia sobre o ato de escrever e sobre o desejo que as mulheres possuem de serem ouvidas – por seus maridos, seus filhos, seus patrões. Ao mesmo tempo, pensei muito no amor. Todas as mulheres da Terra – e os homens também, aliás – desejam o tipo de amor que nos transforma, que nos coloca acima do cotidiano, e que nos dá coragem para sobreviver às nossas pequenas mortes: a dor dos sonhos não realizados, das decepções pessoais e profissionais, dos casos de amor mal resolvidos.

Agradecimentos

ESTE É UM ROMANCE HISTÓRICO, E EU NÃO TERIA SIDO capaz de escrevê-lo sem recorrer a diversos pesquisadores. Com relação a lugar e época, gostaria de agradecer a George E. Bird, Frederick Douglas Cloud, Sara Grimes e George Kates por suas memórias e guias de Hangzhou e China. Com relação a informações sobre ritos fúnebres chineses, crenças acerca do outro mundo, as três partes da alma, as habilidades e fraquezas dos espíritos e sobre casamentos fantasmas (que ainda são realizados hoje), eu gostaria de citar Myron L. Cohen, David K. Jordan, Susan Naquin, Stuart E. Thompson, James L. Watson, Arthur P. Wolf e Anthony C. Yu. Embora às vezes Justus Doolittle e John Nevius – ambos viajantes da China do século XIX – sejam um tanto complacentes, eles documentaram muito bem os costumes e crenças chineses. O livro de V. R. Burkhardt, *Chinese Creeds and Customs*, ainda é um guia prático e útil sobre estes assuntos, enquanto o livro de Matthew H. Sommer, *Sex, Law and Society in Late Imperial China*, descreve detalhadamente as regras de comportamento sexual e os direitos de homens e mulheres durante a dinastia Qing.

Lynn A. Struve descobriu, traduziu e catalogou relatos em primeira pessoa do período de transição Ming-Qing. Duas dessas histórias formaram a experiência da família Chen em *As palavras do amor*. A primeira vem de um relato feito por Liu Sanxiu, que foi presa, vendida várias vezes e que acabou se tornando uma princesa manchu. A segunda é um relato aterrorizante feito por Wang

Xiuchu do massacre de Yangzhou. A experiência vivida pela família dele expõe brutalmente a diferença entre se sacrificar voluntariamente pela família e ser obrigada a se sacrificar porque acreditam que você tem menos valor. (No livro, eu reduzi o massacre de dez para cinco dias.)

Recentemente, diversos estudos, maravilhosos, foram feitos sobre as mulheres na China. Devo muito ao trabalho de Patricia Buckley Ebrey (vidas de mulheres no período Song), Susan Mann (vida e educação de mulheres no século XVIII), Maureen Robertson (poesia feminina no final do império), Ann Waltner (sobre a visionária T'An-Yang-Tzu), e Ellen Widmer (legado literário de Xiaoqing). Eu me diverti muito – e fiquei desanimada – com uma lista publicada num número recente do *Shanghai Tattler*, sobre os vinte critérios para se tornar uma esposa melhor. Embora escritas em 2005, muitas dessas sugestões entraram no romance como conselhos para as mulheres agradarem aos maridos no século XVII. Para quem estiver interessado em ler mais sobre bandagem de pés, sugiro o clássico de Beverley Jackson, *Splendid Slippers*, bem como as obras brilhantes e reveladoras de Dorothy Ko, *Cinderella's Slippers* e *Every Step a Lotus*. Além disso, o conhecimento da dra. Ko sobre a vida das mulheres chinesas no século XVII, e sobre as três esposas em particular, é impressionante e inspirador.

A tradução de *O pavilhão de Peônia* por Cyril Birch é um clássico, e sou grata à University of Indiana Press por ter me dado permissão para usar suas belas palavras. Quando estava escrevendo as últimas páginas do romance, tive a sorte de assistir a uma versão de nove horas de duração da ópera, escrita e produzida por Kenneth Pai, encenada na Califórnia. Para enfoques mais acadêmicos da ópera, devo muito ao trabalho de Tina Lu e Catherine Swatek.

Judith Zeitlin, da Universidade de Chicago, foi como uma madrinha deste projeto. Começamos com uma ativa troca de e-mails sobre *Os comentários das três esposas*. Ela recomendou artigos que tinha escrito sobre fantasmas de mulheres, textos escritos por espíritos, auto-retratos como reflexos da alma, e as três esposas.

Tive muita sorte de me encontrar com a dra. Zeitlin em Chicago e passar uma noite incrível, conversando sobre mal de amor, textos femininos e fantasmas. Pouco depois, recebi um pacote pelo correio. Ela me enviara uma fotocópia de uma edição original dos *Comentários*, que pertencia a um colecionador particular. A dra. Zeitlin não hesitou em dividir seu conhecimento e me ajudar a conseguir o auxílio de outras pessoas.

As traduções variam tremendamente. Para os poemas escritos por Chen Tong em seu leito de morte, para o que as três esposas realmente escreveram, para o relato de Wu Ren dos eventos que cercaram os comentários, para as lembranças de Qian Yi do seu sonho com Liniang, para as palavras de elogio escritas pelos admiradores do livro e para todos os materiais complementares que foram publicados junto com *Os comentários das três esposas*, eu usei traduções feitas por Dorothy Ko, Judith Zeitlin, Jingmei Chen (de sua dissertação "O mundo sonhado das donzelas doentes de amor"), e por Wilt Idema e Beata Grant (de *The Red Brush*, uma coletânea completa de mais de 900 páginas de textos escritos por mulheres na China imperial).

Além do material de *O pavilhão de Peônia*, também sou grata aos pesquisadores citados acima por suas traduções dos textos de muitas outras escritoras daquele período. Tentei honrar a voz daquelas mulheres usando palavras e expressões de seus poemas, à semelhança dos pastiches criados por Tang Xianzu a partir de tantos outros escritores em *O pavilhão de Peônia*. *As palavras do amor* é uma obra de ficção – todos os erros e mudanças das aventuras verdadeiras das três esposas são meus – mas espero ter capturado o espírito da história delas.

Agradeço aos editores da *More* e da *Vogue*, cujas encomendas resultaram neste projeto. A fotógrafa Jessica Antola e sua assistente, Jennifer Witcher, foram companheiras de viagem maravilhosas, indo comigo a quase toda parte na minha viagem de pesquisa à China. Wang Jian e Tony Tong serviram de guias e tradutores, e Paul Moore, mais uma vez, lidou com meus complicados planos de viagem. Eu gostaria de fazer um agradecimento especial à autora Anchee Min, que conseguiu o meu encontro com Mao Weitiao, uma das mais famosas cantoras de ópera Kunqu do mundo. A sra. Mao me mostrou, por meio de uma interessante combinação de movimento e imobilidade, a profundidade e a beleza da ópera chinesa.

Meus agradecimentos também vão para: Aimee Liu, por seu conhecimento sobre anorexia; Buf Meyer, por suas idéias provocadoras sobre emoções ancestrais; Janet Baker, por seu excelente trabalho de revisão; Chris Chandler, por sua ajuda paciente com a lista de correspondência; e Amanda Strick, pela expressão "man-beautiful", por seu amor pela literatura chinesa e por ser uma jovem tão inspiradora.

Gostaria de agradecer a Gina Centrello, Bob Loomis, Jane von Mehren, Benjamin Dreyer, Barbara Fillon, Karen Fink, Vincent La Scala, e, bem, a todos na Random House por serem tão gentis comigo. Tenho tido a sorte de contar com Sandy Dijkstra como agente. Ela é simplesmente a melhor. No seu escritório, Taryn Fagerness, Elise Capron, Elisabeth James e Kelly Sonnack têm trabalhado incansavelmente para me apoiar.

Os agradecimentos finais são sempre para a minha família: meus filhos, Christopher e Alexander, por estarem sempre me animando; minha mãe, Carolyn See, por acreditar em mim e me incentivar a persistir e a me lembrar do meu valor; minha irmã, Clara Sturak, por seu coração bom e generoso; e meu marido, Richard Kendall, que fez perguntas inteligentes, teve ótimas idéias e aceita que eu fique longe dele por períodos tão longos. Para ele, eu digo, Esta e todas as eternidades.

Este livro foi impresso na Editora JPA Ltda.
Av. Brasil, 10.600 – Rio de Janeiro – RJ
para a Editora Rocco Ltda.